Prix du Meilleur Polar des lecteurs de POINTS

Les éditions POINTS organisent chaque année le Prix du Meilleur Polar des lecteurs de Points.

Pour connaître les lauréats passés et les candidats à venir, rendez-vous sur

www.prixdumeilleurpolar.com

Inlassable voyageur, Robert Pobi a longtemps travaillé dans le monde des antiquités. Il vit au Canada. *L'Invisible* est son premier roman.

Robert Pobi

L'INVISIBLE

ROMAN

Traduit de l'anglais (Canada)
par Fabrice Pointeau

Sonatine Éditions

TEXTE INTÉGRAL

TITRE ORIGINAL
Bloodman

ÉDITEUR ORIGINAL
Thomas & Mercer

ISBN 978-2-7578-2695-9
(ISBN 978-2-35584-114-9, 1re publication)

Pas besoin d'être une chambre pour être hanté ;
Pas besoin d'être une maison ;
Le cerveau a des couloirs qui surpassent
Le lieu matériel.

Emily DICKINSON, *Poème 670*

Mais fixe les yeux vers le bas, car est proche
Le fleuve de sang en lequel bout
Quiconque par violence nuit aux autres.

Dante ALIGHIERI,
La Divine Comédie, chant XII

1

Quatrième jour
Montauk, Long Island

Soixante mètres sous la surface de métal ondulant de l'Atlantique, une poignée de fantômes glissaient sur le fond de l'océan dans un roulement heurté et tumultueux, déferlant dans un ballet diluvien. Ils étaient entraînés par l'orage qui se déchaînait au-dessus d'eux, toujours groupés après des kilomètres de progression sur le fond jonché de cailloux. Bientôt la pente douce du sol marin s'accentuerait, la terre s'enfoncerait dans le noir et les fantômes dégringoleraient vers les profondeurs. Ils seraient alors emportés par le Gulf Stream et remonteraient le long de la côte est, franchissant le Massachusetts, se déversant finalement dans l'Atlantique Nord. Peut-être pour y être dévorés par les créatures qui nageaient dans le monde sombre des eaux froides – ou peut-être simplement pour y pourrir et sombrer dans l'oubli –, mais une chose était sûre, ni la lumière du jour ni la chaleur ne les atteindraient plus.

Des débris jonchaient le fond de l'océan tout autour d'eux et le bruit du monde qui se déchirait résonnait au-dessus. Une armée de meubles de jardin, des morceaux de tuiles, de contreplaqué, des pneus, une vieille poupée Barbie, des sacs de golf, un réfrigérateur défoncé, des peintures à l'huile, une Dodge Charger cabossée s'entrechoquaient dans le courant, fonçant droit vers le large. De tous ces vestiges, c'était la Charger qui avançait le moins vite, basculant sans cesse sur le flanc, une portière manquante, ses phares luisant encore tels les yeux d'un robot mourant. Barbie était la plus rapide, maintenue droite grâce à sa poitrine moulée par injection et à la bulle d'air piégée dans sa vieille tête vide.

La tempête n'accordait aux fantômes nul traitement de faveur, nulle considération ; ils entraient en collision avec les appareils, s'accrochaient aux rochers, étaient inélégamment couverts d'algues et de sacs en plastique, et leur peau était aussi déchirée et lacérée que le reste des déchets.

Mais, contrairement aux autres épaves qui étaient entraînées vers le large, ils n'étaient pas la conséquence de l'ouragan ; ils avaient été créés par quelque chose de bien plus malveillant, et de bien moins prévisible que la météo.

2

Premier jour
Montauk, Long Island

Jake Cole se tenait devant la porte, les yeux baissés vers le paillasson en lambeaux qu'il avait vu pour la dernière fois le soir de son départ, plus d'un quart de siècle plus tôt. En le regardant, il ressentit un léger frémissement dans la poitrine lorsque ses anciennes émotions ressurgirent soudain, même s'il savait pertinemment qu'il n'éprouvait plus de peur. Ni de colère. Ni rien de ce qui lui avait finalement donné le courage de partir. Mais la sensation était là, ne serait-ce que de façon abstraite.

Le paillasson avait vieilli, perdu de sa couleur et commencé à s'effilocher sur trois côtés. N'importe qui d'autre l'aurait balancé à la poubelle. Mais pas son père. Il ne s'était jamais attaché à ce genre de chose. Ni aux bonnes manières. Ni à son fils. Non, la seule chose dont Jacob Coleridge avait eu quoi que ce soit à foutre, c'était la couleur. Le paillasson était violet, seulement son père aurait appelé ça *Pantone 269*. Les fleurs avaient jadis été blanches – *blanc bleuté, fils*. Un paillasson acheté par sa mère dans une boutique pour touristes de Montauk juste avant sa mort, et avant que l'alcoolisme de son père ne devienne incontrôlable et ne commence à lui ronger l'intérieur du crâne comme une araignée venimeuse, transformant le peu de gentillesse qui lui restait en un feu d'artifice de cruauté.

« Conneries, pensa Jake. Il est violet et blanc », et il s'essuya les pieds dessus. Il actionna le gros verrou et poussa la porte, doigts écartés sur le teck sombre, puis il entra.

Maintenant que son père n'était plus là, il avait l'impression d'envahir son royaume ; outre le fait qu'il avait été un homme extrêmement secret, Jacob Coleridge Sr. avait été un incroyable tyran. Mais Jake n'était pas un intrus ; il avait été appelé – convoqué, pour être exact – pour prendre des décisions à la place de quelqu'un qui n'était plus en état d'en prendre. D'après le médecin à qui Jake avait parlé à l'hôpital, son père s'était foutu le feu durant un coup de folie provoqué par Alzheimer et avait frôlé la mort. L'ermite invétéré bourreau de travail avait finalement fait son temps. Il ne peindrait plus jamais. Et son fils se disait qu'ils feraient aussi bien de l'emmener à l'arrière de l'hôpital, de le hisser au bord de la benne à ordures et de lui tirer une balle dans la tête, car sans sa peinture, Jacob Coleridge n'était plus rien.

D'instinct, les doigts de Jake s'enfoncèrent dans l'obscurité et trouvèrent les lourds interrupteurs en bakélite juste derrière la porte. *Flip, flip, flip.* Les trois globes en Plexiglas Verner Panton qui éclairaient le vestibule s'allumèrent. Jake se tint une minute dans l'entrebâillement de la porte, oubliant la grosse valise Halliburton en aluminium qu'il avait à la main, et parcourut la pièce du regard. En vingt-huit ans elle n'avait pas changé – ce qui ne signifiait pas simplement, comme disent les agents immobiliers, qu'elle avait besoin d'être rafraîchie, même si c'était en partie vrai ; non, la stagnation était plus profonde que ça. On aurait dit un décor tiré tout droit d'un roman de Dickens.

Jake passa devant la console Nakashima de l'entrée – un gros bloc de noyer brut – et déposa ses clés sur la surface poussiéreuse, à côté d'une sphère à structure d'acier qu'il avait toujours vue à cet endroit. De la poussière et des toiles d'araignées formaient une peau duveteuse sur la surface de métal poli et, quand Jake laissa tomber ses clés, la chair de la sculpture bougea, tressaillit presque, une illusion d'optique à la lueur de la fin d'après-midi. Il s'enfonça dans la maison.

Ç'avait été l'une des premières habitations tout en verre bâtie sur la pointe. Une merveille de conception moderne, avec un toit fortement incliné, des poutres en séquoia de Californie, et une cuisine sortie tout droit d'un labo de design scandinave. La bibliothèque de son père se trouvait là, dévorant le mur à côté de la cheminée d'ardoise. La table basse en forme de planche de surf était jonchée d'objets poussiéreux : tasses de café, bouteilles de scotch, exemplaires du *New York Times* non ouverts toujours entourés d'un élastique. Par terre, une forêt de mégots de cigarette écrasés remplissait un gros cendrier de céramique dont un morceau avait été grossièrement recollé. Les canapés étaient toujours au même endroit, avec leur cuir finement lustré, l'accoudoir de l'un d'eux ayant été hâtivement réparé par son père – probablement ivre – avec de la toile adhésive. Le Steinway de sa mère, qui n'avait pas servi depuis l'été 1978, se trouvait dans un coin ; l'un des portraits de Marilyn de Warhol – un cadeau qu'Andy et cette blonde d'un mètre quatre-vingt-dix avec laquelle il voyageait avaient apporté un week-end – était suspendu de travers au-dessus de son couvercle poussiéreux.

Jake marcha lentement à travers la vie de son père, examinant le quart de siècle qui venait de s'écouler. De toute évidence, ça faisait un moment que Jacob avait commencé à sombrer dans la démence ; ça ne s'était pas produit du jour au lendemain. Ça avait pris du temps. *Beaucoup* de temps. Et le numéro final avait été digne de figurer dans l'album de famille – une torche humaine dansant dans le salon et se jetant à travers la vitre avant de couronner le tout par un plongeon dans la piscine. Ben voyons. *Tous les systèmes sont en ordre. Houston, prêts pour le décollage.*

Le bazar superficiel qui régnait habituellement s'était accentué, imprégnant le squelette de la maison, si bien que le désordre était désormais la règle. Comme dans une casse automobile, l'entropie semblait être la loi mécanique dominante. Les bouteilles, toujours un must dans toute pièce habitée par Jacob Coleridge, gisaient ici et là comme des douilles de balles vides. Jake se pencha et en souleva une. Son père était passé du Laphroaig au Royal Lochnagar – au moins il n'était pas devenu radin au cours des dernières années.

Le plus étrange, c'étaient les cutters – des cutters jaunes éparpillés un peu partout, toujours à portée de main. Jake en ramassa un, actionna la molette pour faire glisser la lame hors du manche. Elle était rouillée. Ils devaient être en promo, songea Jake, et il le reposa.

L'une des douze vitres qui s'étiraient du sol au plafond et qui donnaient sur l'océan avait été remplacée par un panneau de contreplaqué dont les bords étaient peints en vert vif. C'était là que son père était passé à travers la baie dans sa ruée vers la piscine – ses fringues en feu, ses doigts fondant comme des bougies. La piscine se trouvait au centre de la terrasse d'un gris délavé. C'était désormais une simple mare rectangulaire verte, mais ses parois intérieures avaient été peintes par Pablo Picasso et son père lors d'un week-end de beuverie en 1967.

Contre le dossier du canapé était posé un portrait de Chuck Close dont les yeux avaient été découpés – sans aucun doute avec l'un des cutters – le graffiti secret d'un certain Jacob Gansevoort Coleridge Sr. Pourquoi son père avait-il fait ça ?

Jake marqua une pause pour examiner un mot scotché sur l'une des grandes vitres intactes. Sur un bout de papier à dessin, en épaisses lettres capitales, son père avait inscrit : TON NOM EST JACOB COLERIDGE. CONTINUE DE PEINDRE.

Jake se figea, ses yeux rampant sur la surface du papier à dessin, se demandant s'il était prêt ou non pour tout ça. La réponse ne mit pas longtemps à venir. *Pas vraiment.* Mais il n'était pas en position de *choisir*, il devait *agir*. C'était toute la différence. Il se rendit à la cuisine.

Il examina le contenu du réfrigérateur. Trois boîtes de bière *light*, des steaks qui n'étaient plus consommables – ni par des humains ni par quoi que ce soit d'autre – depuis un bout de temps, une douzaine de gobelets à soupe en polystyrène à moitié remplis d'une gadoue qui paraissait sur le point de se transformer en pétrole, un citron fripé solitaire qui ressemblait à une bête ancestrale abandonnée, une chaussure, un porte-clés, une motte de gazon desséchée, deux livres de poche et deux cutters – un dans le bac à légumes, l'autre dans le compartiment à beurre. Jake referma le réfrigérateur et balaya du regard le reste de la cuisine.

Il n'y avait pas de vaisselle sale à proprement parler, juste une couche marbrée de miettes, de moutons de poussière et d'empreintes de doigts incrustées de peinture qui semblaient avoir été déposés là avant même l'invention d'Internet.

Il ouvrit un tiroir au hasard et trouva du matériel de peinture entassé à l'intérieur, des petites toiles empilées comme des livres, de sinistres taches grises et noires aux formes irrégulières qui grimaçaient dans sa direction, le mettant au défi de continuer de regarder.

Le travail de son père avait toujours été sombre – dans sa composition comme dans ses thèmes –, une marque de fabrique qui lui avait rapidement permis de se distinguer des proto-hippies de sa génération qui usaient de jolies couleurs et de coups de pinceaux optimistes. Mais ces petites toiles étaient des surfaces grises et noires sans vie traversées de stries rouges, comme des veines juste sous la surface. Elles n'étaient pas classiques. Elles n'étaient pas modernes. En y réfléchissant, il s'aperçut qu'elles n'étaient même pas sensées. Mais bon, que pouvait-on attendre d'autre d'un homme qui gardait des morceaux de gazon dans son frigo et qui se transformait en torche humaine le jeudi soir ?

Il regarda autour de lui et se demanda ce qui était arrivé à l'homme qu'il avait quitté. Le génial Jacob Coleridge en avait été réduit à s'écrire des mots et à peindre de stupides gribouillis délirants. S'il s'était attendu à bien des choses de la part de son père, l'infantilité n'en avait jamais fait partie. Jake reposa la toile dans le tiroir et le referma du genou.

C'était incroyable comme tout pouvait partir en couilles. Trente-trois années de malheur s'étaient écoulées ici. Leur puanteur emplissait la maison. Peut-être que le mieux serait de foutre le feu à l'un des journaux, de le balancer dans le salon et de refermer la porte, abandonnant la maison aux flammes. D'effacer cet endroit de sa mémoire. Peut-être que c'était ce que son paternel avait lui-même tenté de faire. Peut-être qu'il en avait finalement eu sa claque de sa propre compagnie.

« Arrête », prononça-t-il tout haut, et, en entendant le son de sa voix, il s'aperçut qu'il était en train de faire exactement ce qu'il s'était promis de ne pas faire – s'apitoyer sur son sort. Il quitta la cuisine et traversa un parquet couvert de douzaines de petits tapis persans qui se chevauchaient à des angles bizarres comme des timbres étrangers sur un colis.

Il gagna les grandes baies vitrées coulissantes qui donnaient sur l'océan et se tint là, mains dans les poches, tentant de s'imaginer qu'il était ailleurs. N'importe où sauf ici, dans cette maison, dans ce lieu où il s'était juré de ne jamais revenir. Il regarda l'océan et contrôla sa respiration. Il enfonça la main dans sa poche, tira un paquet de Marlboro et en alluma une avec le Zippo en argent fin que Kay lui avait offert.

Il aspira une bonne taffe et se concentra sur l'océan derrière la plage. Comme il fixait l'eau, il se rappela l'ouragan qui approchait. Encore un Capverdien. La ville se préparait déjà ; il avait vu les pancartes en arrivant – des volets qui se fermaient, des voitures qu'on chargeait, des bouteilles d'eau et des piles pour lampes torches qu'on amassait par cageots entiers. Le visage orangé et tout sourire de la présentatrice de CNN sur l'écran de télé silencieux de la chambre d'hôpital avait eu ce petit pétillement malveillant quand elle avait désigné sur les images satellite l'énorme œil tourbillonnant de la bête. C'était un balèze, qui se dirigeait vers la Nouvelle-Angleterre et était attendu dans un peu plus de cinquante heures. Ce qui laisserait à Jake largement assez de temps pour se farcir les formulaires à l'hôpital avant de foutre le camp d'ici. Il se concentra sur l'horizon, tentant d'apercevoir derrière cette journée lumineuse et dégagée la tempête qui approchait, mais tout ce qu'il voyait, c'était le ciel bleu immuable d'une aquarelle de Winslow Homer. Pourtant, les emmerdements arrivaient. Comme si le fait qu'il était de retour à la maison était de mauvais augure.

Jake termina sa cigarette, la jeta par terre, l'écrasa sur le tapis avec le talon de sa botte, et il se détourna du tableau photo réaliste de l'Atlantique pour observer le négatif rayé de la maison. Il sortit son iPhone de sa poche, composa le numéro sans vraiment regarder l'écran et se laissa tomber sur le divan au cuir épais dans un nuage de poussière.

Trois... quatre... cinq sonneries. Il consulta sa montre. Jeremy devait être à la garderie et Kay, en répétition, avec son téléphone éteint et...

« Kay River, répondit-elle, le croassement lointain de l'orchestre résonnant chétivement en fond sonore.

– Salut, chérie, c'est moi. Je voulais juste m'assurer que Jeremy et toi alliez bien.

– Ça va. T'en fais pas pour nous. Comment est ton père ? »

Jake songea à l'homme sous sédatifs qu'il avait vu à l'hôpital une heure plus tôt. Aux pointes de mucus blanches au coin de ses yeux. À sa respiration difficile. Aux mains fondues emmaillotées dans des pansements.

« Il a vieilli, je ne sais pas quoi te dire d'autre. » Il se concentra sur les vagues qui déferlaient sur la plage derrière la piscine, sur la musique qui accompagnait agréablement le spectacle de la nature. « Campioni ? » demanda-t-il, tentant de reconnaître l'arrangement.

Kay s'esclaffa.

« Bien essayé. Luchesi.

– Désolé. J'ai tenté ma chance.

– Je ne t'ai pas épousé pour ton oreille.

– Je sais. »

Le visage de Kay lui apparut progressivement, ses taches de rousseur et son sourire s'assemblant pour former un hologramme mental.

« Tu es à l'hôpital ?

– J'ai fini il y a une heure et je viens d'arriver chez mon père. C'est le bordel. Je ne sais pas si je peux rester ici. »

Ses yeux errèrent à travers la pièce, absorbant chaque détail. Avec les détritus et les tableaux on aurait dit un tombeau saccagé dans la Vallée des Rois, le sarcophage en moins.

« Ni si j'en ai envie.

– Si, tu peux. Et tu devrais. C'est ce dont tu as besoin, même si tu ne le sais pas, monsieur Je-sais-tout. »

Pourquoi arrivait-elle toujours à lui faire accepter ses démons ?

« OK, se contenta-t-il de répondre.

– Écoute, j'ai une autre répétition demain qui se termine de bonne heure. Jeremy et moi pourrions prendre le bus pour te rejoindre. Je peux prendre quelques jours. Je ne veux pas que tu traverses ça tout seul. »

Ses yeux quittèrent la toile mouvante et lumineuse de la plage de l'autre côté de la fenêtre et trouvèrent le cendrier de porcelaine dont un morceau avait été réparé à la hâte. C'était arrivé quand ? Trente et un ans plus tôt ? Il porta inconsciemment la main à la base de son crâne et sentit le gonflement de la cicatrice, celle qui le faisait encore souffrir quand il regardait fixement une lumière vive pendant trop longtemps ou quand il était coincé dans les bouchons.

« … ake ? Tu es là ? Jake ? Tu es… »

Il se pinça l'arête du nez.

« Je suppose que je suis plus fatigué que je ne le croyais. Je vais dormir un peu, peut-être manger quelque chose.

– Ça me semble une bonne idée. Mange des protéines. Des sardines et du fromage frais sur du pain aux céréales, OK ? »

Il sourit, et c'était plutôt agréable comparé à la grimace qui ne quittait pas son visage depuis que l'hôpital l'avait appelé.

« Merci, chérie. Tu me manques déjà.

– Toi aussi, tu me manques. Appelle si tu te sens seul, même en pleine nuit. OK ?

– OK. Au revoir, chérie. »

Il laissa tomber le téléphone sur le plateau encombré de la table basse. Des particules de poussière s'élevèrent, et Jake se dit que si la miss Havisham de Dickens avait été alcoolo, elle se serait bien entendue avec son père. Tant qu'elle n'oubliait pas de se planquer sous le lit et de fermer la porte à clé quand le diable s'emparait de son paternel.

Il gravit l'escalier à limon central et, au fil de son ascension, vit que divers détritus jonchaient le dessus de chaque meuble de la pièce principale, depuis des gobelets de soupe vides jusqu'à des numéros non lus du magazine *Awake !* en passant par des objets plus ésotériques tels qu'une poupée Barbie déshabillée ou un vieux filtre à huile. Au sommet de l'escalier il marqua une pause, examinant cette maison qui lui avait semblé tellement plus grande la dernière fois qu'il s'y était trouvé.

La lumière qui pénétrait par les grands rectangles de verre donnant sur l'Atlantique nettoyait de nombreux péchés, effaçant la poussière et les débris d'un large coup de pinceau d'un blanc bleuté qui lui faisait plisser les yeux. Les tapis persans, telles des gaufres de couleur superposées en tous sens, étaient parsemés de fragments de vie, comme tout le reste de la maison. Jake vit les traces de pas calcinées que son père avait laissées derrière lui dans sa danse d'Alzheimer, la combinaison gagnante dans une partie de Twister pour pyromanes, près du panneau de contreplaqué qui remplaçait la grande vitre. Jake déchiffra inconsciemment le motif qu'elles dessinaient, démarrant juste à gauche de la cheminée, effectuant quatre bons pas de samba devant le piano, puis tournant rapidement à droite pour cinq foulées de fox-trot, titubant de nouveau vers la gauche, tournoyant sur place pour le grand final avant de passer à travers la vitre et d'atterrir sur la terrasse où il s'était précipité vers la piscine, s'écroulant dans la vase comme un poisson malade. Avec tout l'alcool qu'il avait dans le sang, c'était un miracle qu'il n'ait pas tout bonnement explosé, faisant voler la maison en éclats dans un nuage chauffé à blanc.

Dehors, de l'autre côté des vitres, dont l'une était remplacée par du contreplaqué, il vit l'atelier de son père, bâti à la limite de la propriété, surplombant la plage. Les fenêtres étaient obscurcies, la moitié des bardeaux avait disparu, et ceux qui restaient étaient noircis et tordus – encore un élément à ajouter à l'image mentale fortement stylisée que Jake se construisait rapidement.

Il songea à examiner le reste des lieux, puis décida que ça ne l'intéressait pas vraiment. La crasse et les cutters lui suffisaient. Du moins pour le moment. Il redescendit l'escalier, ses bottes à harnais produisant un bruit sourd à chacun de ses pas lourds, et s'aperçut qu'il était plus fatigué qu'il ne l'avait avoué à Kay. Il souleva une pile de petites toiles sur le canapé et les posa en appui contre la table basse. Elles paraissaient sombres et sanglantes, comme celles dans le tiroir de la cuisine – grises, troublantes.

Jake sortit son arme, un gros Smith & Wesson M500 en inox, et le glissa sous le coussin à la tête du canapé. Puis il ôta ses bottes, bascula les jambes sur le canapé et s'endormit.

La sonnerie stridente de son téléphone portable l'arracha à son sommeil et il se redressa brutalement.

« Jake Cole », dit-il instinctivement. Il portait toujours son blouson de cuir et avait l'impression d'avoir la tête pleine de suie brûlante. Dehors il faisait nuit et il jeta un coup d'œil à sa montre. Vingt-trois heures treize.

« Agent spécial Jake Cole ? »

Il prit une profonde inspiration et grommela un « hum hum ». Il gratta la cicatrice à la base de son crâne.

« Ici le shérif Mike Hauser, Southampton SD. C'est l'antenne du Bureau à New York qui m'a donné votre numéro. Désolé de vous appeler à cette heure, mais j'ai un problème, et il s'avère que vous êtes à huit kilomètres de l'endroit où j'ai besoin de vous. »

Le ton et le choix des mots en disaient long à Jake sur l'homme au bout du fil. Svelte. 50 ans. Cheveux en brosse. Sig Sauer P226 comme arme de poing. Drapeau américain épinglé au revers de sa veste. Ancien sportif.

Il y eut une pause et Jake s'aperçut qu'il était censé dire au shérif qu'il avait bien fait d'appeler. Que, naturellement, il était à sa disposition. Que, oui, monsieur, il était là pour l'aider. Il passa la main sous le coussin et en tira le lourd revolver. Il vérifia le barillet – une vieille habitude – et l'enfonça dans le holster à pression fixé à son ceinturon en écoutant le shérif. Tout ce qu'il demanda ensuite fut : « Comment sont-ils morts ? »

La pause dura un peu plus longtemps, et Jake reconnut le lourd silence d'un homme tentant de rassembler son courage, silence qui en disait encore plus à Jake sur le shérif. Hauser ravala bruyamment sa salive, puis répondit : « Ils ont été écorchés vifs. »

Et le petit flot d'émotions qu'il avait refusé de reconnaître quelques heures plus tôt recouvrit tout, voilant l'océan et la lune au-delà. Il se figea dans sa tête et sa pression sanguine grimpa soudain telle une pulsation électromagnétique qui lui fit vibrer l'intérieur du crâne.

Cette vieille saloperie de peur revenait s'amuser avec lui.

3

Jacob Coleridge, Jr. – désormais Jake Cole – rétrograda de la quatrième à la troisième et mit les gaz. Le moteur Hemi 426 gronda tandis que la légion de chevaux-vapeur avalait l'asphalte et que la Charger de 1968 négociait un virage dans un bruit strident, faisant valser son paquet de cigarettes à travers le tableau de bord. Alors qu'il franchissait la pointe du virage, le faisceau des phares s'éleva au-dessus du bas-côté et illumina l'une des clôtures qui séparaient la plage de la route. Il aperçut comme dans un flash la clôture et le sable bleutés, et brièvement l'Atlantique au loin, puis son capot allongé se remit dans l'axe de la ligne droite et il fonça, presque plein est, en route vers les morts.

C'était un soir de semaine et il n'y avait pas de circulation sur la Montauk Highway. La route qui slalomait doucement ramena Jake à son seizième été, quand il allait chez Billy Spencer dans la Corvette hors d'âge de celui-ci après leur service au Yacht-Club de Montauk, les poches pleines de pourboires de deux ou trois dollars qui, mis bout à bout, leur permettaient tout juste de tenir le week-end. Ils fonçaient le long de la côte avec la capote en toile déchirée rabattue, écoutant les Clash et fumant de l'herbe.

Les vitres étaient baissées et l'air frais de la nuit s'engouffrait dans l'habitacle. Le vent qui avait agité l'océan était retombé, et tout ce qui restait, c'était le puissant tambourinement de la brise qui cognait le long de la côte comme un battement de cœur, apportant de l'air frais du large. Un objet métallique cliquetait en rythme sur la banquette arrière, probablement la boucle du siège de Jeremy, mais le bruit était noyé dans le vacarme de la voiture.

Jake essayait de rentrer dans son personnage. C'est ce qu'il faisait chaque fois qu'il allait travailler – chaque fois, à vrai dire, qu'il était forcé d'affronter les morts, les mutilés et les déshonorés qui constituaient sa clientèle.

C'était comme se construire une carapace, mais à l'intérieur. Contrairement à la plupart de ses collègues du Bureau, la menace immédiate à laquelle il faisait face n'était pas physique. En tant que premier homme sur la scène de certains des crimes les plus violents commis sur la planète, Jake courait continuellement le risque d'être abîmé par les éclats de la sculpture humaine sanglante qu'il décodait. Au lieu d'un gilet en Kevlar et d'un casque antiémeute, sa protection était donc un bouclier mental méticuleusement conçu de sorte à éviter que les zones les plus tendres de son psychisme ne soient endommagées. Avant de pénétrer sur une scène de crime, Jake enveloppait certaines parties de lui-même et les remisait dans un coin sûr de son esprit pour qu'elles soient épargnées par un processus qui le répugnait autant qu'il le fascinait. Et quand c'était fini, quand il quittait le boulot, il pouvait fonctionner sans que la pourriture ne l'atteigne. Du moins, c'était la théorie.

Dernièrement, aller sur des scènes de crime lui avait demandé quelques efforts, et ce soir l'interrupteur sur lequel il comptait pour passer du mode passif au mode actif semblait mal fonctionner. Si ç'avait été quelqu'un d'autre, il aurait compris. Il aurait compati. Mais il ne permettait pas que ça lui arrive à lui. Il ne pouvait pas. Il s'en voulait que l'image de son père, gavé de sédatifs dans son lit d'hôpital, vienne contaminer ses pensées ; pour le moment il avait besoin d'avoir les idées claires.

En y réfléchissant bien, le problème n'était pas uniquement son père – c'était le fait qu'il était ici. Qu'il était *revenu* ici. Qu'il était entré dans la maison. Qu'il avait vu ce foutu cendrier fêlé avec son bout collé posé par terre. Qu'il avait enjambé et contourné ces sinistres petites toiles qu'un peintre autrefois génial avait barbouillées durant sa plongée vertigineuse dans la folie. Qu'il avait senti l'odeur de l'océan. Qu'il avait roulé sur la Montauk Highway. Qu'il avait repensé à Spencer et à sa vieille Corvette. C'était le morceau de gazon dans le frigo. La piscine infestée d'algues. Tout ça.

Jake prit une inspiration et écarta de son esprit cet inventaire mental. Il se concentra sur sa conduite, sur la route qui s'ouvrait dans les vifs faisceaux halogènes des phares, prenant soin de maintenir la voiture entre les lignes tracées sur la chaussée. Il enfonça la pédale de l'accélérateur, fit un double débrayage pour passer en quatrième, et sentit comme des insectes se balader dans son estomac tandis que la voiture franchissait une petite élévation sur la route qui sinuait le long de la côte tel un serpent noir. La ceinture de sécurité le retint lorsque la Dodge arriva au sommet, puis le plaqua contre le siège en cuir lorsqu'elle retomba dans un creux sur le dos du serpent. Il accéléra de nouveau, et la voiture bondit en avant dans le gémissement strident de l'essence qui se transformait en mouvement.

Quelques minutes plus tard il repéra les gyrophares qui clignotaient tels des arbres de Noël devant lui, à l'écart de la route et partiellement masqués par les dents noires des troncs d'arbres.

Deux imposants piliers de pierre qui soutenaient un portail massif en fer forgé flanquaient l'allée. Deux voitures de la police de Southampton gardaient l'entrée, un opéra visuel de flashes rouges, blancs et bleus. Jake passa le portail et s'arrêta net tandis que l'un des agents en uniforme se hâtait vers lui, une Maglite pendouillant de sa main.

Comme il connaissait le protocole, il ne prit pas la peine de lever les yeux – le faisceau de la lampe torche risquait de déclencher l'un de ses maux de tête.

« Vous êtes l'agent spécial Cole ? » demanda l'agent invisible qui chatoyait à la limite de son champ de vision, et le logiciel interne de Jake construisit une image qui allait avec la voix.

Lorsque le faisceau eut quitté son visage, il leva les yeux.

« Spencer ? » demanda-t-il, et il sentit le coin de ses lèvres se relever, esquissant ce qui aurait pu s'apparenter à un sourire.

Le flic fit un pas en arrière et son expression neutre se transforma en une moue interrogative qui scintilla à la lumière du gyrophare.

« C'est "agent William Spencer" ! » rétorqua-t-il. Et comme il prononçait son nom de famille, il reconnut Jake dans le clignotement bleu et rouge et son ton s'adoucit. « Jakey ? Qu'est-ce que tu fous ici ? »

L'expression du flic changea et il sembla soudain beaucoup plus sympathique, même dans le scintillement de Noël du gyrophare. Ses yeux glissèrent sur Jake et sa bouche dessina un sourire plutôt convaincant, ce qui, même après tout ce temps, surprit Jake car il lui avait démoli la moitié de la bouche quand ils étaient en primaire. Spencer orienta le faisceau de la lampe torche vers l'intérieur de la voiture, illuminant brièvement le siège enfant à l'arrière.

Jake contint les émotions dont il savait qu'elles ne lui seraient d'aucune utilité dans les moments à venir et montra sa plaque.

« Ton shérif avait l'air plutôt morose au téléphone il y a un quart d'heure. »

Spencer l'ignora.

« T'es de retour chez ton vieux ? » Puis, après avoir acquiescé comme s'il répondait lui-même à sa question, il demanda : « C'est quoi, ce nouveau nom ? »

Jake inspira l'air marin à pleins poumons. Voilà pourquoi il ne voulait pas revenir. Il savait qu'on l'interrogerait sur son passé.

« Le nom Jacob Coleridge était plus un obstacle qu'une bénédiction hors d'ici. »

Être le fils d'un peintre célèbre avait certaines conséquences, dont aucune n'était positive. Hormis peut-être les groupies des écoles d'art qui avaient couché avec lui en espérant absorber du bon vieil ADN de célébrité, même à une génération d'intervalle.

Le sourire de Spencer se court-circuita et il acquiesça comme s'il comprenait.

« C'est toi qu'Hauser a appelé ? »

C'était plus une affirmation qu'une question.

Jake fit oui de la tête. Dans la lueur crue des gyrophares, les yeux de Spencer continuaient de refléter des éclats bleus et rouges indécis.

« Je détesterais être à ta place », déclara Spencer.

Le scintillement des yeux du flic troublait Jake, et il se concentra sur la pente rougeoyante du toit juste au-dessus de la légère élévation de l'allée ; c'était une vieille habitude à Long Island de dissimuler les maisons derrière un petit talus pour qu'on ne les voie pas depuis la route. Il observa le toit d'ardoises illuminé par les véhicules d'urgence qui étaient à coup sûr garés dans l'allée, déployés par degré d'importance.

« Qu'est-ce que vous avez fait des journalistes ? »

Jake savait qu'avec la tempête qui approchait chaque programme d'informations national avait des journalistes qui arpentaient la côte dans l'attente du désastre imminent. Et ils ne passeraient pas à côté d'un double meurtre, quels que soient les efforts de la police pour enterrer l'affaire.

Spencer secoua la tête.

« Pas de médias. Hauser n'a appelé personne et je ne crois pas qu'il va le faire. »

Ça aussi en disait un peu plus à Jake sur le shérif.

L'agent William Spencer tapota son arme avec l'extrémité de sa lampe torche.

« Si un cameraman essaie d'entrer, si j'ai un intrus dans la propriété. »

Jake secoua la tête.

« Non, Billy, tu ne fais pas ça. Tu viens me chercher. C'est clair ? »

Spencer laissa la question résonner dans le silence pendant quelques secondes avant de répondre :

« D'accord. OK.

– Les médias vont jouer un rôle important dans cette enquête. Nous voulons qu'ils travaillent avec nous, pas contre nous. S'ils débarquent, tu viens me chercher. »

Spencer sourit, et la tension disparut.

« Pourquoi t'ont-ils appelé ?

– J'ai déjà fait ça. La police locale a appelé le FBI et l'antenne de New York savait que j'étais chez mon père. J'imagine que les grands pontes ont jugé ma présence nécessaire. »

Il se tourna de nouveau vers Spencer, dont les yeux scintillants étaient curieusement devenus moins troublants.

« Juste une heureuse coïncidence, je suppose.

– Tu es un type intelligent, Jake. Du moins, tu l'étais. » La bouche de Spencer s'ouvrit et ses dents se mirent à clignoter en rythme avec ses yeux à la lueur des gyrophares. « Les coïncidences, ça n'existe pas. » Il fit la moue et baissa les yeux, comme s'il était embarrassé. « Tu le sais bien. »

Jake détestait les platitudes et les clichés, mais quelque chose dans la manière dont Spencer avait prononcé ces mots l'alerta.

« Passe me voir un de ces jours », dit-il, et il s'engagea à toute allure dans l'allée.

4

Contrairement aux descendants du clan Wyeth, le fils de Jacob Coleridge n'était pas foutu de tracer un trait droit. Jake, cependant, était capable de faire des choses remarquables. Son véritable talent – encore plus grand que celui de son père – était sa capacité à peindre les derniers moments de la vie des autres. Et grâce à cette aptitude mystérieuse et souvent effrayante, Jake Cole était très doué pour traquer les monstres.

Ses collègues considéraient ça comme une forme d'art ésotérique, une sorte de communication bizarre avec des esprits qu'il aurait mieux valu laisser tranquilles – des esprits dérangés, psychotiques, torturés. Jake découvrait sur chaque scène de crime des nuances uniques. Et c'était dans cette unicité qu'il décodait les empreintes stylistiques – la signature de l'assassin. Une fois qu'il avait cette signature en mémoire, il la reconnaissait au premier coup d'œil. Sur le marché de l'art, un don comme le sien, appliqué aux tableaux, lui aurait rapporté des millions de dollars par an. Quand il s'agissait de rechercher des assassins, il était d'une valeur inestimable.

Il franchit la haute porte voûtée sur laquelle était gravé un motif français complexe. La maison lui parla immédiatement. De richesse. D'éducation. De culture. De mort. Et… et ? Et d'autre chose que Jake ne parvint pas tout à fait à identifier. Il n'était jamais venu ici – il avait une excellente mémoire photographique et n'avait aucun souvenir de cette propriété – mais tout au fond, enterré sous la personnalité de la maison, il y avait quelque chose qu'il connaissait. Un murmure lointain qu'il n'identifiait pas complètement.

Le shérif Hauser était exactement fidèle au portrait que Jake s'était peint mentalement, jusqu'au drapeau américain épinglé au revers de sa veste. Avec ses bottes en cuir, il mesurait facilement un mètre quatre-vingt-dix, pesait cent dix bons kilos et arborait la coupe en brosse de rigueur et la beauté fade des gens de son espèce. Même si, pour le moment, tandis qu'il se tenait dans une maison occupée par des cadavres qu'il avait juré de protéger et servir, deux êtres humains écorchés et sanguinolents qui gisaient par terre, Jake devinait la tension qui palpitait sous le calme apparent. Les fines lignes que l'inquiétude creusait sur son visage ressemblaient à des fissures sur une statue de jardin qui serait restée trop longtemps exposée aux éléments. Jake ne savait pas pourquoi, mais il était certain que l'homme avait joué au football ; il y avait quelque chose dans sa manière de bouger les épaules, dans sa façon de tourner la tête, qui trahissait un *quarterback*. Mais, en dépit de sa prestance, Jake savait qu'il ne faudrait pas grand-chose pour percer quelques trous dans la fine carapace d'Hauser, et le forcer à aller vomir dehors.

Jake s'immisça dans la conversation que le shérif avait avec un photographe du bureau du légiste en tenue de cosmonaute.

« Shérif Hauser ? Jake Cole », annonça-t-il en tendant la main.

Hauser ne la saisit pas, mais il inspecta Jake de la tête aux pieds. Sa bouche se crispa un peu, et Jake se demanda s'il était tombé sur un de ces shérifs de province coincés du cul qui finirait au fil de l'enquête par devenir son pire ennemi. Mais Hauser le surprit.

« Cole ? Bien sûr. Désolé. Je… » Il n'acheva pas sa phrase et se passa le dos de la main sur la bouche. « Je ne suis pas trop dans mon assiette pour le moment. Je suppose que c'est la dernière chose à dire au FBI, hein ?

– J'apprécie votre honnêteté. »

Il regarda par-dessus l'épaule d'Hauser en direction de la porte grande ouverte qui donnait sur la chambre inondée de la blancheur spatiale des projecteurs. Il décida d'attendre une minute avant d'y pénétrer, le temps d'informer Hauser de leur nouvelle stratégie vis-à-vis de la presse.

« Qu'est-ce que vous allez faire avec les médias ? » demanda-t-il, sautant les préliminaires.

Hauser secoua la tête.

« Pas de médias.

– La moitié des journalistes du pays sont dans la région. Officiellement, la politique du FBI est de travailler avec les médias. Établissez un lien et vous serez surpris de voir à quel point la presse peut faire plus de bien que de mal. »

Hauser arracha son gant de caoutchouc et se massa les yeux avec le pouce et l'index.

« Je n'ai pas beaucoup d'expérience en la matière. »

Jake passa trente secondes à expliquer au shérif comment élaborer un plan média efficace qui servirait l'enquête et proposa à Hauser d'être le porte-parole officiel – au moins, songea-t-il, il présenterait bien devant les caméras. Après son bref topo et ses promesses d'assistance, Jake désigna le rectangle inondé de lumière et s'excusa.

Il se glissa devant Hauser et marcha jusqu'à la porte, repoussant deux hommes du shérif qui lui barraient la route. Personne ne protestait ni ne disait un mot lorsque Jake était sur une scène de crime – quelque chose en lui indiquait qu'il valait mieux s'écarter de son chemin.

Il vit les cadavres par terre et son cerveau passa à l'action, son logiciel interne emmagasinait automatiquement les détails et les comparait à sa vaste base de données mentale. Le bruit dans la pièce cessa. Les personnes qui s'activaient derrière lui disparurent. La seule lumière était le faisceau cru des halogènes braqués sur les morts. Il resta planté là pendant quelques secondes qui auraient pu être des minutes ou des heures ou des jours, inventoriant tout ce qu'il voyait comme s'il téléchargeait mentalement des données.

Immédiatement – plus vite, même, pour autant que ce fût possible – il sut. Il *sut.* Avec une certitude qu'il n'aurait pu expliquer.

Maintenant il comprenait le murmure distant qu'il n'avait pas tout à fait identifié quand il était entré. C'était le parfum de la familiarité. Il connaissait ce travail. C'était lui.

Lui.

Jake se tenait immobile, les détails les plus infimes de la scène bourdonnant dans sa tête. Il savait ce qui s'était passé. Comment ça s'était passé. Combien de temps ça avait pris.

Le monde avait disparu – purement et simplement disparu – et il n'y avait plus aucun bruit hormis les hurlements de l'enfant. Les cris de la femme par terre. Jake entendait le craquement de ses côtes, comme quelqu'un mordant dans du céleri, tandis qu'elles étaient enfoncées d'un coup de pied. Il entendait le claquement de sa mâchoire qui se brisait tandis qu'on la frappait avec le pommeau du couteau de chasse qui servirait à l'écorcher. Il écoutait ses hurlements stridents recouvrir le bruit de sa peau qui se détachait de son corps. Et le gargouillis étouffé de ses prières pour que ça cesse. Pour que la mort arrive.

Et alors, aussi vite qu'elle était survenue, la vision disparut. Il était de nouveau au seuil de la pièce, et une voix sur sa gauche racontait une blague. Quelqu'un éclatait de rire. Déconcentré, hors de lui, Jake se retourna.

Un grand agent au crâne rasé arborait sur ses lèvres le vestige d'un sourire.

Jake se retint de hurler mais fit en sorte que tout le monde dans la maison l'entende.

« Vous trouvez ça marrant, espèce de connard ? »

L'agent, dont la plaque indiquait qu'il s'appelait Scopes, braqua ses yeux sur Jake. Il avait une expression mi-irritée, mi-embarrassée.

« Vous savez ce qui s'est passé ici ? » reprit Jake. Il attendit, et la maison devint silencieuse. Tout le monde interrompit ses activités. « Une femme a été écorchée vive. Elle a été maintenue au sol, forcée à regarder pendant que le gamin brisait probablement le mur du son avec ses hurlements. Et il s'est vidé de son sang avant que l'assassin en ait fini avec lui. Il a dû sacrément gigoter à la fin. Alors cet enfoiré a balancé le gamin par terre comme un jouet brisé et il a enfoncé les côtes de la femme d'un coup de pied. Pendant qu'elle haletait comme un poisson, tentant d'inspirer un peu d'air pour prier ou pour appeler à l'aide, il l'a scalpée. Puis il l'a probablement de nouveau cognée, et elle a presque perdu connaissance. Et pendant qu'elle tombait dans les pommes, il a arraché toute la chair de son visage. Et puis il a attendu. Et quand elle est revenue à elle, il l'a probablement laissée gueuler quelques minutes, histoire de bien graver cette image dans son esprit pour pouvoir se branler plus tard. Et alors, comme à ce stade il aimait tellement l'entendre brailler, il l'a maintenue avec son pied et il a arraché toute sa peau pendant qu'elle endurait des souffrances qui vous pulvériseraient le cerveau. Alors, si vous voyez ne serait-ce que l'ombre de quelque chose de marrant là-dedans, je vais vous emmener dehors et vous faire comprendre à ma manière, et si vous croyez que je plaisante », Jake fit un pas en direction de Scopes, qui mesurait une bonne demi-tête de plus que lui : « Allez-y, faites le malin. »

Scopes baissa les yeux.

« Je ne…

– Fermez votre gueule. Je ne veux pas d'excuses. Je veux que vous disparaissiez d'ici. Et si vous trouvez les couilles de venir me chercher des noises plus tard, quand vous serez bourré et fou de rage, je vous attends de pied ferme. C'est clair ?

– Je suis désolé. »

Le visage de Scopes pâlit légèrement, puis vira à un rouge profond qui laissa paraître les veines de son cou.

« Allez vous rendre utile et je considérerai cet incident comme oublié. »

Scopes acquiesça obséquieusement et sortit à contrecœur.

Jake se tourna, regarda Hauser. Les yeux du shérif étaient rivés sur la porte de la chambre, et il avait le teint blême, verdâtre.

« Ça va ? » demanda Jake, tentant de laisser paraître l'autre facette de sa personnalité.

Hauser était toujours verdâtre, même s'il commençait à reprendre contenance. Il balaya la question d'un geste de la main.

« Je suis désolé pour Scopes. Nous gérons tous le stress de différente… »

Jake secoua la tête.

« Laissez tomber. »

Hauser ravala sa salive. Quand il parlait, ses lèvres formaient une fine ligne qui bougeait à peine. Il ravala sa salive une deuxième fois, tentant de respirer par la bouche. Il flottait une odeur de métal, de sang, de merde et de peur.

Jake voulait retourner dans la chambre, retrouver les corps mutilés sur l'épais tapis. Se remettre au travail. Mais la petite voix dans sa tête n'arrêtait pas de causer, énumérant les éléments communs entre cette affaire et l'autre. La première. Celle qui l'avait poussé à faire ce métier.

Hauser interrompit la voix.

« La maison appartient à Carl et Jessica Farmer, et d'après les voisins, ils la louent quand ils sont en voyage. Pour le moment, je suppose que ces, heu... » Il marqua une pause, détourna délibérément les yeux de la pièce où gisaient les cadavres. « ... ces gens sont – *étaient* – des locataires. Nous ne connaissons pas leur nom. Ni celui de la femme, ni celui de l'enfant.

– C'est son fils. »

Hauser regarda Jake en plissant les yeux.

« Comment le savez-vous ?

– Je le sais, c'est tout. »

Hauser revint au sujet initial.

« D'après un voisin, les Farmer sont en croisière dans les Caraïbes. Ils partent chaque année pour l'automne et l'hiver et il y a constamment des gens qui vont et viennent. »

Jake regarda autour de lui, observa les œuvres d'art, les antiquités, les étoffes hors de prix. L'ordre méticuleux contrastait drôlement avec le taudis morbide de son père.

« Ils n'ont pas l'air d'avoir besoin d'argent. Il y en a pour vingt mille dollars de coussins Aubusson dans le salon. Pourquoi louer leur maison ? »

Hauser haussa les épaules, se passa une fois de plus le revers de la main sur la bouche.

« J'en sais rien. Les riches sont différents. » Il marqua une pause et jeta un coup d'œil par-dessus l'épaule de Jake en direction de la chambre. « Pour le moment, aucun voisin n'a vu le moindre locataire ni entendu d'enfant jouer. Peut-être que la femme et… son fils venaient d'arriver.

– Vous vérifiez le compte en banque des Farmer ? »

Le shérif acquiesça.

« Si un loyer a été payé par chèque, nous le saurons demain. Après-demain si leur banque n'est pas en ville.

– Pas de sac à main ? De courrier ? De médicaments sur ordonnance dans la salle de bains ? »

Hauser secoua la tête avec une expression déconcertée.

« Pas de sac à main. Pas de portefeuille. Pas de bagages. Rien de particulier, aucun article personnel.

– Des vêtements ? »

Hauser secoua une fois de plus la tête.

« Pas de vêtements d'enfant. Pas de vêtements pour une femme de cette taille. Ou de cet âge, si vous avez raison et qu'il s'agit bien de la mère. Sans sa… peau, c'est difficile à dire. Ça pourrait être sa grand-mère ou… »

Jake fit non de la tête.

« Elle a l'âge qui convient. Bonne musculature, pas beaucoup de graisse sous-cutanée. »

Et les autres choses que tu as vues ? demanda la voix dans sa tête.

Une femme d'environ 65 ans, parfaitement pimpante avec une coupe au carré qui avait été autrefois blonde, approcha. Elle était mince et portait l'une des tenues antistatiques de cosmonaute que Jake avait vues sur des centaines de scènes de crime. Hauser la présenta comme le médecin légiste, docteur Nancy Reagan. « Aucun lien de parenté », ajouta-t-il d'un ton neutre.

« Est-ce que le FBI est officiellement de la partie ? » demanda Reagan d'un ton plaisant, tel un serpent saluant une souris.

Il songea à la femme derrière lui, vautrée par terre et collée au tapis par son propre sang.

« Oui. »

Le sourire de la légiste s'estompa légèrement et elle demanda :

« Est-ce que je vous semble incompétente, agent spécial Cole ?

– Ce n'est pas une question de compétence, c'est une question d'expérience. » Jake se glissa de nouveau dans son personnage. « Ça vous dérange si je passe quelques minutes ici avec Madame X et l'enfant ? demanda-t-il. Seul ? »

Hauser ravala sa salive pour ce qui devait être la centième fois en deux minutes et acquiesça.

« Bien sûr. Pas de problème. Je distribue des amendes. Parfois je vois des accidents. Des gamins bourrés qui se battent en ville. Des meurtres ? Bien sûr, on est en Amérique, y a de quoi faire. Des fusillades et des agressions au couteau et des passages à tabac et des noyades et des suicides. Mais je n'avais jamais imaginé qu'on pouvait faire ce genre de saloperie. Jamais de ma vie. » Il regarda par-dessus son épaule et sa pomme d'Adam fit une fois de plus l'ascenseur. « Pourquoi quelqu'un irait écorcher vif un enfant ? Je ne peux pas... je... je ne... »

Jake interrompit le shérif avant qu'il ne se mette à chialer devant ses hommes.

« J'aimerais que le photographe du docteur Reagan m'accompagne. Qu'il prenne les photos que je lui demanderai. Sur ma propre carte mémoire. Vous pourrez en avoir des copies, naturellement. Je veux aussi recevoir des copies de vos rapports. »

Les assistants de la légiste avaient déjà passé les lieux au crible. Les motifs des projections de sang avaient été enregistrés, la scène de crime avait été minutieusement photographiée, et la moindre surface avait fait l'objet de recherche d'empreintes ou de traces ADN. Mais ce que Jake cherchait n'était pas ce qui intéressait la légiste – ni même ce qu'elle pouvait voir. Ce que Jake Cole voulait, c'était pénétrer la peur qu'il sentait battre dans la maison et parler aux morts avec cette partie de lui-même qu'il n'avait jamais vraiment comprise.

« Je reste, déclara Hauser, reprenant soudain ses esprits.

– C'est votre enquête. »

Le shérif leva la tête.

« Tout le monde dehors. Conway ? »

Un type plutôt petit affublé de l'une des tenues de cosmonaute omniprésentes et portant un Nikon hors de prix autour du cou s'approcha, ses pieds bruissant sur le tapis.

« Oui ?

– Je vous présente l'agent spécial Cole, FBI. Cole nous file un coup de main, alors prenez toutes les photos qu'il vous demandera – quelle que soit la *manière* dont il vous le demandera. Compris ? »

Conway acquiesça.

« Pas de problème, shérif. »

La maison commença à se vider, les flics et les hommes en combinaison blanche sortant dans une file indienne silencieuse. Conway changea la carte mémoire de son appareil et ajusta le gros flash Sunpak.

Lorsqu'ils furent seuls, Jake posa les yeux sur Conway.

« Laissez-moi fouiner un peu mais ne me perdez pas du regard. »

Conway haussa les épaules tel un homme habitué à recevoir des ordres et testa son flash.

Hauser fit un pas en arrière comme s'il était en train d'observer des bêtes sauvages dans une réserve naturelle. Il inclina la tête sur le côté et observa, espérant que Jake parviendrait à placer les meurtres dans un contexte rationnel.

Jake marcha jusqu'à la chambre et s'immobilisa sur le seuil. Par terre gisaient les silhouettes écorchées et couvertes de croûtes de Madame X et de son petit garçon. Il franchit la porte pour sa deuxième rencontre avec la femme et l'enfant. La mère et le fils.

Ce ne sont pas des personnes, se dit Jake.

Ce n'est pas une famille.

C'est une série d'indices.

Laissés par un artiste.

Un artiste que tu connais.

Tu as déjà vu ça.

C'est sa palette.

Il s'arrêta juste après avoir franchi la porte, et le son de cloche discordant des mauvais souvenirs se mit à retentir dans sa tête. Pendant un instant, il voulut tendre la main, se raccrocher à quelque chose, mais tout comme son cerveau, ses muscles étaient paralysés, la machine de son corps déconnectée de son processeur. Il resta immobile, les yeux posés sur les corps sans peau étalés par terre, son souffle coincé dans ses poumons.

C'est lui, disait la voix dans sa tête, d'un ton prosaïque.

Et il fut surpris d'être aussi calme. De constater que ses pieds étaient fermement collés au sol et qu'il était plus fort cette fois. Il sentit qu'Hauser se tenait dans l'espace vide derrière lui, comme un fantôme. Il devina que le shérif retenait son souffle.

Jake emplit ses poumons de l'air douceâtre et écœurant de la pièce, et pendant une fraction de seconde l'air lui échappa, et il crut qu'il allait vomir. Il ne résista pas, ne chercha pas à l'aspirer de nouveau ni à le retenir, se contenta de laisser la sensation gronder en lui un moment, puis elle disparut comme il s'y attendait et il revint à la chambre, à l'instant présent, à la galerie d'œuvres d'art mortuaires.

Il enregistra ce qu'il voyait, absorba le moindre pixel et le sauvegarda dans son bloc mémoire car cette fois-ci c'était…

Lui.

… important.

Lui.

Jake n'avait pas besoin d'en voir plus pour savoir. Il *savait* déjà. La signature – *sa* signature – était partout. C'était ça le relent sous-jacent qu'il avait perçu dans le salon pendant qu'il parlait à Hauser : la puanteur de la familiarité.

Madame X était au pied du lit, vautrée par terre tel un ballon de baudruche dégonflé. Elle gisait à plat ventre sur le tapis, l'une de ses jambes repliée au niveau du genou, une empreinte de pied sanguinolente souillant le bord du matelas. Il y avait beaucoup de sang sur le tapis. Le joyeux motif en zigzag d'un boucher du dimanche à l'œuvre.

Lui.

« Avez-vous vérifié les canalisations ? La baignoire et la douche ? demanda Jake à Hauser qui s'était approché en silence derrière lui. Avez-vous tiré les grilles et examiné les siphons ? »

C'est Conway qui répondit dans un sifflement mentholé.

« On a inséré une tige dans les canalisations, jusqu'à la fosse septique. Pas d'égout municipal ici. Rien trouvé. »

Es-tu sûr que c'est lui ? murmura la voix de l'espoir. Mais ça ne faisait aucun doute. Pas à une telle proximité. Pas après tout ce qui s'était passé. Spencer avait raison, les coïncidences n'existent pas.

Il s'accroupit, se pencha au-dessus du corps de la femme. Il avait vu de nombreuses atrocités au cours de son travail, mais l'horreur de la familiarité rendait les choses encore plus viscérales, comme si ce spectacle lui était destiné.

Avant même d'examiner la femme il savait ce qu'il trouverait.

Toute la peau de son corps avait été arrachée. Il tourna la tête tel un chat passant à travers une clôture, regarda entre les moignons sanguinolents de ses orteils, se baissa, jeta un coup d'œil au creux de son bras, examina la base de son crâne, et il ne trouva nulle part le moindre lambeau de peau. Elle avait été complètement dépouillée et jetée au sol. Sa chair était intégralement sillonnée d'incisions en forme de croissant laissées par la pointe du couteau. Sans le vouloir, il déclara à voix haute : « Elle a été écorchée avec un couteau à tranchant unique doté d'une pointe incurvée. Lame épaisse. Un couteau de chasse, plus que probablement. » Il regarda l'ouvrage, la technique, et tout lui revint soudain.

Lui. C'était désormais presque un carillon dans sa tête. Un mantra choral.

« Pourquoi a-t-il fait ça ? demanda Hauser d'une voix qui était à peine un murmure.

– Faire quoi ? »

Hauser se passa la langue sur les lèvres en espérant que ça l'aiderait à parler.

« Heu, l'écorcher. Est-ce qu'il cherchait à dissimuler son identité ? »

Jake secoua la tête et se rappela que la plupart des gens – flics inclus – n'avaient jamais l'occasion de voir une telle chose. Pour ce qui était des questions stupides, il avait entendu bien pire.

« Il ne s'agit pas de ça. Nous avons ses dents – presque toutes. Et son ADN. Non, nous allons découvrir qui sont ces gens et il le sait. » Jake baissa les yeux vers les cadavres et s'aperçut qu'il n'avait pas répondu à la grande question d'Hauser : *Pourquoi ?* « Certains prélèvent les pieds. D'autres des organes internes. D'autres encore emportent les parties génitales. Ce type aime la peau. Je ne connais pas encore le *pourquoi*, seulement le *comment*. Pour faire bref, c'est simplement que c'est son truc, sa façon de prendre son pied, alors il s'arrange pour se faire plaisir. » Il se tourna vers la femme. « Il trouve ça beau. »

La chair du visage était plissée et craquelée comme un pudding et les dents qu'elle avait cassées à force de les serrer étaient de petits morceaux blancs irréguliers. Sa langue reposait à quelques centimètres de son visage ; elle l'avait mordue et recrachée et on aurait dit une grosse limace qui aurait péri en essayant de fuir un incendie.

Il ouvrit la penderie et se figea. Les cintres étaient nus. À la lueur vive du spot de la penderie, Jake vit huit petits cratères sur le tapis.

« Prenez ça. Avec les mesures.

– Prendre quoi ? » demanda Conway, regardant fixement le tapis.

Jake s'accroupit et lui montra tour à tour les huit cratères.

Conway plissa les yeux.

« Je ne vois rien. »

Jake les montra une fois de plus.

« Là, là, là, là. Et aussi là, là, là et là. »

Une expression perplexe apparut sur le visage de Conway lorsqu'il les vit.

« Merde. Qu'est-ce que c'est ? »

Jake tenta de ne pas laisser paraître son agacement.

« Pieds de valise, déclara Hauser derrière eux.

– Pieds de valise ?

– Quelqu'un a pris deux valises dans la penderie, expliqua Jake en désignant du doigt la tringle au-dessus de sa tête avec ses cintres nus. Et toutes les fringues.

– Pourquoi il aurait fait ça ?

– Contentez-vous de prendre les putain de photos, OK ? »

C'est alors que Jake s'aperçut qu'il manquait autre chose – les jouets. On n'allait pas quelque part avec un enfant de cet âge sans jouets. Même si on ne partait que cinq minutes.

Jake se retourna et parcourut la pièce des yeux, mémorisant chaque objet, chaque surface et chaque détail, créant mentalement un modèle en 3D de la chambre dans lequel il pourrait se déplacer plus tard au besoin. Il ignora le relent douceâtre et cuivré du sang mêlé à la puanteur amère des matières fécales et à l'odeur de sa propre peur – ignora le fait qu'il se trouvait dans une pièce où un enfant avait été écorché vif devant sa mère qui avait elle-même été dépiautée comme un cadeau sanglant. Il laissa de côté le fait que dehors les hommes d'Hauser étaient probablement en train de contaminer la scène de crime. Il parvint même à oublier le photographe qui, accroupi dans sa tenue antistatique, prenait des photos sans rien comprendre. Il parvint même à oublier les morts.

Mais il ne pouvait pas oublier la petite voix qui s'était mise à jacasser dans sa tête comme un fantôme fiévreux sous amphètes. *Il attendait que tu rentres à la maison, Jakey. Tu croyais qu'il était parti ? Mort ?*

Eh bien, devine quoi ?

Il est de retour.

Et toi, mon pote, tu es foutu.

5

2 028 kilomètres à l'est de Nassau, Bahamas

De temps à autre, dame Nature nous fait son numéro histoire de frimer un peu. Voire beaucoup. Les Saintes Écritures appellent ça le Jugement, généralement prononcé par un Dieu vengeur pour maintenir l'homme dans son humilité. Mais, grâce aux progrès des sciences de la terre, on sait désormais que les catastrophes naturelles ne sont rien de plus que la rencontre synchronique de conditions atmosphériques aléatoires. Tout ce qu'il faut, c'est de la patience, et la bonne combinaison d'événements.

À la mi-septembre, à environ huit cents kilomètres au sud-ouest de l'archipel des Açores, une énorme tempête s'était immobilisée au-dessus de l'océan. Cette immobilisation avait été provoquée par trois fronts orageux qui se déplaçaient les uns vers les autres, bloquant la tempête sur place.

L'eau qui avait alimenté cette bête néfaste s'était élevée de l'océan sous l'effet de la chaleur solaire, montant dans l'atmosphère sous forme de condensation. L'évaporation avait généré une énergie qui avait rapidement fait croître la vitesse des vents au-dessus des eaux tropicales, et les vents plus rapides avaient accentué l'évaporation à la surface, alimentant la tempête d'encore plus de condensation. Cette réserve d'énergie avait fait gonfler le vaste ventre de la bête et les nuages d'orage avaient poussé comme des champignons dans l'atmosphère, entraînant toujours plus de condensation. Et un monstre qui se nourrissait de lui-même était né.

Le système, sous l'effet de la rotation de la Terre, s'était mis à tourner sur lui-même tel un énorme moteur thermique avec une réserve d'énergie infinie. La métamorphose de la grosse tempête en ouragan était achevée.

Il y avait eu plus de chaleur.

Plus d'évaporation.

Plus de vent.

Plus de condensation.

Plus.

Plus.

Plus.

Puis la pression atmosphérique avait chuté de plusieurs millibars.

Et l'ouragan avait commencé à se déplacer vers l'ouest.

Durant son voyage, son œil s'était dilaté pour devenir le plus grand jamais observé, dépassant celui de Carmen de plus de cent kilomètres. Dans la tradition du politiquement correct, la tempête avait été déclarée de sexe masculin et baptisée Dylan.

L'ouragan Dylan fonçait désormais vers les côtes américaines, et l'eau sur son passage, pilonnée par des vents qui approchaient les trois cent vingt kilomètres à l'heure, formait des vagues de vingt-cinq mètres de haut. Et il n'avait même pas vraiment commencé à revêtir ses peintures de guerre.

Il gardait ça pour le moment où il toucherait terre.

6

Deuxième jour
Montauk, Long Island

Jake se tenait juste au-dessus de la bande d'écume et d'algues que l'Atlantique avait passé la nuit à déverser sur la plage, vague après vague. Il faisait toujours bon, le Gulf Stream charriant un courant du Sud qui apportait l'air chaud avec lui. C'était une belle journée sur la côte est, l'un de ces matins d'automne qui donnent à croire que l'été n'est pas encore fini. Il n'y avait aucun signe de l'ouragan qui poussait le front chaud vers le nord.

Il s'était levé de bonne heure et avait avalé une tranche de saucisse sur un toast au-dessus de l'évier comme il le faisait quand il était junkie. Ça l'étonnait, même à l'époque, quand il était la plupart du temps comateux, qu'il ne soit jamais devenu une épave. Son appartement était toujours nickel. Bien sûr, c'était facile quand vous n'aviez même pas deux paires de chaussures et que les objets les plus chers que vous possédiez étaient la fourchette et le couteau en inox qui reposaient fièrement sur le set de table en carton sur le comptoir de la cuisine. À côté de la cuiller bleuie par les flammes et du tube chirurgical.

Il avait traversé le salon pieds nus, buvant du café dans un gobelet en carton hors d'âge qu'il avait vidé de ses pinceaux. Quelque chose dans la sensation de la cire sur ses doigts, dans la chaleur du café, dans la légère odeur de térébenthine, lui disait que le monde avait irrévocablement changé. Il n'avait pas mis les pieds ici depuis près de trente ans, et maintenant, tandis qu'il traversait la pièce lumineuse avec son toit en pente, il s'apercevait que c'était comme s'il n'était jamais vraiment parti. Car notre esprit n'est pas conçu pour oublier, mais pour ignorer.

Le tatoué au visage anguleux et aux yeux noirs impassibles qui lui retournait son regard dans le grand miroir à côté du piano ne ressemblait en rien au garçon qui avait quitté cette maison il y avait si longtemps de cela. Vingt-huit années s'étaient envolées, et la machine déglinguée qui lui faisait office de corps avait renouvelé ses cellules quatre fois depuis son départ. À part les impulsions électriques qui faisaient ressurgir ses souvenirs, Jake Cole était un homme différent.

Jake ne se rappelait pas s'être fait tatouer, ni même y avoir songé. À l'époque, il dépensait son argent en coke et en héroïne ; il n'aurait jamais songé à claquer son fric en quelque chose d'aussi débile qu'un tatouage. Mais, un matin, il s'était réveillé dans le minuscule appartement de Spring Street – quatre mois de loyer de retard et pourtant toujours pas expulsé. Il était allongé par terre au milieu de la cuisine avec un mal de tête infernal, frissonnant dans la flaque d'eau brunâtre qui avait débordé des toilettes dans la pièce d'à côté. Il s'était levé, et quand il avait tendu le bras pour s'appuyer au réfrigérateur qui n'était plus là, il l'avait vue, couvrant son bras comme une chemise de soie noire. L'encre recouvrait la totalité de son corps. Des poignets aux chevilles, s'achevant en une ligne irrégulière juste en dessous de son larynx. Plat et cicatrisé sur ses pieds – gonflé, rouge et encore frais au niveau du cou. Et il ne se souvenait de rien. Quatre mois effacés de sa vie.

Il était resté devant le miroir pendant des heures, s'examinant avec un calme qu'il ne connaissait d'ordinaire que quand il était défoncé. Le texte était en italien, et après avoir déchiffré quelques noms et quelques phrases, il avait compris de quoi il s'agissait.

Le 12e chant de l'*Enfer*, la première partie de la *Divine Comédie* de Dante. Jake connaissait l'histoire, évidemment. Quand il était enfant, c'était son livre préféré dans la bibliothèque de son père. Un imposant volume relié de cuir illustré par Gustave Doré. Il n'avait jamais consciemment identifié ses passages favoris, mais en s'observant dans le miroir, en regardant l'encre qui serpentait sur son corps, il avait su que c'était lui qui avait choisi cet extrait. Et quand il y réfléchissait, le 12e chant était évidemment le passage inévitable. Les violents condamnés à l'enfer. L'histoire des Hommes de sang. Comme ceux qu'il traquait désormais.

Comme *celui* qu'il traquait désormais.

Après tout ce temps. C'était comme se retrouver de nouveau à la maison, toujours ce putain de destin. Parce qu'il était dit que certaines choses se produiraient. Que certains lieux seraient revisités. Et c'est alors qu'il s'était aperçu qu'il n'était pas encore monté à l'étage.

Naturellement, l'étage était aussi épouvantable que le rez-de-chaussée, pire encore parce que la chaleur qui s'élevait dans la maison n'avait nulle part où s'échapper, et l'odeur de poussière et de crasse et de désespoir avait imprégné les murs. Le sol en haut était nu, couvert d'un plancher défoncé dont le vernis écaillé laissait paraître le bois brut et sale. Outre de nouveaux cutters, quelques toiles couvertes de dessins misérables y étaient également conservées, appuyées en tas contre le mur.

Il s'arrêta et en souleva une, tentant de comprendre ce qui était passé par la tête de son père. Étaient-ce des exercices ? Depuis combien de temps peignait-il ces trucs ? Depuis combien de temps était-il malade ? Pourquoi personne ne s'était rendu compte de rien ?

Il se demandait ce qu'avait pensé son père quand il avait peint ces fragments de non-couleur sans vie. Jake avait cessé de s'en faire pour son paternel des années auparavant, mais il n'avait jamais cessé de le respecter. On pouvait dire bien des saloperies sur Jacob Coleridge – suffisamment de vacheries pour remplir un stade de football –, mais la chose qu'on ne pouvait pas dire, c'était qu'il n'avait pas de talent. Contrairement aux autres arrivistes qui s'en étaient mis plein les fouilles en se trouvant au bon endroit au bon moment, à l'époque où il suffisait de se montrer pour remporter la moitié de la bataille. Quand vous ajoutiez cette intelligence innée à l'équation, le fait d'appliquer de la peinture sur une toile devenait un sacré spectacle.

Pendant que les autres mesuraient leurs progrès d'un petit coup de crayon sur l'échelle de l'auto-parodie, Jacob Coleridge avait réinventé la manière dont les gens regardaient le monde. Dont ils regardaient les toiles couvertes de pigment. Dont ils se regardaient eux-mêmes. Il s'était enfoncé profondément dans les artères de la bête, jusqu'à atteindre son cœur de peintre, et son œuvre avait été la plus originale et la plus passionnée à voir le jour sur la côte est depuis des lustres. Jacob Coleridge n'avait jamais été un loser, même quand c'était à la mode.

Alors merde, qu'est-ce qui lui était arrivé au cours des quoi… deux ?… cinq ?… dix dernières années ?

Jake tourna l'une des toiles asymétriques dans le sens des aiguilles d'une montre, puis dans le sens inverse. Son père n'avait jamais cru à l'art moderne, pas en tant que catégorie. Et il n'avait assurément jamais cru aux conneries narcissiques et complaisantes que son fils avait désormais sous les yeux. Alors qu'est-ce qui s'était passé ? Jake reposa la toile contre le mur et longea le couloir.

Son ancienne chambre et l'ancien bureau de sa mère étaient tous deux fermés à clé. La chambre principale possédait une porte coulissante. Celle-ci était entrouverte d'environ dix centimètres, et Jake passa les doigts autour du bord pour tenter de l'ouvrir complètement. Elle bougea à peine, comme si elle était enlisée dans du sable humide. Il jeta un coup d'œil dans la pièce à travers la fente et vit que la porte était littéralement barricadée. Par l'étroite ouverture il aperçut une commode, une vieille table d'architecte en acier et une gigantesque statue dorée représentant un nègre repoussés contre le panneau de la porte. Comment son père s'était-il démerdé pour sortir de la chambre après avoir fait ça ? Et qu'est-ce qui l'avait pris d'empiler ces meubles ?

Comme il regardait par l'ouverture, il vit d'autres cutters étalés sur toutes les surfaces, toujours un à portée de main. La pièce sentait encore plus mauvais que la chambre d'hôpital, et dans l'obscurité elle était infiniment plus sinistre, pour autant que ce fût possible. Il ouvrirait la porte demain – ou après-demain –, ça n'avait pas vraiment d'importance.

Après avoir fait le tour de l'étage, Jake redescendit pour se rendre à la plage. Il marchait pieds nus, ses bras tatoués presque du même bleu délavé que son tee-shirt du FBI aux lettres jaunes craquelées. Il tenait toujours son gobelet vide ; il n'avait jamais aimé abandonner des déchets derrière lui, laisser la marque de son passage. Dans son boulot, il avait vu trop de gens avoir des ennuis à cause de ça. Kay disait toujours que quand Jake sortait d'une pièce, c'était comme s'il n'y avait jamais mis les pieds. Lui estimait simplement que c'était une des conséquences de son métier.

Le sable froid contrastait fortement avec le vent chaud, mais il le remarquait à peine. Son esprit faisait des allers-retours entre le modèle en 3D de la chambre des Farmer et l'accident de son père. Le fait qu'il était venu ici pour s'occuper de son père et avait fini dans cette maison au bout de la route la nuit précédente n'était pas une coïncidence. Ça s'annonçait mal, quel que soit l'angle sous lequel il envisageait les choses.

Jake longea la plage, la sensation du sable froid qui s'insinuait entre ses orteils comme un glaçage de gâteau granuleux faisant ressurgir de vieux souvenirs. La plage avait changé en un quart de siècle. Beaucoup, à vrai dire. Comme la ville elle-même, la pointe abritait deux communautés distinctes : les gens du coin et les estivants. Les petites habitations modestes appartenaient aux gens du coin, et les nouvelles maisons plus grandes appartenaient aux estivants. L'embourgeoisement n'avait fait qu'une bouchée de l'immobilier, et les gens du coin avaient été repoussés de plus en plus loin de la côte, jusqu'à ce que la plage ne soit plus qu'un alignement bien entretenu de maisons de vacances impersonnelles, au risque de voir Montauk devenir une de ces horreurs réservées aux riches. Des terres profanées avec des pelouses bichonnées et d'immenses garages que leurs propriétaires qualifiaient de *maisons pour voitures*.

Quand Jacob Coleridge avait emménagé à Montauk, il s'était déjà fait un nom. Pollock était mort, Warhol était une présence incontournable, et il y avait un énorme trou béant dans la progression de la peinture américaine. Opposé à la surcharge de couleurs de Pollock ou au packaging banal de Warhol, Jacob

Coleridge exposait à grands coups de pinceau une vision sinistre qui n'avait pas laissé les critiques indifférents. Les collectionneurs n'avaient pas tardé à suivre.

Comme la plupart des artistes, Coleridge avait débuté par le classicisme et était, dès l'âge de 11 ans, un dessinateur habile. Mais il s'était rapidement moqué qu'on trouve un sens à son travail et s'était mis à débuter chaque tableau par une illustration techniquement époustouflante qu'il recouvrait ensuite adroitement, d'aucuns diraient criminellement, de couches successives de pigment jusqu'à ce qu'il ne reste qu'un petit détail de l'œuvre originale photoréaliste. Contrairement à la masse des peintres américains qui voulaient que leur œuvre soit adulée, Jacob Coleridge recouvrait les parties que, d'après lui, les autres voulaient voir. Les critiques le louaient comme le seul peintre américain non narcissique. De nombreux collectionneurs passaient ses œuvres aux rayons X pour découvrir ce qu'ils ne voyaient pas. Moyennant quoi il s'était mis à peindre avec du pigment de plomb qu'il pilait et mêlait à de l'huile de lin pour que les rayons X aient du mal à passer au travers. Et plus il se foutait de leur gueule, plus ils payaient cher pour son travail.

Jake longeait le bord de l'eau, donnant des coups de pied distraits dans l'épaisse couche d'algues et de détritus qui bordait la plage, son détecteur intérieur recherchant… quoi ? Des coquillages ? Un trésor de pirate ? Des réponses ? Un chevalier grivelé le suivait, picorant les insectes du petit matin que Jake délogeait du pied.

Il n'était pas revenu ici pour travailler – il était revenu parce que son père s'était foutu le feu et s'était cramé la plus grande partie des mains, qui n'étaient plus guère que des crochets noirs calcinés. De fait, il était revenu afin d'organiser le placement de son père dans une institution. Après quoi, son plan avait été de remonter dans sa voiture, de prendre la direction de New York et de ne jamais refoutre les pieds ici. C'était un scénario simple quand il était exprimé dans ces termes. Seulement ces termes avaient volé en éclats quand Hauser l'avait appelé la veille au soir.

Le chevalier qui le suivait se précipita en avant et ramassa un crabe des sables dans lequel il venait de donner un coup de pied, puis déguerpit en emportant l'animal de la taille d'une pièce de monnaie. L'oiseau le laissa tomber sur la plage et se mit à lui marteler le ventre de petits coups de bec précis. Pendant quelques secondes le crustacé résista vaillamment, mais il succomba finalement à la puissance de feu supérieure de l'oiseau, qui lui arracha les tripes dans une explosion de couleur.

Le phare brillait étrangement dans la brume du petit matin, et Jake vit deux bateaux de pêche qui se dirigeaient vers le nord, s'apprêtant à contourner la pointe vers la côte de Long Island qui était protégée des vents. Il supposait que tous les bateaux de la zone seraient à l'abri de l'autre côté avant neuf heures du matin.

Pour autant qu'il pût en juger, il était seul sur la plage. Il tourna la tête vers la maison, un triangle géométrique noir qui se détachait sur le ciel d'un bleu orangé, comme si Richard Neutra avait dessiné le test de Rorschach. La lueur qui se réfléchissait sur l'eau produisait un éclat rouge et orange sur le verre, et la ligne sombre de l'horizon descendait lentement le long de la façade qui faisait face à la plage. La maison semblait s'élever de la dune, et Jake se souvint des fois où il avait regardé le soleil se lever sur la plage avec sa mère après une nuit passée à gober des Mallomars en regardant une kyrielle de vieux films sur PBS.

Pourquoi n'arrivait-il pas à se concentrer ici ? Qu'est-ce qui le faisait se disperser ? Était-ce le désordre de la maison qui trouvait un écho en lui ? Était-ce le souvenir de sa mère ? Était-ce cet enfoiré qui avait massacré la femme et son enfant ? Étaient-ce ces petits tableaux sordides dans la maison ? Ou bien était-ce le simple putain de fait qu'il ne voulait pas être ici ? Qu'il voulait retourner en ville et retrouver sa femme et son fils, quitter cet endroit qu'il avait passé l'essentiel de sa vie à essayer d'oublier. Après tout, de quoi était-il responsable ici ?

Tandis que le soleil se levait, sa lumière rampant le long des dunes, Jake sentit l'humidité commencer à s'évaporer sur son corps. Il se tenait sur le sable, observant le bout du monde quelque part vers l'est, et il savait qu'il ne pourrait pas partir. Pas maintenant. Pas avant quelque temps. Je suis venu pour m'occuper de mon père, songea-t-il. Et maintenant j'ai un travail à accomplir. Il y a un monstre ici. Un monstre dont personne d'autre ne peut s'occuper. Un monstre que personne ne connaît à part moi. Un monstre que personne d'autre ne peut retrouver.

Écorchés vifs.

Je suis ici pour aider mon père. Pas parce qu'il le mérite, ni parce que j'en ai quoi que ce soit à foutre. Mais parce que c'est le devoir d'un fils. Et qu'est-ce que je vais faire pour le passé ? Rien. Parce que ce n'est pas une chose que je peux réparer.

Écorchés vifs.

Ce n'est pas une coïncidence.

Écorchés vifs.

Je ne veux pas que ce soit *lui*.

Écorchés vifs.

Pas maintenant.

Écorchés vifs.

Pas après tout ce temps.

7

Jake se tenait dans la cuisine, sirotant sa huitième tasse d'un excellent café de supermarché sans marque agrémenté de sucre provenant d'un sachet piqué sur le présentoir de la cafétéria du Kwik Mart. Ses cheveux étaient encore mouillés à cause de la douche chaude qu'il venait de prendre, et il se sentait mieux. Tout du moins un peu apaisé niveau doutes, pour ce que ça valait. Vu depuis une certaine distance, la ligne infinie de texte noir tatouée dans sa chair ressemblait à une chemise bien coupée. Il la considérait comme une partie de sa nouvelle personnalité, celle qui avait vu le jour quand il avait cessé de se gaver de *speedballs* de cocaïne, d'héroïne et de laxatif pour bébé. La fin de l'avant. La fin du tiercé drogues-alcool-crise cardiaque auquel il avait Dieu sait comment survécu. La fin de la sale période qui avait précédé Kay et Jeremy. Avant qu'on ne lui plante un stimulateur cardiaque sous le muscle de la poitrine, presque au niveau de l'aisselle, pour empêcher son cœur de simplement oublier de battre. Avant qu'il ne décide que la vie n'était pas tout le temps merdique. Avant le nouveau et meilleur Jake Cole.

L'héroïne et la cocaïne lui manquaient toujours. L'alcool aussi.

Mais le café était bon, et il leva sa tasse, portant un toast silencieux à l'avant, au souvenir de sa mère. Au bon vieux temps. Avant que tout ne parte en flammes.

Il se versait une nouvelle tasse lorsqu'on sonna à la porte. Il se demanda si c'étaient les hommes d'Hauser ou des journalistes – les uns comme les autres débarqueraient tôt ou tard. Par habitude, il attrapa le revolver d'acier froid sur le comptoir, l'enfonça sous son jean dans le creux de son dos, et marcha jusqu'à la porte avec la tasse de café entre ses mains et un autre toast à la saucisse fermement coincé entre les dents. Il mâchouilla le pain mou qui vint se coller contre son palais, puis il arracha le piteux toast de sa bouche et ouvrit la porte dans la foulée.

Un pan de lumière vive inonda l'entrée sombre, et l'espace mort prit des nuances de gris, de bois poussiéreux et de chrome. Jake regarda en plissant les yeux la silhouette à la porte, nimbée de lumière, ses traits obscurcis par l'ombre. Seule chose évidente : c'était un homme. L'image se matérialisa lentement, comme une bonne vieille connexion Internet à l'ancienne, les pixels se précisant progressivement. Jake ne reconnut pas le visage derrière les Ray-Ban Aviator, mais il reconnut le sourire, n'en revenant toujours pas qu'il ne soit pas difforme après la raclée qu'il lui avait collée lors de leur première rencontre.

« Jakey ! » hurla Spencer et il se rua à l'intérieur, enveloppant Jake dans une puissante étreinte qui le souleva du sol. Jake n'était pas chétif, mais il ne faisait pas le poids par rapport à la masse de l'homme qui le serrait. « Jakey ! brailla-t-il une fois de plus, cette fois dans l'oreille de Jake.

– Ouais, c'est bon. Bon Dieu, tu cherches à me rendre sourd ? »

Jake se dégagea de l'étau, renversant du café par terre et perdant la fin de son toast.

Son vieil ami recula, tenant dans sa main le pistolet que Jake venait de glisser à l'arrière son pantalon.

« Je vois que la confiance règne.

– Pas particulièrement, non », répondit Jake d'un ton neutre avant de reprendre l'arme. Lorsqu'il l'eut en main, il scruta Spencer de la tête aux pieds, observant les changements survenus en vingt-huit ans. « Tu as bonne mine, Spencer. »

Et c'était vrai. Meilleure mine que le monstre de Noël qui émettait un scintillement bleu et rouge devant la maison des morts la nuit précédente.

Spencer acquiesça, sourit.

« Merci. Ouais. Toi… » Il s'interrompit et examina Jake, observant sa charpente musclée, les tatouages. Ses yeux se posèrent de nouveau sur le pistolet dans la main de Jake. « … aussi. » Il marqua une pause. « Vraiment. » Nouvelle pause. « Différent. Mais bonne mine, vieux. Bon sang ! » Il saisit Jake par les épaules et le tint à bout de bras tel un acheteur jaugeant une toile. « Tu n'as pas changé. Charles Bronson. »

Jake roula les yeux.

« Merci. Vraiment. Entre. » Il guida son ami dans la maison. « Café ? »

Spencer avançait d'un pas lourd qui faisait trembler le plancher.

« Pour sûr. Absolument. Ouais. Nom de Dieu, cette maison n'a pas du tout changé. Et je dis bien *pas du tout*. » Il longea le couloir et s'arrêta au niveau de la structure géométrique sur la console. Elle était de la taille d'un globe de bibliothèque. « J'avais oublié ce machin. Maintenant, c'est comme si j'étais venu ici hier. »

Jake suivit son regard en direction de la sphère d'acier inoxydable.

« Je vois ce que tu veux dire. » Jake s'enfonça plus avant dans la maison, attrapa son tee-shirt du FBI sur le dossier d'une chaise et l'enfila. « Qu'est-ce que tu veux dans ton café ? J'ai du sucre.

– Noir, c'est parfait. À moins que ce soit une de ces saloperies au chocolat et à la vanille, dans ce cas-là, file-moi juste un verre d'eau. Du robinet. La flotte en bouteille, ça vous file Alzheimer et le cancer… » Il s'interrompit, reconsidéra ses paroles. « Oh ! merde, Jakey. Je ne voulais pas… »

Jake haussa les épaules d'un air indifférent.

« Pas grave. »

Mais la petite voix sinistre qu'il avait déjà trop entendue depuis le matin lui demanda si son père avait en effet trop bu d'eau en bouteille. Il se resservit du café et remplit une tasse pour Spencer – une vieille tasse ornée d'un superhéros qui avait contenu des pinceaux pendant trois décennies –, et la fit glisser en travers du comptoir.

« Merci d'être passé. »

Et il était sincère, ce qui le surprit presque autant que le fait de s'entendre dire ça à voix haute.

« Tu as foutu une sacrée trouille à tout le monde la nuit dernière. Et je dis bien *tout le monde.* » Spencer se tut et arbora une expression sérieuse, presque grave. « Même Hauser, pourtant, il ne se laisse pas facilement impressionner.

– Est-ce qu'il t'a mis au courant du plan média ? »

Spencer acquiesça.

« Il s'occupera de tous les communiqués. Il a appelé tous les reporters sur ta liste et trois d'entre eux étaient déjà dans le coin pour enquêter sur autre chose. Tu as réussi à te mettre une bonne partie des collègues dans la poche.

– Tu es ici en mission ? »

Spencer balaya la question d'un revers de la main.

« Je n'ai pas dit à Hauser que je te connaissais. Pas encore. Je voulais pouvoir passer ici et discuter avant qu'on m'interdise de le faire.

– Ça me fait plaisir. Surtout après Scopes. »

La voix de Spencer chuta d'une octave.

« Tout le monde est au courant, Jakey. Scopes est un sale type.

– Un sale type de mon espèce ? »

Spencer le regarda et considéra la question. Elle était purement théorique. Ils s'étaient rencontrés en primaire, après que Spencer avait été transféré d'une autre école. Celui-ci, afin de conserver son titre de caïd de l'école, avait décidé de racketter certains élèves plus petits. Pendant la récréation, Spencer avait donc informé Jake, alors âgé de 8 ans, qu'il devait lui verser cinquante *cents* par jour pour sa protection. Jake l'avait écouté calmement tout en agrafant des feuilles de chêne, d'érable et d'orme dans un herbier. Et quand Spencer s'était finalement tu, Jake avait levé les yeux vers lui, il avait souri, puis lui avait réduit la bouche en bouillie de deux rapides coups portés avec la lourde agrafeuse en acier. Pendant que Spencer était par terre, crachant des dents et du sang, Jake s'était penché en avant et avait demandé : « Une protection contre quoi ? »

Ils étaient restés meilleurs amis jusqu'à ce que Jake foute le camp neuf ans plus tard.

« Personne n'est un sale type de ton espèce, Jakey. » Il but une nouvelle gorgée de café. « Je peux te demander pourquoi tu ne m'as pas prévenu que tu venais en ville ? »

C'était une question honnête – à laquelle Jake s'attendait. Il songea à mentir, à prétendre qu'il avait été occupé, débordé avec les histoires de son père, qu'il n'avait pas prévu de rester longtemps. Mais il avait décidé d'arrêter de mentir quand il avait laissé tomber la drogue, et il était devenu assez doué pour dire la vérité. Du moins sa version de la vérité.

« J'ai passé beaucoup de temps à essayer d'oublier cet endroit. Tu me rappelles ce que je n'avais aucune intention de retrouver. »

Le gros flic en tenue de civil but une autre gorgée de café et acquiesça d'un air sérieux.

« Merci de ne pas avoir cherché un prétexte bidon. » Il reposa sa tasse. « Alors, quoi de neuf, agent spécial Jake Cole ?

– Toi d'abord. Comment va ton père ? »

Le père de Billy, Tiny Spencer, avait été pilote de moto à la fin des années 1960 et au début des années 1970, écumant les circuits américains pour Suzuki. Pendant huit années, il avait arpenté le pays, avalant les circuits avec des types comme Halsy Knox et les autres suicidaires de son genre. Puis sa carrière presque inégalée en tant que pilote d'écurie s'était achevée un après-midi d'août à Bakersfield, Californie. Il avait eu les deux jambes arrachées au niveau du genou dans l'accident, et c'en avait été fini des courses. Alors Tiny s'était acheté une maison à Montauk, parce qu'il détestait le Texas dont il était originaire, et il s'était mis à construire des auvents de course sur mesure dans son garage. Six mois plus tard, il gagnait plus d'argent qu'il n'en avait jamais gagné en tant que pilote de course. Jake se rappelait que la maison sentait toujours la fibre de verre et le dissolvant.

Spencer traversa le salon et regarda en direction de l'océan, et Jake se souvint que chaque personne qui venait ici était toujours attirée par la même chose – la grande ligne de l'Atlantique qui ne s'arrêtait que lorsqu'elle atteignait le Portugal.

« Mon père est mort il y a cinq ans. Cancer de la prostate. Il disait que c'était parce qu'il était resté assis sur son cul pendant toutes ces années. D'abord sur ses motos, puis dans son fauteuil roulant. » Les épaules de Spencer se voûtèrent lorsqu'il vit la piscine couverte de mauvaises herbes, de nénuphars et d'algues luxuriantes, un vert profond qui se détachait sur le bleu parfait de l'océan. « Je me rappelle quand cet endroit ressemblait à une série télévisée. Ta mère qui se dandinait en Chanel à travers la maison, qui nous préparait des sandwiches en enlevant la croûte et qui nous autorisait à nous coucher tard quand il y avait des films d'horreur à la télé. Les Mallomars et les Pop-Tarts. Et ton chien, Lewis. » Il marqua une pause, et son silence disait qu'il regrettait d'avoir évoqué le chien. « Tu te souviens de cette époque ? »

Le regard de Spencer se posa de nouveau sur la surface couverte d'algues de la piscine, un monument au passé.

« Je me souviens de cette piscine. Bon sang, qu'est-ce qui s'est passé ici ? »

De tous les amis de Jake, Spencer était le seul à avoir le droit de se baigner dans la piscine parce que Pablo Picasso en avait décoré le fond avec un grand vagin cubiste qui clignait comme un œil. Spencer avait approuvé cette représentation jusqu'au jour où il avait vu son premier vrai vagin ; il avait alors été troublé – et aussi reconnaissant – de découvrir qu'il ne comportait pas d'angles droits.

Jake haussa les épaules. Il était parfaitement impossible de répondre à cette question – fût-elle rhétorique ou non – sans réveiller des souvenirs qu'il préférait oublier. Son chien, par exemple.

Spencer but une nouvelle gorgée de café pour combler le silence, puis il déclara, d'une voix de réalisateur de documentaire :

« Tu dois te demander : *Comment Billy Spencer est-il devenu l'agent William Spencer ?* C'est Hauser qui m'a sauvé. Et ne te fous pas de moi. Je ne parle pas d'une renaissance bidon, Jake. Après ton départ, j'ai essayé de poursuivre comme avant. J'ai continué de bosser comme écailler au Yacht-Club, de draguer les filles qui débarquaient pendant l'été. Tu sais, la bonne vieille routine. Mais ça n'a pas fonctionné trop longtemps. Alors j'ai flotté. Pendant une décennie. Mais tu sais comment le temps a cette drôle de manière de te rattraper sournoisement ? Ouais, eh bien, un jour, je rentre du boulot et je suis bourré. Hauser me chope et il me fait descendre de ma camionnette. Je ne tiens même pas debout. Il pourrait m'arrêter. Faire remorquer ma camionnette. Mais tu sais ce qu'il fait ? Il grimpe dans ma Ford et il la gare dans un champ au bord de la route. Puis il me ramène à la maison. Ç'a été une de ces illuminations dont les gens parlent ; j'ai compris que tous les flics n'étaient pas là pour nous emmerder. Certains d'entre eux – des types comme Hauser, justement – veulent simplement rendre le monde un peu meilleur. Alors, une semaine plus tard, j'ai passé l'examen d'entrée dans la police et je m'en suis plutôt bien sorti, suffisamment bien pour qu'ils me contactent pour voir si j'avais besoin d'encouragements avant d'aller aux entretiens. Après les entretiens, ils ont vérifié mes antécédents, ils ont établi mon profil psychologique et ils m'ont fait passer au détecteur de mensonges. J'ai suivi le programme de vingt-huit semaines, et Hauser m'a embauché juste à la sortie. Et nous voilà. »

Toute une vie résumée en quelques phrases.

Ils restèrent silencieux pendant de longues minutes, écoutant tous deux le bruit de l'océan.

« Qu'est-ce que tu peux me dire sur Hauser ? demanda finalement Jake avant de prendre une cigarette et de l'allumer.

– Né ici, a joué au foot pour Southampton High. Bourse de football pour l'université du Texas. *Quarterback* titulaire pendant trois saisons. Est passé pro. Sixième choix pour son passage en NFL. A joué quatre matches pour les Steelers avant de se tordre le genou droit à quatre-vingt-dix degrés. Tu l'apprécierais si tu le connaissais. C'est un type capable, il en faut beaucoup pour qu'il perde ses moyens comme la nuit dernière.

– La nuit dernière aurait secoué n'importe qui. »

Spencer retourna cette affirmation dans sa tête pendant quelques secondes, puis il tendit sa tasse pour que Jake la remplisse de nouveau.

« Tu n'avais pas l'air trop troublé. »

Jake perçut l'inquiétude dans sa voix.

« C'est mon boulot. »

Spencer acquiesça comme si ça répondait à sa question, mais il était clair qu'il en avait d'autres en tête.

« Qu'as-tu fait pendant toutes ces années ? Tu es marié ? » demanda-t-il, changeant de sujet.

Que pouvait répondre Jake à ça ? *Héroïne, stimulateur cardiaque implanté dans la poitrine, problème d'alcool. Narcotiques Anonymes, Alcooliques Anonymes. Ai réussi à m'en sortir. Ai rencontré Kay. Elle me fait marrer, elle me fait bander. Un fils, Jeremy.* « Son nom est Kay. » *Je reconstitue l'enchaînement des événements sur une scène de crime plus vite qu'une équipe d'anthropologues de champ de bataille.* « Ça fait maintenant douze ans que je travaille pour le Bureau. » *Dont la moitié* clean. « Un fils, Jeremy. » *Que j'appelle Moriarty parce qu'il trouve que c'est un nom cool et je suis terrifié à l'idée qu'il découvre un*

jour que je ne sais pas si je suis un homme bon.
« J'habite New York. Kay joue dans un orchestre – violoncelliste. » *Je suis sur la route onze mois par an.*
« Je suis revenu parce que mon père s'est foutu le feu et est passé à travers une fenêtre. » *Et furax que ce salaud n'ait pas eu la courtoisie de mourir.*

« J'aurais aimé que tu dises au revoir. Ou que tu écrives. Quelque chose. N'importe quoi. Je suis allé deux fois à New York pour te chercher. »

Jake regarda fixement Spencer, se demandant s'il était censé dire quelque chose parce que son ancien ami avait marqué une pause, comme s'il voulait établir une sorte de dialogue. Jake rinça sa tasse sous le robinet et la plaça sur l'égouttoir à côté de l'évier. Quelques gouttes d'eau perlèrent sur sa surface.

« Tout le monde se disait que tu reviendrais un jour. Et te voici. Près de trois décennies plus tard. »

Jake haussa les épaules, comme si c'était une réponse. Il espérait que Spencer laisserait tomber. Mais celui-ci insista :

« Qu'est-ce que tu as fait quand tu es arrivé à New York ? »

Jake se rappela sa visite à David Finch – le marchand de tableaux de son père. Jake lui avait demandé trente et un dollars afin de pouvoir loger à la YMCA le temps de trouver un boulot, de se remettre sur pied. Il avait promis de le rembourser dès qu'il pourrait. Mais Finch avait refusé. Prétendu que Jacob n'aurait pas approuvé. Qu'il était désolé. Et il avait refermé la porte au nez de Jake.

Après deux nuits sans manger ni endroit où dormir en sécurité, Jake avait vendu une petite partie de lui – la première d'une longue série. Et il avait appris, avec un étrange mélange d'horreur et de fierté, qu'il était un survivant. Les années suivantes s'étaient effacées et avaient été oubliées. Les drogues aidaient. Pendant très longtemps elles l'avaient aidé.

« J'ai juste vécu ma vie. »

Les yeux de Jake se détachèrent de Spencer et glissèrent vers la piscine aux allures de jungle. Dans un sens elle avait quelque chose de serein, presque méditatif. Peut-être que cette végétation n'était pas le produit de la négligence après tout. Peut-être que son père était devenu zen.

« Qu'est-ce que tu fais, exactement, Jake ?

– Je peins les morts. »

Il regarda de nouveau en direction de la piscine.

« Encore un grand artiste américain », déclara Spencer, et il vida son café dans l'évier.

8

La mâchoire de son père était pendante, ses joues creusées comme si une main invisible lui serrait le visage. Une légère barbe d'un gris carbonisé mouchetait sa peau et des pointes blanches de mucus maculaient les coins de ses yeux fermés et de sa bouche ouverte. Le côté gauche de son visage était une confusion de croûtes noirâtres et de pommade antiseptique traversée par une longue cicatrice suturée qui courait depuis un sourcil jusqu'à son menton. Ses mains étaient des moignons bandés au bout de ses poignets, des massues couvertes de gaze ensanglantée. Le frémissement de ses ronflements sonores agitait l'air dans la pièce. Même dans son sommeil médicamenteux, il forçait l'attention.

La chambre était pleine de fleurs de toutes les couleurs, teintes et proportions inimaginables. Il flottait une odeur de jungle, et Jake se demanda ce que son paternel aurait pensé de cette composition.

La porte pneumatique siffla doucement et Jake se retourna pour voir une infirmière en blouse bleue entrer. Elle était petite, compacte et elle avait un air familier.

« Vous avez été informé pour le courrier ? »

Les yeux de Jake se posèrent de nouveau sur son père, puis revinrent au regard métallique de l'infirmière, avant de descendre vers son badge. *Rachael*, annonçait celui-ci. Il aurait de loin préféré un nom de famille.

« Le courrier ? » se contenta-t-il de demander.

Elle acquiesça.

« Le service courrier nous a appelés pour nous demander quoi faire. »

Jake la regarda, se demandant ce qu'elle racontait.

« À propos de quoi ?

– À propos du courrier de votre père. Il s'empile. »

Jake soupira, comprima la poitrine pour absorber l'oxygène un peu plus efficacement, puis il haussa les épaules.

« Mettez-le dans le tiroir de sa table de chevet. Je m'en occuperai. »

L'infirmière le fixa quelques secondes du regard, puis sa tête commença à s'agiter d'un côté et de l'autre.

« Il y en a *vraiment beaucoup*, monsieur Coleridge.

– Cole. Mon nom est Cole. »

Elle marqua une brève pause, comme si son disque dur venait de se crasher.

« Heu, il y a neuf sacs de courrier pour votre père en bas. Je suppose qu'il va en arriver d'autres. Il y aura aussi d'autres fleurs. »

Le cerveau de Jake était encore occupé à déterminer ce qu'il y avait de si familier en elle.

« Neuf sacs ? demanda-t-il, désignant son père du pouce. Pour lui ?

– Apparemment, oui. »

Jake poussa un nouveau soupir, suivi d'un autre vague haussement d'épaules. Il était difficile d'oublier que son père était célèbre, mais il y était pourtant parvenu. La nouvelle de l'accident de son père devait faire le buzz sur Internet.

« Des suggestions ?

– Peter Beard a passé la nuit ici il y a quelque temps. Ses assistants se sont occupés de tout. Nous ne sommes pas équipés pour gérer autant de courrier.

– Je n'ai pas d'assistants », répliqua Jake en souriant. *Ni aucune envie d'être ici*, aurait-il voulu ajouter. « Je vais demander à quelqu'un de venir le récupérer. » La respiration de son père s'interrompit brièvement, et ses ronflements cessèrent. « Avez-vous un service pédiatrique ? » demanda-t-il.

L'infirmière Rachael acquiesça.

« Bien sûr, deuxième étage. Pourquoi ?

– Emportez toutes les fleurs de mon père en pédiatrie. Distribuez-les aux enfants. Jetez les cartes. »

L'infirmière opina lentement du chef comme si elle essayait de trouver une faille dans ses directives. Ne voyant rien à y redire, elle sourit.

« C'est une magnifique idée. »

Soudain, Jake comprit pourquoi elle lui semblait si familière. Il se tourna de nouveau vers son père.

« Est-ce qu'il a repris connaissance ?

– Il était réveillé hier soir, au début de mon service. »

Comme pour renforcer ses propos, elle réprima un bâillement du revers de la main.

« Il était plutôt de bonne humeur.

– Lui ? » demanda-t-il, ne parvenant à dissimuler sa surprise.

Jake ne se rappelait pas avoir vu son père de bonne humeur. La lumière gravait sur son visage des ombres profondes, creusant ses joues. Il avait l'air mort. Puis les ronflements reprirent et l'illusion s'évanouit.

« Est-ce qu'il a dit quelque chose ?

– Nous avons un peu discuté. Il m'a demandé à boire et je suis allée lui chercher un verre d'eau. Quand il y a goûté, il a demandé : “Qu'est-ce que c'est que cette pisse ?" Apparemment, il espérait du scotch. » Elle sourit. « Il a l'air de m'apprécier. Il devient agité avec les autres infirmières. Mais son angoisse semble en partie s'évanouir quand je suis ici. Il n'arrête pas de me dire que je ressemble à Mia. »

Les fonctions vitales de Jake s'emballèrent et il sentit la vieille peur revenir. Donc son père avait lui aussi vu la ressemblance.

« C'est vrai. » Il prit une inspiration et songea à l'époque où on pouvait fumer dans les chambres d'hôpital. Les Jours de gloire, ainsi que les avait appelés Springsteen. « Mia était ma mère. Mon père n'a pas dû prononcer son nom depuis trente-trois ans. »

L'infirmière Rachael – le sosie – acquiesça d'un air entendu.

« Divorce ? »

Jake repensa à la dernière fois qu'il avait vu sa mère. C'était après un vernissage dans une galerie de New York quand il avait 12 ans. Elle était rentrée à la maison seule, abandonnant Jacob, ses courtisans, ses critiques et son alcool. Elle s'était assise sur le coin du lit de Jake et il s'était péniblement réveillé. Elle avait les cheveux ébouriffés à cause du trajet en décapotable et elle portait une robe de soirée noire et un collier de perles. Elle dégageait une légère odeur de parfum et d'air iodé.

Elle s'était penchée en avant et l'avait embrassé. Lui avait dit qu'elle l'aimait. Qu'elle allait ressortir chercher des cigarettes. Et un paquet de Mallomars. Ils descendraient à la plage et regarderaient le soleil se lever dans leur sac de couchage. Elle lui avait frotté le dos, puis était partie chercher les clopes et les biscuits.

Elle n'était jamais revenue.

« Non. » Il secoua la tête, et l'image lointaine de cette nuit se dissipa. « Ma mère a été assassinée. »

9

Juin 1978
Sumter Point

Jake était profondément plongé dans la chaleur du sommeil paradoxal lorsqu'elle posa la main sur son dos. La peau du garçon était comme une pierre chauffée par le soleil. Elle le frotta doucement, sentant les os sous la peau. Finalement il se réveilla, se retourna.

Elle le regarda, attendant de voir si pour une fois il se réveillerait ; la plupart du temps, il se contentait de lui sourire, puis de refermer les yeux et de retourner Dieu sait où il allait quand il dormait.

« Quelle heure il est ? » demanda Jake.

Il s'étira et son haut de pyjama se releva, exposant ses côtes et son ventre.

Elle jeta un coup d'œil à sa montre.

« Quatre heures et demie.

– Papa est rentré avec toi ? »

Le visage de sa mère, un magnifique mélange d'ombres douces, sourit.

« Le vernissage s'est bien passé et il voulait rester pour discuter. J'ai préféré rentrer pour te voir.

– Tu aurais dû rester, dit Jake dans un grand bâillement. Est-ce que tu avais une jolie chambre d'hôtel ? Une avec du savon gratuit ? »

Elle sourit, lui frotta la jambe.

« Oui, une avec du savon gratuit. » Elle se pencha en avant et l'embrassa sur le front, geste qui n'embarrassait pas encore Jake – du moins pas en privé. Elle avait pris la route de la côte avec la capote baissée et sentait le parfum et l'iode, cette odeur humide qui pénètre tout ce qui se trouve au bord de l'océan. « Qu'est-ce que tu as fait ce soir, Jakey ? Tu t'es bien amusé ?

– Pas mal. Billy est venu. On a regardé un film d'horreur. *La Bataille des Gargantua*, mais on n'avait pas de Mallomars. Billy a décidé qu'il voulait dormir chez lui. »

Elle lui passa la main sur la jambe et l'embrassa une fois de plus.

« Je dois retourner au Kwik Mart chercher des cigarettes. Je suis sûre qu'ils auront aussi des Mallomars. Tu veux que je t'en achète ? »

C'était le genre de chose que sa mère faisait toujours pour lui et il devait constamment résister à la tentation d'abuser de sa gentillesse. Même à 12 ans il voyait que son père le faisait assez pour eux deux.

« Pas la peine, m'man.

– Je reviens dans un quart d'heure. Si tu veux, on pourra descendre sur la plage et regarder le soleil se lever. Je mettrai du café dans la vieille Thermos de l'armée de papa et on se recroquevillera sous une couverture en faisant comme si on était les deux dernières personnes sur Terre et que les singes avaient pris le pouvoir.

– Cool. »

Elle sourit, se leva.

« Tu vois ? Je ne suis pas si ringarde pour une vieille. »

Elle avait 37 ans.

Elle se pencha et l'embrassa de nouveau, et comme il ne perçut pas d'odeur de cigarette sur elle, il sut qu'elle irait au magasin, même s'il essayait de la retenir.

« Prends-en un gros paquet, dit-il.

– Ça marche. »

On retrouva sa voiture à un kilomètre et demi au nord du Kwik Mart, garée dans l'allée d'une maison de vacances vide.

Il n'y avait pas de sang – pas de traces de lutte –, juste sa Pagoda garée sur le gravier avec plus d'un demi-plein dans le réservoir. Un paquet de Marlboro était posé au milieu du tableau de bord, avec une seule cigarette manquante. Le paquet de Mallomars et son sac à main se trouvaient sur le siège du passager. Deux biscuits avaient disparu, mais les vingt-cinq mille dollars en espèces du vernissage étaient toujours dans son sac à main. Rien ne manquait à part ces deux biscuits et la cigarette.

Les restes de Mia Coleridge gisaient sur le gravier, dans une mare de sang, deux cents mètres plus loin.

10

Jake était assis sur une chaise en vinyle et en aluminium coincée entre le lavabo et la fenêtre, regardant – sans le voir – son père. Il était occupé à traverser mentalement les pièces de la maison des Farmer. Il se trouvait dans l'une des chambres d'amis – une chambre d'amis *vide* – observant le sol. Il s'accroupit et se concentra sur quelque chose au seuil de la pièce. Il ne l'avait aperçu la veille que pendant une fraction de seconde, puis était passé devant, et la chose était devenue invisible. Il se pencha en avant et la ligne presque droite d'une longue mèche de cheveux blonds, presque blancs, ressortit sur le grain du bois.

Il fit un effort de concentration, mémorisant l'image. La mèche mesurait soixante-cinq ou soixante-dix centimètres de long, elle était fine, légère. Elle avait perdu de sa teinte jaune et était presque blanche. Il espérait que les hommes d'Hauser l'avaient prélevée.

Pourquoi ne l'avait-il pas montrée aux flics la nuit précédente ? Parce qu'il avait l'habitude de travailler avec les types du Bureau et que leurs experts scientifiques ne seraient jamais passés à côté d'un tel détail ? Dans un sens, c'était un test. Et il espérait que les hommes d'Hauser l'avaient réussi.

Il verrait la légiste dans quelques heures et en saurait alors beaucoup plus. Mais tant qu'il ne lui aurait pas parlé, et tant qu'il n'aurait pas examiné Madame X et l'enfant, tout ce qu'il avait, c'était un modèle en trois dimensions dans sa tête. Plus que suffisant pour commencer à travailler. Ou du moins pour tuer quelques heures.

Jake quitta mentalement la pièce avec la mèche jaune, se retourna et longea le couloir jusqu'à la pièce où Madame X et son fils gisaient par terre. Il les observa fixement. Ses yeux parcourant la masse écarlate à la recherche de… de…

« Je peux avoir à boire ? » demanda une voix dans l'obscurité, et le modèle 3D s'évanouit.

Il était de nouveau à l'hôpital, assis sur la chaise dans le coin, il cligna une fois des yeux, sèchement, et vit son père qui le regardait. Il n'avait rien perdu de son franc-parler qui l'avait rendu si populaire aussi bien auprès des critiques que des fans. Il n'avait jamais fait semblant d'être poli ou sophistiqué. Il se disait qu'il était ce qu'il était : un peintre. Et maintenant c'était un peintre assoiffé.

« Alors, connard, je peux avoir à boire ? » demanda-t-il de nouveau avec un tremblement d'irritation dans la voix.

Jake se leva.

« À boire ? Bien sûr. » Puis il se rappela l'anecdote que lui avait racontée l'infirmière Rachael. « Il n'y a que de l'eau. Pas de scotch. »

Il dévisageait désormais son père et n'éprouvait rien, pas même une once de l'ancien poison. Et l'expression mauvaise de son père ne déclencha pas la peur de jadis. Mais bon, il se demandait s'il avait encore la capacité d'avoir peur ou s'il l'avait égarée en chemin.

Le vieil homme sourit comme s'il s'adressait à un attardé.

« Évidemment qu'il n'y a pas de scotch. On est dans un hôpital. Vous croyez qu'on va me servir du scotch dans un putain d'hôpital ? Et puis quel genre d'auxiliaire vous êtes ? Assis là à regarder dans le vide. Vous êtes pas censé me faire la lecture ou me gratter le cul ou je sais pas quoi vu que je peux rien faire tout seul ? » Il leva les mains, deux moignons maladroits couverts d'une gaze blanche à travers laquelle avaient suinté des taches de sang d'un rouge noirâtre. « Pourquoi vous… » Il se redressa alors soudain, comme si quelqu'un avait débranché son amplificateur vocal. Après quelques secondes passées à examiner le visage de Jake, il déclara : « Vous ressemblez un peu à Charles Bronson. Mon fils ressemblait un peu… » Et il s'interrompit de nouveau, les cordes vocales sur pause. Il regarda Jake tout en respirant bruyamment, examina ses traits. « Je le vois dans vos yeux », dit le vieil homme.

Quelque chose semblait s'être figé en lui.

« De quoi ?

– Les morts ont commencé à faire surface. »

11

La pièce était froide et humide et l'air avait goût d'acier et de désinfectant. Mais l'éclairage était convenable et le docteur Nancy Reagan savait gérer un labo. Il y avait deux tables d'autopsie permanentes dans la pièce, et Jake était ravi qu'ils ne soient pas au beau milieu de la haute saison. Il se demandait souvent comment les petites équipes de campagne parvenaient à élucider le moindre crime avec les ressources limitées dont elles disposaient ; le légiste de la région de Manhattan avait soixante-cinq tables d'autopsie permanentes et un labo de quatre étages qui occupait un bloc entier en ville. Sans parler d'un renfort de près de mille unités pliantes en cas de catastrophe naturelle ou de pandémie.

Deux corps gisaient sous des draps en plastique à demi transparents. Ils étaient désormais l'un comme l'autre étendus droit, la rigidité cadavérique ayant soit diminué, soit quitté les articulations. L'un des cadavres prenait beaucoup plus de place que l'autre. Tous deux paraissaient noirs à travers la couche de polyéthylène, des zones rouges n'apparaissant qu'aux endroits où une partie humide était en contact direct avec le plastique.

Le shérif Hauser se tenait au pied des deux tables, les bras fermement croisés en travers de la poitrine, mâchant énergiquement un demi-paquet de chewing-gums à la menthe très forte. Son chapeau était posé sur une chaise à côté de la porte et il se tenait un peu incliné – rien de très prononcé, mais c'était visible si vous faisiez attention.

Le docteur Reagan avait l'avantage de jouer à domicile et elle fit mine d'être occupée pendant quelques minutes avant d'approcher. Jake songea à marcher jusqu'à son bureau et à la soulever par le coude, mais décida de lui accorder son petit moment de gloire. De tous les maillons de la chaîne, Reagan était la deuxième personne la plus importante après le shérif Hauser – hiérarchie d'ailleurs discutable à ce stade de l'enquête.

Jake se tenait près du plus grand cadavre, mains sur les hanches, respirant doucement, attendant que le trip mégalo de Reagan prenne fin pour qu'ils puissent tous en apprendre un peu plus sur ce qui était arrivé à Madame X et son fils.

La légiste se leva finalement, ajusta sa blouse, but une gorgée de café et approcha, ses escarpins – élégants et noirs – cliquetant sur le linoléum froid. Elle consulta son rapport d'autopsie.

« Pour commencer, l'agent spécial Cole avait raison. Je n'ai pas encore la confirmation ADN, mais j'ai un groupe sanguin qui indique une mère et son enfant. AB négatif.

– Une personne sur cent soixante-sept », récita Jake de mémoire.

Reagan le regarda par-dessus ses verres de lunettes.

« Sexe féminin. Environ un mètre cinquante-cinq. Entre 25 et 35 ans. Je pencherais pour une petite trentaine d'années. Quarante kilos, *post mortem*. Pré ? Disons environ cinquante-cinq, ça dépend de la quantité de graisse sous-cutanée qu'elle avait. Très peu *a priori*. Elle était en bonne forme physique.

– Cause du décès ? » demanda Hauser.

Les yeux de Reagan continuèrent de regarder par-dessus ses lunettes.

« Morte par exsanguination. Ils sont tous les deux morts par exsanguination. »

Hauser acquiesça comme s'il regrettait d'avoir posé la question, puis replongea dans sa morosité.

« Des signes physiques distinctifs ? » demanda Jake, sa main s'élevant lentement vers la tête du drap.

La légiste secoua la tête.

« Elle a eu le poignet droit fracturé. C'est une fracture ancienne, plus que probablement une chute. Fracture multiple. À part ça, pas d'autres os brisés. Pas de blessures, d'opérations, ni de cicatrices sur des tissus internes. »

Le docteur Reagan feuilleta ses notes et désigna le corps de la femme étendu sur la table en inox.

« La nuit dernière a comblé ce manque », observa Hauser, à peine plus fort qu'un murmure.

Reagan prit une profonde inspiration, mais il n'y avait rien de théâtral ou de réfléchi dans ce geste, elle voulait juste assez d'oxygène pour continuer d'énumérer ses découvertes.

« Trois fractures à la mâchoire causées par un unique impact avec un objet pointu – il a laissé une indentation octogonale dans l'os. Son nez a été cassé et son orbite gauche était enfoncée. Elle a été frappée deux fois au sternum, le premier coup brisant de la quatrième côte à la septième sur la gauche, le second cassant de la troisième à la septième sur la droite. Ces coups ont probablement été assénés pour la faire taire.

– Personne ne l'aurait entendue là-bas de toute manière », déclara Jake d'une voix plate.

Hauser remua dans ses bottes et regarda Jake, songeant à l'enfoiré qu'il avait été avec Scopes la nuit précédente.

« Race ? » demanda Jake, et il referma les doigts autour de l'un des draps en plastique.

On aurait dit une peau de serpent soyeuse.

« Il n'y avait pas de paupières. Pas de peau entre les orteils. Rien. »

Hauser ravala sa salive, se rappelant que Jake s'était accroupi sur le tapis couvert de sang coagulé et avait regardé entre les orteils de la femme comme une espèce de voyeur pervers.

Jake retroussa le drap en plastique.

Le shérif vit Madame X, gisant tel un rôti rouge boursouflé. Son corps avait encore perdu un peu de son humanité. Mais il était heureux qu'elle ne soit plus dans la posture de quelqu'un qui venait de subir d'atroces souffrances, mais dans la position d'une personne qui ne demandait qu'à ce qu'on la laisse reposer en paix, ce qui n'adoucissait cependant en rien les marques de violence sur son corps. Elle semblait toujours outragée, bafouée, et le chewing-gum d'Hauser eut un arrière-goût acide lorsqu'il ravala sa salive. Il se retourna et le cracha dans la poubelle à l'intérieur de laquelle, tout près du bord, gisait un gant de latex ensanglanté.

Le docteur Reagan leva les yeux vers Jake.

« Nous avons envoyé des échantillons d'ADN au Bureau ce matin. Savez-vous combien de temps il va nous falloir pour obtenir les résultats ?

– Douze heures pour le mitochondrial ; nous connaîtrons la race, l'haplogroupe, et nous aurons la confirmation de la relation mère-fils entre les deux victimes. Il faudra environ soixante-douze heures pour l'analyse nucléaire, et avec un peu de chance, la femme figurera dans notre système. Casier judiciaire. Employée du gouvernement. Diplomate. Personne disparue. »

Hauser leva la tête, s'éclaircit la voix.

« J'ai fait rechercher toutes les affaires de violences conjugales de ces six derniers mois dans des foyers qui comportaient un enfant âgé de 2 à 4 ans. Peut-être qu'elle avait un mari qui la battait et qu'elle s'est enfuie. Peut-être qu'il l'a retrouvée. »

Jake secoua la tête.

« Ce n'est pas un mari en colère qui a fait ça. »

Le docteur Reagan attendait patiemment, et ses yeux se posèrent sur la peau de Jake. Elle regarda ses mains, sillonnées de volutes d'encre noire qui dépassaient de ses manches, recouvrant ses poignets, ses métacarpes, finissant à la première articulation de ses phalanges. De toute sa carrière de légiste, elle n'avait jamais vu quelqu'un qui ressemblait à ou parlait comme Jake Cole – surtout pas un expert en criminalité.

Jake plissa les yeux en direction de Madame X et saisit à l'aveuglette une lampe torche sur un chariot situé sur sa droite. Il se pencha en avant, alluma la lampe et observa l'intérieur de sa bouche. Les dents brisées luisirent d'un éclat blanc et la chair noire derrière vira au rouge vif à la lueur crue de la lampe.

« Dossier dentaire ?

– Elle a eu la plupart des dents cassées – le labo du FBI dit qu'une reconstruction dentaire prendra environ deux semaines. Je peux vous dire qu'elle avait trois plombages – deux en porcelaine, un en argent. Ses dents se sont brisées parce qu'elles n'étaient pas très solides. Elle a eu à un moment de sa vie une déficience en vitamine D dont elle ne s'est jamais vraiment remise. »

Jake déroula le drap, découvrant intégralement Madame X. Des particules de sang coagulé et de tissu musculaire tombèrent par terre. Il posa le drap au pied de la table en inox et regarda la profonde incision en Y sur son torse, désormais refermée au moyen de grosses sutures sanglantes qui formaient une ligne hachée.

Reagan ôta le drap qui recouvrait le garçon.

Hauser ferma brusquement les yeux et, lorsqu'il les rouvrit, sa bouche formait une ligne fine qui indiquait qu'il était de nouveau en mode flic. Du moins pour quelques minutes.

Jake ignora l'enfant et maintint son attention sur la femme étendue sur la table. Il pensa à la mèche qu'il s'était représentée mentalement plus tôt.

« Et la mèche blonde sur le sol de la chambre d'amis ? Il y en avait aussi une autre dans le salon devant la fenêtre. »

L'effet sur Hauser fut instantané.

« Quelle mèche blonde ? Je n'ai vu aucune…

– Je ne l'ai vue que ce matin. »

Hauser était figé dans une position qui suggérait qu'il allait soit partir en courant, soit frapper quelqu'un.

« Vous n'êtes pas retourné dans la maison ce matin. Mon agent m'aurait… »

Jake tenta de ne pas paraître trop désinvolte. C'était l'aspect de lui que personne ne comprenait jamais.

« Pas la vraie maison. » Il leva la main, se tapota la tempe de l'index. « J'ai enregistré tout ce que j'ai vu hier soir, et je l'ai passé en revue ce matin. Et j'ai trouvé des mèches. »

Le docteur Reagan lui lança un regard dur et sombre.

« Du crin de cheval », déclara-t-elle.

Hauser, toujours parfaitement incrédule, répéta ces derniers mots comme si c'était une question.

« Du crin de cheval ? »

Jake réfléchit à voix haute.

« Les Farmer sont des marins – pas des amateurs de chevaux. Je n'ai pas vu dans la maison de cocarde ou de photo qui pourraient laisser penser qu'ils fréquentent le milieu équestre. Et si les crins provenaient d'antiquités, ils seraient noirs.

– D'antiquités ? demanda Hauser.

– Les fauteuils et les canapés anciens sont rembourrés avec des crins de chevaux. » Il se tourna de nouveau vers le docteur Reagan. « Tests toxicologiques ? »

Reagan feuilleta bruyamment les pages de son rapport. Jake entraperçut l'empreinte circulaire d'une tasse à café sur l'une d'elles.

« Je vous suis reconnaissant d'avoir travaillé aussi tard », dit-il.

Reagan, d'ordinaire aussi pâle qu'un carrelage de métro, s'empourpra un peu, comme si elle avait cessé de retenir son souffle.

« Pour une fois qu'il se passe quelque chose. » Elle s'interrompit. « Toxicologie. Tous négatifs. J'ai effectué un NFS, un NGB et une formule leucocytaire. »

Jake agita la main.

« C'est parfait.

– Elle avait le foie plutôt amoché, son taux de gamma GT était élevé mais son taux d'aspartate était normal, donc c'est un problème ancien. Elle a dû arrêter de boire il y a quelque temps. Elle a aussi eu des problèmes rénaux à un moment – ses reins ont été fatigués par quelque chose qu'elle prenait. Ils fonctionnaient à environ soixante-dix pour cent. Je doute qu'elle ait même été au courant qu'elle avait un problème, à moins qu'elle ait effectué un test sanguin récemment. Elle fumait. Elle a eu au moins un enfant. Pas de maladies vénériennes. Elle se portait bien au moment du décès – je dirais, en super forme. Pas de graisse sous-cutanée. Pas de dépôts de graisse dans l'abdomen, le postérieur, sous les bras, ou autour du cou. Son cœur était en excellent état.

– Avec quoi a-t-elle été écorchée ? » demanda Hauser.

Jake baissa les yeux vers les incisions en forme de croissants sur les muscles de la femme. Sans le vouloir, il déclara :

« Couteau à simple tranchant avec une lame incurvée. Lourd, probablement un couteau de chasse. »

Reagan consulta ses notes et acquiesça.

« Environ vingt centimètres de long, précisa-t-elle.

– Pas le couteau idéal, observa Hauser en secouant la tête.

– C'est-à-dire ? » demanda Jake.

Hauser ravala sa salive.

« Un petit couteau à dépouiller à lame incurvée aurait fait le boulot en moitié moins de temps. »

Jake acquiesça.

« Qu'est-ce que ça nous dit ?

– Qu'il avait le temps ?

– Bingo. »

Jake examina les fines marques laissées sur les muscles de la femme par la pointe du couteau. À chaque coup la lame aussi aiguisée qu'un rasoir avait arraché un peu plus de chair.

« Blessures vaginales ? »

Hauser était retombé dans un silence nerveux, et l'inclinaison de son corps s'était légèrement accentuée. Ses yeux n'étaient plus posés sur la femme, mais constamment rivés sur Jake.

Reagan secoua la tête.

« Rien. Le lavage, le frottis et l'examen pelvien étaient propres. Rien n'a été inséré dans son vagin. »

Jake examinait la plante du pied de Madame X. Il fit courir son index le long d'un muscle comme s'il s'attendait à ce qu'il se contracte sous l'effet du chatouillement.

« Pointure 36, dit-il doucement. Petits. »

Hauser inclina la tête sur le côté avec cet air canin auquel Jake commençait à s'habituer. Sa bouche s'ouvrit et d'une voix monocorde il résuma : « Sexe féminin, environ 32 ans. Une fracture ancienne au poignet. Silhouette élancée et athlétique. Bonne masse musculaire. Fumeuse modérée. Fonction rénale diminuée. Foie abîmé et problème d'alcool par le passé. Trois plombages et une ancienne déficience en fer. Chaussait du 36 et son assassin n'a pas eu la moindre relation sexuelle avec elle. »

Jake leva la main.

« Ne dites pas ça. Nous n'en savons encore rien.

– Pas de blessures vaginales, répéta Hauser en désignant Madame X. Ce sont les mots du docteur Reagan, pas les miens. » Puis, voyant son bras pointé en direction du cadavre, il le laissa retomber contre son flanc. « Est-ce qu'il était question de sexe ?

– Pas dans le sens où vous ou moi l'entendons. Mais pour l'assassin ? Ce salaud a eu une énorme montée d'endorphine grâce à ça. Il est trop tôt pour dire si c'est sexuel pour lui. Où est sa peau ?

– Je ne sais pas. Je n'étais pas là. Nous n'avons…

– Parce qu'elle a été emportée. Peut-être qu'il l'a prise pour se branler plus tard, histoire de se prendre pour le maître du monde, de croire qu'il contrôle la tempête qui fait rage dans la boîte à fusibles déglinguée qui lui fait office de cerveau. »

Hauser fit un pas en arrière.

« Nom de Dieu. »

Jake le regarda, vit ses mains qui se contractaient convulsivement, son visage qui virait au vert comme la nuit précédente.

« Allez prendre l'air. Je vous tiendrai au courant quand nous aurons fini. » Puis il se tourna vers le docteur Reagan. « Est-ce que je peux avoir des copies de ses tests toxicologiques ? Surtout les taux de gamma GT, d'ALT et d'AST », demanda-t-il, ignorant Hauser.

Celui-ci pivota sur ses talons et quitta brusquement la pièce.

Un coup de pied dans une poubelle fut la dernière chose qu'ils entendirent avant que les pas du shérif ne s'estompent dans la cage d'escalier. Jake ne prêta pas attention au bruit du couvercle métallique qui décrivait des cercles concentriques de plus en plus rapides et se tourna vers l'amas de chair plus petit sur l'autre table.

« Parlez-moi de l'enfant », dit-il.

12

35 753 kilomètres au-dessus de l'océan Atlantique

Envoyé dans l'espace au plus fort de l'Initiative de défense stratégique du président Ronald Reagan, le satellite géostationnaire avait débuté sa vie en tant qu'outil de la guerre froide, utilisant la thermographie pour repérer les sous-marins nucléaires grâce à la chaleur générée par leurs réacteurs. Sous l'œil vigilant de l'Organisation de l'initiative de défense stratégique, le satellite – appelé en interne *Loki* – avait été lancé au début de 1985. Quelques mois plus tard, la Perestroïka débutait, et le rideau de fer commençait à montrer des signes de fatigue. Mais Loki avait continué de traquer le trafic maritime soviétique pendant huit années supplémentaires, jusqu'à ce que l'Organisation pour l'initiative de défense stratégique devienne l'Organisation de la défense contre les missiles balistiques durant l'administration Clinton. Le satellite, désormais considéré comme un déchet spatial obsolète de plus, avait été offert au Centre national des ouragans, avec pour nouvelle tâche de servir le peuple américain en espionnant un adversaire moins prévisible – la nature.

Dorénavant, un quart de siècle après son lancement, Loki accomplissait une tâche pour laquelle il n'avait pas été conçu, et ses yeux froids observaient la planète depuis leur position avantageuse dans l'espace. Ses contrôleurs avaient braqué son vaste champ d'attention sur un énorme système météorologique qui était soudain apparu neuf jours plus tôt au large de l'Afrique, se gorgeant de chaleur et d'eau de mer jusqu'à devenir un ouragan de catégorie 5 – un ouragan désormais baptisé Dylan.

Les données recueillies par Loki montraient qu'au cours des cinq dernières heures la distance entre le centre de Dylan et sa ligne isobare fermée la plus distante était de presque neuf degrés de latitude. Dylan était désormais le plus gros ouragan atlantique jamais répertorié, avec un diamètre de plus de mille neuf cents kilomètres. Cette donnée en elle-même aurait d'ordinaire suffi à semer la panique au Centre national des ouragans, mais Dylan avait encore plus d'un sale tour dans son sac.

Il avait bientôt commencé à générer d'énormes vents verticaux. Ces vents avaient porté des particules d'eau prélevée dans l'océan à travers le corps de la tempête avec une force phénoménale. Et dans leur fulgurante ascension, ces particules d'eau soulevées par les vents verticaux, connues par les météorologues sous le nom d'hydrométéores, s'étaient frottées les unes contre les autres, cette friction générant une charge dans les particules d'eau. Les hydrométéores s'étaient alors séparés en fonction de leur poids et de leur charge – les particules à charge négative (les plus lourdes) étaient retombées vers les régions les plus basses de l'ouragan, et les particules à charge positive (les plus légères) s'étaient élevées vers le sommet de la gigantesque turbine de la tempête. Et cette séparation entre molécules d'eau à charge positive et négative avait fourni une nouvelle arme à l'ouragan.

Dylan venait de devenir électrique.

13

Hauser enfonça violemment les portes et avala le linoléum à grandes enjambées efficaces. Il essayait de faire cesser le martèlement infernal qui s'était mis à cogner dans sa poitrine après que le docteur Reagan avait découvert le morceau de viande exsangue de quatre-vingt-dix centimètres de long qui avait été un enfant plein de vie. La main d'Hauser était toujours serrée autour de la gaine en caoutchouc qui recouvrait la crosse de son Sig, et les muscles de sa mâchoire allongée palpitaient sous sa peau. C'était la première fois qu'il regrettait de ne pas avoir choisi un autre boulot. Dans le bâtiment, peut-être. Il avait toujours aimé fixer des plaques de plâtre – ça ne payait pas mal et vous ne rapportiez jamais votre boulot à la maison le soir.

Et ça valait sacrément mieux que de regarder des enfants écorchés vifs.

Une demi-douzaine de reporters lui barrèrent soudain le chemin, micros tendus, les lumières vives de leurs caméras lui chauffant littéralement la peau. Hauser s'arrêta, prit une profonde inspiration et tenta de paraître calme.

« J'aurai un communiqué pour vous dans exactement trente minutes.

– Les autopsies sont-elles achevées ?

– Avez-vous des suspects ?
– Pouvez-vous communiquer les noms des victimes ? »

Hauser regarda fixement les caméras et répondit :

« Accordez-moi une demi-heure pour que je rédige une déclaration. Je promets que ce sera le premier communiqué d'une longue série. S'il vous plaît veillez à tous laisser vos coordonnées – y compris celles de vos producteurs – à l'accueil. Je vous promets que nous vous tiendrons informés. »

Il se retourna et s'engouffra dans le commissariat, irrité de la gratitude qu'il éprouvait envers Jake sous prétexte que celui-ci l'avait préparé à traiter avec les médias ; sans les conseils de Jake, Hauser savait qu'il aurait déjà foutu en l'air une bonne fois pour toutes sa relation avec les équipes de journalistes. Et il ne voulait pas confondre *gratitude* et *affection*. Il ne ressentait aucune affection pour Jake. Absolument aucune.

Le shérif s'arrêta devant le bureau de la secrétaire.

« Je dois pondre un communiqué sur un double meurtre. Donnez-moi vingt minutes pour le rédiger et vous pourrez me le taper et me l'imprimer. Pendant que je travaillerai dessus, j'ai besoin de tout ce que vous savez sur la famille Coleridge. Je sais que Mme Coleridge a eu une sorte d'accident. Je veux tous les détails. »

Jeannine grommela un « Hum, hum, pas de problème » et Hauser eut brièvement la furieuse envie de la traîner par les cheveux jusqu'au labo pour qu'elle puisse jeter un coup d'œil au gamin qu'on avait épluché comme un fruit pendant qu'il se tortillait et hurlait, histoire de voir si elle aurait toujours l'air de s'emmerder autant après. À la place de quoi il pénétra dans son bureau et referma la porte d'un coup de pied.

Il marcha jusqu'au bar, attrapa un verre, ainsi qu'une cannette de Coca sans caféine dans le petit réfrigérateur en inox que sa femme lui avait acheté pour son anniversaire l'année précédente. Une fois la cannette vidée, il en ouvrit une autre. Puis il rota.

Reagan avait été très précise dans le choix de ses termes. *Écorché* était trop brutal pour un métier aussi élégant que la médecine légale, alors elle avait opté pour *désépithélialisé* à la place. Qui utilisait ce genre de mot ? Tout en sirotant un café froid au-dessus d'un gamin qui – du haut de ses quatre-vingt-dix centimètres – faisait passer tous les carnages automobiles de l'année précédente pour de la petite bière.

Le tueur avait commencé par *désépithélialiser* le fils – ils le savaient parce que celui-ci était couvert du sang de sa mère, alors qu'il n'y avait pas de sang appartenant à l'enfant sur la mère (à part sur la paume de ses mains). Madame X avait donc été maintenue en place pendant qu'on dépouillait son fils. L'assassin méritait bien un Oscar de la mise en scène. Peut-être même une récompense pour l'ensemble de son œuvre. C'était la chose la plus triste à laquelle Hauser avait jamais pris part. Comment trouver les putain de mots pour expliquer ça à ces connards de la presse ? Il avait vu d'autres shérifs se retrouver sous les projecteurs. Il avait vu le chef de la police du comté de Montgomery, Charles Moose, se faire cuisiner dix fois par jour pendant trois mois consécutifs. Jake lui avait expliqué comment éviter ça, définitivement, en leur faisant clairement comprendre que c'était *lui* qui dictait les règles, et qu'il mettrait à l'ombre le premier journaliste qui se mettrait en travers de son enquête et le traînerait devant les tribunaux dès que l'affaire serait élucidée. Il avait donc suivi les conseils de Jake et exposé les règles avec conviction. Parce que quand ce tordu patibulaire couvert de tatouages ouvrait la bouche, il semblait être en communication avec l'au-delà. Et ça souciait

Hauser. Peut-être même que ça lui foutait un peu la trouille.

Mais ce dont Hauser avait besoin pour le moment, c'était de s'éclaircir les idées pour son communiqué de presse. Il devait s'ôter de la tête les emmerdes qu'il sentait couver. Le docteur Sobel lui avait appris à se relaxer en se concentrant sur quelque chose qu'il considérait comme de mini-vacances. Hauser avait pris ça pour des conneries sentimentales, mais un après-midi, après une journée particulièrement éprouvante, il avait essayé, se rappelant la tirade « ginsbergienne » de Sobel. *Quand les choses vont mal, prenez un peu de temps pour vous – concentrez-vous sur quelque chose qui vous fait vous sentir bien.* Et c'est avec ces fadaises lui résonnant dans les oreilles qu'Hauser avait appris à se détendre en passant du temps au milieu de ses trophées de chasse.

Le joyau de sa collection, accroché au mur derrière son bureau, était le gros cerf qu'il avait tiré près d'Albany quatre automnes auparavant. C'était un magnifique trophée, un neuf-cors, et le personnel de ménage avait reçu des instructions spécifiques pour le nettoyer. De chaque côté du cerf se trouvaient deux ours bruns montés au niveau des épaules, tous deux abattus à l'arc. Près du portemanteau, c'était la tête d'un mouflon de Dall qu'il avait tué quand il s'était rendu à Sitka, Alaska, pour une convention de shérifs à l'automne précédent. Et près de la fenêtre, embrassant le bureau de ses deux énormes yeux marron, il y avait Bernie, un grand orignal mâle.

Hauser avait toujours le sentiment que le décor était incomplet sans un élan, et ça faisait quelque temps qu'il avait prévu d'aller en chasser un avec Martin, son beau-frère. Ils étaient censés partir dans deux jours. Mais maintenant qu'il avait un double meurtre sur les bras et une tempête qui approchait, il allait devoir appeler Martin pour annuler ; Martin vivait en Arizona et il compatirait copieusement pendant quelques minutes avant d'appeler un de ses riches copains de golf pour le remplacer au pied levé. Et Hauser devrait attendre l'année suivante pour avoir cet élan. Saloperie.

Le shérif tendit le bras et caressa la fourrure du gros cerf, se concentrant sur sa respiration. Pour Hauser, c'était la même chose que ce que sa femme appelait du yoga. Il se tenait là, regardant dans les yeux de verre sans vie, pensant à la chasse tout en ayant pleinement conscience qu'il était parfaitement ridicule.

Cinq minutes plus tard, Jeannine entra, portant une boîte en carton qui avait été rafistolée avec au moins trois types de Scotch différents et qui semblait lui rallonger les bras tout en écrasant ses seins l'un contre l'autre.

« Il y en a deux de plus, dites-moi quand vous les voudrez. »

Le ton de sa voix indiquait qu'elle n'était pas particulièrement ravie à l'idée de faire un autre voyage jusqu'aux archives pour en rapporter une boîte de vingt kilos.

« Apportez les deux autres », répondit-il d'une voix qui n'était pas tout à fait un grognement, mais presque.

Jeannine acquiesça, fit claquer une bulle de chewing-gum et laissa tomber la lourde boîte sur le coin du bureau. Hauser fut surpris de ne pas voir s'envoler de poussière. Elle referma la porte en partant.

Il souleva l'un des blocs jaunes dont il aimait se servir pour prendre des notes et tenta de concocter une déclaration qui ne compromettrait en aucune manière la confidentialité dont dépendait une enquête de ce type. Cole lui avait recommandé de donner des détails fiables aux journalistes pour qu'ils puissent informer le public de ce qui s'était passé tout en sollicitant des informations qui pourraient aider à faire avancer l'enquête. Bien sûr. Fastoche. Un jeu d'enfant. Soudain Hauser regretta le temps où il jouait au football.

Il parvint à écrire les mots *Afin de tenir le public informé*, puis le voyant du téléphone s'alluma.

« Quoi ? demanda-t-il sèchement.

– J'ai un M. Ken Dennison au bout du fil. Il est du Centre national des ouragans. Il dit qu'il a besoin de vous parler sur-le-champ. »

Hauser fronça les sourcils.

« Vous êtes sûr que ce n'est pas un journaliste ?

– Il a dit que c'était l'appel le plus important de la journée. »

Hauser replaça le capuchon sur son stylo et le balança sur le bureau bien qu'il ne fût pas convaincu – c'était toujours mieux qu'essayer de pondre une version diffusable en *prime time* de ce qui s'était passé dans la maison près de la plage.

« Passez-le-moi. »

Trois secondes plus tard, M. Dennison se présentait.

« Ken Dennison, shérif Hauser. Je suis du Centre national des ouragans. Département des prévisions avancées. Nous avons du neuf sur Dylan.

– Oui, répondit Hauser, d'un ton indifférent.

– Il se dirige droit vers vous. Tous les modèles informatiques sont formels : vous vous trouvez à l'endroit où il va toucher terre.

– Merde.

– Shérif, avez-vous entendu parler de l'ouragan de 1938 ? »

Hauser n'était pas né en 1938, mais l'ouragan avait été tellement dévastateur qu'il était toujours la référence à l'aune de laquelle chaque tempête de la région était mesurée. Durant son enfance, il avait entendu toutes les histoires horribles, la plus effrayante étant celle du cinéma de Westhampton qui avait été emporté en mer, tuant vingt spectateurs et le projectionniste. Pour ce qui était des catastrophes naturelles, celle-là était difficile à battre.

« Évidemment.

– Quand il a atteint les États-Unis, il était retombé de catégorie 5 à catégorie 3. Je ne crois pas que nous aurons autant de chance cette fois-ci. »

Hauser se pinça l'arête du nez. Il n'aimait pas entendre le mot chance appliqué au gros ouragan de 1938.

« Merde, répéta-t-il.

– Nous ne voyons pas comment il pourrait se refroidir suffisamment pour perdre une partie de son énergie avant de vous atteindre. Ça va vous paraître un peu bizarre, mais il va vous falloir des talkies-walkies.

– Des talkies-walkies ? Vous plaisantez, hein ?

– Shérif, ce qui se dirige vers vous est d'une ampleur sans précédent. Dylan génère plus d'électricité en une minute qu'un réacteur nucléaire Westinghouse en une semaine.

– Oh, oh ! fit Hauser, levant la main pour tenter de conjurer les mauvaises nouvelles. Les ouragans ne produisent pas d'éclairs.

– Faudrait revoir vos données. Rita, Emily, Katrina – trois des tempêtes les plus puissantes de 2005 – étaient toutes des ouragans électriques. Les satellites repèrent dans la paroi de l'œil de Dylan des éclairs qui sont probablement les plus gros jamais enregistrés. Par mètre il est probablement cinquante pour cent plus puissant que le pire orage de méso-échelle. Et il est infiniment plus vaste que le plus gros orage jamais enregistré. Vous pouvez vous attendre à des éclairs comme personne n'en a jamais vus, shérif. »

Il y avait autre chose dans la voix de Dennison, il n'appelait pas simplement pour annoncer la mauvaise nouvelle. Ce n'était pas vital, mais c'était important, car Hauser l'entendait ; il avait l'habitude d'entendre ce que les gens disaient entre les lignes.

« Que ne me dites-vous *pas* ? demanda Hauser.

– Nous sommes à environ deux heures du point de bascule, mais tout indique qu'on va vous demander d'évacuer le comté. Je commencerais tout de suite si j'étais vous. Foutez tout le monde dehors, excusez ma franchise. »

Hauser aurait voulu lui expliquer que Montauk n'était pas comme La Nouvelle-Orléans, où personne n'avait pris soin de s'occuper des plus pauvres et où la responsabilité de tous était avérée. Non, ici, les pêcheurs au chômage et les ouvriers licenciés de la vieille conserverie seraient ravis de voyager à bord d'un bus du gouvernement pour passer une semaine dans un gymnase d'un autre État où ils auraient droit à du café gratis et où ils passeraient leurs journées à taper le carton. Peut-être même qu'on leur donnerait une paire de baskets neuves. Non, ce seraient les riches qui refuseraient de partir. Nombre d'entre eux avaient l'impression que leur fortune leur donnait droit à une sorte de protection divine.

« Je pourrais essayer. Et j'arriverais à faire partir des gens. Mais nombre d'entre eux refuseraient d'abandonner leurs… » Il marqua une pause, tentant de trouver un autre mot que trucs. « … *affaires*. »

Dennison grommela et poursuivit : « Faites imprimer des prospectus, distribuez-les à la main. Utilisez vos hommes pour ça. Dites à ceux qui veulent rester qu'ils doivent vous signer une attestation. Il n'y a aucune garantie que vous aurez des services d'urgence une fois que la tempête aura touché terre. Dites-leur bien qu'en restant ils risquent leur vie. Faites-leur savoir que le réseau électrique va probablement tomber en panne. Que les lignes téléphoniques terrestres vont être hors service. Je ne veux pas avoir l'air trop catastrophiste, mais vous devez m'écouter. Le champ électromagnétique que cette tempête va générer grillera toutes vos antennes, y compris les antennes-relais de téléphonie mobile. Oubliez les iPhone. Oubliez les BlackBerry. Oubliez ces foutues briques Motorola. Plus de communications. Les équipements électroniques vont sauter, tout ce qui sera branché sur une prise partira en fumée dans un éclair qui pourrait bien être le plus gros de l'histoire. Même les circuits protégés contre les surtensions grilleront. J'espère que nous nous trompons, sincèrement. Mais c'est l'un de ces moments où la devise des boy-scouts s'applique. Rassemblez tous vos hommes le plus vite possible et mettez en place un plan de défense efficace. Parlez aux habitants. Nous avons un département média qui peut vous aider à mettre un site Internet en ligne pour répondre aux demandes, sinon vous et vos hommes allez passer les deux prochains jours à répondre encore et encore aux mêmes questions, et vous devez consacrer ce temps à l'évacuation de vos concitoyens. Si j'avais quelqu'un que j'aime sur cette bande étroite qui fait face à Dylan, je lui dirai de gagner l'intérieur des terres le plus vite possible. »

Hauser songeait toujours à cette histoire de talkies-walkies.

« Je vous remercie de votre appel.

– J'ai laissé mon numéro à votre secrétaire et nous avons envoyé toutes nos coordonnées à l'adresse e-mail de chaque fonctionnaire de votre zone. Si vous le pouvez, demandez à un autre service municipal d'imprimer les prospectus et de fournir le personnel pour les distribuer. La bibliothèque ou le bureau de poste. Ce serait judicieux. Donnez-leur à tous des gilets de sécurité orange et des lampes torches ; couteaux suisses ; badges avec leur nom – les gens adorent ces putain de badges ; et autant de café qu'ils pourront en ingurgiter. Appelez-moi directement si vous avez besoin d'aide, je resterai au bureau jusqu'à ce que Dylan s'épuise. Et, s'il vous plaît, utilisez notre service média. Dépêchez-vous de mettre un site Internet en ligne – de nos jours, si ce n'est pas sur la toile, les gens ne croient pas que ça existe.

– D'accord.

– Tenez-vous prêt. »

Hauser raccrocha, heureux que Dennison n'ait pas dit *Dieu vous bénisse*, même si *Tenez-vous prêt* n'en était pas bien loin. Ça valait toujours mieux que de s'en remettre à l'homme invisible dans le ciel.

« Jeannine ! » hurla-t-il.

Il entendit le clac-clac-clac de ses talons, puis la porte s'ouvrit.

« Oui, shérif ?

– Où gardons-nous les talkies-walkies ? »

Elle fit la grimace et demanda :

« C'est quoi, des talkies-walkies ? »

Hauser sentit une brûlure acide lui enflammer l'estomac. Il contempla la page vierge de son communiqué de presse, songea qu'il allait devoir en rédiger de nombreux autres au cours des prochains jours.

« Allez me chercher quelque chose contre les brûlures d'estomac, et je veux voir Spencer et Scopes dans mon bureau dans cinq minutes. Convoquez tout le monde ici dans une heure pour une réunion d'urgence. Absolument tout le monde. Et appelez toutes les personnes que vous connaissez et dites-leur de se dépêcher de gagner l'intérieur des terres. »

Jeannine ouvrit de grands yeux inquiets.

« Ça va secouer ?

– Ça va être pire que ça, Jeannine. » Hauser regarda fixement la page, ses yeux parfaitement immobiles. « Bien pire. »

14

Son père dormait toujours. Il ronflait toujours. Il ressemblait toujours au bonhomme calciné qu'on voyait sur les affiches qu'on plantait au bord des routes dans les petites villes pour rappeler aux habitants de changer les piles de leurs détecteurs de fumée. Le département du shérif traînait des pieds pour remettre ses rapports. Même si huit heures constituaient un délai acceptable dans la police, c'était bien plus que ce qu'une équipe scientifique compétente du FBI aurait toléré. Alors Jake était revenu à l'hôpital pour travailler un peu. Grâce aux nouveaux rapports de la légiste, leur champ d'investigation s'élargissait, et il avait besoin de temps pour relier les nouvelles informations aux anciennes. Il était donc assis dans le coin de la pièce, tentant de visualiser la maison de la plage. Mais tout ce qu'il voyait, c'était la chambre d'hôpital.

Les fleurs avaient été transportées par chariot au service de pédiatrie et l'atmosphère de forêt tropicale s'était presque dissipée. Il flottait toujours une odeur de flore et de terre, mais l'air était moins humide. Un simple arrangement de callas et de gypsophiles dans un vase en cristal ciselé était posé sur la table de chevet en imitation bois. Une petite enveloppe était fixée par une agrafe au ruban d'aluminium. Jake l'arracha et l'ouvrit. Sur une feuille blanche toute simple étaient inscrits les mots : *Remets-toi vite, mon vieux – David Finch.*

Jake secoua la tête, replaça la carte dans l'enveloppe et la balança dans la corbeille à papier. Finch avait été le premier galeriste à tenter sa chance avec Jacob, et c'était aussi le marchand d'art le plus roublard de la côte est. Moyennant quoi Jacob était resté avec lui pendant plus de cinquante ans. Jake détestait Finch, depuis toujours, et la simple idée de ce petit connard obséquieux lui filait des aigreurs d'estomac.

« Putain de fleurs de tapette », lâcha une voix rauque.

Jake se tourna vers son père.

« Bonjour… heu, Jacob. Comment ça va ? »

Le médecin lui avait assuré que son père dormirait pendant deux jours avec le cocktail de médicaments qu'ils avaient mis dans sa perfusion.

« Quel jour on est ? Plus de rouge, nom de Dieu ! Plus de rouge ! »

Plus de rouge ? Qu'est-ce qu'il racontait ? Où était l'infirmière ?

« Vous êtes Jacob Coleridge. Vous vous souvenez ?

– Putain de merde. Vous êtes débile ou quoi ? Bien sûr que je suis Jacob Coleridge. C'est quoi ces fleurs hideuses ? Blanches ? C'est un mariage ou un enterrement ? Qui est le con qui achète des fleurs blanches ? Seuls les imbéciles, ceux qui n'ont aucune imagination, ou les lèche-culs envoient du blanc. Elles doivent venir de Dave. Qu'est-ce que vous voulez ? Où sont mes fringues ? »

Il vit alors ses mains, deux moignons gros comme des ananas enveloppés dans de la gaze. Sur la gauche, une croûte de sang noire s'était craquelée et la trame blanche du tissu brillait à travers. Il l'examina. « Qu'est-ce que c'est que *ça* ? » demanda-t-il, et il agita ses mains sous le nez de Jake. « Enlevez-moi ça, bordel de merde ! »

Le médecin l'avait prévenu la veille que la morphine pouvait altérer la personnalité de son père. Il avait expliqué que de nombreux patients au terme de maladies incurables s'enfonçaient dans une démence hallucinatoire qui bouleversait leur personnalité. La morphine, combinée à la maladie d'Alzheimer, pouvait faire de Jacob Coleridge un homme foncièrement désagréable. Jake avait éclaté de rire, puis il lui avait recommandé d'en administrer à son père une dose de cheval. Mais ça ne l'adoucissait manifestement pas le moins du monde. Jake comprenait soudain d'où il tenait son propre métabolisme.

« Enlevez ces putain de saloperies de mes mains ! » Il leva les yeux vers Jake. Puis ajouta, sans une once de sincérité : « S'il vous plaît ? »

Jake regarda son père dont les traits avaient été étirés, assombris, vieillis par les années. Mais, derrière les sourcils froncés et les lèvres serrées, c'était toujours le même homme qui le regardait. Colérique. Mauvais.

« Je vais aller chercher l'infirmière », dit Jake, et il se tourna vers la porte.

Il vit l'infirmière Rachael tout au bout du couloir, de l'autre côté du poste de garde. Il lui fit signe et elle arriva au petit trot en tenant son stéthoscope contre son cou. En la regardant courir, il s'aperçut que Jacob Coleridge, le grand observateur, avait toujours suffisamment de lucidité pour voir qu'elle ressemblait bel et bien à Mia.

Lorsqu'ils regagnèrent la chambre, Jacob était en train de déchirer ses pansements avec les dents, tel un chien arrachant la bourre d'un coussin. Des touffes de gaze parsemaient sa barbe et son torse, et il produisait des bruits de bête affamée tout en rongeant le tissu blanc.

« Monsieur Coleridge, laissez-moi vous aider. »

L'infirmière sosie s'approcha et tira une seringue de sa poche.

« Qu'est-ce que c'est que *ça* ? demanda Jacob, tentant de reculer sur son lit pour s'éloigner de la seringue.

– Ne vous en faites pas, ce n'est pas pour vous.

– Mon cul que c'est pas pour moi ! Éloignez-vous avec ça. Vous n'enfoncerez pas ça dans… »

L'infirmière Rachael planta l'aiguille dans le tube de l'intraveineuse et enfonça le piston.

Le regard de Jacob devint vague, sa bouche se referma, et c'était comme si quelqu'un avait extrait toute la colère de son corps avec un aimant. Ses muscles se relâchèrent, il retomba sur l'oreiller, et il ferma les yeux. Puis son torse se souleva lorsqu'il inspira profondément, et sa tête roula sur le côté. Jake se tourna vers l'infirmière.

« Mer… »

Mais à cet instant Jacob Coleridge se redressa soudain. Le cadre de métal de son lit fit osciller la table de chevet, envoyant par terre les fleurs de David Finch. Le cristal au plomb heurta le linoléum dans un fracas suraigu, le vase vola en éclats, et les tessons de verre et les fleurs volèrent à travers la pièce.

Jacob avait des lambeaux de gaze et de la bave sur les lèvres. Il regarda son fils, l'infirmière, puis ses mains. Et il poussa alors un hurlement strident qui fit vibrer les fenêtres dans une explosion de bouts de pansements mâchouillés, de postillons, de frustration. Il leva l'un des bandages déchirés au bout de son poignet, le pointa vers son fils, et beugla.

« Tu ne peux pas lui échapper ! Il va te retrouver ! Fous le camp ! »

Puis il retomba en arrière comme si quelqu'un l'avait débranché.

Et il devint silencieux.

15

La conférence de presse préliminaire s'était bien déroulée, mais la certitude que ce n'était que la première d'une longue série annihilait le sentiment d'euphorie qu'Hauser aurait pu momentanément éprouver. La tempête était une mauvaise nouvelle, mais le spectre du double meurtre était clairement plus menaçant. Ce Dennison du Centre national des ouragans avait bien réussi à lui foutre la trouille, mais Jake Cole et son spectacle de mort ambulant étaient parvenus à faire passer Dylan au second plan ; les jours à venir seraient à inscrire dans les annales.

Durant son bref répit entre la conférence de presse et la réunion générale avec son personnel sur l'ouragan imminent – que le shérif avait eu la gentillesse d'ouvrir aux médias dans le souci de collaboration qu'avait évoqué Jake –, il décida de feuilleter le dossier de Mia Coleridge.

La boîte dégageait une odeur de vieux et la première chemise était d'un rouge vif qui avait viré au rose saumon – ce qui indiquait un crime passible de la peine capitale. Il plaça la vieille chemise en papier kraft sur son bureau vide, l'ouvrit et commença à lire.

Les pages étaient devenues cassantes et les agrafes avaient rouillé, laissant partout des marques d'un rouge sombre, comme des clous d'acier sur une coque de navire. Hauser était par nature un homme patient, et cette qualité l'avait toujours aidé dans le cadre de son métier ; il commença par la première page et parcourut le dossier lentement et méthodiquement, sans chercher à prendre de notes ni à essayer de mémoriser les faits. Il voulait simplement découvrir tout ce qu'il pouvait sur Jake Cole pour se faire une idée de l'homme avec lequel il était forcé de travailler. Ça faisait longtemps qu'Hauser avait appris que ce n'était pas ce qu'il ignorait qui pourrait lui nuire, mais plutôt ses fausses certitudes. C'était un raisonnement ancien – presque un cliché – mais il lui avait bien rendu service depuis une vingtaine d'années qu'il était dans la police. Même s'il avait peu de temps devant lui, il estimait qu'une petite excursion d'un quart d'heure dans le passé de l'agent du FBI valait la peine s'il devait lui confier les clés de son royaume.

Il commença par les remarques générales que l'agent de service avait pris le temps de rédiger à la main – Hauser reconnut l'écriture lente et minutieuse d'une personne qui n'était pas douée avec un stylo et qui prenait des notes manuscrites uniquement parce que c'était plus simple qu'utiliser une machine à écrire (l'ancêtre pas si lointain d'un clavier d'ordinateur), faiblesse avec laquelle il pouvait compatir puisqu'il la partageait. De nombreux agents plus jeunes, ceux qui étaient nés dans l'ère du numérique, n'avaient aucun problème avec un clavier d'ordinateur, mais Hauser rédigeait ses rapports à la main, et il reconnaissait cette peur de la technologie dans les notes posées devant lui.

C'était une écriture familière, tracée au crayon par son prédécesseur, le shérif Jack Bishop. Hauser savait que Bishop avait été un bon flic, et un homme solide quand ça s'était avéré nécessaire. Il savait aussi que trois jours après avoir pris sa retraite, Bishop était allé dans son garage, s'était enfoncé un double canon calibre 12 dans la bouche et avait repeint le plafond avec sa cervelle. Personne n'en parlait, mais tout le monde était au courant. Quelques anciens, ceux qui avaient tout abandonné pour le boulot – leur famille, leurs rêves, leur vie – s'apercevaient qu'une fois qu'on leur avait repris leur plaque et que leur arme était remisée au coffre il n'y avait vraiment plus grand-chose à attendre de l'existence. Après tout, quand vous aviez tout sacrifié pour votre boulot, qu'est-ce qui vous restait après ? C'était une histoire qu'Hauser avait entendue à propos de beaucoup trop de flics. Et quelque part au fond de lui il avait l'arrogance de se croire supérieur à eux car il savait que ça ne lui arriverait jamais. Même s'il adorait son métier, il aimait encore plus sa femme et sa fille. Et il restait plein d'oiseaux à chasser et de poissons à pêcher. Peut-être même un cottage à construire. Au nord de l'État, au bord d'un petit lac où il pourrait pêcher le maskinongé et où les étés ne grouilleraient pas de connards du dimanche qui avaient plus de fric que de cervelle. Peut-être cet endroit où ils étaient allés en vacances l'été précédent avant qu'Erin ne parte étudier à Brown University ; le lac Caldasac – vous pouviez y acheter un cottage au bord de l'eau pour trente mille billets. Et les poissons étaient des monstres.

Le dossier formait une pile nette, comme s'il n'avait pas été compulsé autant qu'il aurait dû l'être. Les homicides étaient rares dans sa juridiction, mais toujours trop fréquents à son goût. Il y en avait quelques-uns chaque année, généralement des bagarres entre ivrognes qui tournaient mal ou des disputes conjugales qui partaient en vrille après trop de hurlements et pas assez de discussion. Le résultat habituel était qu'une personne atterrissait avec une expression ahurie sur l'une des tables du docteur Reagan.

Mais ce meurtre-ci rentrerait dans la légende. Il avait entendu dire que chaque flic rencontrait dans sa vie une affaire qui éclipsait toutes les autres. Qui donnait envie d'abandonner le boulot. Peut-être pour aller poser des plaques de plâtre à la place. Et Hauser savait déjà que celle-ci serait la sienne.

Il lut les notes prises par Bishop avant de se pencher sur les photos qu'il sentait dépasser de la chemise sous son doigt. Bishop avait commencé par des observations générales, des premières impressions. Sexe : féminin. Âge : inconnu. Taille : environ un mètre soixante. Couleur des cheveux : inconnu. Race : inconnue. Yeux : marron. Vêtements : ne s'applique pas. À l'époque, avant qu'ils ne commencent à utiliser l'ADN pour identifier les victimes, ils se reposaient sur les dossiers dentaires – un processus long et souvent vain. Mais Hauser remarqua une note que Bishop avait griffonnée dans la marge dix heures après l'heure tamponnée sur la couverture. Celle-ci affirmait que l'examen dentaire avait permis d'identifier formellement Mia Coleridge. Hauser secoua la tête et poussa un petit grognement en lisant ça ; de nos jours, quand ils avaient de la chance, l'ADN mettait soixante-douze heures à être séquencé, quinze jours s'ils n'avaient pas de pot. Alors qu'à l'époque c'étaient l'acharnement et l'ingénuité humaine – pas des ordinateurs – qui faisaient avancer les choses.

Hauser parcourut la page et fut tout d'abord déconcerté par ce qu'il lisait. Au bout de quelques lignes, il commença à reconnaître les mots, les expressions, et une image abominable commença à prendre forme dans son esprit. À la fin de la première page, il s'arrêta, feuilleta quelques pages supplémentaires et se pencha sur les photos de la scène de crime.

Il savait ce qu'il allait voir avant même de les tirer de la chemise – Bishop avait écrit avec cette précision caractéristique des flics. Mais il était impossible de se préparer à voir une telle chose. À moins d'être une sorte de monstre. Il saisit une photo et sentit l'air se coincer dans sa poitrine, le sang se figer dans ses veines, ses pistons cardiaques se bloquer tandis que tout son système se réinitialisait.

« Bon Dieu », prononça-t-il, malgré lui.

Il observa l'image pendant quelques secondes, le noir et blanc aidant à peine à atténuer la sensation de nausée qui nouait son estomac vide. Puis il laissa tomber la vieille photo sur le bureau et poussa un gémissement sourd.

À travers un fossé de trente-trois ans, Mia Coleridge levait les yeux vers lui, son corps tordu figé par la rigidité cadavérique, ses dents tels de petits tessons blancs au milieu de son visage ensanglanté. Il n'y avait plus d'expression sur son visage hormis la grimace primitive et animale de la douleur. À part ça, on pouvait à peine dire qu'il s'agissait d'un être humain, et encore moins d'une femme.

Mia Coleridge avait été écorchée vive.

16

Jake resta assis dix minutes dans sa voiture, sous un arbre du parking de l'hôpital, tentant de se persuader de prendre la route 27 vers le sud-est et de ne s'arrêter que lorsqu'il serait à la maison avec Kay et Jeremy. Il écouta un peu la radio, espérant que les discussions sur la tempête lui ôteraient de la tête ce qui s'était passé dans la chambre de son père. Mais l'animateur ne tarda pas à lui taper sur les nerfs avec sa rhétorique de la peur à la con et ses pseudo-faits bidons. Jake éteignit la radio, accompagnant son geste d'un furieux « Oh, va te faire foutre ! »

Jake n'avait pas des tonnes de temps – ni maintenant, ni jamais – mais il avait besoin de s'éclaircir les idées. Et il avait besoin de travailler un peu. Seulement, c'était devenu plus difficile ces derniers temps. Le processus invasif qui consistait à s'accaparer mentalement les secrets du tueur et à les examiner jusqu'à ce qu'ils soient usés jusqu'à la trame commençait à devenir une routine. Peut-être qu'il avait développé un penchant morbide, comme les gens qu'il traquait. Après tout, qu'est-ce qu'il aimait dans son boulot ? Les petites différences de signature. La façon dont l'un tenait son couteau, le fait qu'un autre ne mordait qu'avec le côté gauche de sa mâchoire. C'était dans ces étranges petits détails provoqués par la psychose que leur personnalité commençait à se révéler. Peut-être qu'il n'était pas censé voir ces choses. Comme Hauser s'enfuyant du labo de Reagan plus tôt dans la journée, peut-être que Jake avait besoin de retrouver un peu de son humanité perdue. C'était comme s'il avait un jeu de clés dans sa poche, mais que la plupart de ces clés n'ouvraient que des endroits horribles dans lesquels il avait cessé de se rendre parce qu'il commençait à s'y sentir trop à l'aise. Ça faisait maintenant un bout de temps que Kay lui demandait de démissionner. Un an. Et elle avait raison. Bon sang, elle avait plus que raison, elle avait des mobiles. Il avait accepté. Promis. Et tout ce qui lui restait à faire, c'était informer Carradine. Pourtant, il ne l'avait pas fait. Pourquoi ?

C'était d'ailleurs probablement pour ça qu'il était venu s'occuper de son père et du mausolée plein de scotch, de cigarettes et de toiles noires hallucinées. Il ressentit un gros pincement amer lorsqu'il prit conscience que tout ce qui s'était passé entre son père et lui n'avait plus la moindre valeur. Ni pour lui. Ni pour son père. Que rien ne serait jamais résolu entre eux. La porte s'était brutalement refermée quand son père avait commencé à perdre la tête.

Qu'allait-il faire ? Il avait besoin d'aide. Kay pouvait être ici dans l'après-midi. Mais l'aide dont il avait besoin n'était pas celle qu'elle pouvait lui offrir, même si elle faisait tout ce qu'elle pouvait. Il avait besoin de quelqu'un avec un peu de distance. Quelqu'un qui se foutrait que ce soit facile ou difficile pour lui. Quelqu'un de pragmatique. Quelqu'un qui pourrait supporter son père. Le problème était que, à l'exception du galeriste, Jacob avait réussi à faire fuir tous ceux qui s'étaient souciés de lui. Tous les amis. Tous les agents. Tous les…

Jake saisit son iPhone et navigua à travers les menus. Il mit quelques secondes à trouver le numéro, mais il était bien là, enregistré trois mois plus tôt. Il resta immobile, vitre baissée, le pouce flottant au-dessus de l'écran. Frank prendrait-il la peine de venir ou Jacob avait-il aussi coupé ce pont-là ?

Il appuya sur « appeler ».

Il entendit des bips analogiques, un murmure bas et guttural de parasites qui ressemblait à la voix du diable surgie d'un vieux 78 tours, puis une série de clics dont Jake savait qu'ils signifiaient que la connexion satellite était en train d'être établie. Il fallut presque une demi-minute pour que le téléphone à l'autre bout de la ligne se mette à sonner, une série de doubles trilles qui avaient un son étrange, étranger. Après quinze ou seize sonneries, une voix qui aurait pu illustrer une campagne pour prévenir des dangers du tabac répondit :

« Frank Coleridge.

– Frank, c'est Jake. »

Frank ne fit pas mine d'être faussement heureux de l'entendre, il se contenta de tirer une nouvelle bouffée sur la cigarette dont Jake savait qu'elle était plantée dans sa bouche et demanda, de cette voix singulièrement unique :

« De quoi as-tu besoin, Jakey ?

– C'est papa.

– Le… » Il y eut un bruit râpeux, comme quelqu'un déchirant une feuille séchée en deux, tandis que Frank aspirait une grosse bouffée de fumée. « … feu ?

– Tu es au courant ?

– Oui. J'ai trouvé un mot sur ma porte ce matin. C'est le voisin qui l'a laissé. »

Jake roula les yeux et se rappela les neuf sacs de courrier à l'hôpital ; c'était incroyable comme le monstre de la célébrité affectait les gens.

« J'étais parti… » poursuivit Frank. Nouvelle longue bouffée. « … chasser. Je viens de rentrer à la cabane. »

Jake fouilla dans sa base de données mentale pendant une seconde, tentant d'aligner la déclaration de Frank sur la réglementation de l'État.

« C'est la saison de quoi en septembre ? »

Frank lâcha un éclat de rire sombre et sec.

« La saison de rien, Jakey. Il y a un ours qui m'a tué un poulain. Je l'ai pourchassé dans les collines. Ce vieux salopard avait une patte abîmée. La seule chose qu'il pouvait tuer, ça devait être ce poulain. Ou peut-être un gamin. Je devais l'avoir avant que ça arrive. Je suis parti quatre jours.

– Comment tu l'as eu ? »

Frank répondit par un rire sourd.

« Empoisonnement au plomb. Comment ton père s'est foutu le feu ?

– D'après ce qu'ils savent, il avait les mains couvertes de peinture à l'huile. Peut-être qu'il s'est allumé une clope, peut-être qu'il essayait de mettre une autre bûche dans la cheminée.

– Il a méchamment cramé ? »

Cette question fut suivie d'un nouvel éclat de rire brusque.

« Ses mains sont foutues. Il a perdu trois doigts et ils ne sont pas sûrs qu'il pourra garder les autres. Il s'est débattu comme un cinglé et il s'est jeté à travers une des vitres. Il s'est assez salement coupé. »

Frank siffla.

« Sans ses mains, sans sa peinture, le mieux qui pouvait arriver à ton vieux aurait été qu'un gros éclat de verre lui coupe la tête. Sans peinture, il ne va pas rester grand-chose de Jacob Coleridge.

– Frank, j'aimerais bien que tu m'aides. J'ai besoin d'une personne honnête. Quelqu'un en qui je puisse avoir confiance. »

Il y eut une nouvelle pause tandis que Frank tirait une grosse taffe, toussait brièvement.

« Qui dit que tu peux me faire confiance ? finit-il par demander. Ce n'est pas comme si ton vieux et moi nous entendions si bien que ça. »

Jake ferma les yeux et laissa retomber sa tête contre le dossier en cuir. C'était une bonne question. Mieux que bonne – c'était une question *pertinente*.

« Frank, épargne-moi ton baratin. Tu es la seule personne en qui j'aie confiance. Je dois m'occuper de mon père et découvrir ce qui lui est arrivé. Tu n'imagines pas comment il vivait.

– Pire qu'avant ?

– J'ai trouvé des clés, des livres de poche et une motte de gazon dans son réfrigérateur. La maison est un véritable cendrier. Il y a des bouteilles vides partout. Les pièces sont pleines de bordel. Certaines sont fermées à clé et je n'ai pas pu entrer dedans. L'atelier est verrouillé. La chambre est barricadée. »

Puis il s'interrompit. Si ça ne suffisait pas à faire venir Frank, rien ne suffirait. Et puis, il détestait le sentiment qu'il demandait une faveur, presque autant que le fait qu'il n'avait personne d'autre à qui la demander.

« Tu as quelqu'un qui te donne un coup de main ?

– Kay est censée venir, mais avec cette tempête qui approche, je ne serais pas surpris qu'elle reste à New York.

– Quel genre de tempête ? »

C'était une question calme, sérieuse, qui indiquait que Frank n'était de toute évidence pas trop au courant de ce qui se racontait à la télé.

« Capverdien catégorie 5. Les autorités recommandent une évacuation. Je ne serais pas surpris qu'on en arrive à une évacuation forcée. »

Frank lâcha un petit sifflement qui produisit un son sec, cassant.

« Un nouvel Express. » L'ouragan de la Nouvelle-Angleterre de 1938 était entré dans les annales sous le nom d'Express de Long Island. « Fais des réserves d'eau et de piles. Ou encore mieux, décampe, Jakey. Fais transporter ton père par hélicoptère au besoin. Fous-le dans une ambulance. Rentre avant que ça se mette à souffler. »

Jake aurait voulu écouter le conseil de Frank, mais il y avait la femme et l'enfant écorchés dans la maison près de la plage. Il devait rester. Il n'avait pas le choix.

« Je ne peux pas, Frank. Il se passe d'autres choses ici.

– Boulot ? demanda Frank d'une voix distante, neutre.

– Oui, boulot. »

Ça recommence, aurait-il aimé ajouter.

« Si tu restes, prépare-toi un kit de secours. Quelque chose qui te permettra de rester hydraté et de manger et peut-être même de rester sec si les choses dégénèrent autant qu'avec Katrina. La seule chose qui joue en votre faveur, c'est que vous êtes au-dessus du niveau de la mer. Garde du papier toilette dans des sacs étanches – y a rien de pire que se torcher le cul avec une chaussette. Un bon couteau solide. Un Ka-Bar ou un couteau de plongée. Quelque chose qui pourra te servir d'outil. De la crème antiseptique. Du fil de suture. Des chewing-gums. »

Jake ferma les yeux, se pinça l'arête du nez et tenta de ne pas l'envoyer promener. Frank était un homme pragmatique, et c'est pour ça que Jake avait besoin de lui.

Frank ne s'était jamais marié mais il avait entretenu de longues – et plus ou moins fidèles – liaisons avec des femmes très distinguées durant toute sa vie d'adulte. Certaines plus jeunes, d'autres plus âgées, certaines plus riches, d'autres pas. Et ces liaisons avaient toutes semblé solides, plaisantes. Mais il finissait inévitablement par annoncer que la femme avait foutu le camp en pleine nuit. S'ensuivait une brève période d'alcool et de laisser-aller, et bientôt une autre femme splendide apparaissait à ses côtés. Peu après le meurtre de Mia, Frank avait quitté Long Island. Pour chasser. Passer plus de temps en contact avec la nature. Mais Jake savait qu'il était parti pour s'éloigner des souvenirs qu'il avait ici. Et il avait atterri dans les collines bleues du Kentucky.

Comme les deux frères ne se parlaient plus, Jake avait perdu son oncle de vue et les ponts étaient restés coupés jusqu'au jour où, des années plus tard, Jake s'était réveillé sur le sol de la cuisine, dans un demi-centimètre d'eau de chiottes glaciale. Il avait réussi à retrouver Frank. Et lui avait demandé de l'aider.

Jake n'avait jamais oublié que Frank lui avait sauvé la vie. Et il avait tellement peu l'habitude de demander à qui que ce soit de l'aider qu'il se sentait coupable de le faire en ce moment.

« Nous sommes à Long Island, pas au Zimbabwe. » Il y avait dans sa voix une tendresse qu'il n'avait pas pour son père. Il parlait à son oncle quelques fois par an, la plupart du temps quand le boulot le déprimait et qu'il avait besoin d'un point de vue extérieur sur le monde. Jake éprouvait un respect énorme pour cet homme. « Et je suis un tueur, pas une victime. »

Frank éclata de rire et on aurait dit le bruit d'un moteur diesel au démarrage.

« En tout cas, tu vas avoir besoin de provisions. Tu es un garçon intelligent, Jakey, tu l'as toujours été. » Son rire de crécelle s'arrêta. « J'imagine qu'appeler un homme de 45 ans un garçon est plus ou moins une insulte, mais quand tu es aussi vieux que moi, toute personne qui n'a pas besoin de se retenir les couilles avec du Scotch pour éviter qu'elles cognent contre ses genoux est un gamin. »

Jake sourit et il s'aperçut soudain qu'il aurait aimé pouvoir parler comme ça à son père. Ne serait-ce qu'une fois.

« Et sois prudent. C'est quand on fait comme si tout était comme d'habitude qu'on s'attire des emmerdes. Tu as les choses en main ?

– Ça va, Frank. » Il repensa à la cuisine de son père et songea qu'il allait en effet devoir faire quelques courses. « J'ai simplement besoin de quelqu'un d'efficace.

– Et tu as pensé à moi ?

– Et j'ai pensé à toi.

– J'arrive dès que possible.

– Je peux te réserver un billet d'avion, j'ai des miles. J'ai des billets gratuits…

– Je m'en fous de tes billets gratuits. Je ne prends pas l'avion. Je viens en voiture. Je dois finir de changer la pompe d'alimentation, mais ça devrait être fait d'ici ce soir. Je serai là dans vingt-quatre heures. » Il y eut une pause tandis qu'il allumait une cigarette. « Il souffre ? »

Jake pensa au tranquillisant que l'infirmière sosie avait injecté dans l'intraveineuse. Aux hurlements de son père. Aux pointes de mucus blanches au coin de ses yeux.

« Je n'arrive pas à savoir, Frank. L'ancien Jacob Coleridge a disparu. Complètement disparu. Il est confus. Il a peur.

– Tu peux l'accuser de beaucoup de choses, Jakey, mais il n'a jamais été trouillard. Jamais. Même quand nous étions gosses. Ni quand nous étions en Corée ensemble. Ni quand ça castagnait dans les bars ou qu'il faisait baisser les yeux à des petites frappes. Rien ne fait peur à ton père. »

L'image de la chambre barricadée apparut brièvement à Jake.

« Il a peur en ce moment, Frank. »

Jake l'entendit tirer sur sa cigarette.

« Ouais, si tu le dis. »

Il n'avait pas l'air convaincu.

« Merci de faire ça, Frank. Je te suis reconnaissant.

– Ça sert à ça, la famille, Jakey. On fait pour la famille des choses qu'on ne ferait pour personne d'autre. »

17

La voiture du shérif était dans l'allée quand Jake arriva à la maison. Hauser était assis à l'intérieur, vitres baissées, imitant à la perfection un homme qui essaierait de dormir sans y parvenir. Tandis que la Charger élancée de Jake s'engageait dans l'allée, le flic descendit de voiture, laissant son Stetson à l'intérieur. Il avança jusqu'à l'ombre du gros pin où Jake gara sa voiture, marchant avec un relâchement provoqué plus par le manque de sommeil que par un quelconque sentiment de bien-être.

Hauser fit courir son doigt le long de l'aile avant, sentant le métal sous la peinture brillante. Puis il se tourna vers sa propre voiture, une version remise au goût du jour de la voiture sportive américaine, et il y avait une certaine hésitation dans son geste. Jake espérait qu'il n'allait pas se mettre à parler bagnoles – il détestait parler bagnoles presque autant que parler de la Bourse. Plus, peut-être.

Jake coupa le moteur, ouvrit la portière et sortit vivement dans le soleil de l'après-midi. Il salua le shérif d'un hochement de tête et attrapa le sac de courses sur le siège enfant à l'arrière.

« Cole », lança Hauser.

Il tentait de paraître jovial mais semblait surtout crevé. Et Jake perçut autre chose dans sa voix. De l'embarras, peut-être ?

Jake tira de sa poche le porte-clés de son père. C'était une pierre plate avec un trou percé en son centre, parfaitement lisse après des années à frotter contre la peluche et les bouchons de bouteilles de scotch qui se trouvaient au fond de ses poches.

« Shérif. »

Il supposait qu'Hauser était là pour le questionner.

Jake connaissait la musique – c'était toujours comme ça quand on était l'intrus de service. Hauser devait avoir confiance en son équipe. Alors il s'entourait de personnes fiables. Si Jake devait faire partie de cette équipe, Hauser voudrait en savoir un peu plus sur lui. Et toutes choses bien considérées, Jake avait lui aussi questionné Hauser.

Jake posa ses provisions en équilibre sur son genou, tourna la clé dans la serrure et poussa la grande porte.

« Café ?

– D'accord… »

Hauser n'ajouta rien tandis qu'il pénétrait dans la maison de Jacob Coleridge. Il s'arrêta après avoir franchi la porte et regarda autour de lui. Il vit les bouteilles de whisky, les mégots de cigarette, les tableaux empilés comme du bois cordé et la pellicule de poussière laissée par des décennies de négligence.

Il marqua une pause près de la console Nakashima dans l'entrée, se pencha en avant, mains sur les genoux, et examina la sculpture sphérique qui trônait là depuis des lustres. C'était une structure en acier qui représentait… quoi ? Une molécule, supposa Hauser.

« Jake, qu'est-ce qui se passe ? »

Sa voix trahissait plus que de la fatigue. Elle trahissait de la peur.

Jake réfléchit à la question tandis qu'il déposait ses courses sur le comptoir. Il rattrapa une conserve de thon avant que celle-ci ne roule par terre.

« Je ne sais pas. Pas encore. »

Il examina la conserve, puis passa en revue ses saines victuailles. Il était dans un sens heureux que Kay ne soit pas là pour voir ce crime gastronomique ; son incursion au Kwik Mart s'était soldée par un pack de six cannettes de Coca, une boîte de sauce tomate, un paquet de *linguine*, deux boîtes de thon, du pain industriel, une bouteille en plastique de moutarde et une autre de mayonnaise, deux paquets de charcuterie qui ressemblait à de la graisse de liposuccion, une brique de crème liquide, un peu d'eau de Seltz, une boîte de café et des sachets de sucre piqués sur le comptoir de la cafétéria. Il avait par ailleurs en partie suivi les conseils de Frank ; il y avait dans la voiture deux bidons d'eau, une douzaine de piles et une boîte de bâtonnets de viande séchée. Il tira sur l'anneau du couvercle de la boîte de café et celle-ci s'ouvrit avec un sifflement qui ressemblait à un râle de mort.

Hauser zigzagua parmi les détritus de la vie de Jacob Coleridge, inspectant malgré lui les lieux, une habitude spécifique aux flics comme aux escrocs – Jake avait bien conscience de cette particularité, et elle lui déplaisait. Hauser s'immobilisa devant le piano et examina le petit tableau qui se trouvait au sommet d'une pile de toiles sur l'instrument, ignorant l'immense étendue d'océan à travers la grande baie vitrée. Par terre à ses pieds se trouvait une boîte à outils pleine de tubes de silicone à moitié pleins et de bombes de mousse isolante.

« Ça vous ennuie que je jette un coup d'œil ? » demanda-t-il, désignant l'une des affreuses toiles de Jacob Senior.

Jake était occupé à préparer du café, le substitut du junkie qui a décroché.

« Faites-vous plaisir. »

Hauser souleva l'un des gribouillis asymétriques entassés sous le Steinway poussiéreux et le tint à bout de bras. Il l'examina pendant quelques secondes, le tenant d'abord dans un sens, puis dans un autre, tentant de déterminer lequel était le bon. Il retourna la toile et regarda au dos, comme si quelque chose lui avait échappé. Au bout de quelques secondes, il la replaça sous le piano.

« Je connais que dalle à la peinture, déclara-t-il. Mais si je regarde un tableau et que je sais pas ce que j'ai sous les yeux, c'est pas pour moi. Je ne veux pas d'un tableau qui représente les affres de la condition humaine. Comment pourrait-on peindre ça ? Moi ? Je veux un champ. Ou une jolie fillette sur une balançoire. Bon Dieu, j'accepterais même des chiens en train de jouer au poker. Mais je suppose que je comprends pas tous ces trucs modernes, ajouta-il avec un haussement d'épaules.

– Pour citer mon père, et c'est le seul domaine dans lequel je lui fasse confiance, c'est de la merde complaisante et facile.

– Vous êtes pas fan ? »

Hauser semblait un peu soulagé.

« J'aime les premières œuvres de mon père. Les trucs qu'il a faits avant qu'on commence à l'étudier à l'université. Peut-être jusqu'à 1975 ou 1976. Après ça… »

Il conclut sa phrase par un geste dédaigneux.

Dans le silence qui suivit, Hauser se tourna vers la grande fenêtre et l'Atlantique qui s'étirait de l'autre côté.

« Une sacrée vue. »

Le vent avait redoublé ; la couverture de hautes pressions qui flottait au-dessus de la côte était repoussée par l'ouragan – plus que deux mille cinq cents kilomètres avant de toucher terre.

Jake acheva de verser le café dans le filtre et mit la machine en route, un petit robot italien en inox qui avait été acheté avant que la grande révolution du café ne balaie les États-Unis et ses banlieues, poussant les Américains à croire qu'ils savaient ce qu'ils faisaient chez Starbucks. La machine se mit à siffler et Jake fit le tour du comptoir.

Hauser baissa prudemment les yeux vers la grande enveloppe de papier kraft qu'il tenait à la main, comme si du pus risquait d'en suinter. Il la tendit.

Jake la déchira et la tint à l'envers au-dessus de la table basse, désormais débarrassée des mégots de cigarette et des bouteilles vides. Des photos, deux CD et une liasse de documents maintenus ensemble par un gros trombone noir en tombèrent. Jake prit les photos.

Tout d'un coup il était de retour dans la maison, arpentant ses couloirs, examinant les morts qu'elle abritait. Hauser, les crachotements de la cafetière, le chuintement des vagues derrière la fenêtre, le léger bruit de fond que chaque maison possède – tout cela s'évanouit. Il était là-bas. Dans la pièce avec la femme et l'enfant. Face à *son* ouvrage.

La première photo – nette, en couleur, bien éclairée – montrait les ongles de la femme, éparpillés sur le tapis telle une poignée de pépins de citrouille sanglants, des lambeaux de chair pendouillant comme de petites queues noires. Il feuilleta les photos jusqu'à trouver celle qu'il cherchait, un agrandissement de l'œil gauche de la femme. On aurait dit l'une des photos satellite de Dylan qu'on voyait sur CNN, sauf que cet œil-ci était sans vie, le blanc marbré d'hémorragies sous-conjonctivales.

« Ce type ne plaisante pas, dit-il, et il laissa tomber la photo sur la table, quittant la scène de crime dans laquelle il s'était retrouvé mentalement plongé.

– Vous aviez l'air d'être ailleurs, observa Hauser en plissant les yeux.

– Je reconstruis les choses dans ma tête. C'est ma manière de faire. » Il perçut l'odeur du café et changea de sujet. « Sucre ? Crème ?

– Deux sucres, pas de crème. »

Jake se faufila à travers la grande pièce et fut surpris par son aisance, sa familiarité. Il était revenu depuis… quoi ? Moins de vingt heures peut-être, et il se sentait déjà de nouveau comme chez lui. S'il oubliait la porte barricadée. La motte de gazon dans le réfrigérateur. Et le fait que son père était quasiment dingue.

Jake attrapa deux tasses sur l'égouttoir près de l'évier – désormais couvert de vaisselle propre – et servit le café. Il versa du sucre dans les tasses et vit en levant les yeux Hauser qui se tenait devant le comptoir.

« Ma mère aussi a eu la maladie d'Alzheimer. Je sais à quel point c'est difficile. »

Son ton semblait accusateur.

« Quoi qu'il se passe entre mon père et moi, ça n'affectera pas mon travail. Il a fallu à votre labo… » il consulta sa montre « … neuf heures et cinquante et une minutes pour pondre ces rapports. » Il désigna de la tête la table basse. « Vous voulez savoir ce qui cloche ? Pas la peine d'aller plus loin.

– Je ne vois pas comment vous pourriez être objectif dans ce cas. Je ne veux pas qu'un chasseur de fantômes du FBI en quête de vengeance foute cette affaire en l'air. Vous avez un compte vieux de trente-trois ans à régler ? »

Jake se figea, leva les yeux vers Hauser.

« Vous voudriez que je vous dise que ce n'est pas personnel ? Mais je ne mens jamais, Mike, c'est une mauvaise politique.

– Je dois savoir si j'ai des raisons de m'inquiéter. »

Jake pointa le doigt en direction de la table basse.

« Neuf heures et cinquante et une minutes, vous pouvez commencer par ça. Deux inspecteurs à plein-temps auraient dû faire ça en exactement cinq heures. Et ce seraient des infos utiles, fiables. Votre manque d'expérience est votre plus grande faiblesse. Moi ? Je suis le type qui va se taper tout le sale boulot. »

Hauser s'immobilisa, fit pivoter sa coupe en brosse vers Jake.

« Est-ce que ce type est cinglé ?

– Bien sûr qu'il est cinglé. Mais est-ce que ça va vous aider à le retrouver ? Probablement pas. Il n'est pas cinglé en public, du moins généralement pas. C'est pendant les moments de calme, quand il est assis dans son garage, ou dans son bureau, ou dans la petite pièce à l'arrière de sa maison, que le détraqué se manifeste. Ces types sont tous complètement cinglés, mais ils savent que ce qu'ils font est mal, Mike. S'ils ne le savaient pas, ils ne le cacheraient pas. Ils savent tous qu'il y a des conséquences à leurs actes. Malheureusement, c'est le seul moyen qu'ont la plupart d'entre eux de prendre leur pied.

« Mais chez ce type, poursuivit Jake, il y a quelque chose de différent. La plupart des assassins tuent pour se procurer du plaisir. Il ne s'agit pas de la victime, il s'agit de mettre en scène leurs propres fantasmes, et les victimes font généralement office de figurants. Les assassins sont toujours le centre d'attention. Alors qu'avec celui-ci… ce sont les victimes qui sont au centre. C'est comme s'il… je ne sais pas… comme s'il les punissait. Il les a écorchées vives et les a abandonnées. Pas le moindre signe de mise en scène. Il voulait les faire souffrir.

– Donc il les connaît ? »

Jake acquiesça, puis il secoua la tête, et son geste troubla Hauser.

« Il *croit* les connaître. Il veut punir *quelqu'un*. Et les victimes ont simplement payé à la place de cette personne. Sa mère, probablement. Peut-être toutes les femmes en général. Je ne sais pas. Pas encore.

– Vous allez rester sur l'affaire ?

– Je suis obligé. Je ne veux pas que ça se reproduise. »

Hauser eut soudain l'air de s'être fait piquer le derrière par une guêpe.

« Vous croyez que ça va se reproduire ? »

Tout d'un coup, Jake s'aperçut que cette idée n'avait jamais effleuré l'esprit d'Hauser ; dans son désir que tout ça se termine, il l'avait repoussée sous le vaste tapis mental dont il se servait pour éviter d'avoir à faire face aux vérités dérangeantes. Et il était difficile d'être confronté à une femme et un enfant écorchés vifs, en quelque qualité que ce soit.

« Je vous le garantis.

– Comment le savez-vous ? Pourquoi en êtes-vous sûr ? Je ne…

– Qu'est-ce qui s'est passé ici ?

– Une femme et un enfant ont été… » Il ravala sa salive. « … mutilés. Écorchés vifs. »

Jake acquiesça.

« Ça vous dit quoi ?

– Qu'on a affaire à un putain de détraqué. »

Jake secoua la tête.

« Non. Pensez froidement, objectivement. Qu'est-ce que ça vous dit d'autre ?

– Qu'il faut être spécial pour faire ce genre de chose. Pour y prendre du plaisir. »

Jake acquiesça.

« Et s'il a aimé ça, quelle est la prochaine étape, dites ? »

Hauser se figea pendant une seconde comme si les rouages dans sa tête analysaient les données.

« Il en voudra plus. » Il leva la tête et ses yeux avaient retrouvé cette expression morose qu'ils avaient eue dans le labo du docteur Reagan. « Il en voudra beaucoup plus. »

Jake examina Hauser, se demandant pourquoi celui-ci ne lui avait pas demandé s'il pensait qu'il s'agissait du même tueur que trente-trois ans auparavant.

18

L'un des rares bons souvenirs que Jake conservait de son enfance était son chien. Bien sûr, comme tout le reste, il avait été détruit par son père dans un acte de fureur narcissique. Mais Jake s'autorisait de temps à autre à repenser au début. Au bon temps.

Son père lui avait offert l'animal le matin de son onzième anniversaire. Jake n'avait pas demandé de chiot – il n'aurait jamais osé – mais l'image du petit berger allemand lui revenait souvent à l'esprit. Une petite bête fauve avec un arrière-train noir. Quatorze semaines. Jake l'avait baptisé Lewis.

À partir du mois de mai, accompagné de son nouvel ami fidèle, Jake s'était mis à explorer le monde au-delà de la terrasse clôturée et de la pelouse qui s'arrêtait à l'atelier derrière lequel chatoyait la plage. Spencer – qui à ce stade se faisait appeler Spence car c'était tellement plus cool – l'accompagnait. Lewis était plus qu'une mascotte et un compagnon, c'était l'ami de Jake. Un livre à la bibliothèque et un peu d'aide de sa mère lui avaient suffi à dresser l'animal. Et Jake avait eu son garde du corps personnel.

Mais, en novembre, Lewis était devenu une cause de tracas croissante chez les Coleridge. Jake l'avait entraîné comme un soldat et le chien faisait tout ce qu'il lui demandait. Il s'asseyait, venait au pied, s'ébrouait, donnait la patte, se couchait, se roulait sur le flanc sur un simple claquement de doigts. Mais Jake n'arrivait pas à lui apprendre à faire le mort – il avait vu ce tour au *Dick Van Dyke Show* et voulait que Lewis le reproduise. Il avait donc tenté de le soudoyer, de le gronder, de le taquiner, de l'amadouer pour qu'il comprenne ses ordres. Mais ça n'avait jamais fonctionné.

Les matins où il était fatigué, Jake laissait sortir Lewis par la porte de derrière pour qu'il aille faire ses besoins. Il fallait d'ordinaire cinq minutes au chien pour accomplir son rituel matinal, après quoi il aboyait et grattait à la porte. Jake était alors généralement devant son bol de céréales et il laissait entrer le chien, et lui donnait une grosse boîte de pâtée nauséabonde.

Un matin de la fin novembre, alors que Jake était profondément endormi, le chien l'avait réveillé en lui donnant un coup de truffe sur la main, puis un autre dans le cou. Jake avait à contrecœur enfilé son peignoir *La Planète des singes* et descendu le chien au rez-de-chaussée. Le jour était à peine levé et il avait vu de la lumière dans l'atelier de son père. Quand il avait ouvert la porte, un vent glacial s'était engouffré dans la maison et le chien était sorti. Puis Jake était remonté dans sa chambre et il s'était recouché.

Quand il avait rouvert les yeux, sa chambre était inondée de lumière et il avait senti qu'il était beaucoup plus tard. Il s'était levé, habillé – *chaudement* – et était descendu pour manger ses céréales, peut-être aussi quelques biscuits. Il était seul dans le salon quand il avait vu Lewis, juste derrière la porte du jardin, gisant dans un long rectangle de sang.

Jake avait poussé un long gémissement strident et sa mère était arrivée en courant, l'avait fait asseoir sur le divan, et elle avait ouvert la porte. Lewis avait eu la gorge tranchée. Une unique entaille profonde traversait la large tache blanche qui s'étirait de sa mâchoire à son poitrail. Seulement maintenant, elle n'était plus blanche.

Mia avait hurlé. Demandé à Jake ce qui s'était passé. Celui-ci était assis sur le divan de cuir, les jambes tendues devant lui, les yeux fixés sur Lewis.

« Il a dû aboyer ou quelque chose. Peut-être qu'il faisait trop de bruit. »

Les yeux de Jake s'étaient alors tournés vers l'atelier à la limite de la propriété, dont la cheminée crachait une jolie fumée qui, poussée par le vent de l'océan, traçait une ligne droite vers l'ouest.

Sa mère avait suivi son regard. Jusqu'au bâtiment au bout du jardin dans lequel Jacob travaillait sans interruption depuis quatre jours. Elle avait embrassé et étreint Jake, lui avait dit de ne pas bouger, et elle avait étalé une grande couverture en laine au-dessus du chien avant de se diriger vers l'atelier.

Jake n'avait jamais su ce que ses parents s'étaient dit – depuis la maison il était impossible d'entendre quoi que ce soit, et Jake était trop effrayé pour quitter le divan. Alors il était resté assis là. À regarder la forme sous la couverture. Attendant de ne plus avoir peur.

À son retour, sa mère était blême, elle avait les yeux rougis, mais elle ne pleurait pas. Elle avait dit à Jake qu'elle était désolée pour Lewis, puis l'avait emmené prendre un petit déjeuner au Yacht-Club. Pain perdu ; trois tranches de bacon ; trois saucisses ; sirop d'érable et jus de pomme. Il avait avalé une partie de son petit déjeuner car il ne voulait pas que sa mère dépense de l'argent pour rien. Ils avaient à peine parlé. Puis ils étaient allés voir un film. Ce soir-là, elle avait dormi dans la chambre d'amis.

Finalement – il ne se souvenait plus exactement quand, mais c'était moins d'une semaine plus tard –, elle avait regagné le lit conjugal. La relation entre ses parents avait néanmoins changé. Même Jake le sentait. La métamorphose chez sa mère était tangible, comme si elle avait perdu un petit morceau d'elle-même. Après ça, l'enfant craindrait toujours son père, principalement parce que sa mère avait commencé à se comporter comme si elle était en sursis.

19

La piscine, comme le reste de la maison, avait dépassé le stade de la simple négligence et était sur le point de développer son propre écosystème. Sa surface était couverte d'une pellicule d'algues et de feuilles de nénuphar. Une femelle harle tournait autour, ses canetons la suivant en file indienne. Derrière la file d'oiseaux se trouvait la rambarde affaissée de la terrasse, puis la plage, puis l'Atlantique qui s'étirait jusqu'au bout du monde.

Mais Jake Cole ne voyait pas tout ça, il n'entendait même pas les bruits, car il était plongé dans son travail, confortablement calé dans le divan. Son café froid tourbillonnait en une large spirale qui ressemblait à l'œil de Dylan – encore un jour et demi avant son arrivée. Son esprit s'égarait dans la maison près de la plage. Il était seul et errait dans la bâtisse sans vie, sans se soucier de ce qu'Hauser avec son drapeau épinglé à sa veste pensait. Il déambulait à travers le temps, emmagasinant les détails.

Ses yeux étaient rivés sur son Mac tandis qu'il passait en revue les près de mille trois cents photos haute résolution qu'avait prises Conway. Le photographe avait fait du bon boulot. Les clichés pris par Hauser étaient corrects, mais tout juste, et Jake faisait ce travail depuis suffisamment longtemps pour avoir développé sa propre méthode ; il était content que Conway ait compris ce qu'il voulait.

L'essentiel de son travail obéissait au protocole typique du FBI ; le Bureau avait de solides outils scientifiques qui couvraient tous les domaines possibles et imaginables. Tout, depuis les indices génétiques rassemblés dans la base de données CODIS jusqu'à leur département des sciences comportementales, fonctionnait d'après des principes bien établis. Mais ce que Jake faisait, sa manière de travailler, était considéré avec une bonne dose de scepticisme par bon nombre des personnes qu'il aidait. Et il savait que les regards de travers dont on le gratifiait étaient la conséquence de ses solides résultats. Mais ses collègues ne comprenaient pas sa manière de procéder, et il avait beau essayer de leur expliquer indéfiniment, il finissait toujours par rendre les choses plus troubles au lieu de les éclaircir.

Jake ne croyait pas aux sciences occultes. Il ne croyait ni aux médiums ni aux voyants ni aux innombrables conneries dont Discovery Channel aimait tant parler. Jake n'avait pas de visions, il ne voyait pas d'auras, il ne convoquait pas d'esprits, même si les gens autour de lui le traitaient comme si c'était le cas. Non, la méthode utilisée par l'agent spécial Cole n'était guère plus qu'un vieux tour d'illusionniste.

Jake savait que l'existence des pouvoirs psychiques n'avait jamais été prouvée. Jamais. Pas une seule fois. Les gens croient parce qu'ils veulent croire. Certains sont dupes, d'autres sont carrément victimes de mensonges, mais la grande vérité est qu'il n'y a jamais eu d'expérience contrôlée au cours de laquelle un médium a réussi à prouver autre chose que des talents d'observation extrêmement fins. Et c'était ce sur quoi Jake capitalisait. Il ne parlait pas aux morts, ou au monde des esprits. Il observait. Il regardait. Il voyait. Et il analysait. Les charlatans qui se font passer pour des voyants appellent ça la *lecture à froid*.

En termes simples, il résolvait des énigmes – c'était aussi banal que ça.

L'élément surnaturel que ses collègues évoquaient était simplement la conséquence de leur confusion face à une acuité mentale qu'ils ne pouvaient comprendre. Tel un surdoué de la musique ou des mathématiques, Jake était capable de percevoir des choses que les gens de son entourage ne percevaient pas, moyennant quoi ils étaient mal à l'aise en sa présence. Certains avaient même peur de lui.

Jake n'esquissait pas de profil psychologique des assassins : son talent était de recréer dans le détail la mécanique des meurtres. C'était une science subtile où la moindre nuance générait une image totalement différente. Il ne changeait jamais d'avis sur une affaire car il ne se forgeait jamais d'opinion tant qu'il n'était pas sûr de lui.

Jake se détourna de l'écran et se frotta les yeux. La caractéristique de cette affaire était l'absence de détails. Des hommes comme Hauser auraient parlé d'indices, mais Jake ne pensait pas en ces termes. Il considérait chaque détail comme un pixel de couleur, et comme pour toute œuvre d'art, quand il y avait suffisamment de pixels, une image prenait forme. Mais quand il n'y en avait pas, toutes les gymnastiques mentales du monde ne suffisaient pas à générer une image. Cette fois, pourtant, l'absence de détails était une bénédiction. En l'absence d'indices physiques à passer en revue, il avait été forcé de se reposer sur cet aspect de lui-même que lui non plus ne comprenait pas. Et grâce à son travail d'analyse, il était parvenu à reconnaître l'odeur du tueur. Après tout ce temps. Après toute la colère, la haine, la peur, après l'héroïne et l'alcool. Il…

La sonnerie du téléphone l'arracha soudain à son travail de reconstitution mentale.

« Cole, dit-il d'une voix lasse, méfiante.

– Ici, l'infirmière Rachael. Vous devez venir *sur-le-champ*.

– Mon père… » Il s'interrompit. « Qu'est-ce qui s'est passé ?

– Je crois que vous feriez bien de venir. »

Il entendit le fracas de cymbale d'un objet métallique heurtant le sol. Un bruit de verre brisé. Des jurons. Une claque.

« S'il vous plaît, lança une voix en fond sonore. Monsieur Coleridge. S'il vous plaît, arrêtez ! Ça va bien se passer. »

Puis le bruit de fond fut noyé sous un hurlement strident qui fit grésiller l'écouteur. Jake écarta vivement le téléphone de son oreille.

« S'il vous plaît. Il arrive. Il arrive. Je ne peux pas rester ici ! Je ne peux pas ! Oh ! mon Dieu. Je vous en prie. Laissez-moi partir. Je ne lui dirai rien sur vous, promis. Mais si vous ne me laissez pas partir, je serai obligé et alors… et alors… » Son père semblait paniqué, affolé. « Éloignez-vous de moi avec cette seringue ! »

L'infirmière Rachael revint au bout du fil, essoufflée. « *Je vous en prie*, monsieur Cole. »

20

Jake poussa violemment la porte et une petite vieille, une cigarette pas encore allumée entre les dents, qui traînait un support de perfusion, aboya : *Regardez où vous allez !* avant d'esquiver la porte battante et de poursuivre sa mission. Jake courut jusqu'au bureau des infirmières.

Dans la torpeur qui suivait l'heure du déjeuner, deux infirmières vaquaient à diverses occupations. Un homme grand et costaud avec des lunettes épaisses et de fins cheveux gris clairsemés se retourna, fit un sourire de présentateur télévisé et approcha du guichet.

« Monsieur Cole, je suis le docteur Sobel, l'un des médecins de votre père. »

Jake avait lu ce nom dans le dossier qu'on lui avait donné – Sobel était psychiatre. À défaut d'autre chose, son métier avait appris à Jake à se méfier des gens qui prétendaient comprendre le fonctionnement de l'esprit.

Sobel tendit la main.

« J'ai un rendez-vous dans quelques minutes – mais il est important que nous parlions. Pourrions-nous nous revoir demain matin ?

– L'une des infirmières de mon père m'a appelé. Elle a dit… »

Sobel fit un geste dédaigneux de la main, comme si Jake faisait une montagne d'un rien.

« Rachael Macready. Oui, elle a fini son service. »

Jake reconnut le ton lénifiant et la voix apaisante d'un homme formé à manipuler les autres.

« Qu'est-ce qui s'est passé ? demanda-t-il.

– Votre père va bien pour le moment. Nous lui avons administré des sédatifs. Une fois de plus », ajouta-t-il un peu brusquement, comme s'il craignait que Jake ne règle pas la note.

Le psychiatre marcha jusqu'à un grand meuble de rangement et tira le dossier de son père, puis il fit le tour du guichet. Il entraîna Jake dans une petite salle de réunion.

« J'ai deux minutes. Allons droit au but. Votre père est très agité. Je sais que vous avez assisté à l'un de ses épisodes précédents, je pense donc que vous savez de quoi je parle. Avez-vous la moindre idée de ce qui lui arrive ? De ce qui l'angoisse autant ? »

Il referma la porte.

Jake s'assit sur le bord de la table.

« Je suis la dernière personne à pouvoir vous parler de lui. »

Sobel inscrivit quelque chose dans le dossier.

« J'aimerais vous dire qu'il est affecté par la pleine lune ou par la tempête qui approche – ce qui est probablement le cas – mais il y a autre chose qui agite votre père. »

Sobel continuait de regarder le dossier tout en le feuilletant.

Jake contenait son irritation.

« Il s'est brûlé les mains, docteur Sobel. Il est dans un environnement qui ne lui est pas familier. Il est gavé de morphine, ce qui n'est probablement pas la meilleure chose pour un homme de son âge. Vous préféreriez probablement un anxiolytique mêlé à un relaxant musculaire et à un sédatif. De l'alprazolam sans doute.

Mais mon père est alcoolique et sa fonction rénale pose problème, de même que son âge. Donc vous optez pour de la morphine. Je sais ce qui se passe. »

Sobel cessa de feuilleter le dossier et leva les yeux vers Jake.

« Êtes-vous médecin ? »

Jake sourit, éclata presque de rire.

« Non. Mais je sais ce que c'est que de gérer des personnalités difficiles, et vous n'avez pas beaucoup d'options avec un vieil ivrogne qui a été un salopard agressif pendant la plus grande partie de sa vie. Vous devez l'apaiser, ainsi que son entourage. »

Sobel acquiesça et les pans de son visage coulissèrent pour esquisser un demi-sourire.

« Votre père a toujours été un homme intéressant.

– Vous le connaissez ? » demanda Jake d'une voix qui lui sembla étonnamment calme.

Sobel agita la tête d'avant en arrière d'un geste qui n'était ni un oui ni un non.

« Ma femme et moi connaissions votre mère. Au Yacht-Club. Elle se joignait à nous quand nous avions besoin d'un quatrième pour les doubles. Votre mère était une excellente joueuse de tennis. »

Jake sourit. Il l'ignorait.

« Mais pas mon père ? »

Sobel secoua la tête.

« Il nous est arrivé de boire un verre de temps en temps. Mais il ne jouait pas au tennis et je savais qu'il travaillait beaucoup. » Sobel faisait son possible pour mettre Jake à l'aise. « Je possède une des toiles de votre père. Je l'ai achetée lors d'une vente aux enchères silencieuse au club en 1967 ou 1968. Le meilleur investissement que j'aie fait. » Il s'aperçut qu'il n'avait plus beaucoup de temps et revint à son dossier. « Comment vivait votre père ? »

Jake songea à la motte de gazon dans le réfrigérateur. Aux yeux découpés du gigantesque Chuck Close. À la porte de la chambre barricadée. Aux couteaux.

« Un peu obsessionnel.

– Des signes de paranoïa ? »

Pas au point d'avoir peur qu'une horde de Vikings débarque sur la plage.

« Qu'est-ce que vous ne me dites pas, docteur Sobel ? »

Sobel referma l'écritoire en métal.

« J'ai dû administrer quatre cents milligrammes – soit presque un demi-gramme – de chlorpromazine à votre père et ça n'a eu aucun effet. Sans compter la morphine. Je ne peux pas en utiliser plus sur un homme de cet âge. Bon Dieu, un homme de 45 ans ne supporterait pas ce genre de dose. »

Jake songea un instant à contester cette affirmation.

« En trente ans de carrière, je n'ai vu qu'une seule fois une telle résistance aux narcotiques. Il a un métabolisme de cheval de course. Et combiné à son agitation, c'est la recette parfaite pour un désastre. J'ai peur qu'il se fasse du mal ou, Dieu l'en préserve, qu'il en fasse à quelqu'un d'autre. Je crois qu'il a besoin d'être entravé.

– Attendez-vous mon autorisation ou mon absolution ? »

Sobel secoua la tête.

« Ni l'une ni l'autre, Jake. Je préfère juste vous en parler avant de le sangler à son lit. »

Jake ouvrit la bouche pour répondre mais fut interrompu par un hurlement déchirant qui brisa le silence. Il reconnut la voix et se leva d'un bond tandis qu'un nouveau cri secouait tout le troisième étage. Il fonça hors de la pièce.

Le bout du couloir était bloqué par une foule de personnes vêtues de blouses d'hôpital qui tendaient le cou pour voir ce qui se passait dans la chambre de Jacob Coleridge.

Jake atteignit le mur de corps enveloppés de flanelle et de coton et se fraya un chemin parmi eux, émergeant au milieu d'infirmiers sidérés qu'une force invisible semblait empêcher d'entrer dans la chambre de Jacob Coleridge.

À l'intérieur, devant le mur que traversait chaque jour l'ombre de sa chaise, Jacob Coleridge était agenouillé, ses pansements arrachés, les tiges charnues de ses mains tordues et craquelées exsudant du pus et du sang, ses sutures déchirées se dressant telles des pattes d'araignées. Il avait les jambes étalées de chaque côté, comme un enfant, et il regardait fixement le tableau qu'il venait de barbouiller dans des nuances rouges qui viraient déjà au noir.

Jake se figea au seuil de la pièce, les yeux rivés sur le tableau sanguinolent sur le mur.

Jacob Coleridge avait utilisé ses os calcinés et ses doigts couverts de croûtes pour conférer profondeur et dureté à son œuvre, épaississant ou allongeant le trait en appliquant plus ou moins de pression, et le visage qu'il avait peint était effrayant, dénué du moindre soupçon d'élégance. C'était un tableau halluciné. Un portrait de trois quarts d'homme.

Jacob avait utilisé la technique du trompe-l'œil et la silhouette semblait se tenir devant le mur au lieu d'être simplement étalée à plat dessus. L'image sanglante représentait un homme avec la tête légèrement inclinée sur le côté, comme s'il examinait quelque chose. Mais il n'avait pas d'expression car il n'avait pas de visage – juste un barbouillage de rouge sombre là où auraient dû se trouver ses traits.

Jacob Coleridge avait mâchouillé ses pansements, rongeant la gaze et le sparadrap et les sutures pour atteindre les os et la chair à vif en dessous. Il avait appliqué à grands traits le sang qui coulait de ses veines suturées et cautérisées avec la férocité qui avait toujours caractérisé son travail. Aux endroits sombres, le sang était plus épais. Pour les nuances légères, c'était un voile fin.

Jake s'avança lentement, les yeux fixés sur l'homme aux traits de sang. Tandis qu'il s'approchait, celui-ci sembla se décaler en même temps que son champ de vision – une utilisation magistrale du trompe-l'œil – et l'espace d'une seconde Jake crut le voir bouger, osciller. Il flottait la même odeur que dans la maison des Farmer la nuit précédente.

C'est lui, prononça la voix, et Jake sentit son cœur palpiter dans sa poitrine.

Jake passa doucement devant son père pour examiner le tableau, observer les détails. À mesure qu'il approchait, l'odeur puissante et métallique du sang se faisait plus entêtante. Il avait déjà senti bien pire au cours de sa carrière – de très nombreuses fois – mais l'odeur du sang ne l'avait jamais dérangé. À vrai dire, si on lui avait posé la question, il aurait avoué qu'il la remarquait rarement – il faisait automatiquement abstraction. Mais en ce moment, tandis qu'il regardait le portrait noir sans visage gribouillé sur le mur, l'odeur le ramenait à la nuit où sa mère avait été massacrée.

Jake leva le bras, doigts écartés, tel un homme sur le point de pousser une porte en verre. Sa main entra en contact avec le portrait, et il sentit de la chaleur en émaner. Une vague épaisse et moite qui lui mouilla légèrement la paume. Il ôta sa main, qui ne laissa aucune trace sur le mur, et ce n'est qu'alors, lorsqu'il examina sa paume et vit les lignes d'un blanc pâle qui la sillonnaient, qu'il revint à l'instant présent.

Le docteur Sobel se tenait immobile au seuil de la chambre.

« Fermez cette putain de porte ! » aboya Jake.

En entendant le cliquetis de la serrure, Jacob leva la tête. La lointaine peur animale dans ses yeux s'atténua.

« Il a besoin d'aide. » Jake décrocha le téléphone et le tendit vers le médecin. « Appelez quelqu'un. Aidez-le. Maintenant. »

Sobel composa un numéro de poste et aboya ses ordres.

« Envoyez le docteur Sloviak à la chambre 312, *immédiatement !* Préparez tout de suite le bloc opératoire. Contactez le docteur Ramirez et dites-lui que c'est urgent. »

Alors, simplement parce que c'était ce qu'un fils était censé faire, Jake posa la main sur l'épaule de son père qui se balançait d'avant en arrière, sa bouche tordue esquissant une grimace triste. Son visage, son torse et son cou étaient couverts de sang, de bave, de bouts de pansement. Du sang gouttait de ses mains. Il avait la tête levée, le visage tourné vers le mur. Mais ses yeux ne voyaient plus le portrait qu'il avait barbouillé avec ses os fendus, ni même la pièce dans laquelle il se trouvait. Ce qu'il regardait se trouvait au-delà du mur, au-delà du sang et du portrait sans visage, au-delà de tout ce qui l'entourait. Il fixait une image qui dansait éperdument dans sa tête, qui palpitait, battait, hurlait, cognait contre son crâne, tentant d'en sortir.

« Il arrive. » La voix de Jacob semblait provenir d'une pièce métallique enterrée trois cents mètres sous terre. « Et je ne peux même pas barricader la porte. »

Puis il ferma les yeux, enfonça son visage dans la poitrine de son fils et, pour la première fois dont Jake se souvînt, pleura.

21

Le temps était au beau fixe, la dernière période de calme avant que dame Nature ne déchaîne son grand opéra germanique. Les vagues clapotaient paisiblement sur la rive et le ciel dégagé ne s'était pas encore couvert de nuages. Même au large, sur la ligne d'horizon qui bornait l'Atlantique, le ciel n'était pas voilé. Mais il en allait autrement pour l'air, qui semblait chargé de particules électriques, et Jake sentait comme de petites décharges sur ses dents. Il roulait avec les vitres baissées, le lourd air iodé et le léger bourdonnement de l'atmosphère ajoutant une couleur de fond au bruit blanc qui crépitait dans sa tête.

Il s'engagea dans l'allée et vit un étui de violoncelle enfoncé parmi les buissons près du garage, la fibre de verre noire couverte d'autocollants *Fragile* et d'étiquettes d'aéroport. À côté se trouvaient une vieille housse à costume, la sacoche de Kay, et une petite valise en plastique jaune moulé en forme de bus scolaire. Il ne s'attendait pas à ce qu'elle arrive si vite et regretta de ne pas lui avoir laissé de clé. Puis il songea au désordre à l'intérieur et décida que c'était mieux comme ça. Il fit le tour de la maison à leur recherche.

Les bottes de moto de Kay étaient en haut du vieil escalier qui menait à la plage et dont la rampe hors d'âge était de la même couleur que des os de dinosaure fossilisés. À côté, tels ces gadgets qu'on accroche au rétroviseur des voitures, se trouvaient les chaussures de Jeremy, de petites baskets avec de grandes langues de Velcro. Il les repéra à cent mètres plus au sud, Jeremy tenant la main de Kay et gambadant à ses côtés, arborant son petit bob blanc – celui qu'ils lui avaient acheté en Floride l'hiver précédent.

Kay portait un jean moulant et un débardeur *King Khan & The Shrines*, les lignes colorées de ses tatouages lacérant ses bras fins. Elle ondulait tranquillement des épaules tout en marchant, son corps donnant vie à ce flot de musique constant qui ressortait dans chacun de ses gestes. Elle serrait tout contre elle son sac à main – comme pour ne pas se le faire voler – qui venait couper en diagonale ses seins. Elle était petite et avançait avec la même énergie compacte que Jeremy, ses cheveux voletant dans le vent, et Jake s'imaginait déjà l'odeur qu'elle aurait quand il enfouirait son visage contre elle. Elle leva les yeux, le vit et s'accroupit à côté de leur fils. Elle lui dit quelque chose et la tête de l'enfant se mit à pivoter tandis qu'il regardait à droite et à gauche, tel un oiseau cherchant à manger. Il repéra finalement Jake quand elle pointa le doigt et se mit à courir.

« Papa ! » hurla Jeremy, le tintement haut perché de sa voix s'élevant au-dessus des vagues.

À cet instant toute sa lassitude s'évapora. Soudain, son père, Madame X et son fils, Hauser et le docteur Sobel, les crins de cheval blonds dans un sac en plastique et le bureau souterrain du docteur Reagan s'évanouirent. Il courut vers son fils, souleva le garçon et le serra un peu trop fort un peu trop longtemps. Jeremy commença à se tortiller et Jake le reposa.

« Salut, Moriarty, dit-il, plantant un baiser sur la joue de son fils. Comment va ? »

Jeremy éclata de rire, rejeta la tête en arrière.

« J'ai trouvé un coquillage ! C'est maman qui l'a ! On a pris le bus !

– Papa est heureux que vous soyez là.

– On a des biscuits ! Des MoonPies ! Des gros ! chanta Jeremy avec un enthousiasme qui disait que les MoonPies étaient plus précieux que l'argent.

– Vraiment ? »

Kay rougissait presque, ses joues couvertes de taches de rousseur se soulevant tandis qu'elle esquissait son sourire doux.

« Tu veux un biscuit ? demanda-t-elle et elle se jeta entre ses bras.

– C'est comme ça que les jeunes appellent ça de nos jours ? »

Kay était à quelques mois de son trentième anniversaire – une date qu'elle redoutait mais que Jake attendait secrètement avec impatience. Il espérait que leurs quinze ans de différence sembleraient alors moins importants. De plus, Kay paraissait plus jeune que son âge, et Jake espérait que si elle entrait dans une nouvelle décennie lui ne se sentirait plus si *vieux*. Mais la seule chose qui le préoccupait pour le moment, c'était son odeur.

« Tu m'as manqué, dit-il en enfouissant son visage dans ses cheveux, inspirant goulûment son parfum, une odeur de propre avec une pointe de papaye.

– Tu m'as manqué encore plus. »

Il sentit les bras de Kay se resserrer autour de lui et la présence charnue de sa poitrine s'enfoncer contre son torse.

« Ça fait du bien de t'avoir.

– Tu dis *toujours* ça.

– Parce que ça fait *toujours* du bien. »

Il la serra un peu plus fort avant qu'ils ne rompent leur étreinte et reprennent la direction de la maison, leurs doigts doucement enlacés, Jeremy courant en rond autour d'eux comme un lévrier, excité par les biscuits, le voyage en bus et les retrouvailles avec son père.

« Je t'ai apporté quelques vêtements. Des choses un peu plus… » Elle passa son vocabulaire en revue. « … professionnelles. »

Il l'embrassa sur le bout du nez, puis sur les lèvres, et annonça : « Vous ne restez pas. »

Kay se figea, le fusilla du regard.

« Je viens de trimballer mon violoncelle dans un bus qui sentait la pisse tout en essayant de divertir Jeremy pendant les trois heures qu'a duré le voyage et tu me dis que je ne peux pas rester ? Vous devez en avoir vraiment votre claque de coucher avec moi, monsieur. »

Elle n'avait l'air qu'à demi sérieuse.

Jake parvint à esquisser un sourire. Lorsqu'ils se remirent à marcher, il se pencha sur le côté pour l'embrasser sur le haut du crâne, inspirant plus de papaye.

« Dylan débarque demain soir. Je suis débordé avec mon père. » Il marqua une pause, hésita. « Et j'ai une affaire qui va prendre…

– Oh ! Oh ! Doucement, monsieur Je-ne-couche-pas. Tu me dis que tu as une affaire ? »

Elle s'arrêta une fois de plus et sa main se resserra autour de celle de Jake. Il s'arrêta également pour ne pas l'entraîner derrière lui.

« C'est arrivé à l'improviste.

– Ça arrive toujours *à l'improviste*, Jake. C'est comme ça. Tu n'as toujours pas dit à Carradine que tu démissionnais ?

– C'est arrivé hier soir. » Jake aurait voulu lui en dire plus, lui parler de tout ce qui le préoccupait et foutait un bazar sans nom dans sa tête. « C'est important.

– Oh, bon Dieu ! Ne me la fais pas, Jake. Je sais que c'est important. C'est *toujours* important. Mais nous avons des projets.

– J'ai simplement besoin de régler les problèmes avec mon père et cette affaire, et après j'arrête. Si ça ne s'était pas produit ici – juste sous mon nez –, j'aurais dit non. Carradine ne m'aurait pas laissé m'en occuper de toute façon. Considère que c'est la dernière fois. »

Elle écoutait le timbre de sa voix.

« Nous partirons quand tu partiras. Je crois que c'est un juste compromis. »

Jake détourna son attention vers l'horizon. Quelque part, pas très loin, l'enfer approchait avec des vagues de vingt-cinq mètres de haut et des vents de trois cent vingt kilomètres à l'heure.

« Vous pouvez rester ce soir, répondit-il doucement, et il l'embrassa une fois de plus sur le haut du crâne. Et demain je vous fous dans le bus et vous retournez à New York. » Elle ouvrit la bouche pour protester, mais il ajouta : « Je ne veux pas de vous ici. Pas avec cette tempête. Pas avec mon travail. Je n'ai pas envie de me sentir vulnérable. »

Et quelque chose dans le ton de sa voix la convainquit.

« OK, Jake. » Elle écarta une mèche de cheveux de son visage. « Comme tu veux. Où as-tu dormi ?

– Sur le canapé.

– Dormir sur canapé ! » s'écria Jeremy, et il lança maladroitement un caillou par-dessus son épaule.

Le caillou heurta le sol à ses pieds et il le ramassa, tenta de nouveau sa chance, atteignant cette fois le bord des vagues. Il acquiesça d'un air approbateur et se remit à parcourir la plage en quête de cailloux à lancer.

Kay demeura quelques secondes silencieuse, analysant calmement la situation. Jake savait ce qu'elle faisait et il lui en fut reconnaissant. C'était une des choses qu'il aimait en elle – elle l'écoutait et lui faisait confiance. Peut-être était-ce à cause de ce qu'ils avaient traversé ensemble, mais elle savait qu'il prendrait soin de lui. Et d'elle et de Jeremy. Une fois encore, il sentit le tourbillon qui l'agitait intérieurement retomber comme par magie, simplement parce qu'il était avec elle.

« Nous pouvons camper par terre s'il le faut. Ne t'en fais pas pour nous, Jake, tu as beaucoup de choses à faire. Je sais que tu es probablement accablé… » Elle s'interrompit, sourit une fois de plus. « Écoute-moi – toi, accablé ? Quand as-tu jamais été accablé ? »

Elle avait dit ça sans la moindre cruauté, d'un ton neutre. Elle lui serra la main un peu plus fort, et il attendit, conscient qu'elle était sur le point de poser une question.

« Comment va ton père ? »

Ses mots étaient hésitants car elle savait en partie ce qui s'était passé.

Il songea que sa vie, qui avait semblé si en ordre quelques jours plus tôt, s'était soudain retrouvée sens dessus dessous quand il avait reçu le coup de fil de l'hôpital. Que pouvait-il lui dire ? *Il va bien. Si on excepte la terreur que je vois dans ses yeux chaque fois que je lui parle. Et le fait qu'il peint avec son propre sang. Et je ne dois pas oublier de préciser qu'ils lui ont filé suffisamment de morphine pour assommer un tyrannosaure et que pourtant il fait plus de boucan qu'une armée de zombies affamés. Sans parler des cutters. Ouais, tout va comme sur des roulettes pour mon paternel ces jours-ci.*

« Ça pourrait aller mieux », proposa-t-il en guise de sain compromis.

Kay le connaissait assez pour lire entre les lignes et elle se contenta d'exercer une pression sur sa main.

Jeremy lança un autre caillou, qui atteignit l'eau, et il applaudit avec une ferveur dont Jake fut jaloux. Il attira Kay vers lui, hanche contre cuisse, et leurs foulées se synchronisèrent à un rythme confortable.

« On a à manger ? demanda-t-elle.

– Bien sûr. Plein. Des tonnes. Thon, linguine, sandwiches saucisse-moutarde. Quelques sachets de sucre de station-service. On est paré. »

Kay gloussa et laissa tomber sa tête contre son épaule.

« On va commander des pizzas. »

Deux personnes d'âge mûr marchaient sur la plage, arborant des pantalons de coton et des pulls à mailles torsadées assortis. Ils avançaient lentement en silence, sans dire un mot, levant à peine la tête. Leurs pieds faisaient s'élever des panaches de sable que le vent emportait. Jeremy cessa de lancer des cailloux et agita furieusement la main, parce qu'à la télé tout le monde à la plage était gentil. L'homme et la femme ne levèrent pas la tête et continuèrent d'avancer, même s'ils avaient forcément vu le garçon puisqu'il était juste devant eux.

« C'est malpoli, observa Kay. Qui ne dit pas bonjour à un enfant ? »

Jake ne regardait pas. Il se contenta de hausser les épaules et continua de marcher.

« Vous n'êtes pas d'ici. Ces gens, si. Ils ne veulent pas d'étrangers ici.

– Tu te fous de ma gueule.

– Vas-y, fais-leur un signe. »

Kay agita la main.

Pas de réaction.

Une seconde fois.

Ils continuèrent de marcher.

« Toi, tu leur fais signe, ordonna-t-elle à Jake.

– Je suis d'ici. Ils le savent probablement. »

Jake leva le bras, leur fit un salut à la Nixon et renfonça la main dans sa poche. Le mari comme la femme lui retournèrent son salut agrémenté d'un petit signe de la tête et poursuivirent leur marche.

« C'est flippant, observa Kay avec une mine dégoûtée. Bienvenue au purgatoire.

– À leurs yeux, déclara Jake en guise d'explication, tu n'existes même pas.

– Attends que je montre mes nibards au mari. On verra qui n'existe pas, moi ou sa momie de femme. »

Et Jake comprit alors à quel point il était heureux qu'elle soit venue. Sa vision du monde lui serait d'une grande aide, ne serait-ce que pour lui remonter le moral.

Devant eux, Jeremy s'était arrêté au niveau de la maison de Jacob et était accroupi, creusant furieusement le sable. Il en tira un objet, le tint à la lumière et opina du chef d'un air approbateur, son minuscule processeur calculant qu'il était de la taille idéale pour être lancé.

Jake vit brièvement l'objet scintiller dans la main de son fils tandis que la lumière se reflétait dessus. Il y eut un battement, un flash rouge qui l'aveugla comme si l'objet dans la main de Jeremy était un éclat de phare arrière, puis le garçon le lança. Il décrivit un bel arc au-dessus de la ligne d'algues et de mousse qui bordait l'océan et s'enfonça dans les vagues.

« Papa ! » s'exclama-t-il, ravi d'avoir amélioré son lancer.

Il dansa autour du trou fraîchement creusé au bord de l'eau, soulevant avec ses pieds du sable que le vent portait vers la maison.

Jake s'arrêta à l'endroit où le garçon avait déterré l'objet et se pencha en avant, ratissant le sable du bout des doigts. Juste sous la surface il sentit un objet rugueux qui avait la consistance d'un caillou. Il le déterra et vit ce qui ressemblait à un morceau de verre rouge – de la même teinte que l'objet que Jeremy avait lancé dans l'Atlantique. Il n'était pas acéré, mais arrondi, sans forme, comme du verre fondu, avec une texture râpeuse à cause des petits cratères creusés par le sable sur sa surface. Jake le souleva, l'examina en plissant les yeux. Quelque chose dans cet objet attisait sa curiosité.

À l'intérieur, flottant dans un nuage rouge translucide, une petite inclusion en forme de croissant était visible. Elle était d'une teinte claire, beaucoup plus claire que la matière dans laquelle elle était enchâssée, et pendant une seconde Jake crut qu'il s'agissait d'un ongle humain. Était-ce possible ? Qu'est-ce qui…

Mais Jeremy lui prit alors l'objet des mains et le lança en direction de l'eau.

L'objet décrivit un arc magnifique, une tache de lumière rouge qui flotta brièvement au-dessus des vagues. Puis il disparut dans l'océan.

« Tout parti, papa », dit Jeremy, et il gravit en courant les marches branlantes jusqu'à la maison.

22

Tandis que Jake travaillait à l'affaire, Kay entreprit de faire un peu de ménage pour qu'ils puissent au moins aller de la cuisine à l'escalier sans avoir à se farcir une course d'obstacles. Elle avait ouvert les portes vitrées qui donnaient sur la plage et de l'air frais traversait la maison, soulevant des tourbillons de poussière et de cendres de cigarette hors d'âge. Elle voulut suspendre les tapis persans sur la rampe de la terrasse pour les aérer, mais ils étaient cloués et agrafés au sol, formant un patchwork d'étoffes qui se chevauchaient – encore l'œuvre de Jacob.

Kay avait fermé la barrière basse qui séparait la piscine marécageuse du reste de la terrasse, et Jeremy était dehors, avec sa chemise blanche à manches longues et son petit bob, barbouillé d'écran solaire, chantant l'une des chansons gaies qu'il avait apprises à la garderie. Il s'amusait à créer des collisions à répétition entre son camion de pompiers en plastique et son Elmo en peluche. Jake savait que bientôt Elmo serait remplacé par un robot Transformers. Et lentement son fils grandirait.

Jake parcourut les rapports d'autopsie, organisant les informations en strates, chaque nouvelle couche venant recouvrir la précédente. Il passa en revue les innombrables photos ; les images lui en apprenaient toujours plus que les notes rédigées par d'autres. Il examina les projections de sang sous divers angles. Étudia les agrandissements d'empreintes digitales sanglantes et de dents brisées. Le pire était le petit garçon, un amas de muscles et de tissus couvert de croûtes craquelées, replié en position fœtale, avec des yeux sans paupière, des petits poings serrés telles deux boulettes de viande sanguinolente. Lorsqu'il s'aperçut qu'il retenait son souffle, il détourna le regard et inspira une grande bouffée d'oxygène.

Jake avait vu près de mille scènes de crime et il estimait que la seule chose qu'elles avaient en commun, c'était qu'il y flottait toujours l'odeur infecte de la peur. Celle-ci se manifestait à des degrés divers, en fonction de ce qui s'était passé, et comme la fumée de cigarette, elle ne disparaissait jamais complètement. Vaporiser un peu de désinfectant n'y changeait rien. La puanteur restait longtemps. Des années. Pour toujours. Peut-être plus longtemps encore. Tout le monde déménageait d'une maison où une personne aimée avait été assassinée. Certains la démolissaient à coups de bulldozer. D'autres y mettaient le feu. Mais ils partaient tous. Sauf les Narcisse incurables ; ceux-là oubliaient et passaient à autre chose, ils continuaient de vivre leur vie comme si de rien n'était. Ils travaillaient. Buvaient. Peignaient.

Plus Jake observait le corps contorsionné et rigide de la mère collé au tapis par son propre sang, plus il comprenait une chose : cette affaire dépassait la compétence d'Hauser. Ce qui signifiait qu'il travaillerait seul. Il *le* traquerait seul.

Jake referma son MacBook et se frotta les yeux avec la paume des mains. Dehors, Jeremy continuait de chanter et de jouer avec ses petites voitures. Jake garda les yeux fermés et écouta son fils, les paroles joyeuses ponctuées par le claquement sec des voitures en plastique qui se percutaient. Avec l'autre partie de son cerveau – la partie peuplée d'enfants assassinés et d'indices dans des sacs en plastique –, il songeait à la maison au bord de la plage. La maison où deux valises avaient disparu. Où il n'y avait pas de jouets – pas de camion de pompiers ni d'Elmo en peluche ni de robot Transformers. Les propriétaires n'étaient pas joignables. Et il y avait trois cents autres petites choses qui, prises individuellement, ne donnaient rien. Mais mises bout à bout, elles ressemblaient à une insulte personnelle. Comme si l'assassin lui disait d'aller se faire foutre.

Jake rouvrit les yeux et vit Kay qui se tenait devant lui, les yeux baissés, évitant consciencieusement les photos étalées sur la table basse ; elle avait commis l'erreur de s'intéresser à son travail une fois par le passé et s'était promis de ne jamais recommencer.

Elle lui sourit, une hanche rejetée sur le côté, ses cheveux coiffés presque à l'iroquoise maintenus par un bandana noir. L'encre qui lui descendait le long des bras, puis autour des poignets, s'achevait par les mots L-O-V-E sur une main, et H-A-T-E sur l'autre. Elle s'était changée et portait désormais un short découpé dans un jean. Les sirènes noires et rouges qui étaient tatouées sur ses hanches dépassaient de chaque côté du jean élimé, leur queue s'enroulant autour de ses cuisses sous les poches apparentes qui battaient sous la bordure blanche du short. Son débardeur *King Khan & The Shrines* lui moulait le torse, le tissu côtelé formant une ligne tendue entre ses seins.

« Tu peux me donner un coup de main ? » demanda-t-elle.

Jake revint soudain à la pièce ensoleillée ouverte sur l'Atlantique, à Jeremy qui imposait ses collisions automobiles aux citoyens imaginaires de son monde chimérique et baissa les yeux vers la table basse, vers les images de mort étalées comme des cartes de base-ball. Il se mit à empiler les photos et les rapports.

« Désolé, chérie. »

À New York, il avait un bureau dans lequel il conservait tout sous clé pour que Kay et Jeremy ne tombent pas sur ce genre de documents scabreux lorsqu'il était absent. Il posa la chemise en papier kraft au-dessus des rapports.

« Qu'est-ce que je peux faire ?

– Viens m'aider à entrer dans la chambre. Je veux ranger un peu avant de mettre Jeremy au pieu. »

Jake fit la moue – il avait toujours détesté cette expression car elle lui évoquait des images d'empalement.

Elle regarda autour d'elle.

« Et toutes ces bouteilles d'alcool doivent disparaître. On pourrait probablement en tirer de quoi allumer un bon feu, et je n'ai pas besoin d'être entourée d'alcool en ce moment. » Elle se mordit la lèvre inférieure. « Mais je ne peux pas parler pour toi. »

C'était une jolie manière de demander, songea-t-il, et il l'attira sur ses genoux.

« Je n'y avais même pas pensé. » Il sourit, tapota la poche de poitrine de son blouson de cuir. « Mais j'ai fumé quelques clopes. Et je crois que je vais en fumer d'autres.

– Tu as des clopes ? »

Son visage esquissa une expression de surprise feinte, bouche en rond, yeux exorbités, telle une poupée gonflable.

Il sortit son paquet de Marlboro.

« Ne va pas choper un cancer. J'aime trop ta musique. »

Elle tira une cigarette, la sentit comme si c'était un cigare de qualité.

« Hum… excellente. » Elle tapota ses poches à la recherche de son briquet. Elle alluma la cigarette, tirant une grosse bouffée et exhalant un panache de fumée claire vers le plafond. « Putain, c'est trop bon. Éloigne ces trucs de moi. Quoi que je te propose en échange. »

Jake fronça les sourcils d'un air impuissant.

« Bien sûr. Pas de problème. Mais tu ne respectes jamais les règles – c'est pas ton genre. Tu vas me sortir ça, dit-il en désignant sa poitrine, et c'est moi qui perdrai. Tu as un trop grand avantage. Je refuse d'être mêlé à ça. »

Elle tira une autre grosse bouffée et expulsa de minces filets de fumée entre ses dents tout en riant.

« Bon, tu vas me la jouer FBI et me défoncer cette porte pour que je puisse voir comment on est équipés ? Assurons-nous que nous avons assez de draps, d'eau et de cartouches de fusil de chasse.

– La chambre de mon père au bout du couloir ? »

Elle acquiesça.

« Ton père l'a barricadée comme s'il avait peur des vampires. »

Jake haussa les épaules.

« Je ne suis pas entré dedans. Pas eu le temps. Peut-être que ça devrait attendre. »

Il avait un ton hésitant dans la voix, un ton auquel elle n'était pas habituée.

Kay se colla à lui. Sa chair était chaude et elle sentait aussi bon que sur la plage, le léger relent de papaye se mêlant agréablement au M. Propre et à la fumée de cigarette.

« Attendre quand ? demanda-t-elle, et elle tira sur sa Marlboro.

– Demain. La semaine prochaine. J'en sais rien. Il y a plein de choses à faire ici. »

Elle pivota la tête pour examiner la vaste nef du salon. Sous la poussière et les bouteilles d'alcool se trouvait le squelette d'un endroit jadis magnifique, comme un jardin négligé dont on pourrait encore deviner l'ordre ancien sous la végétation exubérante.

« Jake, tu ne m'as jamais parlé de cette maison, jamais dit comment c'était de grandir ici. Enfin quoi, regarde ça. » Elle fit un geste du bras qui engloba toute la pièce. « C'est quelque chose. »

Jake comprenait ce qu'elle voulait dire. Il était impossible de ne pas aimer cet endroit. Et pourtant lui y parvenait. Il ne répondit rien, mais l'attira un peu plus près, fit glisser sa main sur la courbe de ses hanches et l'immobilisa sur son dos.

« Tu dois avoir des bons souvenirs ici. »

Moitié assertion, moitié supposition.

« Je suppose.

– Ne fais pas comme si tu ne m'avais pas entendue. Je suis sérieuse. »

Il fit courir des doigts imaginaires sur les dossiers de son bloc mémoire. L'un des dossiers cornés scintillait et il le tira, ouvrit la couverture desséchée. Il sentit sa bouche se recourber en un sourire involontaire, et Kay lui enfonça les doigts dans la nuque en guise d'encouragement.

À contrecœur, il commença :

« Une nuit, je suppose que j'avais à peu près 8 ans, il était… je ne sais pas, deux, peut-être trois heures du matin… et quelqu'un sonne à la porte. Mon père est dans son atelier et ma mère va répondre en chemise de nuit – tout en plume et en soie, comme une star de cinéma. Andy Warhol se tient là avec cette Scandinave d'un mètre quatre-vingt-dix et tout un tas de gens qui descendent de la limousine comme si c'était un autobus. Après s'être fait mettre à la porte d'une boîte de Manhattan, ils s'étaient entassés comme des sardines dans une Lincoln et avaient pris la direction du seul endroit où ils pourraient s'amuser un peu. Tout le monde savait que, même s'il était dévoué à son travail, mon père ne refusait jamais de boire un coup ou de passer du bon temps. Je me suis levé et m'a mère m'a fait enfiler un de ses jeans, et j'ai passé la nuit à peindre avec Warhol pendant que ses groupies fumaient de l'herbe et que mon père, le Grand Vizir, tenait salon, parlant d'art et de composition et de ses conneries habituelles avec des gens qui ne pigeaient pas un traître mot à ce qu'il racontait.

« On a peint un gâteau avec du glaçage, et Andy disait que c'était de l'art parce que c'était moi qui l'avais créé. Ce n'était pas une question de technique, c'était une question d'origine.

« Andy était un type doux, sympa – du moins avec moi. Mon père l'appelait La Salope, mais il m'a fait me sentir bien pendant quelques heures. » Il marqua une pause et sentit son sourire s'estomper un peu. « Mon père a traité le gâteau de merde artistique savoureuse. » Il haussa les épaules. « Ce qui était une sorte de compliment venant de lui.

– Tu vois, Jake ? C'est une histoire vachement cool. Tu te souviens des Alcooliques Anonymes ? Il faut voir le bon côté de chaque situation – pas le mauvais. » Elle l'embrassa dans le cou, puis se décala pour que leurs bouches soient à quelques centimètres l'une de l'autre. « C'était si dur que ça ? »

Et tout d'un coup il se rappela pourquoi il l'aimait tant ; elle faisait ressortir son bon côté, elle l'aidait à fouiller en lui et à trouver les choses qu'il croyait perdues à jamais.

« Arrête de me faire chier, dit-il, puis il éclata de rire. Non, ce n'était pas dur. Merde. Merci. »

Kay rit à son tour et elle serra ses seins l'un contre l'autre, créant un pli profond sous son tee-shirt.

« Tiens, tu peux mater mes nichons. Je sais que ça te file une espèce de frisson pervers. Vas-y, rends tes hommages. »

Jake regarda du coin de l'œil Jeremy qui était occupé à faire voler son camion rouge dans les airs comme une machine de destruction, et lorsqu'il fut sûr que le garçon ne les regardait pas, il embrassa chaque sein en produisant un MOUAH sonore.

« Jeune dame, si vous aviez un dollar pour chaque hommage dont je les ai couverts, vous seriez riche, dit-il.

– Heu, pour commencer, ce n'est pas exactement d'*hommages* que vous les avez couverts.

– D'accord… d'accord… madame Langue de Vipère, impossible de gagner avec vous.

– Hé ! je croyais qu'en vous laissant couvrir mes seins de… heu, d'hommages, je vous accordais la victoire. Je me suis de toute évidence trompée de philosophie. » Elle sourit, se pencha en avant et l'embrassa. « Est-ce que tu vas m'aider à repousser cette barricade à l'étage ou est-ce que j'appelle les services de démolition ? »

Jake songea à la question que lui avait posée le docteur Sobel à l'hôpital. *Quoi que ce soit qui sorte de l'ordinaire chez votre père, monsieur Cole ?* Bon Dieu, non. Hormis peut-être la barricade façon fort Alamo. Oh, et les détritus empilés jusqu'au plafond. À part ça, tout est aussi normal que dans un roman de Seth Morgan.

« Pourquoi pas ? » fit-il, et il commença à la repousser.

Elle scruta son visage.

« Est-ce que ton père a toujours bu comme ça ? demanda-t-elle, désignant la pièce d'un geste circulaire, son bras soulevant sa poitrine.

– Plus ou moins. » Jake ferma les yeux, laissa retomber sa tête sur le canapé. « Quand j'étais gosse, ça semblait juste être le carburant dont il avait besoin pour travailler. Il picolait, il passait de la musique, il y avait toujours du monde qui débarquait, il bossait et les peintures semblaient s'enchaîner comme par magie. Parfois, il dormait dans son atelier. Parfois, j'allais le voir avant d'aller me coucher pour lui souhaiter une bonne nuit et il était en train de commencer quelque chose, juste des lignes et peut-être un fond esquissés au crayon sur une grosse toile. Le lendemain, quand je venais lui dire bonjour, le tableau était achevé, une espèce de tragédie allégorique majestueuse, seulement il a fini par devenir lui-même la tragédie, et les tableaux sont passés au second plan.

– Ne dis pas ça. » Elle lui donna un coup de poing dans le bras. « Je ne connais pas ton père, Jake – tu parles à peine de lui – mais il m'a donné la plus belle chose de ma vie. » Elle se pencha, planta ses lèvres fraîches sur son front et l'embrassa. « Pas la peine de jouer les baby-sitters, tu sais. Si tu as besoin d'aller travailler, je crois que nous nous débrouillerons seuls. Qu'est-ce qui pourrait nous arriver à Jeremy et à moi dans une maison au bord de la plage ?

– Je ne vous ai que pour une journée, et je veux que cette journée compte. » Il ressentit alors un frisson d'angoisse. Il se tourna vers la terrasse. « Où est Jeremy ? »

Sentant l'inquiétude dans sa voix, Kay se tourna à son tour.

« Il est juste… »

Mais il n'y était pas.

Il avait disparu.
Jake se leva d'un bond, renversant Kay sur le canapé.
« Putain, où il est ? »
Il se précipita vers la terrasse.

23

Jake tourna automatiquement la tête vers la piscine tandis qu'il traversait la terrasse en courant. Les algues étaient intactes et immobiles, la couche de vase qui bordait le béton formait une démarcation nette tout autour du bassin.

Puis il vit Jeremy depuis le haut des marches qui descendaient vers la plage. Il était au bord de l'eau, regardant fixement l'océan. Ses bras étaient croisés sur son torse comme s'il réfléchissait à une question morale importante, son corps était figé.

Jake dévala les marches en bois usé de l'escalier hors d'âge et traversa la plage en courant. Il souleva Jeremy.

« Qu'est-ce que tu fais ici, Moriarty ? »

Il tentait de ne pas paraître en colère, mais ce qu'il voulait vraiment dissimuler, c'était son sentiment de panique.

Jeremy tenta de se dégager de l'emprise de Jake en poussant les grognements gutturaux qu'il réservait pour les moments où le langage était trop civilisé pour ce qu'il avait à dire.

« Qu'est-ce qui se passe ? » Jake tourna son fils vers lui. « Tu n'es pas censé t'éloigner seul. Tu le sais, fiston. »

Kay descendit les marches et courut jusqu'à eux.

« Qu'est-ce qu'il fabrique ici ? »

Jake haussa les épaules.

« Il fait sa mauvaise tête. Demande-lui. »

Jeremy tenta une dernière fois de se dégager puis devint inerte. Lorsqu'il sembla avoir retrouvé le contrôle de lui-même, Jake le reposa sur le sable.

« Qu'est-ce qui ne va pas ? » demanda Kay en s'accroupissant.

Jeremy pointa le doigt vers le large, vers l'horizon, vers le bout du monde.

« Quoi ? » insista Kay.

Jake se tourna vers l'océan, parcourut du regard la ligne d'horizon. Puis de nouveau vers Jeremy, scrutant son visage à la recherche d'indices. Puis de nouveau vers l'océan.

« Qu'est-ce qu'il y a ?

– Elmo ! » hurla Jeremy d'une voix pleine de rage.

Et Jake vit alors la silhouette rouge orangé d'Elmo qui flottait paresseusement sur la houle profonde, sur le ventre, bras et jambes écartés dans l'eau. La marée était montante, pas descendante, et Elmo était à cinquante bons mètres du rivage. Jake leva la main et sentit le vent régulier qui arrivait droit du large.

Tout en regardant Elmo tournoyer paresseusement parmi les vagues, Kay demanda : « Comment a-t-il pu… ? » Mais elle s'interrompit car elle comprenait qu'il n'y avait pas de réponse à sa question.

La créature en peluche fut ballottée par les vagues pendant quelques secondes telle une personne en train de se noyer. Elle se rapprocha un peu, mais il lui faudrait un bon bout de temps pour parcourir la distance jusqu'au rivage, si elle ne coulait pas avant. Pas besoin d'être physicien pour comprendre que Jeremy n'avait pas pu la jeter là ; Jake savait que même lui n'aurait pas pu la lancer aussi loin, vent contraire ou non.

« Comment Elmo est-il arrivé là-bas, Moriarty ? »

Jeremy fit pendant quelques secondes mine de ne pas l'avoir entendu. Puis il comprit que ses parents étaient assez malins pour deviner qu'Elmo n'était pas parti à la nage tout seul.

« Il l'a emporté. » Le garçon se dressa sur la pointe des pieds, cherchant des yeux son petit ami rouge. « Il l'a porté dans l'eau, papa. »

Jake sentit sa peau se resserrer autour de ses os.

« Qui ça, fiston ?

– L'homme. » Il leva les yeux, fit un grand sourire. « Ton ami. »

Jake scruta le visage de son fils, y cherchant… *quoi* ?

« Mon ami ? Quel ami ? »

Jeremy sembla s'apercevoir qu'il risquait d'avoir des ennuis. Il leva les yeux vers Kay, espérant un signe. Kay acquiesça.

« C'est bon, Jeremy. Dis à papa.

– Il a dit que c'était ton ami, papa. Il a dit qu'il avait joué à des jeux avec toi et ta maman quand tu étais petit. Et maintenant il veut jouer avec moi. Et il veut être aussi mon ami. »

Kay était blême, ses traits étaient crispés.

« Qu'est-ce qu'il raconte ? »

Jake était figé sur place. Il tenta de hausser les épaules, de secouer la tête, mais ne parvint qu'à demander :

« Comment il s'appelait ? »

Jeremy regarda Elmo qui était soulevé par les vagues comme un bout de moquette orange, à une distance qu'aucun humain n'aurait pu atteindre.

« L'homme. Il vit dans le sol. » Le garçon avait toujours les yeux rivés sur Elmo, attendant qu'il revienne de sa baignade. Il haussa les épaules et son petit tee-shirt se souleva, exposant un ventre potelé et pâle tel un gros pamplemousse blanc, avec un trou parfait au niveau du nombril. « Tu sais, l'homme du sol – c'est ton copain. C'est ce qu'il a dit. Il a dit qu'il s'appelait Bud. »

Jake regarda sa femme et vit que sa lèvre inférieure tremblait légèrement.

« Jeremy », dit Kay, peut-être un peu trop sévèrement. En entendant le ton de sa voix, le garçon leva les yeux vers elle. « Tu ne vas nulle part sans maman ou papa, d'accord ? Nous en avons déjà parlé. Il y a des gens méchants. Des gens mauvais. »

Jeremy secoua la tête.

« Pas l'homme du sol. C'est le copain de papa. Il me l'a dit. » Il pointa le doigt vers l'océan. « Et il a voulu apprendre à nager à Elmo. »

Jake se tourna de nouveau vers l'océan. Au-delà de la ligne de ressac, Elmo continuait de tournoyer dans la houle, avec désormais quelques brins d'algues accrochés à son cul pelucheux. Il n'avait pas l'air de nager. Il avait l'air mort.

« La prochaine fois qu'il vient jouer, tu préviens papa », déclara Kay.

Au loin, les vagues redoublèrent et Elmo fut entraîné dans les profondeurs noires de l'Atlantique.

24

En rentrant de la morgue, Hauser s'arrêta au bureau de sa secrétaire. Celle-ci était occupée à placer des fournitures de bureau dans des sacs en plastique étanches – sa façon de se préparer à la tempête.

« J'ai besoin que vous appeliez l'antenne du FBI par laquelle nous sommes passés hier soir – celle qui nous a refilé Jake Cole. Je veux parler à son superviseur ou son patron ou son je sais pas quoi. Je veux l'avoir au téléphone, et dans moins de trois minutes. »

Le téléphone sonnait déjà lorsqu'il s'assit derrière l'énorme plateau de chêne de son bureau.

« Hauser à l'appareil.

– Shérif, ici, Matthew Carradine, chef des opérations de terrain – le répondant de Jake Cole. Que puis-je faire pour vous ? »

Répondant ? C'était quoi, ce mot ? Puis Hauser se rappela cette histoire de représentation en 3D que Jake avait évoquée et songea qu'il assistait peut-être à un numéro de cirque.

Hauser ne commença pas par dire à Carradine qu'il était content qu'il l'ait rappelé – ç'aurait été une façon trop servile d'entamer la conversation.

« Qui est Jake Cole ? demanda-t-il de but en blanc.

– Je ne comprends pas la question, shérif Hauser. »

Il aurait pu évoquer ses tatouages ou ses vêtements ou son sinistre numéro de médium sur la scène de crime, mais tout ça était secondaire.

« Jake Cole me fait flipper. »

Carradine émit un petit grognement qui sembla lourd de sens. Un son plein d'irritation et de lassitude qui voulait dire : *Foutez-moi la paix*. Peut-être que ça fonctionnait avec les gens qui n'avaient pas vu d'enfants écorchés vifs, songea amèrement Hauser.

« Pouvez-vous être plus spécifique, shérif ? »

Une façon polie de dire : *Ça ne vous regarde pas*.

« Oui, monsieur Carradine, je peux. Que fait-il exactement ? Et par là j'entends hormis déambuler sur des scènes de crime avec cet air possédé et me donner des conseils sur la façon de monter un plan média.

– Le FBI n'a pas l'habitude de communiquer de détails privés sur son personnel.

– Monsieur Carradine, je ne suis pas un abruti de shérif de bled paumé qui ne saurait pas trouver sa bite à deux mains. Si je dois enquêter sur un double meurtre avec quelqu'un, j'ai besoin d'en savoir un peu sur lui. »

Carradine resta silencieux, probablement en train de considérer la question, songea Hauser.

Il mit dix secondes à répondre.

« Tout d'abord, si vous voulez en savoir plus sur Jake Cole, vous allez devoir le lui demander. Mais je vais vous dire une chose, shérif Hauser, je vais partager une information avec vous car je ne peux pas me permettre que vous doutiez de lui sur cette affaire. Vous n'avez pas le temps. De tous les services de police des États-Unis qui enquêtent sur un meurtre en ce moment, vous êtes celui qui a le plus de chance. Si Cole n'avait pas d'obligations familiales, je le rappellerais si vite que vous croiriez à un mirage. Je ne dénigre pas votre situation – j'ai lu le dossier et vous avez un *véritable problème* sur les bras – mais Jake a d'autres affaires qui sont beaucoup plus urgentes que la vôtre.

– Qu'est-ce qui est plus urgent qu'une femme et son enfant écorchés vifs ? demanda Hauser.

– Que diriez-vous de neuf petits garçons qui ont disparu au cours du mois dernier et dont les parents ont reçu la tête par colis quelques jours plus tard – expédiée à leurs frais ? Avec des clous plantés dedans ? *Pre mortem*.

– Doux Jésus.

– Oui. Doux Jésus. Écoutez, je comprends que Jake Cole ne corresponde pas aux critères que le Bureau s'impose d'ordinaire et je mentirais si je vous disais que vous êtes le premier représentant des forces de l'ordre à passer un tel coup de fil. Jake ne rentre pas dans notre moule. Il travaille de façon autonome pour nous et nous avons de la chance de l'avoir – *vous* avez de la chance de l'avoir. » Il marqua une pause, comme s'il se demandait jusqu'où il pouvait s'ouvrir à Hauser. « Et Jake a un talent rare.

– Est-ce que c'est une sorte de médium ? »

Hauser fut surpris d'entendre Carradine rire, un rire franc qui résonna pendant quelques secondes.

« Shérif, nous obtenons des résultats grâce à la science. Grâce aux protocoles que nous avons mis en place. Parce que nous comprenons qu'il n'y a que les faits et que c'est d'eux que provient la solution. Pas grâce à quelque vaudou à la con. Une fois encore, je mentirais si je vous disais que vous êtes le premier à me demander ça, mais en tant que policier vous devriez être plus raisonnable. Il n'y a pas de médiums. Pas de voyants. Pas de personnes qui parlent aux morts. Tout ça, c'est des chimères sans preuves scientifiques.

« Pour dire les choses simplement, Jake est l'enquêteur le plus pragmatique que j'aie jamais rencontré.

Pour commencer, il a une mémoire photographique – je veux dire qu'il se souvient de tout. Il arpente une pièce une fois et il se rappelle le plus infime détail, comme s'il avait un Caméscope analogique dans la tête. C'est un peu déconcertant parce que c'est très rare. C'est également remarquable. Jake serait le premier à vous le dire si vous preniez la peine de lui demander. »

Hauser sentit qu'il commençait à considérer Jake moins comme une sorte de bête de cirque que comme un simple illusionniste à la con.

« C'est pas un truc bizarre genre communication avec les morts ? »

Carradine lâcha un nouveau petit rire.

« Non, shérif, c'est simplement un très grand don d'observation. Et si son calme vous tape sur les nerfs, je vous en prie, souvenez-vous qu'il passe sa vie à voir ce que l'humanité produit de pire. Il en faut beaucoup pour le troubler. »

Hauser se rappela Jake à la morgue, caressant le pied écorché de Madame X.

« Ai-je répondu à vos questions ? »

Le ton de Carradine signifiait à Hauser qu'il avait épuisé les cinq minutes qui lui étaient imparties. Et Hauser s'aperçut que dans un sens il en savait moins maintenant sur Jake Cole qu'avant de passer le coup de fil.

« Je suppose », répondit-il. Puis il ajouta un « Merci » las et raccrocha.

25

Jake était accroupi devant la porte coulissante de la chambre principale. Il avait réussi à l'ouvrir de quelques centimètres supplémentaires, presque assez pour que Kay puisse glisser son corps minuscule à l'intérieur. Elle se tenait devant lui, un bras et une épaule déjà passés dans l'entrebâillement. Depuis l'endroit où il se trouvait, Jake avait son entrejambe juste devant les yeux et il se retrouva à regarder fixement le V de son short en jean au lieu de se concentrer sur la porte.

« Tu peux écarter ça de mon visage », dit-il en serrant les dents, et il tira une fois de plus sur la porte.

Celle-ci bougea lentement, comme si le compartiment dans lequel elle était censée glisser était rempli de sable bien tassé.

« Quoi ?

– Ça, dit-il, désignant son entrejambe.

– Mon vagin ?

– Je ne peux pas ouvrir cette porte et regarder ta patte de chameau. Ça me distrait trop.

– Patte de chameau ? J'ai une patte de chameau ? Je croyais que de nos jours on appelait ça une *chatte*. Depuis quand j'ai une patte de chameau ?

– Quand tu portes ce short. » Jake roula les yeux. « Maintenant ça suffit.

– Oh ! d'accord. » Elle s'accroupit à côté de lui, posant la partie de son derrière qui dépassait de son short sur le talon de ses bottes. « C'est mieux ? » Elle tendit théâtralement le cou pour voir si quoi que ce soit dépassait. « Pas de fourrure. »

Jake secoua tristement la tête.

« Bon Dieu, où je t'ai dégotée ? demanda-t-il sans attendre de réponse.

– Aux Alcooliques Anonymes – c'est là que traînent les nanas bien comme moi. C'est là qu'on rencontre les types cool. Ceux qui n'ont pas de boulot, pas d'amis, pas d'estime de soi. Ou alors s'ils ont un boulot, c'est vraiment un boulot glauque qui ne les rend pas heureux. » Ça faisait désormais plus de six ans. C'était *avant*, comme ils disaient. *Avant* qu'ils tombent amoureux, qu'ils aient Jeremy, qu'ils découvrent un sentiment de sécurité que ni l'un ni l'autre n'avaient jamais connu mais qu'ils avaient aussitôt reconnu. « Et en échange ces types se tapent des musiciennes sexy sans boulot, sans estime de soi, mais avec de grosses pattes de chameau bien juteuses. » Elle se pencha en avant et l'embrassa. « Maintenant, ouvre cette putain de porte, Houdini, on a besoin d'un endroit où dormir, parce que si on est forcés de pieuter dans le salon, tu n'auras pas le droit de glisser quoi que ce soit dans mes parties intimes ce soir. » Elle fit la grimace. « Pigé ? »

Jake acquiesça.

« J'essaie, OK ? »

Il tira une nouvelle fois sur la porte et parvint à l'entrouvrir suffisamment pour que Kay se glisse à l'intérieur.

« Veinard, dit-elle. T'auras droit à une gâterie plus tard. »

Jake se leva sans épousseter les moutons de poussière sur son jean. Il observait constamment Jeremy du coin de l'œil tandis que ce dernier continuait d'envoyer à la mort de minuscules automobilistes imaginaires.

« Heureusement qu'il n'écoute pas ce que tu dis. »

Kay parvint à passer par l'ouverture en plaçant les mains sur sa tête et en se glissant de biais. Ses seins produisirent un bruit de raclement lorsqu'ils frottèrent contre le bois. Elle appuya sur un interrupteur, et une lampe de chevet posée par terre dans le coin de la pièce diffusa péniblement une faible lueur jaune.

« Oh ! je vois. C'est pour ça que tu ne pouvais pas faire bouger la porte. » Un claquement doux retentit et elle ouvrit la porte, tenant dans sa main un tournevis de soixante centimètres de long. « Ton père a enfoncé ça dans le mur, à travers la porte. »

Jake referma la porte et vit le trou grossier qui avait été percé dedans.

« Mais comment il a fait pour sortir ? »

Kay regarda la porte, le trou dans le mur, le tournevis, et effectua quelques calculs rapides.

« Il a pu passer le bras et bloquer la porte depuis l'extérieur. Il faudrait savoir où se trouve le trou pour l'atteindre, mais avec de longs bras… »

Une lourde commode obstruait l'entrée et Jake passa par-dessus. La pièce, comme toutes les autres, était en désordre, mais celle-ci donnait plus l'impression d'une tanière. Le lit n'avait pas l'air dégoûtant mais les draps étaient tire-bouchonnés et emmêlés sur le matelas de sorte à former une sorte de nid humain. Des vêtements – principalement les jeans et les tee-shirts blancs que son père portait pour travailler – jonchaient le sol. Il y avait des bouteilles de scotch vides, des paquets de crackers et des conserves d'anchois en guise de poubelles. Et, naturellement, quelques douzaines de cutters en plastique jaune.

« Ça s'annonce mal, déclara Kay dans un long murmure.

– On n'a qu'à crocheter les serrures de mon ancienne chambre et du bureau de ma mère. »

Le bureau n'avait pas changé – il était exactement tel qu'il était quand Jake était parti, exactement tel qu'il avait été durant les cinq années qui avaient précédé son départ. Plus de trente années d'air stagnant, de poussière, de tristesse. Quant à sa chambre, elle était quasiment vide, comme si personne n'y avait jamais vécu.

Kay s'essuya les mains sur les cuisses.

« Je vais chercher des sacs-poubelle. On va dormir dans la chambre de ton père. »

Jake la regarda s'éloigner dans le couloir en direction de l'escalier. Lorsqu'elle passa devant Jeremy, il la regarda enjamber précautionneusement la foule invisible que son fils s'amusait à percuter avec sa voiture. Quand elle eut disparu, il se tourna de nouveau vers la chambre au bout du couloir. Une question passait en boucle dans sa tête : Pourquoi avoir barricadé la porte ?

26

Hauser était assis sur un tabouret près du bar qui séparait la cuisine du vaste espace qui constituait l'essentiel du rez-de-chaussée et s'étirait jusqu'au couloir en mezzanine du premier étage. Il était penché en arrière, son Stetson sur les genoux, triturant stoïquement le bord de sa tasse de café. Il était rassuré sur le compte de Jake, plus à l'aise en sa présence, depuis qu'il avait parlé à Carradine. Ils devaient discuter de l'affaire. Mais Hauser éprouvait le besoin de s'excuser.

Jake se tenait de l'autre côté du bar, appuyé contre les tiroirs qui renfermaient les petites toiles sinistres. Kay et Jeremy prenaient un bain à l'étage. Le bruit de l'eau qui coulait était presque recouvert par la petite radio qui diffusait à plein pot les morceaux de *1, rue Sésame* que Jake avait mis pour tenter de faire oublier à son fils la mystérieuse noyade d'Elmo.

« J'ai appelé Carradine. »

Les doigts d'Hauser cessèrent de jouer avec le bord de la tasse tournée à la main et il leva les yeux.

Jake but une gorgée, se figea, tenant son café sous son menton.

« Qu'est-ce qu'il vous a dit que je ne vous aurais d'après vous pas dit ? »

Hauser se détendit un peu.

« Je suis désolé, Jake. Je n'ai pas l'habitude de travailler avec des gens de l'extérieur. C'était une erreur. »

Jake haussa les épaules.

« Je produis un effet prévisible sur les gens. Je suis certain que Carradine vous a dit que j'étais motivé par autre chose qu'un simple besoin freudien de retrouver l'assassin de ma mère. »

Hauser s'agita avec gêne, leva la main.

« Je n'ai pas dit…

– Moi, je le dis, coupa Jake très calmement. Il ne s'agit pas d'un désir inconscient de remettre de l'ordre dans l'univers afin d'apaiser le petit garçon effrayé qui vit toujours en moi.

– Vous parlez comme un psy.

– En effet. J'ai passé beaucoup de temps dans le cabinet de gens qui passent leur vie à écouter les autres. J'étais obligé. Je me gâchais trop la vie à être en colère et à m'envoyer n'importe quoi.

– Alcool ? »

Jake s'esclaffa.

« Quand j'étais vraiment à fond, l'alcool était le moindre de mes vices. »

Quelque chose s'éteignit dans les yeux de Jake et la lumière qui pénétrait par les grandes vitres cessa de se refléter sur ses pupilles.

« L'alcool, c'était ma façon de me mettre la pression, mon remède en public. Le problème, c'est que j'ai hérité du métabolisme de mon père. L'alcool ne me fait quasiment aucun effet, et c'est également vrai pour *tout* ce que mon corps absorbe. » Jake secoua la tête. « Et je me suis envoyé tout ce que vous pouvez imaginer. J'ai un pacemaker dans la poitrine, Mike. J'ai pris tellement d'héroïne qu'ils n'étaient pas certains que mon cœur battrait sans une aide mécanique. Je me faisais des *speedballs* au petit déjeuner. »

Le shérif remua sur son tabouret ; il était habitué à ce que les gens essaient de lui cacher leurs secrets.

« Quand mon rythme cardiaque dépasse – ou tombe sous – un certain point, la petite pompe en plastique qu'ils m'ont branchée dans la cage thoracique prend le relais. » Il haussa les épaules, comme si ça n'avait vraiment pas grande importance. « À bien des égards, c'est une drogue en soi – la drogue qui me fait savoir que je ne suis pas encore mort. »

Hauser vida sa tasse d'un trait et la repoussa à travers le comptoir, déclinant d'un signe de la tête un deuxième café.

« Je croyais que vous étiez une espèce de tordu qui donnait dans le paranormal. »

L'expression de Jake se fit un peu plus dure.

« Les médiums n'existent pas. Ça s'appelle la *lecture à froid*. Vous vous souvenez du *Signe des quatre*, l'aventure de Sherlock Holmes ?

– Je suis plutôt branché cinéma. »

Jake sourit.

« Watson tend une montre à Holmes et lui demande ce qu'il peut déduire rien qu'en l'observant. Watson suppose que comme c'est un objet produit en série, il ne révélera rien de son propriétaire. Holmes l'examine, la lui rend, et il débite une série de détails sur le type à qui elle appartenait – qu'il identifie comme le frère de Watson. C'était un alcoolique, il était souvent fauché, et ainsi de suite, avec cette foutue suffisance que tout le monde connaît à Holmes. Watson s'énerve et accuse Holmes d'avoir contacté sa famille pour apprendre l'histoire de son pauvre frère. » Jake but une gorgée de café. « Mais les déductions étaient simples. Holmes a vu les initiales et il a su qu'elle avait appartenu au père de Watson, après quoi elle avait fini entre les mains du fils aîné – comme le voulait la coutume. Il y avait des numéros de prêteur sur gages gravés sur le boîtier, ce qui indiquait que le frère était fréquemment endetté – sinon il n'aurait pas mis la montre en gage, et il n'aurait pas non plus été en mesure de la récupérer. Le trou de serrure du fermoir était éraflé et Holmes en a déduit qu'aucun homme sobre n'aurait manqué aussi fréquemment le trou. Pour Holmes, c'était évident. Watson prenait ça pour de la sorcellerie.

« Il est impossible d'entrer en contact avec l'*au-delà*. C'est des foutaises, comme le tarot et la chiromancie et les feuilles de thé et la guérison par la foi. Comme Carl Sagan a eu la gentillesse de l'indiquer, il y a *zéro preuve*. Les médiums n'existent pas, Hauser. Et quiconque croit en eux est soit mal informé, soit stupide. »

Il avait débité suffisamment souvent son monologue pour le connaître sur le bout des doigts.

« Je dirais mal informé dans ce cas précis », répondit lentement Hauser, et Jake vit les rouages qui tournaient dans sa tête.

Il sourit.

« Une grande proportion de la population croit à la stupidité. John Edward, ce type qui berne les gens en leur faisant croire qu'il parle à leurs regrettés défunts, devrait avoir la tête coupée en direct à la télé.

– C'est un peu extrême.

– C'est la pure vérité. Il n'y a pas de vie après la mort. Il n'y a pas de lutins, pas d'illuminations religieuses, par de visiteurs extraterrestres. Il n'y a que des ruptures psychotiques avec la réalité, des hallucinations provoquées par des substances chimiques et, surtout, il y a de bons vieux mensonges à la con. »

Jake marcha jusqu'aux grandes baies vitrées qui donnaient sur la plage et les ouvrit. L'air dans la maison changea brusquement et tout d'un coup tout sembla plus frais, plus neuf.

« Vous croyez au diable ? » demanda Hauser qui était toujours appuyé au bar.

Jake posa les mains sur ses hanches et scruta Hauser pendant une minute.

« Chaque culture a un nom pour désigner le croque-mitaine, et quand vous voyez ce genre de saloperies, dit-il en désignant les dossiers posés sur la table basse, je comprends pourquoi.

– Vous n'avez pas répondu à la question. »

Jake lui lança un nouveau regard insistant.

« Les types comme Francis Collins estiment que Dieu a dû être mêlé à notre création parce que la moralité existe. J'examine notre foutue espèce et je ne vois absolument pas de quoi il parle. L'histoire de ce monde – surtout l'histoire religieuse – est un infâme bain de sang. » Jake secoua la tête. « Donc, non, je ne crois pas au diable. Je n'en ai pas besoin, l'homme a commis suffisamment d'horreurs pour m'impressionner. Donnez aux humains la possibilité de se comporter de façon monstrueuse et vous ne serez jamais déçu. » Il se tourna vers l'horizon. « Quelles sont les nouvelles de la tempête ? »

Hauser pivota sur lui-même sans décoller le cul de son siège.

« Elle va toucher terre juste ici.

– Merde.

– Oui, bon, c'est une façon de dire les choses. » Hauser souleva sa masse du tabouret contemporain et vint se poster près de la fenêtre, mains sur les hanches – la droite se posant mécaniquement sur la crosse de son arme, le holster de cuir craquant au contact de sa peau. « J'ai parlé au service météo et au Centre national des ouragans ce matin. Dylan est un catégorie 5 puissant et il y a de grandes chances pour qu'il le reste. Je connais que dalle aux ouragans et encore moins aux catégories, mais je me suis renseigné, et ça s'annonce mal, pire qu'en 1938, et pourtant celui-là avait rasé la route, la voie ferrée, détruit la moitié des maisons du coin, envoyé des bâtiments à la mer, arraché des poteaux électriques comme des fétus de paille, et tué soixante-dix personnes dans la région. Le littoral avait été transformé comme une boîte d'œufs qui aurait reçu des coups de pelle. » Hauser pinça un moment les lèvres, puis il secoua la tête. « Et il est électrique.

– Impossible.

– Faudrait revoir vos données, répliqua-t-il, singeant Dennison du Centre national des ouragans. Ce truc va balancer des éclairs comme dans un film de science-fiction. Nous pourrions bien être les dernières personnes à nous tenir ici, Jake. Dans quelques jours, tout risque d'être submergé.

– Dans quelques jours, nous serons peut-être morts, asséna Jake, poussant l'existentialisme un cran plus loin. Ou la planète aura peut-être disparu. »

Hauser tritura son arme.

« Vous êtes vraiment un type sinistre, vous savez. »

Jake secoua tristement la tête.

« Chaque fois que je vois une personne brisée abandonnée dans un champ, ou échouée sur la berge d'une rivière, je me dis : *C'est fini – c'est le dernier. Demain je me réveillerai et les gens ne se feront plus tout ça.* Et pourtant ils continuent.

– Il s'agit de ça ? Du boulot ? Enfin quoi, vous êtes tellement habitué à voir… » Il s'interrompit, songeant aux cadavres écorchés. « … des choses comme hier soir que vous pensez que tout le monde est mauvais ?

– C'est comme si on tuait le temps en attendant que la fourmilière parte en flammes.

– Et votre gosse ? »

En tant que père, il savait que les enfants pouvaient faire beaucoup de bien à leur environnement immédiat. Mais il savait aussi qu'ils pouvaient être une source de tristesse. Le fils d'Hauser avait été tué par un conducteur ivre.

Jake sortit sur la terrasse tachée et rongée par l'iode.

« Jeremy est ce que j'ai de mieux. Mais il a 3 ans, et il reste beaucoup de chemin entre maintenant et la fin de sa vie. Il ne deviendra jamais l'un des monstres que je traque – j'en suis absolument certain. » Au fond de lui, derrière les piles de mauvais souvenirs, il sentit quelque chose remuer dans l'obscurité. « Mais je peux vous garantir qu'il sera heureux. Ou qu'il aura de l'amour-propre. Ou qu'il épousera quelqu'un qui l'aimera autant que je l'aime. Bien sûr, pour le moment – et je dis bien *pour le* moment – tout est tout rose. »

Il songea à Jeremy sur la plage plus tôt, toujours grisé par son voyage en bus, persuadé que les biscuits étaient ce qu'il y avait de plus précieux au monde. Ce serait génial si les choses pouvaient rester ainsi. Mais qu'en serait-il dans trente ans ?

Hauser tourna la tête de quelques degrés, tel un chien qui aurait entendu un bruit.

« Vous êtes un de ces pessimistes pour qui le verre est toujours à moitié vide. »

Jake secoua la tête.

« Pas du tout. Le verre est tel qu'il est.

– Vous avez une façon singulière de voir les choses. »

À l'horizon, les nuages s'étaient épaissis. Ils n'étaient pas encore menaçants, mais quelque chose en eux suggérait qu'ils étaient les éclaireurs d'une armée qui approchait.

« Il ne doit pas toucher terre avant demain soir, mais le type du Centre des ouragans dit que nous allons sentir les prémices dès ce soir. Le vent va se lever et il va commencer à pleuvoir. Demain après-midi ça commencera à être désagréable. Quand la nuit tombera, l'enfer s'abattra sur la ville. »

Jake pensa à la femme et à l'enfant dans la maison au bord de la plage. *Écorchés vifs*. Il pensa à son père gavé de sédatifs qui barbouillait des portraits sur les murs de sa chambre d'hôpital avec ses os grillés et sa chair calcinée. Au meurtre de sa mère. À toute l'eau empoisonnée qui avait coulé sous les ponts dans cet endroit.

« L'enfer est déjà ici », dit-il et il retourna à l'intérieur.

27

Hauser était parti, et Kay et Jeremy finissaient de déjeuner. Jeremy avait le visage traversé par un trait de confiture à la framboise qui le faisait ressembler au Joker de *Batman*. Les nuages à l'horizon avaient grossi, et le ventre gonflé de l'océan commençait à s'embrumer. Le vent s'était levé, mais il n'était encore guère plus qu'une brise, un petit sifflement léger qui se transformerait bientôt en une bête maléfique. Jake se tenait devant l'atelier, encore un endroit qu'il n'avait pas visité depuis un quart de siècle, et il se demandait ce qu'il allait trouver dans la boîte de Pandore. Il avait le sentiment qu'il se servait de son père comme prétexte pour ne pas penser à l'affaire, même s'il ne pouvait pas faire grand-chose pour le moment. Il avait vu la scène de crime, parlé à la légiste et reçu les rapports d'Hauser. Tout ce qu'il aurait pu faire, c'était relire ce qu'il avait – et communiquer à Hauser toutes les informations qu'il parviendrait à rassembler. Alors histoire de s'occuper il essayait de trouver un moyen de pénétrer dans l'atelier de son père.

Il en fit plusieurs fois le tour, cherchant un accès. Il n'y avait pas grand-chose niveau sécurité ; les fenêtres étaient toutes à simple vitrage, maintenues en place par un vieux mastic effrité ; la porte était équipée d'un verrou convenable, mais sa partie supérieure était vitrée – il aurait suffi de briser la vitre pour entrer. Le plus étrange – pour autant que quoi que ce soit eût encore pu lui paraître étrange –, c'était que toutes les fenêtres avaient été peintes à l'intérieur. Chaque fois qu'il essayait de jeter un coup d'œil dans l'atelier, tout ce qu'il voyait, c'était un miroir noir qui reflétait sa propre image.

« Et puis merde », prononça-t-il à voix haute, et il s'apprêtait à briser du coude l'une des fenêtres à meneaux lorsque la voix – la voix à la mémoire infaillible – lui rappela le jeu de clés dans le réfrigérateur.

Il retourna à la maison, les récupéra et ressortit – tout ça au petit trot. Il essaya différentes clés avant de trouver la bonne, puis il ouvrit la porte et entra.

Jake referma derrière lui, actionna le verrou et avança lentement dans le noir.

Il alluma la lumière et regarda autour de lui. Comme la maison, l'espace consistait en un vaste rez-de-chaussée surmonté d'une mezzanine. Le garage, auquel on accédait par une porte située au milieu d'un mur, occupait environ un quart du rez-de-chaussée. Le reste était l'atelier de Jacob Coleridge, mais contrairement à la maison qui semblait figée dans le temps, l'atelier avait changé. Beaucoup. Jake parcourut la pièce du regard et prit une longue inspiration qui lui irrita la trachée au passage.

Jacob avait peint la moindre surface accessible – y compris le sol et le plafond – en noir mat. Puis il avait orné cet espace négatif de douzaines de portraits représentant le même homme que celui qu'il avait peint avec son sang sur le mur de sa chambre d'hôpital, emplissant l'espace d'études anatomiques sorties tout droit d'un enfer à la Jérôme Bosch. Ils étaient habilement exécutés et hyperdétaillés – parfaits d'un point de vue anatomique. Sauf qu'ils n'avaient pas de visages.

La sensation de menace qu'ils dégageaient était indéniable.

Jake marcha jusqu'au centre de l'atelier et pivota sur lui-même, tentant d'absorber l'œuvre dans son ensemble. Chaque silhouette était effroyablement bien exécutée, la chair respirait, le sang palpitait. Et de quelque côté qu'il se tournât, les portraits sans visage semblaient lui retourner un regard malveillant.

Le plafond se trouvait à six mètres au-dessus du sol en béton, dissimulé dans un nuage continu d'ombre et de peinture noire. Tandis qu'il avançait, les silhouettes peintes sur le plafond semblaient ramper dans l'obscurité, comme si elles le suivaient. Quand il s'immobilisait, l'illusion cessait, et les figures sanglantes se figeaient.

Mais le plus étrange – plus étrange encore que cette chapelle Sixtine peuplée de démons délirants –, c'étaient les toiles qui étaient empilées partout ; les mêmes peintures insensées que celles qui étaient éparpillées un peu partout dans la maison. Il y en avait des centaines – peut-être même des milliers – et elles remplissaient le moindre espace disponible, posées les unes sur les autres comme des objets sans valeur. Jake regardait autour de lui, sidéré, songeant au vieux rébus enfantin sur la marmotte frénétique[1]. *Combien de peintures folles un peintre fou peindrait-il si un peintre fou pouvait peindre des peintures folles ?*

La réponse était, bien entendu, *des tonnes*.

Jake souleva une toile et examina sa composition. Elle ressemblait à celles qu'il avait trouvées dans le tiroir de la cuisine, ou dans le couloir à l'étage, ou sous le piano – une forme sans vie aux nuances presque

1. *How much wood would a woodchuck chuck if a woodchuck could chuck wood ?* Littéralement : « Combien de bois une marmotte couperait-elle si une marmotte pouvait couper du bois ? » *(N.d.T.)*

colorées. Il en souleva d'autres. Certaines étaient grises, d'autres noires, d'autres avaient la teinte d'une tumeur en train de pourrir. Rien que des représentations du néant. De l'espace négatif. Des pâtés sans vie. Mais leur quantité leur conférait une force qui lui disait qu'elles avaient un sens. Combien de temps Jacob avait-il mis à les peindre ? Un an ? Deux ? Dix ? Il reposa les toiles et fit le tour de l'atelier.

Les silhouettes sans visage au plafond le suivaient toujours. Son père ne s'était jamais considéré comme un classique, mais les représentations en trois dimensions qu'il voyait en ce moment même semblaient plus que vivantes. Elles étaient stupéfiantes. Des effigies tourmentées, ignobles, qui représentaient… qui représentaient… Il longea des yeux la ligne noire du plafond, observant les détails dans chacun des portraits – que représentaient-elles exactement ?

Écorchées vives, murmurèrent-elles à l'unisson.

Elles constituaient un message. Un signal. Il y avait une raison derrière tout ça. Jake le sentait, mais il ne pouvait en saisir la signification. Et ça le chiffonnait. Ces tableaux sans vie disaient quelque chose. De même que l'homme sans visage peint avec du sang sur le mur à l'hôpital. Ou le portrait de Chuck Close avec les yeux découpés. Ou les piles de toiles. Tout cela n'était-il qu'une manifestation de la folie de Jacob ? D'Alzheimer ? De sa paranoïa ? Des trois à la fois ?

Quelque part dans les profondeurs de l'esprit ravagé de Jacob, une pensée l'avait rongé comme un ver. Elle avait traversé son crâne, lui adressant des instructions malsaines qu'il avait déchiffrées à sa manière. Qu'avait-il essayé de dire à travers ces peintures ? Elles ne pouvaient pas être aléatoires – elles dénotaient trop de préparation, trop de travail. Une personne atteinte de la maladie d'Alzheimer aurait déraillé depuis longtemps. Alors qu'avait-il voulu dire ?

Jake tourna sur lui-même, fouillant les murs des yeux, tentant de voir autour des colonnes de toiles empilées comme des boîtes de pizza. D'un point de vue technique, les trompe-l'œil étaient de véritables prouesses. Où qu'il se tienne, les silhouettes sans visage le regardaient.

Elles cherchaient à lui dire quelque chose.

Mais il avait besoin du code, comme quand il déchiffrait les messages des morts. Il devait découvrir le langage commun. Le fonctionnement secret de l'esprit de son père. Et ce code aurait tout aussi bien pu être rédigé en glyphes de l'île de Pâques.

Son travail – ce pour quoi il était doué – consistait à comprendre la façon de penser des assassins. Et les assassins qu'il traquait étaient des artistes. Du point de vue de la société, c'était un art dément, sadique, mais dire ça, c'était passer à côté de l'essentiel ; pour *eux*, c'était de l'art. Et il était toujours exprimé avec une voix unique ; le langage du ver qui envoyait des bouts de code dans les profondeurs de l'esprit ravagé. Le don de Jake avait toujours été de déchiffrer le langage artistique spécifique aux meurtriers qu'il traquait, de comprendre leur symbolique personnelle et son message sous-jacent. S'il était capable d'observer une scène de crime avec les yeux d'un tueur psychotique, est-ce que ce serait beaucoup plus dur pour lui d'observer cet espace avec les yeux d'un homme dont il partageait les gènes ? C'était un langage différent – le langage d'un fou – mais ça demeurait un langage. Ce qui signifiait qu'il pouvait être déchiffré. Qu'est-ce que… ?

Une décharge électrique surgie de nulle part le frappa soudain, agitant la salle des machines derrière sa cage thoracique. Il eut le temps de se saisir la poitrine à deux mains avant qu'un nouveau coup de jus n'ébranle son circuit électrique. Il tomba à genoux.

Puis à plat ventre.

Le sol s'étirait dans le noir sous ses yeux, et des moutons de poussière soulevés par son souffle dansaient devant son visage.

Combien de peintures folles un peintre fou peindrait-il ? La question résonnait quelque part au loin.

Puis tout s'effaça, même le ciel de regards sans visage.

28

Pendant une seconde il ressentit une brûlure intense, comme un poing qui se serrait à l'intérieur de son crâne, et aussi rapidement qu'elle était survenue, la douleur s'atténua pour ne plus être qu'un martèlement lointain contre les membranes de son cerveau. Kay apparut dans un rectangle de lumière, ses cheveux baignés d'un flamboiement phosphorescent, elle se précipita en avant, bouche ouverte. Un plombage scintilla parmi ses molaires.

« Merde ! Putain ! Jake ! »

Il parvint à se mettre à genoux, serrant sa poitrine.

« Pas la peine de hurler, mais si ça t'amuse… »

Il n'acheva pas sa phrase.

Kay l'aida à se relever.

« Désolé, chérie. Mon juke-box a pris un coup de jus. Je crois que je me suis trop excité. »

Il se leva, tremblant, se massa la poitrine. Elle lui donna un coup de poing dans le bras.

« Merci de m'avoir foutu la trouille de ma vie. D'habitude, ça te lance juste un peu et ça passe. »

Kay se demandait pourquoi son rythme cardiaque s'était autant emballé. Jake se détourna d'elle, posa les yeux sur les peintures qui couvraient les murs et le plafond.

« T'en penses quoi ? » demanda-t-il, désignant l'obscurité d'un signe de la tête.

Elle suivit son regard et sa bouche se contracta, formant une grimace déplaisante, tout en dents, sans lèvres.

« On dirait du Gustave Doré sous psychotropes. »

Jake acquiesça.

« Bonne comparaison. »

Kay fit lentement le tour de la pièce.

Comme Jake, elle était plus impressionnée par les innombrables piles de petites toiles que par les hommes sanguinolents peints sur le ciel noir au-dessus d'eux, même si les petits coups d'œil qu'elle lançait constamment dans leur direction indiquaient clairement qu'elle avait elle aussi l'impression qu'ils la suivaient. Elle se faufila parmi les colonnes de tableaux, tentant d'y comprendre quelque chose.

« Il doit y en avoir trois mille », dit-elle.

Jake fit un petit calcul rapide.

« Plus près de cinq mille.

– Il y en a aussi un paquet dans la maison. » Elle s'immobilisa, souleva une toile. « Est-ce qu'elles ont toutes une forme différente ? »

Jake haussa les épaules.

« On dirait. Il faudrait un an rien que pour tendre ces toiles. Et pour les apprêter et les peindre… » Il laissa sa phrase en suspens. « Aussi cinglé qu'un… » Il parcourut la pièce du regard et une vague de tristesse envahit sa chair. « … qu'un peintre. Tu es sûre que tu veux passer le restant de ta vie avec un type comme moi ? Ça, dit-il, désignant les toiles d'un ample geste du bras, c'est héréditaire. Sauf que moi, je peins des morts. »

Jake s'assit sur le bord de la table d'encadrement, l'une des rares surfaces non encombrées de l'atelier. Kay désigna la porte du garage.

« Qu'est-ce qu'il y a là-dedans ? »

Jake quitta soudain l'univers peuplé de démons de son père et suivit son doigt du regard.

« Le garage.

– Je peux ? »

Il haussa les épaules.

« Si ça te tente. »

Elle tourna la poignée de la porte qui, à leur surprise, s'ouvrit en grand, pivotant sur des gonds bien huilés. Kay actionna un interrupteur à côté de la porte et les lumières du garage s'allumèrent. La pièce, contrastant de manière saisissante avec l'atelier, était peinte en un blanc bleuté lumineux. Une voiture se trouvait au milieu, et Jake s'avança lentement, retenant inconsciemment son souffle.

Il s'approcha de la porte et commença à voir l'automobile dans son intégralité. Sa surface était couverte d'une épaisse couche de poussière qui n'avait pas été perturbée depuis des années. Le pare-brise était opaque et la voiture semblait se trouver là, dans une indifférence totale, depuis une éternité. Jake connaissait cette voiture, il savait à quoi elle ressemblait sous la crasse, et il repensa à la nuit où tout s'était écroulé. Sa vie. Celle de son père. La nuit où tout avait sombré dans des ténèbres sanglantes à cause d'un effroyable coup du sort.

C'était la voiture de sa mère – une Mercedes W113 de 1966 couleur crème avec un intérieur en cuir rouge. Jake se souvenait du matin où elle avait été rapportée sur une dépanneuse après le meurtre. Jacob était saoul et il était resté à la maison. Jake avait aidé les dépanneurs à reculer la camionnette, et pendant le déchargement la Mercedes avait heurté les lambris sous la fenêtre du garage. Et quand ils avaient refermé la portière, ç'avait été comme la fin d'un monde. Le tombeau de la reine était scellé.

À l'avant du garage se trouvait un fauteuil de détente Eames au cuir craquelé. Il était propre et entouré d'une forêt de bouteilles de whisky. Le sol à ses pieds était patiné. Jake vit le fauteuil, les bouteilles, et une image se forma rapidement dans son esprit. À quelle fréquence son père venait-il ici ? Une fois par an ? Par mois ? Par semaine ? En regardant la forêt de bouteilles et le cercle patiné à la base du fauteuil, Jake devinait qu'il venait souvent. Peut-être toutes les nuits. Juché sur son fauteuil à la capitaine Kirk, alimentant sa rage à grandes rasades de whisky, pensant à sa femme morte. Il n'avait probablement jamais conduit la voiture. Elle était restée là pendant combien de temps ? Trente-trois ans.

Jake avança lentement et examina le pare-chocs arrière. Il touchait toujours le lambris, là où il s'était arrêté trente-trois ans plus tôt. Il y avait une entaille dans les fibres du bois, désormais couverte de poussière et de toiles d'araignées.

Il était clair que personne n'avait déplacé la voiture depuis le lendemain du meurtre de sa mère.

Les dernières personnes à l'avoir touchée étaient probablement les dépanneurs. Avant ça, les flics. Et avant ça, l'assassin de sa mère.

« Ne touche à rien, dit Jake, levant les mains pour montrer l'exemple.

– Pourquoi ? »

Jake ignora la question et sortit son téléphone portable. Il composa un numéro.

« Salut, Smolcheck, Jake Cole à l'appareil. Tu as le temps d'examiner une voiture pour moi ? Bien sûr. Oui. Non. Décapotable Mercedes de 1966. Coupé. »

Pause.

« Elle se trouvait sur une scène de crime il y a trente-trois ans. »

Pause.

« Je crois. La police locale l'a inspectée. »

Pause.

« Rendue à la famille moins de vingt-quatre heures après le meurtre. »

Pause.

« Conservée sans protection. Pas de chauffage, mais à l'abri des éléments. »

Pause.

« Non, elle n'a pas roulé. Personne ne l'a touchée. Oui. Oui. Je crois. Oui. »

Pause plus longue.

« OK, je réserve un hangar depuis ici. Je vais faire de mon mieux. Polyéthylène et toile adhésive. Compris. Pas de problème. »

Pause.

« Merci, Smolcheck. J'apprécie. L'affaire est classée, mais ça va m'aider pour une enquête parallèle. Je vais passer par Carradine. Ne t'en fais pas, tu auras toutes les autorisations nécessaires. »

Jake raccrocha et s'intéressa à un mot scotché sur l'une des bouteilles.

TON NOM EST JACOB COLERIDGE. CONTINUE DE PEINDRE.

Oh ! tu as continué de peindre, espèce de vieux cinglé, songea Jake. Et que cherchais-tu à dire ?

Il leva les yeux et vit que Kay était partie, qu'elle était allée retrouver Jeremy dans la maison. Combien de temps était-il resté en transe ?

Il posa la main sur son torse et sentit les battements de son cœur. Tout allait bien. Il pétait le feu. En y réfléchissant bien, c'était ahurissant ce qu'on pouvait supporter. Nietzsche avait raison. Quand vous vous étiez tué trois fois avec un mélange explosif de poudre blanche et de colombienne, il n'y avait plus grand-chose sur Terre qui pouvait vous effrayer.

Sauf, peut-être, le passé.

29

Jake était assis sur une caisse à outils de mécanicien cabossée remplie de pinceaux, de couteaux et des divers ustensiles liés au métier de son père. C'était un vieux modèle de marque Snap-on, couvert de traces de doigts, de coups de pinceaux et de taches de couleur aléatoires. Une bouteille de Coca ouverte mais encore pleine se trouvait sur le sol de béton, la condensation formant à sa base un anneau humide qui imprégnait la poussière. Il avait une botte posée sur le bord de la caisse à outils et étreignait son genou, plongeant son regard dans la pénombre décorée comme *Le Triomphe de la mort* de Bruegel. Il n'y avait pas de lumière provenant de l'extérieur, seules les ampoules vives éclairaient la pièce.

Il crut tout d'abord que c'était le vent. Juste un long sifflement poussé par l'océan. Puis il l'entendit une deuxième fois, des voyelles cadencées qui indiquaient une voix humaine. Quelqu'un appelait. C'était un appel hésitant, mais un appel tout de même.

« Ohé ? Y a quelqu'un ? »

Jake reconnut la voix, l'accent. Il déploya sa carcasse, se leva et sortit.

Un homme en costume se tenait sur le balcon, penché en avant et regardant dans le salon. La posture, les cheveux, les mains d'un rose tendre jointes derrière le dos, le costume bien taillé – il n'avait pas changé en vingt-huit ans. Jake approcha silencieusement derrière lui et prononça tout doucement : « Bonjour, David. »

David Finch fit un bond, se cogna la tête contre le meneau de la fenêtre et se hâta de tendre la main.

« Bonjour. »

Jake resta une seconde immobile, jaugeant l'homme.

« C'est moi. Jake. »

Finch plissa les yeux, observa ostensiblement Jake de la tête aux pieds.

« Jakey ? » Il examina son visage, laissant paraître son grand sourire impeccable. « Tu ressembles toujours à Charles Bronson. »

David Finch était l'un des principaux galeristes de New York, et Jacob Coleridge avait été l'une de ses premières découvertes.

« Et toi, tu ressembles à un parasite venu profiter d'une poule aux œufs d'or pas encore morte.

– Je ne savais pas que ton père et toi étiez si proches, Jakey.

– Va te faire foutre.

– Tu gagnes toujours ta vie avec ta bouche ? » demanda Finch.

Jake fit un pas en avant et ses lèvres dessinèrent un vilain sourire.

« Qu'est-ce que tu veux ?

– J'ai envoyé des fleurs. Est-ce que ton père les a reçues ? »

Jake se rappela le vase brisé par terre.

« Mon père ne reçoit plus rien. »

Finch parcourut la terrasse du regard. À la recherche de quoi ? D'aide, peut-être.

« Jakey, on peut discuter ? »

Jake repensa à la dernière fois qu'il avait vu ce type. Aux trente et un dollars qu'il lui avait demandés.

Au refus qu'il avait essuyé. Aux choses qu'il avait dû faire pour se nourrir à cause de ça.

« Non, David, je ne crois pas qu'on puisse. »

De plus, Kay et Jeremy étaient dans la maison et Jake ne voulait plus qu'ils soient contaminés par son ancienne vie.

« Je dois te parler du travail de ton père. »

Jake songea au portrait sanguinolent barbouillé sur le mur de l'hôpital.

« Mon père n'a plus toute sa tête, David. L'ancien Jacob Coleridge s'est fait la malle pour de bon. »

Finch désigna le Chuck Close à travers la vitre, les yeux arrachés.

« Jacob Coleridge n'aurait jamais fait ça à un Close. À un Cy Twombly peut-être – je dis bien *peut-être*. Mais un Close ? Même si Rome brûlait, il serait le dernier à défendre le musée avec une hache.

– C'est Alzheimer, David – pas du Wagner. Jacob Coleridge ne reviendra jamais. »

Finch secoua sèchement la tête d'un air courroucé.

« Je sais qu'entre ton père et toi ça n'a pas exactement été *simpatico*, Jake, mais je connais ton père ; nous sommes amis depuis près de cinquante ans. Nous nous sommes serré les coudes pendant les périodes de vaches maigres et nous avons chacun eu tout un tas d'occasions de saisir d'autres propositions dans l'intérêt de nos carrières respectives. Mais nous ne l'avons pas fait parce que nous formions une bonne équipe. Et pour ça, il faut bien connaître l'autre. Il faut le connaître intimement. Et même si Jacob Coleridge était saoul comme un cochon avec la bite rongée par la syphilis et le foie d'un autre dans le bide, il ne toucherait jamais à un Chuck Close. Trop de respect. Trop d'admiration professionnelle. Jamais de la vie. Impossible. »

Finch se tourna de nouveau vers le tableau.

Jake fit de même, puis regarda derrière, en direction de la cuisine. Kay et Jeremy étaient partis. Peut-être pour une balade sur la plage. Il vit son propre reflet qui lui retournait son regard.

« Si tu le dis.

– Est-ce qu'il y avait des toiles dans l'atelier ? demanda le galeriste, avec dans la voix les accents caractéristiques de la cupidité.

– Il est vide. Il était plein de bazar et presque tout est parti. »

C'était un mensonge, mais Jake n'avait aucune envie de discuter avec Finch. S'il avait pu, ce petit connard de lèche-cul aurait fait arracher le sol moucheté de peinture de l'atelier et l'aurait vendu morceau par morceau chez Sotheby's lors des ventes de printemps.

Finch dévisagea Jake pendant une seconde.

« Jake, tu sais que je suis le seul représentant de ton père. Nous avons un contrat *à vie et au-delà*.

– Ce qui signifie ? »

Jake commençait à perdre patience. Son père s'était grillé les mains et ce parasite était venu jusqu'ici pour renifler le pognon.

« Ce qui signifie que j'ai l'exclusivité sur la vente de ses œuvres. Personne – même pas toi – ne peut vendre un Jacob Coleridge. »

Jake traversa l'espace qui s'était créé entre eux d'une longue foulée qui aurait rendu Hauser fier.

« David, toi et mon père avez peut-être été amis, mais pour ce qui me concerne, tu n'es qu'une petite sangsue obséquieuse qui ferait n'importe quoi pour s'en mettre plein les fouilles. Tu te souviens de la nuit où je suis passé chez toi après être parti d'ici ? »

Finch se renfrogna, baissa la tête. Il ne répondit rien.

« J'avais 17 ans, David, et j'étais seul dans les rues de New York. Je suis allé te voir parce que tu étais la seule personne que je connaissais en ville. *La seule.* Et tu te souviens de ce que je t'ai demandé ? »

Finch secoua la tête, mais son expression indiquait clairement qu'il s'en souvenait.

« Je t'ai demandé quelque chose à manger, David. Je t'ai demandé un repas et trente et un dollars. Je ne demandais pas beaucoup parce que je ne voulais pas mettre en péril la relation que tu avais avec mon père – je savais qu'il se débarrasserait de toi si tu m'aidais. Alors j'ai demandé très peu. »

Jake avait les bras ballants, et Finch ne cessait de regarder ses poings tatoués d'un air inquiet.

« Tu as refusé. Et tu sais ce que j'ai dû faire pour manger ? Tu le sais, David ? »

Finch secoua lentement la tête, les yeux rivés sur les mains de Jake.

« J'ai dû tailler une pipe à un type, Dave. Je sais que c'est ton truc, mais c'est pas le mien. J'avais 17 ans, j'étais seul et j'ai dû sucer la bite d'un inconnu pour avoir quelque chose à bouffer. Sympa, hein ? Alors, si tu crois faire peur à quelqu'un, tu te trompes de personne. Non seulement tu ne verras jamais une autre toile de mon père, mais en plus il est fort possible que je les brûle. »

Finch eut le souffle coupé, comme s'il s'était pris un coup de pied dans les parties.

« Ou alors je pourrais les utiliser pour m'entraîner au tir. » Il sortit le gros revolver d'acier et le braqua sur la tête de Finch. « Tu sais ce que je fais comme boulot, David ? »

Finch avait dû se renseigner avant de venir ici – il était du genre prévoyant. Il acquiesça. Un petit hochement de tête effrayé, nerveux.

« Alors tu sais que rien ne m'impressionne. » Jake arma le pistolet et plaqua le lourd canon contre la tempe de Finch. « Je pourrais arroser la terrasse avec ta cervelle sous prétexte que tu es entré sur une propriété privée, et personne ne songerait à lancer de poursuites. Alors garde tes putain de menaces pour toi, espèce de sac à merde, parce que ça fait un bail que je n'ai plus rien à branler de rien. C'est clair ?

– Et ta femme ? Ton enfant ? demanda Finch d'une voix haut perchée qui frôlait l'hystérie.

– C'est une menace, David ? » Jake leva son autre main qui vint se serrer autour du larynx de Finch. « Parce que si c'en est une, tu es un homme mort. »

Finch secoua la tête, toussa, tenta d'arracher l'étau tatoué qui lui broyait la gorge.

« Non. Non. Je ne… Je… Je… Lâche-moi… ! »

Jake ôta sa main et Finch retomba en arrière contre la balustrade qui grinça en signe de protestation.

« Je crois que tu ferais mieux de partir, David. Avant que je me mette en colère. »

Finch ouvrit la bouche pour se rebiffer, mais sa mâchoire se figea. Il y eut un moment de flottement tandis qu'il soupesait le pour et le contre, puis il pivota sur ses talons et s'éloigna.

Jake le suivit autour de la maison et le regarda ouvrir la portière de la grosse Bentley GT Continental gris métallisé. Finch se figea une fois de plus, se tourna vers Jake et lança :

« Je sais que ça ne change rien, Jakey, mais je suis désolé. Je l'ai toujours été. Pour tout. L'alcoolisme de ton père. L'assassinat de ta mère. Tout.

– Ne me contacte plus jamais, David. Pour moi, tu es mort. »

Finch grimpa dans la grosse berline, referma la portière et longea l'allée jusqu'à la Montauk Highway. Jake suivit la Bentley du regard jusqu'à ce qu'elle ait disparu, puis il retourna à l'atelier.

30

Le vent s'était considérablement renforcé au cours des dernières heures et l'océan était couvert d'un voile bas de nuages bleus agités par la danse irrégulière des vagues moutonneuses. Il resta quelques minutes appuyé à la rambarde, conscient que quelque chose clochait mais ne sachant pas quoi. Quelque chose lui semblait bizarre, sinistre – puis il s'aperçut que les oiseaux qui se trouvaient constamment sur le rivage avaient disparu ; il n'y avait pas de pluviers, ni de chevaliers, ni de mouettes tournant en rond sur la plage ou se laissant porter par le puissant vent du large. Que savent-ils que j'ignore ? se demanda Jake.

Il se tenait sur la terrasse, sirotant ce qui devait être son centième café de la journée, regardant le camion approcher en marche arrière du garage dans un concert de bips qui évoquait un gigantesque réveil. L'un des transporteurs était à côté du camion, dirigeant la manœuvre avec les gestes paresseux de l'homme qui fait confiance au type derrière le volant. Il était vêtu une salopette grise, et le renflement de l'arme qu'il portait à la taille était visible chaque fois qu'il levait le bras.

Jake quitta la terrasse couverte de planches de bois usées et marcha jusqu'au gros camion. Le véhicule de sept mètres de long à plateau couvert était l'un des camions « propres » du Bureau. Il servait à protéger de toute contamination extérieure des éléments ainsi que les véhicules saisis dans le cadre d'une enquête. Le type derrière le volant était un simple chauffeur, mais le deuxième homme, celui qui avait dirigé la manœuvre en agitant les mains tel un agent de piste d'aéroport, était un technicien dont le rôle était de s'assurer que les indices étaient dans la mesure du possible préservés.

Le technicien en salopette rejoignit Jake au bord de l'allée de gravier. Comme tous les gens de son espèce, il n'était pas là pour rigoler.

« Agent spécial Cole ? » dit-il en tendant la main.

Jake acquiesça, lui serra la main.

« Mile Rafferty. » Sans l'arme qui distendait le tissu de sa salopette, Rafferty aurait ressemblé à un ouvrier venu repeindre l'atelier. « On m'a dit que les indices que vous cherchiez sur ce véhicule étaient vieux de vingt-huit ans.

– Trente-trois, à vrai dire. »

Rafferty demeura impassible.

« Le vent est un peu fort ici, alors, ce que j'aimerais faire, c'est envelopper la voiture avant de la hisser sur le plateau.

– Les pneus sont à plat, alors je ne sais pas… »

Rafferty balaya cette réflexion d'un geste de la main.

« J'ai des chariots de roue qui feront l'affaire. Je peux voir le véhicule ? »

Jake lui demanda d'attendre dehors pendant qu'il traverserait l'atelier ; il ne voulait pas que quelqu'un d'autre voie les trucs hallucinants dont son père avait tapissé la pièce. Une fois dans le garage, il souleva partiellement le vieux portail et Rafferty se glissa dessous.

Le technicien fit le tour de la voiture, l'examinant avec une attention toute professionnelle. Il fit courir dessus le faisceau de sa lampe torche, se penchant de temps à autre en avant pour inspecter un détail qui avait accroché son regard, s'allongeant par terre en équilibre sur ses paumes gantées et la pointe de ses bottes pour jeter un coup d'œil sous le châssis. Il lui fallut cinq minutes pour faire le tour de la voiture. Lorsqu'il eut fini, il se releva, repassa sous le portail à demi ouvert et revint avec un sac hermétique de la taille d'un gros oreiller. Il en tira deux combinaisons antistatiques et en tendit une à Jake.

« Enfilez ça par-dessus vos vêtements – ça vous évitera de contaminer la voiture. Mettez la capuche, il ne fait pas chaud ici, alors on ne transpirera pas trop. »

Rafferty enfila sa combinaison, se tenant en équilibre sur une jambe tandis qu'il passait l'autre dans une jambière qui semblait avoir été conçue pour quelqu'un de beaucoup plus trapu que lui. Jake fit de même et, lorsqu'il ferma les yeux, l'odeur de la combinaison lui donna l'impression qu'il enfilait un rideau de douche neuf.

Rafferty tira du sac une bâche de polyéthylène pliée. Ils la déployèrent au-dessus de la Mercedes et Rafferty scotcha les coins. Lorsque la voiture fut recouverte, il fit passer une seconde bâche en dessous pour protéger la partie inférieure du véhicule. Jake savait que le plastique le préserverait de toute contamination et éviterait de perdre des indices durant le transport jusqu'au camion.

Son téléphone portable sonna.

De lui-même, Rafferty déclara : « Je peux me débrouiller tout seul. » Et sur ce il ouvrit complètement le portail du garage.

« Jake Cole.

– Jake, c'est Hauser. Deux choses. Je n'ai pas réussi à joindre les Farmer, mais j'ai parlé à leur fille – elle vit à Portland. Elle affirme que ses parents ont loué la maison à des “gens bien” qui les ont contacté via un service de location sur Internet. Il n'y avait pas d'ordinateur dans la maison, et les Farmer vivent à Boston. J'ai demandé un mandat pour accéder à leurs comptes e-mail, mais nous ne l'aurons pas avant demain matin vu que nous n'avons que le témoignage de leur fille et que les Farmer ne semblent aucunement impliqués dans le meurtre. J'ai néanmoins pu accéder à leurs relevés bancaires.

« Ils louent la maison quatre mille dollars par mois. Pas des masses pour une baraque de ce genre. Le paiement a été effectué sous forme de mandats cash. Les mandats ont été réglés en espèces. J'ai demandé à ce qu'on identifie leur provenance, et quand ce sera fait nous pourrons nous renseigner auprès de l'agence qui les a vendus. Malheureusement, personne ne conserve de traces des mandats cash. Il est interdit de les acheter avec une carte de crédit, et si vous payez cash, personne ne pose vraiment de questions à moins que vous en achetiez pour dix mille dollars. Ça prendra trois jours et c'est probablement une impasse. » Hauser semblait frustré. « Donc chaque pas nous éloigne un peu plus.

– Des *gens bien*, ça sous-entend autre chose qu'une mère et son fils, non ? »

Jake regagna l'atelier, fermant la porte à clé derrière lui. Dans l'obscurité calfeutrée régnait un silence doux.

« Une voisine – elle n'était pas chez elle au moment des meurtres – est passée devant la maison des Farmer mardi après-midi et elle croit avoir vu une femme et un enfant se promener sur la plage. Elle n'a pas pu nous fournir de description si ce n'est que la femme avait l'air mince et que l'enfant était bourré d'énergie. Ils étaient trop loin pour qu'elle puisse distinguer des détails spécifiques. Elle les a vus deux fois. Mais pas de mari. Pas de petit ami.

– Peut-être que l'homme travaille beaucoup. Ou peut-être qu'elle était avec une amie, suggéra Jake. Si elle a vu deux fois l'enfant sur la plage en compagnie d'une femme mais qu'elle n'a pas pu identifier la femme, il y avait peut-être deux femmes. »

Il y eut un silence tandis qu'Hauser considérait cette possibilité.

« J'y avais pas pensé.

– Depuis combien de temps louaient-ils la maison ?

– Deux semaines. Ça ressemble à une location de fin de saison. La fille dit que ses parents étaient heureux d'avoir trouvé quelqu'un qui voulait la maison pendant l'automne. Ça s'est fait à la dernière minute.

– Pourquoi décider de venir ici en automne à la dernière minute ? » Jake arpentait l'atelier, ajoutant des pixels d'information au modèle en 3D qu'il s'était mentalement construit la nuit précédente lorsqu'il s'était rendu sur les lieux. « Quand le premier mandat cash a-t-il été déposé ?

– Le 30 août.

– Pour un bail démarrant au 1er septembre. Ils sont restés ici plus de deux semaines. Quelqu'un les a vus. C'est obligé. »

Hauser poussa un soupir.

« Le problème, c'est que la plupart des voisins ont foutu le camp. »

Jake se souvint de la tempête qui approchait.

« Combien de temps avant qu'il ne soit trop tard pour partir ?

– Le vent va devenir violent ce soir. La pluie va commencer. Il pleuvra sérieusement demain matin. À l'heure du dîner ce sera du costaud. Je dirais que partir après quatorze heures demain serait risqué. Juste au cas où quelque chose tournerait mal – et il y a toujours quelque chose qui tourne mal. » Il marqua une pause. « Vous pensez à votre femme et à votre fils ?

– Je pense à nous tous.

– Quand prenez-vous la route ? »

Jake songea à mentir, mais l'idée le mettait mal à l'aise.

« Je reste.

– Jake, l'hôpital de Southampton est un bâtiment solide qui résistera aux surtensions et aux vents. Il a été conçu pour faire face à un ouragan. Bon Dieu, tous les bâtiments municipaux construits après le gros ouragan de 38 sont censés résister à une attaque de missiles. » Il marqua une nouvelle pause. « Je veillerai personnellement sur votre père. Inutile de vous en faire pour lui. »

Que pouvait-il répondre à ça ? *J'en ai vraiment rien à branler de lui ? Parce que, au bout du compte, c'est tout le reste qui me fout à cran. C'est la femme et son enfant dans la maison au bord de la plage. C'est l'atelier avec les hommes sanguinolents sur le plafond noir mat. Ce sont ces toiles que mon paternel a mis des années à peindre – ces infects errements sans vie d'un subconscient malade. C'est la voiture de ma mère, qui est restée un quart de siècle dans le garage comme dans une espèce de sanctuaire pop art pendant que mon père était assis dans son fauteuil de science-fiction et sifflait du whisky en faisant quoi… ? En chialant ? En rigolant ? En gueulant comme un forcené ? Trop de fils à démêler pour que je m'en aille.* Il se contenta de répondre : « Il ne s'agit pas simplement de mon père. Il y a tout le reste. L'affaire. Tout. Quelle était la deuxième chose que vous vouliez me dire ?

– Les scientifiques viennent de finir de passer la maison au crible. Si vous voulez y jeter à nouveau un coup d'œil, c'est le moment. Nous pouvons y aller ensemble avant que cette tempête ne foute vraiment le bazar. Et après la tempête, il ne restera peut-être plus de scène de crime. »

Jake détacha son regard de l'océan, puis il reprit la direction de la maison.

« Quand pouvez-vous passer me chercher ?

– J'arrive dans un quart d'heure. »

31

À huit cents mètres de distance, la nouvelle Charger d'Hauser faisait un raffut de Panzer allemand, son Hemi sur comprimé grondant tandis qu'elle fonçait sur la route 27. C'était un bruit qui était censé impressionner la galerie, mais Jake considérait la voiture comme une grande partie de la production industrielle américaine – le énième rabâchage d'un domaine autrefois innovateur qui en était réduit à imiter ses heures de gloire. Il dut reculer lorsque le shérif quitta la route en faisant une embardée et immobilisa son véhicule sur le gravier. Le goût électrique dans la bouche de Jake fut remplacé par de la poussière et du gaz d'échappement. Il grimpa dans la voiture.

« Vous avez déjà semé quelqu'un avec cette voiture ?

– Plus ou moins.

– Plus ou moins ? »

Jake s'aperçut que c'était la première fois qu'il voyait Hauser un tant soit peu à l'aise en sa présence ; probablement parce qu'il était sur son terrain.

« Un connard de New York a tenté de me semer avec sa Ferrari et a atteint l'angle de la crémerie Reese's à deux cent quatre-vingt-dix à l'heure. Il a continué tout droit et la Ferrari s'est désintégrée. Il a fallu des mois pour ramasser tous les morceaux à travers les rochers. »

Jake secoua la tête.

« Dans ce métier on voit le meilleur des gens, aucun doute là-dessus. »

Les yeux d'Hauser se posèrent brièvement sur Jake. Il ravala sa salive et la décontraction qu'il avait affichée quelques secondes plus tôt disparut.

« Comment vous êtes-vous retrouvé à faire ce boulot ? »

Jake enfonça la main dans sa poche à la recherche d'une cigarette, puis songea qu'Hauser n'apprécierait pas qu'il salope l'odeur de sa caisse flambant neuve de flic avec la fumée de sa Marlboro. Il lâcha sa cigarette et laissa retomber sa main sur sa cuisse.

« Manque de pot, je suppose. »

Hauser lui lança un nouveau regard de travers et répliqua :

« Toujours à voir la vie en rose. Vous devriez faire du yoga ou du tai-chi. Vous avez déjà essayé ?

– Fumer me détend. »

Ils se murèrent dans un silence qui dura jusqu'à ce que le téléphone portable d'Hauser se mette à entonner l'hymne national.

« Allô ! » lança le shérif dans son kit mains libres.

Hauser écouta quelques secondes, puis il jeta un coup d'œil dans le rétro, alluma la sirène et le gyrophare, et écrasa la pédale de frein. Il tourna brusquement le volant, enfonça l'accélérateur, et le gros cul de la Charger décrivit un arc dans un crissement de pneus. La voiture fit un dérapage à cent quatre-vingts degrés en poussant un hurlement strident sur l'asphalte décoloré et repartit en sens inverse dans un nuage de fumée de caoutchouc.

« Ouais. Ouais, dit-il sèchement. Cinq minutes. »

Et il balança violemment son oreillette sur le tableau de bord.

Hauser se tourna vers Jake, sa bouche courbée vers le bas dessinant une ligne aussi fine que le tranchant d'un couteau de chasse.

« Votre écorcheur vient de s'attaquer à une femme à Southampton », déclara-t-il.

32

C'était un quartier propret de cottages d'après guerre avec des garages qui ne pouvaient abriter qu'une seule voiture, des pelouses tondues avec un soin prévisible et des chaises de jardin sur de petits porches en béton. Des voitures étaient chargées en vue de l'évacuation, certaines garées sur les pelouses devant les marches qui menaient au perron, d'autres dans les allées avec leurs portières et leur coffre ouverts. Des caisses pour animaux et des télévisions hors de prix attendaient d'être placées à bord. Certaines maisons étaient déjà vides, leurs fenêtres barricadées – certaines avec des plaques de contreplaqué coupées sur mesure, d'autres avec des bouts de bois de tailles diverses. Les fenêtres de l'une des maisons avaient été couvertes d'une toile adhésive qui formait une trame argentée grossière. Jake observait les gestes nerveux et précipités des gens qui fuyaient leur domicile et se demandait quand, exactement, la devise des Américains était devenue : *Pour me prendre ma télévision il faudra me passer sur le corps.*

Depuis le bout de la rue Jake vit la voiture de patrouille garée au bord du trottoir avec son gyrophare allumé, le cordon jaune tendu autour de la maison ressemblant à une gigantesque toile d'araignée dans un film de science-fiction des années 1950. Un agent se tenait sur la pelouse, juste à l'extérieur du périmètre, tournant le dos à une bande de gamins qui s'étaient massés là. Jake reconnut la posture d'un homme qui voulait donner l'impression qu'il avait les choses en main. Ce n'est que lorsqu'il fut à quelques dizaines de mètres qu'il reconnut Spencer.

Hauser se gara près du trottoir et les deux hommes descendirent de voiture, Hauser dans son uniforme impeccable, Jake portant un jean et un tee-shirt noir. Comme ils approchaient du cordon, les enfants portèrent brièvement leur attention sur Hauser, puis se tournèrent rapidement vers Jake, écarquillant de grands yeux à la vue de l'encre qui couvrait ses bras et dépassait du col de son tee-shirt. La plupart d'entre eux reculèrent de quelques pas, et Spencer souleva le cordon pour permettre à Hauser et Jake de passer dessous.

La couverture nuageuse avait perdu une partie de sa transparence et la pelouse était devenue sombre. La teinte de la maison fluctuait en fonction du mouvement des nuages, et Hauser et Jake éloignèrent Spencer de la bande de gamins massés derrière le cordon comme un contingent de minuscules paparazzi.

Hauser se tourna vers la maison, serra la mâchoire et parla à travers ses dents serrées.

« Racontez-moi ! »

Spencer avait la même mine sinistre que la nuit précédente, sa peau pâle diffusant un scintillement bleu et rouge sous la lueur de la voiture garée au bord du trottoir. Mais, cet après-midi, il avait aussi l'air stupéfait et sacrément dégoûté. Il prit quelques profondes inspirations et commença, ses yeux fixés sur la pointe de la chaussure avec laquelle il donnait de petits coups de pied dans l'herbe.

« Une voisine a appelé, elle a dit qu'elle avait frappé à la porte et qu'il n'y avait pas eu de réponse, ce qui lui avait semblé étrange vu que la voiture était garée dans l'allée. » Spencer agita le pouce par-dessus son épaule en direction de la Prius garée derrière lui. « La victime était censée être chez elle. La voisine a pensé qu'elle était peut-être sous la douche et elle est revenue une heure plus tard. Toujours pas de réponse. Elle a jeté un coup d'œil à travers la fenêtre et a vu un peu de sang sur le sol de la cuisine. Elle nous a appelés. J'ai fait le tour de la maison. Regardé par la fenêtre. Je suis entré par la porte de derrière.

– Et ? »

Spencer ravala sèchement sa salive.

« Et elle avait raison.

– Il y avait un peu sang par terre ? »

Spencer releva la tête. Ses yeux étaient comme deux têtes d'épingle sur la trame de son visage.

« Un peu ? Non, Mike, pas *un peu*. Il y en a *plein*.

– Vous avez appelé la légiste ? demanda Hauser d'une voix absente.

– Juste après vous avoir appelé. »

Spencer se passait la langue sur les dents et Jake devina que c'était le goût cuivré du sang qu'il essayait d'identifier. Il fit un pas vers l'agent.

« Qu'est-ce qu'il y a à l'intérieur, Billy ?

– Une autre, répondit-il, détournant nerveusement les yeux.

– Une autre quoi ? »

La peau d'un blanc bleuâtre de Spencer sembla se resserrer autour de son corps et il pinça les lèvres.

« Écorchée comme un trophée de chasse, Jake. Des seaux et des seaux de putain de sang partout. »

Il tourna la tête, cracha dans l'herbe.

« Ne fais pas ça. Si tu dois cracher ou gerber ou contaminer la scène de crime d'une manière ou d'une autre, va le faire de l'autre côté de la rue. Ne te mets pas dans une situation délicate et ne bousille pas la scène de crime. »

Le rouge monta au visage de Spencer.

« Me mettre dans une situation délicate ? C'est un film d'horreur, là-dedans, Jake, et tu viens me conseiller de ne pas me mettre dans une situation délicate ? C'est quoi ton putain de problème ? Ça t'arrive de ressentir quelque chose ? »

Jake pointa le doigt par-dessus son épaule.

« Tu veux passer pour un plouc aux infos nationales ? »

Une camionnette des médias arrivait dans la rue. À l'approche du cordon jaune, elle accéléra telle une fléchette fondant sur sa cible. Jake fit la moue et grommela, à peine plus fort qu'un murmure : « Tente d'avoir l'air professionnel. »

Hauser se tourna vers lui.

« Je croyais que les journalistes étaient nos amis. *Laissez-les nous aider* et ainsi de suite. »

La voix d'Hauser était teintée d'un voile de sarcasme. Le hurlement lointain d'une sirène de police se rapprochait.

La camionnette s'immobilisa au bord du trottoir et l'équipe en descendit précipitamment.

« Tous les journalistes du comté vont débarquer s'ils croient qu'on a affaire à un tueur en série. » Il se tourna vers Spencer. « Ne les laisse pas franchir le cordon.

– Et s'ils essaient ? demanda Spencer, tapotant son arme comme il l'avait fait la nuit précédente devant la maison des Farmer.

– Donne-leur deux avertissements. Puis tire en l'air. Et préviens-les une dernière fois. Dis-leur que tu feras feu s'ils n'arrêtent pas. Ensuite, tire dans la jambe de l'un d'eux. » Hauser regarda l'équipe de journalistes qui approchait. « C'est un ordre. »

Spencer sourit et retrouva un peu de couleur à l'idée qu'il allait pouvoir gérer une situation avec laquelle il était familier.

Tandis que les journalistes marchaient vers la maison, portant des projecteurs, des caméras et des micros, Jake se pencha en avant et murmura à l'oreille d'Hauser.

« Dites-leur qu'il s'agit d'un délit indéterminé sans rapport avec l'autre. S'ils vous demandent s'il s'agit d'un meurtre, répondez que vous ne pouvez pas faire de commentaires qui risqueraient de compromettre l'enquête. »

Il se tourna vers Spencer, regrettant de ne pas travailler avec une véritable équipe du Bureau.

« Spencer, assure-toi qu'ils ne parlent pas à la voisine qui a découvert la victime. Explique-lui que si elle parle aux médias elle risque des poursuites judiciaires pour mise en péril d'une enquête criminelle. Fous-lui la trouille, mais fais-la taire. Affecte-lui un flic pour qu'on ne vienne pas la harceler. »

Il se tourna de nouveau vers Hauser qui respirait déjà comme un animal acculé et tentait de sourire pour les caméras.

« Dites-leur que vous ferez une déclaration dès que possible et que vous leur seriez reconnaissant de bien vouloir attendre de l'autre côté de la rue pour laisser la scène accessible aux véhicules d'urgence. »

Une voiture de la police de Southampton apparut à l'angle et Jake reconnut la grosse silhouette de Scopes au volant. Hauser sembla un peu plus maître de lui-même en voyant l'agent immobiliser son véhicule. Il marcha jusqu'au cordon et pénétra dans l'éclat vif des projecteurs.

« Je n'ai aucun commentaire pour le moment. Si vous voulez bien attendre de l'autre côté de la rue, je vous promets que je ferai une déclaration dès que nous aurons des informations pertinentes. »

De l'autre côté de la rue, Danny Scopes descendit de voiture.

« L'agent Scopes va vous escorter sur le trottoir d'en face. » Hauser se détourna de l'équipe de journalistes mécontents et adressa un signe de tête à Jake. « Allons-y », dit-il.

Ils abandonnèrent Spencer près du cordon.

Après avoir gagné l'arrière de la maison, hors de vue des journalistes, ils enfilèrent des gants de latex non poudrés.

La porte grillagée montée sur un système hydraulique grinça et Hauser la maintint ouverte avec la pointe de sa botte. La porte intérieure était légèrement entrouverte et le shérif la poussa. Elle s'ouvrit en silence et une odeur chaude de sang, de matières fécales et de nourriture brûlée s'échappa.

33

La cuisine était un véritable enfer. De grandes quantités de sang s'étaient accumulées dans les interstices du lino, dessinant un motif symétrique. Le sol était légèrement incliné, et une mare triangulaire s'était formée dans un coin sous les placards, sa surface couverte d'une pellicule craquelée comme un pudding ridé. Une grande coulée de sang provenait du couloir, une soupe épaisse et poisseuse de la couleur du Gange au printemps, un mélange de boue, de vase, de détritus et d'oxyde de fer. Dans une pièce voisine un appareil électrique était resté allumé, son moteur émettant un bourdonnement sonore.

Hauser se glissa le long des plans de travail, avançant prudemment sur le linoléum aspergé de sang noir et coagulé comme si c'était un champ de mines. Jake se tenait à la porte, observant la pièce, enregistrant chaque détail dans la banque de données de son logiciel interne. Il se concentra sur le long triangle isocèle formé par le sang, remonta jusqu'au couloir la coulée qui coupait le faux carrelage autrefois jaune. Hauser passa la tête par la porte, jeta un coup d'œil dans le couloir, se raidit et se précipita vers l'évier.

Il vomit violemment, toussa, cracha et regarda en direction de Jake.

« Désolé », dit-il, un filet de bave jaune dégoulinant de sa lèvre inférieure.

Jake regarda l'évier, d'ordinaire la première source d'indices dans les affaires de meurtres sanglants, et regretta une fois de plus de ne pas être accompagné de types aguerris du Bureau. Il avait vu des anciens vomir sous leur chemise pour ne pas contaminer une scène de crime.

Jake passa devant Hauser, telle une lente araignée. Il atteignit la porte du couloir et vit pourquoi Hauser avait rendu son déjeuner.

Une femme gisait au sol. Ou, plutôt, ce qui en restait. Comme Madame X et son enfant, elle était sans peau, sans vie. Elle gisait sur le tapis comme l'*Homme de Vitruve* de Léonard de Vinci, bras et jambes écartés, reliée au sol par des fils de chair et de fluides durcis. Il n'y avait pas d'appareil électrique allumé – Jake s'était trompé –, le bourdonnement provenait de la masse de mouches noires qui grouillait sur son corps comme un exosquelette vivant. D'où pouvaient-elles bien venir ?

Jake franchit la porte et pénétra dans le couloir en évitant les projections de sang avec les mouvements fluides nés de l'expérience. Hauser était toujours en train de se racler la gorge au-dessus de l'évier. Jake contourna le tapis saturé de sang sur lequel gisait la femme. Dans la cuisine, il entendit Hauser cracher comme s'il avait une plume coincée dans la gorge. Jake passa devant la femme, devant un arc de sang en forme d'éventail sur le papier peint craquelé, et s'enfonça dans la maison.

C'était une habitation typique, et Jake devina instinctivement son agencement ; cuisine à l'arrière, salon et salle à manger à l'avant, deux petites chambres et une salle de bains – chacune avec des murs inclinés – au premier étage. Cave. Garage séparé.

Il entra dans le salon pour s'assurer qu'il n'y avait pas d'autres victimes, même si la petite voix dans sa tête lui disait que la femme était l'unique occupante des lieux ; le parfum caractéristique de la solitude emplissait la maison, plus puissant encore que l'odeur du sang et le bourdonnement des mouches.

Il vit un vieux piano droit, un long canapé de velours duveteux, une paire de fauteuils inclinables, une table basse sur laquelle étaient empilés des numéros de *People* et *Us*, ainsi qu'une petite télévision sur laquelle était posé un livre de poche. Une cheminée électrique avec quelques photos disposées sur le manteau en plastique ; des taches de couleur joyeuses qui souriaient depuis l'autre côté de la pièce. Hormis les quelques meubles, les magazines et le livre, la pièce était plutôt vide, et Jake sut que la femme qui vivait ici travaillait beaucoup.

Il s'approcha des photos, levant exagérément les pieds pour éviter de créer de l'électricité statique qui risquerait de soulever d'infimes indices. Il ne s'était pas aperçu que son cœur cognait dans sa poitrine, mais lorsqu'il fit le premier pas, il ressentit un étourdissement qui l'informa que sa pompe fonctionnait à plein régime. Il inspira avec le ventre comme Kay lui avait appris à le faire quand il devait s'oxygéner le sang, et l'odeur caustique de la mort lui transperça la tête comme une fléchette. Il resta une seconde immobile, se concentrant sur sa respiration. Lorsque sa poitrine cessa de vibrer comme s'il y avait un animal vivant à l'intérieur, il continua d'avancer, respirant à pleins poumons, sentant l'odeur de la femme écorchée qui gisait sur le tapis derrière lui. Les taches de couleur indistinctes des photos étaient désormais des visages flous barrés par des grands sourires blancs. Un pas de plus et elles devinrent nettes.

Il tendit le bras vers l'une des photos encadrées, et ce geste sembla le vider de son sang. Ses doigts touchèrent le cadre, il scruta le visage souriant. Une femme – il sut que c'était la même que celle qui gisait par terre, écartelée telle l'assistante d'un lanceur de couteaux sur une grande roue de contreplaqué – était assise sur le plat-bord d'un voilier au large de Montauk Point, le phare visible à un bon kilomètre et demi derrière elle. Jake souleva la photo, la tenant précautionneusement par les coins avec ses doigts gantés.

Il observa le visage, produisant sans s'en rendre compte de petits halètements irréguliers.

Écorchée vive.

Elle le regardait en souriant. Des dents d'une blancheur étincelante. Elle semblait si vivante. Si heureuse.

Désormais couverte de mouches sur le tapis du couloir.

Sa poitrine se comprima et son cœur se mit à cogner comme s'il venait de recevoir une forte dose d'adrénaline. Son torse s'engourdit, devint froid.

Le cadre lui glissa des doigts et heurta la moquette dans un bruit sourd.

La voix grêle de Spencer lui résonnait dans la tête : *Les coïncidences, ça n'existe pas.*

Puis tout bascula et devint glacial, et il s'effondra.

Jake la connaissait.

34

« Jake ? Jake ? » La voix d'Hauser recouvrit le crépitement de son circuit électrique interne et le visage du shérif se matérialisa au-dessus de lui. Son haleine sentait le vomi et son regard perdu avait laissé place à une expression inquiète. « Jake ? »

Jake se souleva sur les coudes et gémit.

« Désolé.

– Vous vous êtes évanoui ? » demanda Hauser en le regardant d'un air soupçonneux.

Jake secoua la tête.

« Il ne s'agit pas de drogue ni d'alcool. Vous ne pouvez pas comprendre. »

Il se leva, évitant sciemment de toucher le moindre objet.

« Essayez toujours. »

Jake resta immobile, les yeux baissés vers la photo qu'il avait laissé tomber.

« J'ai un appareil – un CRT-D.

– Vous aviez raison, je ne comprends *pas*. »

Jake ne détacha pas les yeux de la photo par terre.

« C'est un stimulateur cardiaque. Un pacemaker.

– Vous avez le cœur faible ? »

Non, mon putain de cœur est en parfait état, c'est pour ça que j'ai un appareil qui s'assure qu'il continue de pomper.

« Je n'ai pas pris soin de moi comme j'aurais dû, ce qui s'est traduit par une cardiomyopathie. » Il garda les yeux rivés sur la photo. « Chaque fois que mon rythme cardiaque déraille, mon appareil est censé réguler les choses. » Elle le regardait en souriant, sans se douter qu'un an plus tard – ou deux ? trois ? – elle deviendrait un cauchemar pour tout le voisinage. « Je suppose que c'est l'approche de cette tempête électrique. N'importe quel champ magnétique puissant peut l'affecter. » Il leva la tête. « Mais ça n'est pas censé arriver.

– On va vous emmener voir un cardiologue. »

Jake fit non de la tête.

« Ça arrive parfois, mentit-il.

– Ce n'est pas le boulot idéal pour un type qui a des problèmes cardiaques, Jake.

– Mon travail n'a aucun effet sur mon cœur. Pas en temps normal. » Il se pencha et souleva la photo. « Je la connais. »

Il la replaça sur son perchoir au-dessus de la cheminée électrique en imitation bois.

« Vous la... connaissez ? demanda le shérif, désignant par-dessus son épaule le corps qui gisait par terre.

– C'est l'infirmière de mon père à l'hôpital. Rachael quelque chose. »

Il regarda la photo, le visage plein de vie barré d'un grand sourire. Même là il était difficile de ne pas voir la ressemblance avec sa mère.

Le vacarme de voitures s'arrêtant dehors fut ponctué par des claquements de portière.

La mâchoire d'Hauser se raffermit et il retrouva son expression de flic.

« Je commence à avoir l'impression que quelqu'un se fout de votre gueule. »

Il se tourna, regarda par la fenêtre. Les camionnettes blanches de l'équipe de la légiste étaient dehors, ainsi qu'une autre voiture de la police de Southampton. Sur le trottoir d'en face, tendant le cou et se tenant sur la pointe des pieds, les journalistes ressemblaient à des alpagas dans un zoo.

« Allons parler à ces connards », grommela Hauser et il se dirigea vers la porte.

Mais les yeux de Jake étaient posés sur la femme étendue par terre. Elle avait ressemblé à sa mère. Elle lui ressemblait peut-être encore plus maintenant.

35

Jake mit une heure à passer au crible la maison de Rachael Macready, 44 ans, 2134 Whistler Road, Southampton, NY. Cette fois, Conway ne posa pas de question, il se contenta d'écouter et fit ce qu'on lui demandait. Les assistants de la légiste s'étaient découvert du respect pour Jake ; si la nuit précédente il avait été considéré comme un intrus débarqué de Dieu sait où, aujourd'hui, il était un professionnel venu de New York. Quelques coups de fil à la secrétaire d'Hauser avaient permis de glaner des détails sur son comportement à la morgue, et les bavards avaient échafaudé leurs propres hypothèses à son sujet. La nuit précédente, les tatouages et la tenue vestimentaire avaient été un signe de *différence* ; aujourd'hui, ils étaient devenus une sorte d'armure spirituelle.

Jake était appuyé contre la voiture d'Hauser, en train de fumer une Marlboro, lorsque le shérif sortit de la maison. Il avait de nouveau le même teint cireux et verdâtre que la veille en présence de Madame X. Il s'approcha, s'appuya à son tour contre la voiture et tendit la main.

« Je peux vous prendre une clope ? »

De l'autre côté de la rue, les médias faisaient ce qu'ils pouvaient pour s'occuper – un spectacle haut en couleur de sourires crispés et de cheveux brillants, l'agitation de personnes qui n'avaient aucune compétence utile. Jake et Hauser les ignorèrent.

« Vous fumez ?

– Seulement quand j'ai le goût de la gerbe dans les narines, répondit Hauser, manifestement embarrassé. C'était sacrément professionnel de ma part », ajouta-t-il.

Jake lui tendit le paquet et Hauser tira maladroitement une cigarette, l'allumant avec le Zippo en argent fin de Jake qui était orné de squelettes du Jour des morts. Jake expulsa un fin filet de fumée par les narines, comme un dragon.

« Il faudrait être un monstre pour voir ce genre de chose sans être affecté. »

Hauser tira une bouffée, ôta un brin de tabac sur sa langue et se tourna vers Jake.

« Ça n'a pas l'air de vous affecter », observa-t-il tout en soufflant un nuage de fumée.

Jake tira de nouveau sur sa cigarette.

« C'est juste que je bloque tout. Bien obligé, sinon je deviendrais dingue. Mais je crois que j'ai atteint un stade où quelque chose doit céder. Je démissionne. J'ai vu assez de morts pour… »

Il s'interrompit, cherchant les mots justes.

« Le restant de vos jours ? »

Jake acquiesça.

« *Le restant de mes jours*. Oui. Parfait. Merci. On dirait que je commence à être à court de clichés. Le premier signe de décrépitude. »

Hauser cracha par terre.

« Votre cœur, il est dans quel état ? »

Jake haussa les épaules. C'était une question théorique.

« Suffisamment amoché pour qu'ils l'aient relié à un défibrillateur contrôlé par ordinateur, histoire qu'il ne parte pas en vrille. » Jake observait ses bottes de moto.

« À mon époque suicidaire, je prenais de l'héroïne au petit déjeuner, suivie d'un peu de coke, et puis je continuais jusqu'à ce que je sois à court, généralement après trois jours de maux de tête, de diarrhée, sans compter la défaillance cardiaque occasionnelle. Je suis mort trois fois. » Jake tira une longue taffe sur la cigarette qu'il tenait entre son index et son majeur. « J'ai fini par avoir l'impression d'être une caricature de moi-même.

– Vous avez trouvé Dieu ? » demanda sincèrement Hauser.

Ce n'était pas la première fois qu'on lui posait cette question, mais dans son cas, elle ne s'appliquait pas. Il n'avait jamais compris pourquoi les junkies et les paumés semblaient toujours trouver Dieu.

« Je me suis réveillé un matin et j'ai décidé que j'en avais marre de me détester. Je suis parvenu à rester clean suffisamment longtemps pour retrouver mon oncle et lui demander de m'aider. Il m'a fait interner dans un hôpital psychiatrique. Trois jours d'enfer à me purger du poison suivis de plusieurs mois à me faire passer le cerveau à la loupe. Et après ça, des années de réunions des Narcotiques Anonymes et des Alcooliques Anonymes. Même quand je me dis que ma vie est vraiment merdique, il y a toujours un pauvre abruti aux Alcooliques Anonymes qui me fait prendre conscience que j'ai une sacrée veine.

– Nous sommes motivés par le bien et le mal.

– Vous parlez comme Yoda.

– Je peux vous laisser tranquille si vous voulez. »

Jake secoua la tête.

« En général, les flics n'aiment pas discuter avec moi. »

Hauser se rappela la méfiance qu'il avait éprouvée et se sentit rougir.

« Pourquoi ça ?

– À vous de me le dire », répondit Jake en haussant les épaules et en tirant une nouvelle cigarette de son paquet.

Hauser jeta la sienne par terre, l'écrasa du talon. Quelques heures plus tôt, il s'était méfié de Jake, mais depuis son malaise dans la maison, celui-ci n'était plus un adversaire distant, juste un type ordinaire avec des problèmes.

« Vous avez l'air complètement ailleurs », observa Hauser.

Jake leva la main, exposant le texte noir qui courait sur ses métacarpes.

« Vous ne trouvez pas la vie assez difficile comme ça, vous avez besoin de vous recouvrir tout le corps d'un récit d'horreur italien ? »

Jake fut surpris qu'Hauser ait identifié le texte.

« Ce n'était pas une décision consciente. Je me suis réveillé avec ça un matin après quatre mois de défonce dont je n'ai pas le moindre souvenir. » Il tourna la main et le texte enveloppa sa paume. « C'est une police Courier, à mi-chemin entre du 15 et du 16 points. J'ai demandé au labo de l'examiner, en espérant que ça m'aiderait à reconstituer ces quatre mois. » Jake alluma sa cigarette. « Un truc comme ça demande à peu près cinq cents heures de travail. Les lettres sont complexes. Et malgré les milliers de mots il n'y a pas la moindre faute d'orthographe, pas la moindre coquille. Toutes les lettres sont parfaites. Et ça n'a pas été fait dans un salon de tatouage à New York. Un type a passé cinq cents bonnes heures à marquer ma chair et je ne sais pas pourquoi. Je ne connais pas son nom. Et je ne sais pas comment je l'ai payé. »

Hauser regarda le texte qui remontait le long du cou de Jake au-dessus de son col. Son expression indiquait qu'il ne comprenait pas comment une telle chose était possible.

« Jake, ce que vous faites fait peur aux gens. » Il marqua une pause, mit de l'ordre dans ses pensées. « C'est juste… je ne sais pas… de l'incompréhension. Les flics passent leur vie à s'entraîner pour parvenir à lire convenablement une scène de crime. Et vous, vous débarquez avec votre air impassible, et c'est comme si vous n'éprouviez rien de ce que vous êtes censé éprouver. »

Jake tira sur sa cigarette.

« Vous plus que tout autre devriez comprendre que ça fait partie du boulot, répondit-il. Chaque fois que vous dites à un parent que son gamin a été réduit en bouillie par un conducteur ivre, ou qu'il roulait en état d'ébriété et qu'il a tué quelqu'un, vous passez en mode combat. C'est un processus de défense. Autoprotection. Sinon vous passeriez votre temps à chialer. »

Pendant une seconde, Hauser se rappela son fils, Aaron, tué par une camionnette qui avait fait une embardée quand il avait 10 ans.

« Ou à gerber sur les scènes de crime, observa-t-il.

– Ça aussi, oui », convint Jake en souriant avec sa cigarette coincée entre les lèvres.

Hauser se pencha en arrière, croisa les bras.

« Qu'est-ce qui se passe ici, Jake ? Je ne sais pas quoi faire. S'il s'agissait d'un simple meurtre, je comprendrais. Merde, certaines des personnes les plus riches d'Amérique vivent ici – vous n'imaginez pas à quel point ça attire les criminels. Mais trois personnes écorchées vives ? »

Jake baissa les yeux et répondit lentement, d'un ton posé.

« Elle lui a ouvert la porte. Elle venait probablement de rentrer chez elle. C'était après son service – le docteur Sobel l'a autorisée à partir de bonne heure et la légiste établira que le décès est survenu dans la demi-heure qui a suivi son départ de l'hôpital. C'est elle qui lui a demandé d'entrer. Peut-être qu'un voisin a vu quelque chose, mais ça m'étonnerait. »

Hauser s'aperçut alors que les paroles de Jake provenaient d'ailleurs. Peut-être qu'il ne se considérait pas comme un médium. Peut-être que Carradine ne croyait pas à la communication avec l'au-delà. Mais Hauser savait ce qu'il entendait, et ce n'était assurément *pas* Jake Cole qui parlait.

La cigarette se consumait entre les doigts de Jake et la fumée bleue était emportée par le vent rempli de l'électricité de la tempête qui approchait.

« Elle lui a tourné le dos et s'est dirigée vers la cuisine. Je pense qu'elle a dû lui offrir quelque chose à boire. Du thé, pas du café. Il l'a suivie dans le couloir, et c'est à ce moment qu'il a sorti son couteau. Le même – un couteau de chasse avec une grosse lame à tranchant incurvé. Elle s'est retournée. Il lui a donné un violent coup de pied dans le ventre. Elle a eu quelques côtes cassées.

« Il s'est jeté sur elle avec son couteau quand elle s'est penchée en avant. Elle essayait de respirer et il lui a tiré la tête en arrière. Il lui a lacéré le front – il y a une projection de sang sur le papier peint près de l'escalier qui correspond à ça. Il l'a jetée sur le tapis. Il lui a posé un pied sur le dos et lui a tiré les cheveux vers l'arrière pour la scalper. Elle ne pouvait pas hurler parce qu'elle ne pouvait même pas respirer. Personne n'a rien entendu. »

Hauser leva une main qu'il parvenait presque à empêcher de trembler.

« Comment savez-vous ça ? »

Que pouvait répondre Jake ? Qu'il avait photographié mentalement le corps et la projection de sang et la position du cadavre et que tout collait parfaitement ? Que ça n'avait pas pu se passer autrement ? Qu'il pouvait tout reconstituer les yeux fermés – même définir le temps qu'il avait fallu au monstre pour écorcher la femme – et être à cent pour cent sûr de lui ? Hauser ne comprendrait pas.

« Je le sais », se contenta-t-il de répondre. La cigarette qu'il avait oubliée continuait de se consumer, formant désormais une longue cendre courbée. « Il lui a arraché le cuir chevelu avant qu'elle ait le temps de comprendre ce qui lui arrivait. Il l'a retournée et lui a enfoncé son genou dans le ventre, un peu plus haut cette fois, cassant au moins deux côtes. Il lui a sauté dessus pour lui vider les poumons. Et alors il s'est mis à l'écorcher pour de bon. »

Hauser avait retrouvé le teint vert pâle que Jake lui associait désormais.

« Il lui a fait ça alors qu'elle était toujours en vie ? »

Jake haussa les épaules, comme si ça allait de soi.

« Ce genre de types, d'où ils viennent ? demanda Hauser. Enfin quoi, quelle vie ont-ils eu ? Quelle enfance ? Quels parents ? Quelqu'un qui comprend l'amour ne peut pas faire ça. »

Jake leva les yeux en direction de la maison qui s'assombrissait dans la lumière terne qui imprégnait lentement tout ce qui les entourait.

« Certaines familles se nourrissent d'amour, d'autres de colère et de folie, ou de choses pires encore. »

Il laissa tomber sa cigarette.

« Je n'avais jamais pensé que j'aurais un tueur en série dans ma ville. »

Jake écrasa le mégot fumant sur l'asphalte.

« Il est bien davantage que ça.

– Qu'est-ce que vous racontez ? demanda Hauser d'une voix hésitante.

– Le Bureau définit un tueur en série comme quelqu'un ayant tué trois personnes ou plus avec entre chaque meurtre une période de répit. Le temps qui s'est écoulé entre le meurtre de Madame X et son fils et le meurtre de Mlle Macready a été sa période de répit. Mais qu'en est-il des trente-trois ans qui se sont écoulés depuis l'assassinat de ma mère ? Cela fait une sacrée période de répit… »

Il songea à la nuit où elle était allée acheter des cigarettes et des Mallomars au Kwik Mart. « Il ne sélectionne pas ses victimes au hasard – il les choisit méticuleusement. Des victimes qui sont liées à mon père et, par extension… » Il s'interrompit et se redressa. « … à moi.

– Vous allez bien ? »

Il secoua la tête.

« Ma femme et mon fils sont seuls à la maison. »

36

La Dodge Charger d'Hauser avalait la route à deux cents à l'heure, vibrant tellement qu'elle donnait l'impression d'être sur le point de franchir le mur du son. Hauser slalomait à toute allure à travers la circulation, déportant la masse d'acier surpuissante de près de deux tonnes sur le bas-côté quand les voitures devant eux ne s'écartaient pas assez vite. Depuis l'intérieur de la Dodge, la sirène était à peine audible, couverte par le hurlement du moteur.

Hauser avait appelé des renforts, mais il n'y avait aucune voiture de patrouille à proximité de Sumter Point. Jake avait le BlackBerry du shérif collé à son oreille et essayait d'entendre la sonnerie du téléphone de Kay par-dessus le rugissement rageur du V-8. C'était la troisième fois qu'il appelait et elle ne répondait pas.

« Merde, gronda-t-il, et il jeta furieusement le téléphone, qui rebondit sur le tableau de bord et passa par la fenêtre. *Saloperie !* »

Hauser, mains sur le volant, se concentrait sur la route.

« Plus que deux minutes », dit-il d'une voix plate.

Jake était torturé par les images d'horreur qui lui traversaient la tête. Il aurait voulu être dans sa propre voiture, pas dans ce char – Hauser conduisait trop prudemment ; Jake aurait roulé pied au plancher. Il devait arriver à la maison *maintenant*. Si ce monstre touchait à Kay et Jeremy…

Il écarta cette idée et tenta de revêtir son armure mentale, mais impossible ; son esprit revenait constamment à Kay, à l'idée que quelqu'un était en train de la scalper avec une lame d'acier affûtée.

L'adrénaline avait envahi son système et son cœur cognait comme un serpent venimeux dans sa cage thoracique. Le stimulateur implanté dans sa poitrine s'emballa à quelques reprises, mais ce n'était rien comparé au feu d'artifice qui avait grillé son système électrique par deux fois aujourd'hui.

Elle va bien.

Écorchée vive.

Jeremy va bien.

Écorché vif.

Pourquoi s'en est-il pris à l'infirmière ?

Vengeance.

Pourquoi ?

Ouvre les yeux.

C'est une coïncidence.

Les coïncidences n'existent pas, espèce de naïf de mes deux !

Ils empruntèrent le dernier virage avant Sumter Point, une courbe douce et large, à près de cent quatre-vingt-dix kilomètres à l'heure et faillirent finir dans le décor. Hauser contre-braqua et la voiture poursuivit sa route dans une explosion de bruit et de gravier.

Une fois le virage franchi, Jake détacha sa ceinture de sécurité et posa la main sur la crosse de son pistolet. Hauser avala les quatre cents derniers mètres d'asphalte en poussant le V-8 surpuissant, et il enfonça violemment la pédale de frein à la dernière seconde, s'engouffrant dans l'allée dans un dérapage qui projeta un large arc de cailloux et de poussière. Jake était descendu de voiture et entré dans la maison avant même qu'Hauser ait coupé le contact.

Hauser se précipita hors de la voiture et contourna la maison en courant, Sig à la main, cran de sûreté débloqué, une balle dans la chambre, le doigt sur la détente incurvée. Il ne savait pas quoi faire avec ces cadavres écorchés, mais il savait y faire quand il s'agissait d'un bon vieil adversaire en chair et en os. Ça l'avait rendu brièvement célèbre sur les terrains de football.

Il atteignit la terrasse tandis que l'une des grandes baies vitrées s'ouvrait. Il leva son Sig, le braqua sur l'ouverture et visa le torse de l'homme qui sortait.

Il reconnut alors Jake qui tenait un bout de papier.

« Ils sont à Montauk », annonça celui-ci. Il sortit sur la terrasse et s'assit sur l'escalier dont les marches de bois gris dessinaient un sourire d'automate en travers de l'escarpement qui menait à la plage. « Partis faire des courses. »

Il regarda le bout de papier pendant une seconde, puis le roula en boule et l'enfonça dans sa poche. Il avait toujours son arme à la main, et lorsque Hauser remit en place le cran de sûreté de son Sig et le rangea dans son holster, Jake l'imita.

Maintenant que la menace était passée, Hauser se sentait vidé, et il se laissa tomber lourdement sur les marches, les coudes sur les genoux.

« Peut-être qu'ils feraient mieux de ne pas rester, Jake. »

Jake expira longuement, se pencha en arrière et s'étira.

« Ils rentrent à la maison. Je ne veux pas qu'ils soient ici pour la tempête. Je ne veux pas qu'ils croisent le chemin de l'écorcheur. Je ne veux pas les avoir auprès de moi ni qu'ils soient en danger. »

Hauser songea à la maison de Southampton où Rachael Macready avait été massacrée.

« Jake, qu'est-ce que je fais pour ce type ? »

Jake tira ses cigarettes de sa poche, en offrit une à Hauser qui déclina. Il regarda l'océan s'assombrir tandis que le soleil entamait sa descente derrière eux, au-dessus du flanc ouest de la péninsule. Il se demanda dans quel état l'océan serait demain, quand la tempête se serait rapprochée de huit cents kilomètres. Et demain soir ? Est-ce qu'il arracherait tout sur son passage pour le déposer à l'autre bout du pays ?

« Il y a eu deux meurtres hier soir. Un autre cet après-midi. C'est rapproché. Même pour un fou furieux. Quand on travaille si vite, on commet des erreurs, on prend de mauvaises décisions. C'est comme si son temps était compté.

– L'ouragan arrive », remarqua Hauser en désignant l'océan.

Jake secoua la tête et tira sur sa cigarette.

« Il ne s'agit pas de ça. Il y a un sens à ce qu'il fait. Il travaille vite parce qu'il y est obligé. Nous devons – je dois découvrir pourquoi. Quand nous saurons *pourquoi*, nous aurons beaucoup plus de chances de découvrir *qui*. »

Il tira sur sa cigarette et le papier crépita légèrement.

« Tout à l'heure, vous avez dit que ça ressemblait à une vengeance. Pourquoi ?

– Ces types aiment ce qu'ils font. Ils en tirent du plaisir. Ils adorent passer à l'acte et le faire durer. Mais pas lui. Il repart aussi vite qu'il est arrivé. Ou du moins c'est ce qu'il a fait avec l'infirmière. Il arrive furieux, il accomplit son châtiment et il s'en va. Pourquoi ?

– Et pourquoi est-ce qu'il emporte quinze kilos de peau et de cheveux ? Est-ce qu'il se fabrique des survêtements dans sa cave ? Des abat-jour ? Des portefeuilles ? Bon sang, écoutez-moi ! »

Jake secoua la tête et exhala un nuage de fumée que le vent du large emporta aussitôt.

« Ce n'est pas le sentiment que j'ai. S'il les punit pour quelque chose, c'est une façon de les faire payer. Ce qui indique un mobile personnel. »

Hauser leva les mains.

« Êtes-vous en train de dire qu'il connaît les victimes ?

– Je ne sais pas.

– Si j'étais en charge de cette enquête… »

Jake pointa le doigt en direction de Hauser.

« Vous *êtes* en charge de cette enquête.

– Vous savez ce que je veux dire. La seule chose que je puisse affirmer avec certitude, c'est que cet enfoiré me fout la trouille – il me fout *vraiment* la trouille.

– À moi aussi, admit Jake, conservant un visage de marbre.

– Est-ce que c'est vrai que ces types veulent se faire arrêter ? »

Jake sourit, secoua la tête.

« Pas que je sache.

– Alors, pourquoi certains assassins envoient-ils des putain de lettres à la police ou se débarrassent-ils toujours des cadavres au même endroit ? C'est contre-productif.

– Ils ne veulent pas se faire arrêter – c'est simplement qu'ils n'imaginent pas que ça puisse leur arriver. Vous devez vous souvenir que ces personnes – pour autant qu'on puisse parler de personnes – ne sont jamais des individus équilibrés. Il ne s'agit que d'eux. Tuer impunément donne confiance. Le faire une deuxième fois en donne encore plus. Tout d'un coup le type se prend pour un génie. C'est de l'arrogance. Les tueurs en série ont généralement une intelligence comparable au reste de la population – il y a de tout, depuis des quasi-illettrés jusqu'à des types extrêmement brillants. Mais la règle d'or, c'est que ce sont juste des tarés déséquilibrés. »

Hauser examina le visage de Jake pendant quelques secondes, tentant de voir ce qui se cachait derrière la surface.

« Je suis content que vous ayez dit ça.

– Pourquoi ?

– Vu la façon dont vous parlez de ces types – la façon dont vous semblez les comprendre – on pourrait croire qu'au fond de vous vous éprouvez une sorte de respect à leur égard. »

Pour la première fois, Jake fut pris au dépourvu.

« Il ne s'agit pas d'une chasse au gibier où je pourrais m'identifier à l'animal. Je n'ai aucun respect pour ces monstres – et croyez-moi, ils ne sont rien d'autre. Des inadaptés sociaux et des types brisés. Et ceux qui les idéalisent sont des tarés, moins dangereux, certes, mais des tarés tout de même. Bon Dieu, je déteste ces enfoirés. »

Il se tourna vers l'océan et vit que le temps commençait à être en harmonie avec ce qui se passait ici. Peut-être qu'il avait vu juste, peut-être que c'était une espèce d'opéra germanique.

« Moi aussi », dit Hauser. Il se leva et épousseta le sable à l'arrière de son pantalon. « Je retourne chez Mlle Macready. Contactez-moi au commissariat vu que je n'ai plus de téléphone portable.

– Désolé, répondit Jake avec un sourire gêné.

– Si je croyais que quelqu'un voulait s'en prendre à ma famille… » Hauser n'acheva pas sa phrase et s'immobilisa en haut des marches, les yeux rivés sur l'océan. « Je vais vous envoyer un agent pour garder un œil sur la maison.

– Vous n'avez pas assez d'hommes en ce moment.

– Et vous, vous ne voulez pas qu'il arrive quelque chose à votre famille. Renvoyez-les à New York demain matin, Jake. Et vous feriez bien de partir avec eux.

– Je ne peux pas. » Il haussa les épaules. « Je ne veux pas – ce qui revient au même. Mon père. L'assassin. » Il aurait voulu ajouter les peintures bizarres dans l'atelier, les études sanguinolentes d'hommes sans visage. « Ma place est ici. » Il désigna l'Atlantique écumant au-dessus duquel les nuages avaient tissé une couverture grise. Les vagues s'abattaient sur la plage, projetant de la mousse et des débris sur le rivage. « Où sont passés les oiseaux ? »

Hauser leva les yeux vers le ciel et demanda :

« Si j'avais le choix, vous croyez que je serais toujours ici ? »

Il se retourna et s'éloigna.

37

Jake était toujours assis sur les marches, occupé à regarder l'océan qui rassemblait ses forces pour le grand spectacle du lendemain, quand Kay sortit sur la terrasse avec Jeremy gambadant à ses côtés. Il regardait la surface de l'Atlantique agitée par des vagues grises surmontées de blanc qui glissaient jusqu'au milieu de la plage, sifflantes et écumantes, lorsque Jeremy vint s'asseoir sur ses genoux.

« Papa, il y a un policier dans l'allée.

– Il va surveiller la maison quand papa ne sera pas là. »

Sa lassitude s'évanouit, et l'espace d'un instant, ce fut comme si tout allait pour le mieux dans le meilleur des mondes.

Kay s'assit lourdement à côté de lui et l'embrassa.

« L'après-midi s'est bien passé ? » demanda-t-elle.

Qu'est-ce qu'il pouvait répondre à ça ? Génial. Sauf peut-être pour la pauvre femme qui a été scalpée et écorchée vive. Probablement pour la simple raison qu'elle avait la malchance d'être l'infirmière de mon père. Oh ! et la femme et l'enfant écorchés à la morgue – impossible de me les ôter de la tête.

« Oui », répondit-il, préférant une fois de plus la tenir à l'écart de ce qu'il faisait – encore une bonne raison de laisser tomber ce boulot.

Elle portait un Levi's et un tee-shirt moulant orné d'un portrait de David Hasselhoff tout sourire avec la légende *Emmerdez pas The Hoff!* inscrite en travers de la courbe de sa poitrine.

« Où tu as trouvé ce tee-shirt ? demanda Jake en riant.

– Pas mal, hein ? » Elle pointa ses seins vers lui tels des canons de char d'assaut. « Ça attire le regard, non ? Personne ne déconne avec *The Hoff* !

– L'homme dans le magasin a dit que maman était chaude », ajouta Jeremy d'un air enjoué.

Jake rit de plus belle, et c'était agréable.

« Un homme intelligent.

– Il devait avoir 15 ans, précisa Kay en souriant. Je crois que c'était la première fois qu'il voyait des seins d'aussi près. » Elle baissa les yeux vers son tee-shirt. « Il a dit qu'il trouvait mes tatouages cool.

– Cool, hein ?

– Quand tu es à moitié pubère et que tu regardes les nénés d'une fille, il faut bien dire quelque chose.

– Chaude, répéta Jeremy. Est-ce que maman s'est brûlée ? »

Jake serra son fils contre lui.

« Non, elle est belle. »

Les yeux de Kay s'embuèrent.

« Pourquoi es-tu le seul homme qui m'ait jamais dit ça ? »

Jake haussa les épaules, un geste qu'il avait souvent fait ces derniers temps.

« Parce que tu l'es. Et parce que tu sortais avec des connards. »

Kay était venue à sa première réunion des Narcotiques Anonymes avec un bras dans le plâtre. Son dernier petit ami l'avait tabassée pendant qu'elle dormait. Il lui avait cassé le poignet – celui dont elle se servait pour jouer du violoncelle.

« Maintenant, je me suis dégoté un brave type qui rayonne de bonheur.

– Et moi une femme en proie à des hallucinations. »

Elle lui donna un coup de poing dans le bras.

« J'ai faim, dit-elle.

– Alors va te faire à manger. »

Les talents de cuisinière de Kay étaient une vieille blague éculée entre eux. Quand Jake ne travaillait pas, c'était lui qui préparait les repas ; sinon une bonne partie de leurs revenus était dépensée au restaurant. Jeremy aimait les pizzas aux anchois, les sandwiches à la viande, et la soupe aigre-douce avec des boulettes du restaurant casher situé à côté de leur appartement.

Jake se leva et fit passer son fils sur son dos tel un chimpanzé manipulant son bébé.

« Qu'est-ce que tu dirais d'une pizza, Moriarty ? »

Jeremy lui passa les bras autour du cou.

« Et du jus de pomme ?

– Ça devrait être faisable », répondit Jake, se rappelant le prospectus d'Angelo's Pizza Palace qui se trouvait parmi la pile de courrier près de la porte d'entrée.

Le dîner arriva une demi-heure plus tard. La première chose qui surprit Jake fut que le livreur n'avait qu'une seule boîte dans la main.

« Combien je vous dois ? »

Le type paraissait 12 ans et sa barbichette clairsemée dessinait une jugulaire qui semblait retenir sa casquette des Yankees.

« Ça fait douze dollars trente… monsieur, répondit-il, ajoutant le dernier mot après une hésitation.

– Pour trois pizzas, deux Coca et un jus de pomme ? »

Jake enfonça la main dans sa poche et en tira quelques billets moites et froissés.

L'expression lasse de Barbichette se transforma en inquiétude tandis qu'il examinait la note.

« Heu, non, il n'y a qu'une pizza et un Coca sur la note. »

Jake sentit que sa journée pourrie n'était pas encore finie.

« Non, mon pote, j'ai commandé trois petites pizzas, deux Coca, et un jus de pomme. »

Le gamin haussa les épaules.

« Si j'avais deux pizzas de plus dans la voiture, je vous les donnerais. Mais ils ne m'ont donné que ça. »

Barbichette leva la boîte, et pendant une seconde, l'espace dans l'entrebâillement de la porte devint aussi sombre que les petites toiles bizarres de Jacob Coleridge.

Jake se tenait immobile, ses billets entre les mains, tentant de déterminer qui avait merdé. Puis une petite lumière s'alluma dans sa tête.

« Une pizza, d'accord. Ça vous ennuie d'entrer pendant que j'appelle le restaurant ? »

Le gamin fit non de la tête, franchit le seuil de la maison. Jake referma la porte et marcha jusqu'au téléphone pendant que le livreur se tenait dans l'entrée, examinant la sphère futuriste.

« Cool », fit-il, opinant du chef d'un air approbateur tout en regardant autour de lui.

Jake se demanda si c'était un de ses copains qui avait vendu le tee-shirt à Kay. Il appuya sur la touche « Bis » du téléphone et une fille répondit.

« Angelo's Pizza. »

Sa voix semblait lointaine et avait un son de crécelle qu'il n'avait pas remarqué quand il avait appelé plus tôt.

« Oui, bonjour, je suis à Sumter Point et ma commande vient d'être livrée.

– Oh, oui, d'accord. Tout va bien ? »

Le ton de sa voix indiquait qu'elle ne s'attendait pas à ce qu'il y ait le moindre problème. Après tout, comment un restaurant nommé Angelo's pourrait-il foirer une pizza ?

« On dirait qu'il nous manque les deux tiers de notre commande.

– Je… ne… vois… pas… comment… c'est… possible, répondit-elle tout en feuilletant ses bons de commande. La voici. Une petite pizza pepperoni-anchois et un Coca. Douze dollars trente. Qu'est-ce qui vous manque ?

– Non. J'ai commandé *trois* pizzas, *deux* Coca *et un jus de pomme*.

– Une pizza et un Coca. Il y a trente-deux minutes. »

Jake songea à Jeremy qui était en train d'enfiler son pyjama à l'étage et qui attendait avec impatience de manger sa pizza avant d'aller se coucher. Et Kay n'avait probablement rien avalé de la journée. Avait-il vraiment envie de s'engueuler avec une gamine au téléphone ? Il écarta cette possibilité et se concentra sur la petite ampoule qui s'était allumée dans sa tête.

« Vous conservez l'adresse de tous vos clients ?

– Oui, monsieur, nous conservons des copies de tous les bons de commandes. Ce qui inclut le numéro de téléphone et l'adresse de livraison. Je vous le dis, j'ai votre commande sous les yeux en ce moment même, monsieur. »

Mais Jake ne pensait pas à sa commande. Il pensait à Madame X et son fils. Peut-être qu'ils avaient commandé une pizza.

« Merci », dit-il et il raccrocha.

Il retourna à la porte, donna vingt dollars au gamin, lui demanda de lui en rendre deux et le laissa partir. Puis il prit la direction de la table et lança :

« Vous allez devoir partager ça ! »

Sa femme et son fils apparurent en haut de l'escalier. Jake sourit à leur vue et s'aperçut qu'il n'avait pas franchement faim après la journée qu'il avait passée.

« Pas de jus de pomme, Moriarty. Ils n'en avaient plus. Qu'est-ce que tu dirais d'un bon verre de lait ? »

Jeremy acquiesça tandis qu'il descendait l'escalier vêtu de sa grenouillère en flanelle.

« J'aime bien le lait. Y a des anchois sur la pizza, papa ?

– Oui, y a des anchois, répondit Jake, reconnaissant que le dîner ne soit pas un désastre complet. Plein d'anchois.

– Alors ça roule ! » s'exclama le petit garçon.

Kay et Jeremy gagnèrent la table de la cuisine pour attaquer la pizza et Jake décida d'appeler Hauser. Peut-être que Madame X avait reçu le prospectus d'Angelo's dans le courrier. Peut-être qu'elle avait commandé une pizza au cours des quinze derniers jours. Ou des cheeseburgers. Des palourdes. De la bouffe chinoise.

Quelqu'un connaissait forcément leur nom.

38

Jake avait dépassé le stade de la simple fatigue, il pataugeait dans une brume d'épuisement. Les dernières vingt-quatre heures avaient mis ses émotions à rude épreuve et dormir était la seule chose qui parviendrait à apaiser ses nerfs. Mais il connaissait ce type d'éreintement et il savait que le fait qu'il ait besoin de dormir ne signifiait pas qu'il trouverait le sommeil. Après le dîner, il était retourné chez l'infirmière Macready pour faire un nouveau tour des lieux, même si, contrairement aux autres enquêteurs, Jake effectuait l'essentiel de son travail dans sa tête, pas dans un labo, ni dans un bureau, ni dans une voiture de police ou sur une scène de crime. En rentrant de chez l'infirmière, il avait fait un détour par l'hôpital. Il se tenait désormais au pied du lit de son père, respirant l'odeur de transpiration et de désinfectant qui flottait dans la pièce.

Celle-ci était plongée dans la pénombre, uniquement éclairée par le mince triangle de lumière que les néons du couloir projetaient à contrecœur sur le sol. L'éclairage de l'hôpital avait été diminué de moitié, comme dans un avion en pleine nuit, et Jake résista à la tentation d'allumer le plafonnier. Il ne cessait de jeter des coups d'œil par-dessus son épaule, cherchant du regard la peinture sans expression derrière lui. Mais aucun visage sans yeux peint avec du sang ne jaillissait de l'obscurité ; son père avait été transféré dans une nouvelle chambre.

À son arrivée, l'une des infirmières – la remplaçante de Rachael Macready – avait sorti le dossier de son père, faisant claquer sa langue et opinant du chef au-dessus des pages fixées à l'écritoire d'acier bosselé. Elle lui avait tendu la carte du docteur Sobel, au dos de laquelle un rendez-vous avait été noté d'une écriture bâclée pour sept heures le lendemain matin. Jake avait plié la carte dans sa poche et s'était retenu de lui dire que son parfum sentait la vodka.

Demain, Sobel poserait la grande question : *Que faire de son père ?* Tout ce qu'ils voulaient vraiment, c'était que la note soit réglée et que Jacob foute le camp pour qu'ils puissent refiler le lit à quelqu'un qui avait réellement besoin d'un séjour à l'hôpital. Au fond, il était moins question d'argent que de bon sens – son père ne pouvait pas rester ici indéfiniment.

Jake ne voyait guère de raisons de discuter. Il se plierait au désir de Sobel, ferait mine d'être intéressé. Sobel dirait : *Nous avons besoin du lit. Et nous ne pouvons vraiment rien faire de plus pour votre père. À cause de son accident, il va avoir besoin d'une surveillance constante*. Jake écouterait, il prendrait quelques brochures d'endroits dont Sobel promettrait qu'on s'y occuperait bien de Jacob. Jake ne savait pas combien d'argent son père avait mis de côté – pour autant qu'il en eût mis de côté. Au besoin, il vendrait la maison, et le produit de la vente irait au nouveau geôlier de son père. Jake ne voulait aucune part de l'héritage. Il avait cessé d'être un Coleridge vingt-huit ans plus tôt, et pour ce qui le concernait, ils pouvaient foutre le feu à la baraque et au fric et à toutes ces peintures sinistres. Il y avait toujours l'hôpital des anciens combattants ; comme Jacob avait servi en Corée, il aurait au moins le droit d'y séjourner.

Seulement il ne pouvait pas faire ça – ce n'était pas ce que sa mère aurait voulu. Qu'importait l'homme que Jacob Coleridge était devenu, elle aurait souhaité qu'on s'occupe de lui. Et elle aurait attendu de Jake qu'il fasse le nécessaire. Alors il était là, debout au pied d'un lit d'hôpital à deux mille sept cents dollars la nuit, à se demander pourquoi il n'éprouvait pas une once d'amour pour son père. Non qu'il le détestât – ses anciennes émotions s'étaient réduites à un tas de cendres indifférentes.

Il se disait que peut-être, après tout ce temps, il aurait dû ressentir *quelque chose*. Quelque chose de réel, comme de la colère, ou du regret, ou de la déception – tout sauf cette apathie qui ne menait à rien. Jake avait enterré ses émotions dans les profondeurs de son cerveau – ces mêmes profondeurs où il conservait les obscènes hologrammes de mort qu'il glanait au quotidien. Ces images, qui se comptaient désormais par dizaines de milliers, de chaque âme mutilée dont il avait croisé le chemin ; sa petite obsession morbide qu'il avait mise sous clé. Tout comme les sentiments qu'il avait pu éprouver pour l'homme qui était désormais étendu devant lui.

Jake but une gorgée du café qu'il s'était acheté au distributeur. Il était froid, et il se demanda depuis combien de temps il se tenait là, perdu dans ses pensées pleines de *si* et de morts.

Il se détourna du lit et regagna le couloir. L'ancienne chambre de son père se trouvait trois portes plus loin, et il s'y rendit pour s'assurer qu'ils avaient bien fini de repeindre le mur. Pour une raison ou pour une autre, il avait besoin que ce portrait soit effacé de l'histoire.

Les heures de visite étaient depuis longtemps passées, mais comme Jake était pris par une enquête criminelle, des privilèges lui avaient été accordés. C'était le moment de calme qui séparait la distribution des médicaments de la première tournée de l'équipe de nuit, et l'étage semblait désert. Il n'y avait pas de vieilles femmes en peignoir qui avançaient péniblement, traînant leur perfusion vers le coin fumeur. Les seuls bruits, hormis le son de ses bottes sur le lino gris acier, étaient la mélodie lointaine d'un morceau classique et un ronflement plus proche, frêle et sifflant. Une machine à glaçons bourdonnait dans un petit couloir qui menait à l'ascenseur de service. À part ça, tout était silencieux.

Jake ouvrit la porte de la chambre, craignant qu'elle soit déjà occupée par un autre patient. Le mince triangle de lumière en provenance du couloir éclaira un lit vide. Il s'attendait à trouver une odeur de peinture fraîche et de désinfectant, mais reconnut aussitôt le parfum métallique du sang. Il referma la porte, actionna le verrou et alluma la lumière.

Le portrait sanglant était toujours sur le mur, sa couleur avait viré au noir.

Jake l'observa pendant une seconde, se demandant pourquoi il n'avait pas été recouvert. Il regarda le visage sans traits, envoûté. Puis il s'aperçut que quelque chose avait changé – une ligne de ruban adhésif de deux centimètres d'épaisseur entourait le portrait, et des flèches avaient été tracées au crayon tout autour de ce cadre, pointant vers l'intérieur. Les mots DÉCOUPER À L'EXTÉRIEUR DU RUBAN avaient été inscrits à la main.

Avant même qu'il ait le temps de faire un pas en arrière, il reconnut l'écriture de David Finch et comprit que celui-ci allait faire enlever le tableau.

Il s'imagina ce petit enfoiré cupide soudoyant l'hôpital pour obtenir le portrait. Puis il visualisa

Finch, dans son costume sur mesure, se tenant avec suffisance sous un spot sur le parquet restauré de sa galerie de Soho. Il serait là, plein d'assurance, tandis que la dernière œuvre du grand Jacob Coleridge serait hissée à sa place par deux ouvriers au moyen d'un monte-charge. Il songea à la façon dont il la commercialiserait, laissant quelques tiges de métal brut ressortir de la plaque de plâtre tels des os dénudés. *C'est si cru*, qu'il dirait. *Si primal.* La plus grande œuvre de Jacob Coleridge. *Et aussi sa dernière.*

Prix ?

Il secouerait tristement la tête, baissant les yeux comme s'il était embarrassé de devoir aborder un sujet aussi mesquin que l'argent.

Mais vous devez avoir une idée du prix !

Il prendrait un air insulté – le client potentiel ne l'avait-il pas entendu ? Puis, lentement, une expression pensive envahirait ses traits – l'idée de se séparer du tableau ne lui avait naturellement jamais traversé l'esprit, mais après tout, pourquoi pas ? Évidemment, il était galeriste, mais il était aussi *passionné d'art*. Et il y avait certaines œuvres qui étaient inestimables. Mais la chose qu'il dirait avec le plus de sincérité, posant la main d'un air entendu sur le bras du client potentiel, ce serait que l'amitié n'a tout simplement pas de prix. Et Jacob Coleridge était – *avait été* – son ami.

Oubliez Damien Hirst, Jasper Johns et Willem de Kooning (la main posée avec révérence sur le cœur). Ont-ils jamais peint avec leur propre sang ? Je ne crois pas. Ce sont de grands artistes, mais pas de la trempe de Jacob Coleridge. L'œuvre de Jacob Coleridge est célèbre pour sa *vérité*. Et après tout, qu'y a-t-il de plus vrai que se sacrifier pour son art. *Saigner* pour son art.

Puis il se tournerait vers l'œuvre et dirait qu'il *serait* peut-être bon qu'elle finisse chez quelqu'un qui l'apprécierait vraiment. Qu'elle *méritait* peut-être une maison où on l'admirerait. Et alors il lèverait la main, oscillant au bord du précipice de l'indécision pendant une seconde, avant de la replacer dans sa poche, secouant la tête et disant : *Non, je ne pourrais pas. C'était un ami.*

Combien ?

Un ami ! répéterait Finch avec dans la voix une fierté fraternelle, essuyant une larme au coin de son œil.

Et après une pause parfaitement calculée, il annoncerait : *Cinquante millions de dollars !*

Après tout, vous n'atteignez pas le sommet d'un milieu aussi nombriliste que celui de l'art moderne sans être un baratineur de première. Un doctorat ès léchage de cul ne faisait pas de mal.

La pointe de la botte de Jake enfonça le plâtre et heurta l'armature derrière, produisant un nuage de poussière blanche. Le mur trembla et un panneau isolant se détacha du plafond et tomba par terre. Le deuxième coup de pied, un peu plus haut et sur la droite, traversa la plaque de plâtre, creusant un orifice bien carré. Un nouveau panneau tomba du plafond comme une feuille morte.

Au troisième coup de pied, des bruits de pas retentirent dans le couloir. Quelqu'un passa devant la porte, cherchant d'où provenait le bruit.

Au quatrième, la personne revint sur ses pas.

Il enfonça la main dans sa botte et en tira le couteau qu'il cachait là depuis qu'il était adolescent. Mais, à la place de l'encombrant cran d'arrêt mexicain de sa jeunesse, il produisit un Gerber en titane à manche ajouré ; modèle standard du FBI.

Quelqu'un tenta d'ouvrir la porte. Secoua la poignée.

« Tirez-vous ! » rugit Jake, et il planta la lame dans le mur au niveau du coin supérieur du cadre de ruban adhésif. Il fit descendre le couteau, l'acier carburé lacérant la couche supérieure jaune et le mur crachant de la poussière blanche. Une fois en bas, il effectua une incision transversale, puis il remonta de l'autre côté.

« Je vais chercher la clé », lança une voix depuis l'autre côté de l'épaisse porte en érable.

Jake traîna le lit jusqu'à la porte, le cala contre le chambranle et bloqua les roues ; ça n'arrêterait pas un homme déterminé, mais ça ralentirait une infirmière seule. Puis il retourna au portrait de son père, arracha le couteau du mur et le replaça dans sa botte.

Il défonça du pied les coins inférieurs, s'agenouilla, passa les doigts dans les trous couverts de lambeaux et arracha en se redressant une énorme bande de plâtre. Il détacha le tableau en cinq morceaux irréguliers, des particules de sang et de poussière blanche tourbillonnant comme une petite tornade au-dessus du sol. Il restait quelques petites croûtes de sang sur le mur, et il les enfonça à coups de poing.

Il se hâta de rouler en boule les cinq bandes de plâtre couvertes de sang, écarta du pied le lit de la porte et actionna sèchement le gros verrou d'inox.

Dans la lumière incertaine du couloir, il vit une infirmière qui avançait rapidement vers lui, agitant un jeu de clés telle une geôlière. Elle ralentit l'allure et hurla : « Qu'est-ce que vous faites ici ? » Elle s'arrêta à quelques pas de lui, comme si elle venait de s'apercevoir qu'elle était seule dans un couloir obscur avec un cinglé de plus d'un mètre quatre-vingts qui démolissait des chambres d'hôpital au milieu de la nuit.

Jake leva les lambeaux de tableau pliés.

« Je croyais que le mur serait repeint. Pas vendu. Pas sauvé. *Repeint.*

– Ça appartient à l'hôpital. L'hôpital peut en faire ce qu'il veut. On m'a dit… »

Jake fit un pas vers elle et elle se tut, recula vivement. Il leva son long bras, pointant un doigt vers la tête de l'infirmière.

« Je me fous de ce qu'on vous a dit ou de ce que vous croyez avoir le droit de faire, ma grande. Ceci va être détruit. Pigé, chérie ? »

L'infirmière sembla hésiter quelques secondes, puis elle lui lança un regard dur. Elle fit un pas de côté et Jake s'éloigna dans le couloir, emportant sous son bras le portrait de l'un des démons de son père, ses bottes laissant une traînée de poussière sur le sol.

Derrière lui, les patients qui avaient été arrachés à leur sommeil se mirent à jacasser comme des pies.

39

Jake s'engagea dans l'allée circulaire et les phares de sa vieille voiture sportive illuminèrent le véhicule de police qui était garé sur le bas-côté de la route 27, face au sud. Le flic derrière le volant avait une silhouette imposante et il se couvrit les yeux pour se protéger de la lumière. Jake s'arrêta sous un arbre, sortit et marcha vers la voiture. Lorsqu'il fut à quelques mètres, il vit Scopes faire la grimace et tenter de le saluer de la main.

Jake continua d'avancer et Scopes baissa sa vitre.

« Agent spécial Cole, lança celui-ci d'un ton avenant.

– Vous vous êtes fait refiler le boulot merdique ? »

Scopes acquiesça.

« J'ai perdu à la courte paille. » Il resta un long moment silencieux, levant les yeux vers Jake, son visage inondé d'ombres dans la nuit sans lune. « Je suis désolé pour hier soir. Normalement, je ne me comporte pas comme un con. J'essayais de rendre tout le monde un peu moins… je ne sais pas. Malheureux, je suppose. »

Jake balaya sa réflexion d'un geste de la main, regarda la maison.

« Il s'est passé quelque chose ?

– La lumière est allumée dans le coin nord-est de la maison. »

Il désigna de la tête la chambre principale. « Mais rien n'a bougé depuis mon arrivée.

– Merci. »

Scopes roula les yeux.

« Je me rattrape. »

Jake se retourna.

Il regagna sa voiture et saisit le tableau roulé en boule sur le siège passager. Il était humide et lourd, comme de la peau humaine ; c'était incroyable comme l'air iodé imprégnait tout ici, emplissant chaque pore de molécules d'eau.

Les lumières étaient éteintes au rez-de-chaussée et Jake sut que Kay et Jeremy dormaient à l'étage, tous deux vêtus d'un tee-shirt minuscule. Ils rendaient sa vie si belle qu'il se demandait ce qu'il avait pu faire pour les mériter. Le tableau sous son bras sembla soudain plus léger. Et infiniment moins important.

Il avait commencé à se demander pourquoi exactement il était revenu ici. Ses sentiments à l'égard de son père n'y étaient pour rien, et il comprenait désormais qu'il n'avait rien à foutre de ce qu'il adviendrait de lui. Alors qu'est-ce qu'il fabriquait ici ? Pourquoi avait-il même accepté de parler au médecin qui l'avait appelé chez lui à New York ? À la première évocation de son père il aurait dû dire : *Merci, mais je ne suis pas preneur*, et raccrocher. Mais il ne l'avait pas fait. Et la seule raison qu'il voyait était que sa mère aurait voulu que quelqu'un s'occupe de son père, et comme il n'y avait personne d'autre pour se taper le boulot, c'était tombé sur Jake… celui qui se tapait les corvées dont personne ne voulait. Comme déchiffrer les derniers moments de la vie des gens.

Ce qui le rongeait à l'intérieur – *écorché vif*, murmura la voix qu'il ignora –, c'était que la haine qu'il avait éprouvée envers son père, ce dégoût et cette colère aussi amers que du white-spirit, avaient depuis longtemps disparu. Certes, sans la colère, il se sentait beaucoup plus léger, beaucoup plus flexible, ce qui, quand il y songeait, le rendait meilleur. Et être *meilleur* n'était-il pas le rêve américain ? Tout le monde voulait pardonner à ses parents, tourner la page et construire sa propre vie merdique à la sueur de son front. C'était comme ça. Amen et ainsi soit-il. Alors quelle était cette noirceur qu'il sentait frémir dans l'ombre ? Pourquoi n'était-il pas ivre de bonheur, heureux d'avoir laissé tout ça derrière lui ? La réponse courte était qu'il avait toujours le sentiment que quelque chose clochait.

La forme géométrique de l'atelier se dressait sur le terrain qui dominait la plage, et sa silhouette qui se détachait sur le ciel ressemblait aux cartons que Kay avait empilés au bord du trottoir dans l'après-midi – une forme asymétrique, inclinée sur le côté et pleine de vieilles bouteilles d'alcool. Derrière le bâtiment, plus loin que l'horizon au bout du monde, il y avait une petite brèche dans les nuages qui laissait filtrer un faible rai de lune.

Jake passa devant l'atelier et se tint à la limite de la pelouse, où le jardin laissait place à un à-pic de cinq mètres qui donnait sur la plage. Le vent cognait fort, et des vagues de trois mètres agitaient l'océan. Elles retombaient sur la plage telles des mains humides, claquant bruyamment sur le sable et les débris. Jake parcourut distraitement la plage du regard pour voir si le cadavre d'Elmo avait été rejeté sur la rive. Mais, depuis son promontoire herbeux surplombant l'océan, il ne voyait que du noir.

Il n'y avait aucun signe de vie. Depuis son poste d'observation, il pouvait distinguer sans mal trois ou quatre douzaines de maisons, toutes plongées dans l'obscurité, et sa poitrine se serra brièvement lorsqu'il s'imagina être le dernier homme vivant, tel un personnage dans un roman de fin du monde, entouré de mirages. Il n'y avait pas de bateaux en mer, pas d'avion clignotant avec espoir dans le ciel nocturne, pas le moindre signe de vie hormis l'éclat stroboscopique du phare à près de quinze kilomètres au nord-est. Il se dirigea vers l'atelier.

Les sinistres hommes sans visage peints en trompe l'œil sur les murs et sur le plafond ressemblaient au décor d'un numéro de magie, et ils paraissaient encore plus menaçants maintenant qu'il faisait nuit. Lorsqu'il laissa tomber le tableau roulé en boule sur la table d'encadrement de son père, un nuage de poussière s'éleva. Il le regarda fixement, se demandant ce qu'il représentait, ce qu'il signifiait, et comment il était censé s'occuper de son père avec tous ces emmerdements qui le collaient comme son ombre et l'empêchaient d'avancer. Le réfrigérateur Kenmore hors d'âge où son père gardait suffisamment de nourriture et d'alcool pour pouvoir peindre sans avoir à retourner à la maison ronronnait comme un robot en train d'effectuer un calcul mathématique complexe. Jake l'ouvrit pour se servir quelque chose à boire. Ses yeux glissèrent sur le Coca et se posèrent sur trois sacs en papier qui contenaient des morceaux de pigment de plomb ; son père était de l'ancienne école – sur sa liste de priorités, l'environnement était la dernière de ses préoccupations.

Il ouvrit une bouteille de Coca, la capsule tomba par terre et roula dans un coin. Il s'assit sur la surface mouchetée de peinture de la boîte à outils et vida la moitié de la bouteille en deux gorgées furieuses. Le liquide pétillant et sucré lui fit monter les larmes aux yeux et lui arracha un rot explosif. Il parcourut la pièce du regard pour voir s'il avait attiré l'attention de l'un des hommes sanguinolents peinturlurés au-dessus de lui.

Jake vida le reste du Coca, balança la bouteille dans un carton couvert de poussière et se releva. La balle fripée du portrait était posée sur la table, laissant paraître un patchwork de jaune hôpital, de blanc plâtreux, de taches du pigment le plus précieux de Jacob Coleridge. Il fit à quelques reprises le tour de la table, bras croisés sur la poitrine, sans détacher les yeux de l'objet posé sous la lampe telle une voiture piégée attendant d'accomplir sa destinée.

Sentant toujours le goût du Coca dans sa bouche, il entreprit de déplier le portrait comme on épluche un chou, couche après couche. Certaines parties étaient collées les unes aux autres. Il les fit glisser sur la table, les aligna et, l'espace d'une brève seconde, il sut que ce tordu de Finch avait vu juste : c'était de l'art.

Lorsque le tableau fut reconstitué, il recula d'un pas pour le voir dans sa globalité et crut entendre les silhouettes au mur et au plafond murmurer leur approbation. Même elles devaient admettre que c'était une œuvre magnifique.

Jake la regarda. Il n'avait peut-être pas le talent de Jacob, mais il comprenait la composition, la perspective et la technique. Il avait toujours été attentif, et le moins qu'on pût dire était que la moitié de ses gènes provenaient de son père. Ce qu'il avait sous les yeux était stupéfiant.

En partie parce que ç'avait été peint avec du sang par un homme à moitié fou. Mais aussi parce que celui-ci avait arraché ses pansements et utilisé ses doigts calcinés et inertes comme des couteaux, les os fendus et le cartilage à moitié grillé de ses phalanges conférant une qualité particulière à chaque trait. Il avait perdu trois doigts – il en perdrait probablement d'autres – et Jake voyait au moins sept traits distincts sur le tableau. Il savait que le talent naturel de son père n'était pas le fruit d'une réflexion ou d'un calcul – il venait de la façon la plus naturelle qui soit, *instinctivement.*

Le portrait n'était pas bâclé ou désordonné comme un barbouillage fait avec les doigts par un enfant. Il était contrôlé, dirigé. Pas besoin d'un diplôme en histoire de l'art pour percevoir l'habileté d'exécution. Il avait une puissance brute et honnête qu'il était impossible d'ignorer. Mais le savoir-faire était secondaire ; l'important était la signification.

Il alla chercher un autre Coca dans le vieux Kenmore et réfléchit.

Il ne faisait aucun doute que son père cherchait à dire quelque chose, même si ce quelque chose provenait de derrière le voile brumeux de la démence. Des petits signaux presque intelligibles traversaient le tableau, et ce qu'ils disaient était… était…

Quoi ?

La grande question était, naturellement : *Qu'est-ce que ça changerait – pour autant que ça changeât quelque chose – de comprendre ce que son père avait essayé de dire, de faire ?* C'était comme déchiffrer *Finnegans Wake*. À un moment celui qui cherche se demande forcément : *À quoi ça sert ?*

Cet homme – cet homme sans visage – était-il la manifestation d'une crise psychotique ? Les schizophrènes avaient souvent des visions religieuses, alors pourquoi pas son père ? Parce qu'il n'avait jamais cru en Dieu. Il n'avait jamais cru en la moindre puissance supérieure, seulement au hasard et aux simples accidents. Ces représentations n'avaient rien à voir avec l'Église ou Dieu ou Satan. Ce portrait de croquemitaine était plus immédiat, plus menaçant qu'une quelconque connerie inventée de toutes pièces – Jake n'aurait su dire comment il le savait, seulement qu'il le savait.

Jake avait un don pour examiner les indices avec les yeux d'autrui. Mais, avec l'histoire freudienne des mâles Coleridge qui se mêlait à tout ça, il perdait son objectivité et il savait que l'objectivité était ce qui permettait à l'observation impartiale, pure et sans préméditation de fonctionner. Avec une relation père-fils aussi empoisonnée que la leur, les résultats étaient sûrs d'être biaisés.

Que signifiait le portrait de l'homme peint avec du sang ? Que signifiaient les innombrables études du même homme sur les murs ? Pourquoi n'avait-il pas de visage ?

Et les piles de toiles qui encombraient l'atelier telles des colonnes bancales ? La plus haute devait mesurer dans les deux mètres quarante, et il n'y en avait pas une en dessous d'un mètre quatre-vingts. Il déambula à travers la pièce, dérangeant quelques toiles, en soulevant d'autres pour les examiner. Jake savait que si son père les avait peintes, elles voulaient dire quelque chose. Il refusait – était incapable – de croire qu'elles n'étaient que le sous-produit d'une vie passée devant un chevalet, une simple manière de tuer le temps. Impossible. Jamais de la vie. Si Jacob Coleridge avait eu assez de foi pour saisir un pinceau et le faire courir sur une toile, c'est qu'elles avaient un sens.

Sans déconner, génie.

Il lança la bouteille de Coca à travers la pièce et elle heurta le mur, rebondit et se fracassa sur le béton, les morceaux de verre s'éparpillant sur le sol. Il en avait sa claque. Il ne voulait pas être ici, s'occuper de son père, se coltiner le type au couteau de chasse et à l'habileté cauchemardesque.

Et tout était connecté. Relié par un fil si ténu qu'il échappait à la lumière.

Mais ce fil était impossible à trouver, à moins de le rencontrer sur son chemin, et dans ce cas, il y avait de grandes chances pour qu'il soit pile à la bonne hauteur pour vous trancher le cou, et peut-être que vous sentiriez un léger pincement, puis vous entendriez votre tête heurter le sol et vous apercevriez à la dernière seconde votre corps qui basculerait en avant et vos membres qui s'agiteraient convulsivement vu qu'ils n'auraient plus le logiciel pour les en empêcher, et alors les lumières s'éteindraient et…

« ARRÊTE ! » hurla Jake, les mots jaillissant comme le vomi noir et brûlant de sa période junkie.

Il prit quelques profondes inspirations.

La réponse est ici.

Cherche-la.

C'est ce que je fais.

Non, tu ne cherches pas.

Tu veux bien la fermer !

Bien sûr. Dès que tu auras compris. Sorcier, mon cul.

J'ai toujours dit que je n'étais pas un sorcier.

Oui, mais à l'époque tu étais doué pour voir les choses.

Je peux y arriver. Ça me prendra un peu de temps.

Tu n'as pas de temps. Il arrive.

Qui ?

Lui.

Lui, qui ?

Lui.

Jake se pinça l'arête du nez et décida qu'il était temps d'aller se coucher. Deux heures du matin approchaient. Il n'était pas un grand dormeur, il n'en avait d'ailleurs jamais été un, mais ce soir, avec son défibrillateur qui débloquait comme une pompe à essence habitée par un mauvais diable, il avait besoin d'accorder à sa vieille carcasse un peu de répit. D'autant que ça promettait d'être un sacré bordel le lendemain. Il éteignit les lumières et ferma la porte.

Dehors, le vent était plus fort et les vagues se brisaient avant même d'avoir atteint le rivage, d'horribles explosions blanches sur le noir de l'océan, comme des ampoules éclatant. La lune était étouffée par l'amoncellement de nuages, et il prit conscience que le temps changeait à une rapidité ahurissante. C'était comme regarder un film en accéléré.

Jake entra dans la maison et alluma quelques lumières. La console Nakashima s'illumina, le faisceau vif du spot faisant ressortir la sculpture sphérique – un polyèdre, lui avait un jour hurlé son père. C'était lui qui l'avait construite – non, *construite* n'était pas le mot, *manufacturée* serait plus approprié – dans son atelier une nuit, armé de plus d'une centaine de harpons en inox et bien décidé à apprendre le soudage à l'arc. Des milliers de minuscules croisillons avec une pointe en triangle qui, une fois reliés les uns aux autres, formaient une sphère parfaite. On aurait dit une maquette de la NASA, oubliée sous le spot solitaire, un souvenir de la seule et unique fois où son père s'était essayé à l'art en trois dimensions. Il passa le doigt sur la structure et détacha un trait de poussière duveteuse et grasse. L'objet frémit presque sous son doigt, comme s'il vivait seul depuis trop longtemps.

Kay avait rendu la maison beaucoup plus vivable, allant jusqu'à disposer des dessous de verre sur la table basse. Jake éclata de rire en voyant ça ; la surface de la table était couverte de brûlures de cigarette et de traces de culs de bouteille qui le regardaient comme des orbites vides. Le grand portrait de Chuck Close avec ses yeux découpés était posé contre le Steinway de sa mère tel un avertissement œdipien.

Quelque chose dans le tableau le dérangeait, et il détestait le fait qu'il n'arrivait pas à savoir quoi précisément. Il aurait aimé mettre ça sur le compte du stress, mais il avait du mal à distinguer clairement les choses depuis quelque temps, et il craignait que ce soit devenu une sorte de handicap permanent. Il détestait ne pas voir. C'était comme si Kay se bousillait les tympans et se retrouvait à devoir regarder son violoncelle sans pouvoir en jouer. Il se tint immobile et observa le tableau vandalisé.

Chuck Close avait été forcé de réinventer son approche de la peinture après qu'un sale coup du sort avait diminué ses capacités motrices. Sa technique photoréaliste de la première époque avait été remplacée par des portraits pixellisés qu'il peignait au moyen de petits blocs de couleur. Close s'était littéralement réinventé en écrivant un nouveau code.

Jacob Coleridge considérait Chuck Close comme l'un des peintres américains les plus authentiques de tous les temps. Et ça n'était pas rien de la part d'un homme qui était réputé tout haïr. Même sa propre famille.

Oui, il avait découpé les yeux du portrait.

Il n'avait pas franchement défendu le musée.

Jake éteignit les lumières et gagna l'obscurité silencieuse à l'étage.

40

Jake longea le couloir à pas feutrés, passant sur la pointe des pieds devant son ancienne chambre – celle qu'occupait Jeremy pour le moment – pour atteindre la chambre principale. La porte était ouverte et Kay était assise en tailleur sur le lit, un énorme atlas ouvert sur ses cuisses.

« Salut, chéri, lança-t-elle en levant les yeux du livre.

– Tu étais censée dormir. »

Jake ferma à demi la porte derrière lui.

« Ouais, bien sûr, railla-t-elle. Il y a un flic garé devant la maison et un ouragan qui débarque comme si c'était la fin du monde, et tu voudrais que je dorme comme un bébé.

– Exact », dit-il en souriant.

Elle referma le livre et le fit glisser vers le bord du lit avant de le poser doucement par terre.

« Si ce qu'ils disent à la radio est vrai, tu n'imagines pas la taille de Dylan. » Elle tendit le doigt vers l'atlas. « Huit centimètres. C'est plus que la plupart des pays, mon pote. »

Kay éteignit la lumière et la chambre fut plongée dans une pénombre grise.

La veilleuse du couloir projetait une lueur douce et les yeux de Jake s'accoutumèrent rapidement à l'obscurité. Il s'assit sur le lit pour ôter ses bottes.

C'est alors qu'il s'aperçut qu'elle avait dégagé la barricade et ménagé un accès jusqu'au lit. Même dans l'obscurité il vit qu'elle avait enlevé les vieux vêtements et les emballages alimentaires qui traînaient un peu partout. Les draps étaient tendus sur le lit, sans un pli, et ils dégageaient un parfum d'adoucissant. La pièce sentait le propre. Elle avait beaucoup bossé sans lui, et une pointe de culpabilité lui fit regretter de l'avoir laissée venir.

« Désolé d'arriver si tard.

– La journée s'est bien finie ? »

Qu'est-ce qu'il pouvait répondre à ça ? *Bien sûr, jusqu'à ce que je défonce un mur à coups de pied. Au mieux on me facturera quatre mille dollars pour les réparations, au pire on portera plainte contre moi pour vandalisme et destruction de propriété privée.*

« Pas de problème. Enfin, pas vraiment. » Sa botte produisit un bruit sourd en heurtant la moquette. « Et vous, qu'est-ce que vous avez fait ? »

Kay gloussa.

« On a bien rigolé. J'ai dû expliquer où le pain allait quand on le mettait dans le toaster et d'où venait le pain grillé. Jeremy n'y comprenait rien. C'était magnifique. »

Jake éclata de rire, et son autre botte tomba par terre.

« Bon sang, j'imagine la scène, dit-il.

– Jake ? »

Il savait de quoi elle voulait parler.

« L'homme du sol ?

– Je n'aime pas ça. »

Jake aurait voulu abonder dans son sens, lui dire que ça le mettait lui aussi mal à l'aise, comme un grondement louche dans la tuyauterie après un mauvais repas. Mais il garda ça pour lui.

« Il est revenu ?

– Ce soir, quand je l'ai mis au pieu… »

Jake roula les yeux. Pourquoi utilisait-elle toujours cette expression ?

« … il a demandé si l'homme du sol viendrait le voir pendant qu'il dormirait. »

Jake sentit sa peau se contracter et se prépara à un coup de jus dans la salle des machines. Il eut l'impression que ses os grinçaient, comme si son corps s'était soudain desséché. Il se tourna vers l'ombre de Kay, qui était désormais visible dans la pénombre.

« Il dit que l'homme du sol – qu'il appelle Bud – était dépité à cause de nous. » Elle ravala sa salive. « Il jure que ce n'est pas un ami imaginaire. J'ai peur qu'il soit cinglé. »

Jake perçut une accusation silencieuse dans sa voix. Après tout, les maladies mentales semblaient être monnaie courante chez les Coleridge. Il se leva et marcha jusqu'à la fenêtre. Le faible éclat de la lune avait désormais totalement disparu et l'océan revêtait pour de bon ses peintures de guerre. Les vagues étaient si hautes qu'il était depuis longtemps impossible de les survoler à basse altitude.

« *Dépité ?* Pas le genre de mot qu'utilise un enfant de 3 ans. Il a juste voulu s'essayer à le dire. Il n'est pas cinglé. Peut-être que c'est une espèce de mécanisme de compensation.

– De compensation pour quoi ? Qu'est-ce qui cloche dans la vie de Jeremy ? Tu travailles beaucoup, mais et après ? Les autres pères aussi. J'ai des horaires bizarres. Mais il passe du temps avec nous deux. Du *bon temps*. Il se comporte bien, et même si les autres parents de la garderie nous prennent pour des tordus, nous sommes des gens convenables et attentionnés qui se démerdent plutôt bien pour élever leur enfant. » Le ton accusateur avait disparu, et elle semblait désormais sur la défensive. « Nous avons construit quelque chose de super. »

Les fenêtres vibrèrent un peu, produisant des grincements doux, à peine audibles.

« Je ne sais pas, chérie. Peut-être qu'il a besoin de plus d'amis.

– Plus d'amis ? J'ai dû annuler trois goûters et un anniversaire pour venir passer deux jours ici. Il n'a pas besoin de plus d'amis.

– Peut-être qu'il est fatigué. Je sais comment je suis quand je suis fatigué. » Jake s'autorisa alors à dire une chose qu'il n'avait jamais partagée avec Kay. « Après le meurtre de ma mère, elle venait me voir. Tu sais que je ne crois pas aux fantômes ou à la vie après la mort ou à toutes ces conneries religieuses. Alors je sais qu'il ne s'agissait pas de ça – je sais que ce n'était pas *vraiment* elle – mais elle venait me voir. On se baladait sur la plage, parfois on restait dans ma chambre, et elle me parlait, elle écoutait ce que j'avais à dire. Elle me répondait, elle m'aidait à résoudre mes problèmes. Elle était là quand j'ai vécu ce que j'ai vécu avec mon père. C'est à cause d'elle que je suis ici, à faire comme si je me souciais de son sort. Mais ce n'est pas vraiment elle. C'est mon esprit qui la fait apparaître. Qui la reconstruit à partir de ce qui me reste d'elle. » Jake se tourna vers le lit et sentit sa peau glisser contre ses muscles et son squelette. « Mais elle semblait si réelle que c'était comme si j'avais pu la toucher. Sa robe bruissait, elle sentait la cigarette, je voyais son eye-liner. »

Kay se souleva sur ses coudes.

« Tu construis des choses dans ton esprit. À partir de tes souvenirs. C'est pour ça que tu fais ce boulot. » Elle marqua une pause, soupesa ses mots. « Je ne veux pas que tu restes ici. Tu retombes dans le passé. Je le vois à ta façon de bouger, de parler, à la manière dont tu réagis à tout ça. C'est comme si tes circuits électriques disjonctaient à cause de toutes les emmerdes que tu as à gérer ici. »

Encore un point qu'il ne pouvait pas contredire.

« Toi et Jeremy, vous retournez à New York et je rentrerai dès que possible. Peut-être que je pourrais tout régler demain, peut-être pas. Mais je suis fatigué. J'en ai tellement ma claque de ce boulot que j'ai envie de tout laisser tomber. Mais je dois clore cette affaire. »

La voix de Kay résonna dans l'obscurité.

« Je ne veux pas que tu sois ici quand l'ouragan frappera, Jake. Ton appareil déconne déjà suffisamment comme ça. Qu'est-ce qui se passera si tu reçois un gros choc ? »

Je crève, aurait-il voulu dire.

« Les cafards, Keith Richards et Jake Cole. » Les trois choses qui survivraient à une guerre nucléaire – c'était une vieille blague entre eux. « Tu n'auras pas le temps de dire ouf que nous serons ensemble à la maison en train d'écouter le MC5 pendant que Jeremy dormira dans son lit. »

Il la distinguait désormais clairement, assise en tailleur sur le lit dans la faible lueur, les mots *Emmerdez pas The Hoff!* s'étirant sur son ventre et se froissant sous sa poitrine. Elle s'était fait des tresses et arborait un grand sourire.

« Pourquoi tu souris ?

– Avec toi je me sens toujours en sécurité. »

Elle se laissa tomber en arrière et tira sur sa petite culotte blanche. Elle plia sa jambe tatouée et arracha le slip de ses orteils tendus avant de le jeter en direction de Jake. Il l'atteignit alors qu'elle écartait les jambes.

Une paire de pistolets croisés était tatouée au-dessus de son vagin avec les mots *Tough Love* en dessous – le deuxième tatouage que Jake préférait sur son corps.

« Maintenant, viens ici, parce que tu m'excites. »

Jake ôta son tee-shirt, et les lignes d'encre ajoutèrent aux ombres profondes qui sillonnaient son corps svelte. Quand il bougeait, il disparaissait partiellement, se fondait dans l'obscurité. Kay se souleva sur les coudes, se courba en avant comme une chatte, et défit la grosse boucle argent et turquoise du ceinturon de Jake. Le ceinturon glissa à travers les boucles de son Levi's et Jake défit son jean. Lorsqu'il fut nu devant elle, elle le regarda en souriant.

Kay passa les bras entre les lourds barreaux de chêne de la tête de lit et Jake lui glissa ses menottes usées autour des poignets. Il les referma – une paire d'yeux argent scintillants – et commença.

Elle se cambra contre lui, les yeux rivés aux siens. Il trouva son ceinturon à côté du lit, le ramassa, et les yeux de Kay s'agitèrent lorsqu'elle entendit la boucle cliqueter. Elle essaya de tourner la tête pour le voir arriver, mais il lui tenait la mâchoire et ne la quittait pas des yeux dans l'obscurité. Les ombres profondes autour des orbites de Kay s'élargirent lorsqu'il lui passa le ceinturon autour du cou.

Le cuir noir retomba entre ses seins, formant une boucle au niveau des pistolets croisés. Elle serra les dents et continua de le regarder droit dans les yeux.

Son souffle se fit plus saccadé, comme à chaque fois que les circuits dans sa tête s'apprêtaient à exploser sous l'effet de l'excitation. Le ceinturon autour de son cou remuait chaque fois qu'elle soulevait le bassin, et Jake sentait son pubis cogner contre le sien.

Kay glissait d'avant en arrière sous lui. Elle grondait.

Jake enroula l'extrémité du ceinturon autour de sa main et se mit à tirer. La boucle noire se resserra autour de la chair de Kay et la boucle se cala sous son menton, creusant un petit repli de peau avec son bord en forme de fleur.

Elle prononça en gémissant le mot « Maintenant » mais ne parvint à produire qu'une série de syllabes inintelligibles.

Il tira plus fort sur le ceinturon et le visage de Kay devint blême. Puis rouge. Elle ouvrit la bouche, pour respirer, pour hurler, mais elle ne pouvait pas inspirer d'air.

Il serra un peu plus en enroulant le cuir autour de son poing et ses doigts s'engourdirent.

La bouche de Kay s'élargit, puis elle l'ouvrit en grand tel un poisson échoué à l'agonie. Ses yeux s'écarquillèrent, luisant faiblement parmi les ombres profondes de ses orbites. Puis ils semblèrent lui sortir de la tête. Les veines de son cou soulevèrent sa peau tels des doigts cherchant à la transpercer, et l'espace d'une seconde hallucinante, leurs yeux se croisèrent, puis elle se cambra violemment et se mit à trembler.

Après quoi elle retomba sur le lit et resta parfaitement immobile, son regard vague tourné vers l'obscurité.

41

Mike Hauser ne resterait que quelques minutes chez lui – très probablement la dernière fois qu'il venait avant le passage de l'ouragan. Très probablement la dernière fois qu'il mettait les pieds dans cette maison. Ce n'était pas du mélodrame, simplement l'analyse honnête d'une situation qui avait tant d'issues possibles qu'elle aurait pu occuper un super ordinateur pendant un an. Le châtiment divin arrivait, sous la forme d'une tempête rugissante qui risquait de rayer la communauté d'Hauser de la surface de la planète – car c'était précisément ainsi qu'il considérait ce petit bout de terre : *sa* communauté. Et malheureusement celle-ci incluait le salopard invisible avec son couteau de chasse. Et aussi Jake Cole – un type qui attirait la mort comme un aimant. Le fait était qu'il y avait un paquet d'ombres menaçantes qui tournoyaient au-dessus du royaume d'Hauser.

À deux heures douze du matin, le shérif pénétra dans la cuisine vêtu de son uniforme complet, qui incluait sa ceinture en toile à laquelle étaient accrochés son Sig et tout l'attirail dont il avait besoin dans le cadre de son boulot. Il attrapa une bouteille de soda grosse comme une torpille dans le réfrigérateur et se servit un verre. Il but une gorgée, le soda sans bulles le dégoûta, et il le vida dans l'évier. De toutes les choses qui avaient disparu au nom du progrès, celle qu'il regrettait le plus, c'étaient les bouteilles en verre. Il opta à la place pour un verre d'eau du robinet, qu'il vida en trois gorgées bruyantes, puis plaça dans le lave-vaisselle.

Stephanie avait quitté la ville et il regretta soudain qu'elle ne soit pas là pour lui parler, et peut-être lui donner un baiser et un petit coup de poing dans le bras. Mais il l'avait envoyée par avion chez son frère où elle serait en sécurité. Seulement l'idée qu'Hauser se faisait de la sécurité avait beaucoup changé au cours des derniers jours. Irrévocablement.

De tout ce qu'il avait vu récemment, l'image qui ne cessait de le hanter était celle de la femme et de l'enfant, toujours connus sous le nom de Madame X et son fils, dans la maison près de la plage. La grande aiguille avait effectué plus de deux tours complets du cadran, et ni leurs experts scientifiques ni leurs ordinateurs n'avaient été foutus de leur dire de qui il s'agissait. C'était comme enquêter sur le meurtre de deux personnes qui n'avaient jamais existé.

Il descendit à tâtons l'escalier qui menait à la cave, écoutant les nouveaux bruits qu'émettait sa maison à l'approche de l'ouragan. Une fois en bas, il actionna deux interrupteurs et les vitrines qui s'étiraient du sol au plafond s'illuminèrent, les néons jaunes bourdonnant comme une rangée de congélateurs de supermarché.

L'un des murs était complètement occupé par sa collection de fusils de chasse, un autre par ses fusils pour les cerfs et ses pistolets, un troisième par sa bibliothèque et le dernier par ses couteaux.

Hauser observa son reflet sur le verre. Il s'était arrangé pour que les images de Madame X et son fils ne lui apparaissent plus à l'improviste, mais elles n'étaient jamais loin de son viseur mental et il devait continuellement détourner son regard intérieur lorsque l'une d'elles surgissait. Ce genre de chose n'était pas censé se produire ici. Mais il savait que ça ne se passait pas comme ça ; s'il poussait la réflexion un peu plus loin, il savait aussi que ce genre de chose n'était censé se produire *nulle part*.

Seulement elles se produisaient. Il suffisait de jeter un coup d'œil dans la maison au bord de la plage pour s'en rendre compte. Après tout, pourquoi cet endroit serait-il épargné ?

Le seul bon côté de l'enquête – leur seul petit répit – concernait les médias ; avec l'ouragan Dylan qui déboulait, les journalistes avaient du mal à obtenir des interviews. D'ordinaire, Hauser aurait craint que l'un de ses hommes se fasse coincer devant une bière au Scrimshaw Lounge après le boulot, ou que l'un des voisins de l'infirmière se retrouve sur Fox. Mais, grâce à la tempête, personne n'avait le temps de parler à la presse – les habitants étaient trop occupés à sauver leurs iMac et leurs pièces de collection. L'aspect assurément bénéfique de tout ça était que les journalistes s'intéressaient désormais plus à la météo qu'aux trois cadavres. Bien sûr, Jake l'avait assuré que ça ne durerait pas. Ça cesserait dès que l'un de ces parasites aurait attaché l'expression *en série* aux meurtres.

Et alors tout le monde, depuis le marchand de fruits et légumes jusqu'à l'employé de station-service, apparaîtrait sur Channel 7, analysant les indices, théorisant avec poésie sur l'ADN, la PTS et tous les acronymes qu'ils auraient glanés dans les séries télévisées. Le pire, selon Jake, ce serait les causeurs de la télé – les experts autoproclamés – qui suggéreraient des mobiles ou des profils psychologiques du tueur alors qu'il leur manquerait des indices essentiels – et surtout des faits.

Hauser était revenu chez lui pour récupérer quelques affaires personnelles, la première d'entre elles étant le couteau de tranchée de 1918 qui avait appartenu à son arrière-grand-père. Si la maison et tout le reste étaient arrachés du sol, c'était le seul objet qu'il voulait sauver, avec son alliance et l'unique trophée de base-ball que son fils, Aaron, avait remporté. Tout le reste du bordel pouvait disparaître et il n'en aurait rien à foutre. Enfin, pas vraiment.

Il ouvrit la vitrine et sortit l'arme. Il n'avait aucun souvenir de son arrière-grand-père, mais ce couteau avait signifié beaucoup pour son grand-père, et aussi pour son père, et donc, par extension, il signifiait beaucoup pour lui. Il avait espéré que son fils, Aaron, y serait également attaché un jour – un petit symbole de l'honneur de la famille qui se transmettait d'homme à homme – mais tout avait été détruit par un type saoul en camionnette. Hauser n'allait pas pour autant le laisser là au risque de le voir emporté par la tempête.

La texture cireuse du métal se transforma en graisse lorsque l'huile qui protégeait le couteau se réchauffa sous ses doigts. Il l'examina pendant quelques minutes en espérant qu'il lui révélerait quelques-uns de ses secrets. Que voyait Jake quand il regardait un couteau ? Hauser supposait qu'un homme comme lui ne voyait pas simplement un outil de plus dans l'histoire de l'évolution humaine – pour quelqu'un comme Jake, un couteau représentait un déferlement d'horreur potentiel.

Le shérif parcourut la pièce du regard, examinant les vitrines pleines de son matériel de chasse. Soudain, il comprit pourquoi pour un homme comme Jake Cole le monde semblait toujours au bord de la catastrophe.

Hauser glissa le couteau dans son étui de cuir usé, mit le fermoir en place et l'accrocha à sa ceinture. Puis il éteignit les lumières et se dirigea vers sa voiture.

42

Kay était immobile, menottée à la tête de lit, Jake reposant lourdement sur elle. La ceinture autour de son cou formait désormais une boucle lâche et une ecchymose traversait sa gorge. Un vaisseau sanguin avait éclaté dans son œil gauche, dessinant une magnifique fleur rouge.

Jake observa son visage pendant quelques minutes, une série d'ombres géométriques figées dans l'obscurité. Elle ne bougeait pas, respirait à peine. Il la regardait fixement, s'efforçant d'apprécier pleinement le moment présent et d'oublier le passé. Il se demandait comment il avait appris à compartimenter sa vie si complètement, si parfaitement, au point de pouvoir voir des horreurs à longueur de journée et rentrer à la maison heureux. Et c'est alors qu'il prit conscience qu'il était vraiment temps pour lui de démissionner. De partir. De vivre sa vie et de devenir un homme entier – un homme sans fractures.

« Comment je t'ai trouvé ? » demanda-t-elle.

Kay était magnifique allongée là, mais Jake savait que sous la surface, dans les recoins les plus profonds de son âme, tout n'était pas que lumière ou bonheur ou sécurité. Ses yeux étaient captivants, envoûtants, mais leur façon de bouger indiquait qu'il manquait quelque chose, comme si à un moment une partie de sa joie de vivre lui avait été arrachée. Un jour, quand ils avaient commencé à soupçonner que ça risquait d'être sérieux entre eux, elle lui avait avoué qu'elle avait toujours aimé les hommes mauvais. Il y avait quelque chose dans le danger – dans le fait de ne jamais savoir ce qui allait arriver ensuite – qui vous rendait aussi accro que l'alcool. Elle avait expliqué qu'elle continuait de se détester à cause de ça.

Jake soupçonnait que parfois lui aussi se détestait pour la même raison.

Elle esquissa un sourire, auquel la veine éclatée de son œil gauche conféra une certaine étrangeté.

« J'adore quand tu me baises, dit-elle.

– C'est parce que tu es une incurable romantique. »

Elle éclata d'un rire tonitruant qui agita son corps, et la boucle de la ceinture cliqueta dans l'obscurité, une note âpre et métallique similaire au grincement qu'avait produit la porte de la maison de l'infirmière quand Hauser l'avait poussée.

Jake se raidit.

« Je veux que vous soyez tous les deux dans le bus de midi. »

Elle cessa de rire et Jake la sentit qui se crispait sous lui.

« Pas question, mon vieux. Je n'ai pas traîné mon joli petit cul jusqu'ici pour tirer un petit coup vite fait et foutre le camp *illico*. Je ne pars pas sans mon homme.

– On en reparlera. »

Mais il savait qu'elle pourrait râler autant qu'elle voudrait, elle aurait quitté Long Island à midi, même s'il devait leur planter des fléchettes de tranquillisant dans le cul et les renvoyer à la maison par FedEx.

Il inclina la tête et la regarda dans les yeux. Du visage de Kay émanait une sorte de calme qu'il se savait privilégié de pouvoir voir. Il l'embrassa.

« On recommence ? » demanda-t-elle.

Toute la journée défila en accéléré dans sa tête, depuis le portrait sanglant jusqu'à Rachael Macready vidée de son sang et abandonnée sur le tapis trempé. Il songea au phare au-dessus de l'épaule de l'infirmière, à Hauser à la morgue, à la Charger fonçant à près de deux cents à l'heure, au bruit qu'avait fait la bouteille de Coca en heurtant le sol de l'atelier. Il aurait voulu dire qu'il était fatigué, qu'il avait besoin de dormir, mais ç'aurait été un mensonge.

Il ouvrit la bouche et la colla à celle de Kay.

Elle gémit, écarta les jambes en grand, et recommença à se tortiller sous lui. La boucle cliqueta.

Il enroula alors le ceinturon autour de son poignet.

Et se mit à l'asphyxier.

43

Troisième jour
Montauk Point

« *Jake !* »

Un cri empli d'une telle panique, d'une telle détresse, qu'il fut dans le couloir, pistolet à la main, avant même d'être complètement réveillé.

Il s'arrêta en haut des marches et examina la pièce en contrebas. Jeremy se tenait dans le salon, dos tourné à l'escalier, la tête inclinée à un angle bizarre, comme si l'un des vérins hydrauliques qui faisaient fonctionner son cou avait rompu. Jake ne voyait pas son visage, mais l'enfant avait une position étrange, inhabituelle, ce qui ne fit que renforcer son angoisse.

Kay était à genoux devant le garçon, le tenant à bout de bras, le visage figé par l'horreur.

Jake descendit l'escalier, serrant toujours son pistolet. Il était nu.

Kay ne leva pas les yeux, ne sembla pas remarquer sa présence. Elle regardait fixement Jeremy avec des yeux exorbités et vitreux – comme la nuit précédente au moment de l'orgasme. Un deuxième vaisseau éclaté ressemblait à une tempête de sang tourbillonnant autour de sa pupille. Elle tenait Jeremy, tremblante, et les convulsions qui couraient le long de ses bras se transmettaient au petit corps de son fils, qui vibrait comme si d'autres vérins hydrauliques étaient sur le point de rompre.

Jake continua de descendre lentement.

« Chérie ? »

Kay regardait fixement le visage du garçon, et un trait de larmes brillantes apparut sur ses cils, juste sous les vaisseaux éclatés, donnant l'impression que ses yeux saignaient.

Le pied de Jake se posa sur la dernière marche, et sa proximité activa quelque chose dans la tête de Jeremy, qui se dégagea de l'emprise de sa mère et se retourna.

De grossières traînées rouges soulignaient ses orbites, ses pommettes et la courbe de sa mâchoire. Une large bouche fendait son visage, striée d'épaisses lignes verticales irrégulières. Un crâne était peint sur le visage du garçon. Un déguisement délirant, comme un masque de carnaval grotesque. Jake reconnut aussitôt l'odeur du sang.

La lèvre inférieure de Jeremy tremblait et des larmes rouges coulaient sur ses joues, gouttant sur le col de son tee-shirt qui virait lentement au rose. Jake devina qu'il était au bord de la crise de nerfs. Il le souleva, plaça la main derrière sa tête et le serra contre lui.

« Moriarty, qu'est-ce qui s'est passé ? »

Il regarda en direction de Kay par-dessus la tête de l'enfant. Elle se tenait là, des larmes claires coulant de ses yeux rougis. La grande porte qui donnait sur la terrasse était entrouverte de quelques centimètres.

« Nous étions ici seuls, Jake. J'ai ouvert la porte pour aérer un peu parce que ça sentait vraiment… mauvais. Je lui ai tourné le dos pendant une minute. Peut-être moins. » Elle secoua la tête. « Je faisais du café… juste du café quand Jeremy s'est mis à aboyer… il a littéralement aboyé… comme un chien, et je me suis précipitée et il était… il était… comme ça… Je… je ne… heu… je… »

Elle frissonna et l'espace d'une seconde sembla sur le point de vomir.

Jake regarda en direction de la porte entrouverte.

« Moriarty ? »

Jeremy le serra, son petit corps agité par des tremblements.

« Qu'est-ce qui s'est passé ? demanda Jake en haussant la voix, avant d'ajouter, pour faire comprendre à Jeremy qu'il n'était pas en colère : C'est bon, fiston.

– C'était lui, papa. »

Jake tira doucement la tête de son fils en arrière pour l'observer. Jeremy leva son petit visage couvert de traînées de larmes vers lui. Le crâne sanglant, avec ses dents irrégulières et ses orbites assombries, ressemblait à une pochette de disque.

« Il a dit qu'il voulait jouer avec toi, papa. »

Jake sentit sa poitrine se serrer et il s'assit sur le canapé, son fils au visage barbouillé accroché à lui tel un lémurien.

« Et puis il m'a touché, ajouta l'enfant. Il a touché mon visage. Et maintenant il est tout collant. Il a dit qu'il avait commencé un jeu avec toi quand tu étais petit et qu'il aime beaucoup jouer avec toi. Il a dit que tu n'avais peur de rien. C'est vrai, papa ? Tu n'as peur de rien ? Parce que moi, j'ai peur. J'ai très peur et je veux rentrer à la maison et je ne veux plus jouer avec lui. Il n'est pas gentil. Il est méchant et vilain et il sent mauvais et… »

Il s'interrompit et regarda autour de lui, comme si la pièce était truffée de micros.

« C'est bon, fiston », répéta Jake.

Jeremy le regarda avec une expression terrifiée, le blanc de ses yeux se détachant sur le noir rougeâtre de ses orbites.

« Tu te souviens de la fois où j'ai trouvé cet oiseau dans le parc, papa ? Tu t'en souviens ? J'ai dit que ça sentait mauvais et tu as dit que c'était parce qu'il était mort. Tu te souviens ? Et tu m'as expliqué que parfois les oiseaux et les animaux ont des accidents ou tombent malades et alors ils deviennent morts et ça les fait sentir mauvais. Tu te souviens, papa ? Dis ? » demanda l'enfant d'une voix fiévreuse, affolée.

Jake regarda en direction de Kay. Elle tournait le dos à la fenêtre et avait les bras enroulés autour de son torse. Des traînées brillantes maculaient ses joues. Mais elle ne le voyait pas. Elle ne voyait pas Jeremy. Elle était ailleurs, perdue dans les images que son cerveau projetait derrière ses paupières.

« Je me souviens, fiston.

– L'homme du sol était comme cet oiseau dans le parc, il sentait mauvais et dégoûtant et mort. Et il n'est plus gentil. Ne joue pas avec lui. S'il te plaît, promets-moi que tu ne joueras pas avec lui. »

Jake serra Jeremy contre lui, posant sa tête contre son omoplate. Il marcha jusqu'à Kay et lui saisit le bras, et le contact d'un autre humain sembla la ramener soudain à la réalité. Elle renifla, leva la tête et posa les yeux sur lui.

« Ça va ? » demanda-t-il.

Kay secoua la tête.

« Est-ce que j'ai l'air d'aller ? » Elle s'essuya le nez avec le revers de son tee-shirt. « Je ne veux pas que tu restes ici. Je me fous de ton boulot. Je me fous que cette putain de ville soit emportée par l'océan. Tu rentres avec nous. »

Jake acquiesça.

« Ils ne laisseront pas papa monter dans le bus sans pantalon, maman. »

Jake et Kay baissèrent les yeux vers son corps nu.

« Il se pourrait bien que tu aies raison, mon pote », observa Jake, et il attrapa le téléphone pour appeler Hauser.

44

Jake fut soulagé en voyant la légiste devant l'un des microscopes Olympus qui se trouvaient dans le coin du labo – au moins elle n'avait pas pris part au grand exode de l'ouragan et fui vers le sud. Il était clair qu'elle avait passé la nuit ici. Elle avait la tête rentrée dans les épaules, le visage plissé caractéristique de la personne qui regarde à travers un microscope. Il laissa tomber un sachet qui contenait le tee-shirt ensanglanté de Jeremy sur la table à côté d'elle et le bruit arracha la légiste à ses observations scientifiques.

« Agent spécial Cole », lança-t-elle en guise de salutation.

Jake fut ravi qu'elle ne lui donne pas du Charles Bronson – il détestait ça.

« Docteur Reagan. »

Elle offrit ce qui pouvait s'apparenter à un sourire – la même ligne fine que celle qu'il avait observée l'autre soir chez Madame X et son fils.

« Qu'est-ce qui me vaut le plaisir ? »

Ce dernier mot ne semblait pas tout à fait sincère. Jake arbora sa tête des bons jours, comme disait Kay.

« Pourriez-vous analyser le sang là-dessus, s'il vous plaît ? »

Elle souleva le sachet et l'examina. Le tee-shirt était écrasé contre le polyéthylène, aussi rouge qu'un pansement de champ de bataille.

« Qu'est-ce que c'est ?

– Un tee-shirt. Il y a peut-être des contaminants comme du mucus et des larmes provenant d'une autre personne, mais c'est le sang que je veux que vous analysiez.

– ADN ?

– Comparez d'abord le groupe sanguin à celui des trois cadavres. Madame X et son fils et l'infirmière.

– Où avez-vous trouvé ça ?

– Quelque chose l'a étalé sur le visage de mon fils.

– Vous voulez dire quelqu'un.

– Non, répondit Jake d'une voix qui sembla infiniment lointaine, même à ses propres oreilles. J'ai bien dit quelque chose. »

45

La salle d'attente du psy ressemblait à toutes les salles d'attente : des chaises à peine présentables, et au mur, le classique mélange d'affiches de santé publique et d'immondes tableaux de chambres d'hôtel.

Jake, assis la tête entre les mains, avait l'impression que son cerveau grouillait de fourmis. Il repensait au maquillage de Jeremy façon pochette de disque des Misfits, tentant de comprendre ce qui s'était passé. Le flic dans l'allée n'avait rien vu ; personne n'était arrivé par la route, et étant donné l'emplacement de la maison, il aurait vu quelqu'un approcher depuis trois des côtés. Ce qui laissait donc la plage comme seul accès possible.

Mais, en considérant les choses sous cet angle, il oubliait de se poser la question essentielle : *Qui était l'homme du sol et que voulait-il ?*

Jake leva la tête et s'enfonça dans le siège en vinyle, songeant qu'il était peut-être temps de lever le camp et de retourner à New York. Mais il savait qu'il ne pouvait pas le faire – la simple idée de partir lui semblait une trahison ; il resterait à Montauk jusqu'à ce que tout soit réglé une bonne fois pour toutes. Comme disait le vieil adage, chaque chose en son temps, et la première chose à faire, c'était de venir voir le psychiatre.

La secrétaire de Sobel, une femme de 25 ans à l'air si malheureux qu'elle paraissait au bord de la dépression, s'occupait derrière le guichet. Une mère et sa fille étaient assises dans le coin opposé de la pièce. La fillette avait environ 12 ans et semblait évoluer dans un univers sensoriel différent. Jake devina qu'elle était autiste. Elle jouait avec un saladier rempli de bonbons colorés. Sa mère lisait un épais livre de poche dont la couverture représentait un homme superbe à la superbe chevelure étreignant une femme superbe à la superbe chevelure. Ils portaient de superbes vêtements, et au loin, au-dessus de leurs épaules…

… *Comme ce foutu phare au-dessus de l'épaule de Rachael Macready…*

… *Écorchée vive…*

… on devinait la superbe propriété dans laquelle ils vivaient leur vie superbe. Le livre s'intitulait *Les Sang bleu du Connecticut* et Jake savait déjà qu'il y aurait des chevaux dedans. Des chevaux à la longue queue bien peignée. Probablement un jet privé. Des baisers et des étreintes musclées. De la pure merde.

La fillette, qui était assise par terre, regardait au loin d'un air absent, comme si un film défilait dans sa tête. Elle fit glisser le saladier de bonbons vers le bord de la table et forma une pile nette avec les magazines. Tandis que sa mère lisait les torrides exploits sexuels des magnifiques habitants de la propriété dans le Connecticut, Jake observait la fillette, qui se mit à ôter mécaniquement les bonbons du saladier l'un après l'autre, puis à les étaler sur la table. Elle plongeait la main dans le saladier, en tirait un bonbon et le déposait sur la table. Puis elle recommençait l'opération. La table était couverte de bonbons étalés sans ordre apparent et, pour la plupart, sans se toucher. Sa mère était trop absorbée par les soupirs langoureux qui émanaient des pages de son livre de poche pour remarquer que sa fille mettait le bazar.

« Monsieur Cole, annonça la secrétaire avec une expression sinistre. Le docteur vous attend. »

Jake se leva et contourna la table basse. Ni la femme ni sa fille ne semblèrent le remarquer.

Le docteur Sobel se tenait derrière son bureau, ils échangèrent une poignée de main.

« Désolé pour hier, Jake. Si j'avais pensé que votre père pouvait représenter un danger pour lui-même, je l'aurais fait entraver plus tôt. »

Jake prit doucement place sur le fauteuil bon marché et scruta Sobel, tentant de percer le masque. Le visage du psychiatre était une masse de chair inexpressive, mais derrière cette impassibilité apparente, il était clair qu'il l'observait et cherchait lui aussi à lire ses pensées. Jake posa les mains sur l'extrémité des accoudoirs, croisa les jambes et attendit. Après l'avoir longuement détaillé du regard, Sobel prit une profonde inspiration et écarta les mains comme s'il s'apprêtait à vendre à Jake une police d'assurance bidon.

« Je sais que ça peut être dur pour vous, déclara-t-il, imitant à la perfection les accents de la sincérité.

– Laissez tomber. Je ne suis pas venu pour que vous me passiez la cervelle au microscope. » Sobel sembla réfléchir quelques secondes. « Qu'est-ce qui se passe avec mon père ? Quel est le meilleur moyen de subvenir à ses besoins immédiatement, dans le futur proche et à long terme ? »

Sobel ouvrit un gros dossier et Jake reconnut les mêmes pages colorées et les mêmes Post-it que ceux qu'il avait vus la veille sur l'écritoire en métal.

« Pour un homme de 80 ans, ses organes vitaux et sa circulation sanguine sont dans un état exceptionnel. Il a de toute évidence pris soin de lui.

– Pas que je sache », grommela Jake.

Sobel esquissa une moue en se voyant contredit.

Comment dire ça sans passer pour un sale con ? se demanda Jake. Pas moyen.

« Mon père est un alcoolique invétéré depuis qu'il est capable de tenir un verre. Il n'a jamais mangé correctement. Jamais de sport. Il s'est épuisé. Il lui arrivait de passer toute une semaine sans dormir en se nourrissant uniquement d'alcool et de colère. Non, je ne crois pas que vos examens aient peint un portrait très exact. »

Sobel rédigea une note sur la page.

« Et à quoi ressemblait sa vie de famille ? »

Jake sentit soudain qu'il perdait son temps.

« Docteur Sobel, je croyais que vous aviez effectué une évaluation de mon père. Vous devriez savoir tout ça. Si vous ne savez même pas qui il *était*, comment pouvez-vous comparer ça à ce qu'il est maintenant ? »

Sobel acquiesça et croisa les bras.

« J'essaie aussi de me faire une idée de vous, et de ce que vous êtes disposé à faire pour lui, monsieur Cole. Il ne s'agit pas uniquement de lui. Je dois voir ce que vous êtes prêt à assumer. Jusqu'où vous êtes prêt à aller. Vos impressions relatives à votre père m'en disent aussi beaucoup sur vous.

– Vous plaisantez. »

Sobel fit signe que non.

Jake enfonça la main dans sa poche de blouson et en sortit un porte-cartes de cuir noir. Il l'ouvrit, se pencha en avant et le fit glisser vers le psychiatre pour lui montrer sa plaque et sa carte.

« Docteur Sobel. Je ne suis pas ici pour me faire analyser. Ça ne m'intéresse pas. J'ai en moi plus de sombres secrets que vous ne pourrez jamais imaginer. Mais, puisque vous êtes curieux, je vais vous donner un aperçu de cette situation freudienne classique.

« Mon père et moi ne nous sommes pas adressé la parole depuis près de trente ans. Je ne l'aime pas et, si vous voulez vraiment aller au fond des choses, je l'ai longtemps détesté. Rien de neuf sous le soleil. Le bon vieux Sigmund a abordé le sujet pour se justifier dans la vingt et unième conférence de son *Introduction à la psychanalyse*. Je suis sûr que vous l'avez lue, même si c'est un ramassis de conneries.

« Je peux estimer que la façon dont il m'a élevé – ou plutôt la façon dont il ne m'a pas élevé – était à chier, mais son œuvre est une autre histoire. Je ne crois pas qu'il ait de problèmes d'argent, même si je n'ai pas parlé à son avocat. Au pire, je revends la maison et ça devrait suffire à lui payer dix années dans l'établissement dont il a besoin. Ce que j'attends de vous, c'est que vous me disiez où l'envoyer. »

Sobel replia le porte-cartes et le rendit à Jake.

« Voulez-vous être impliqué ?

– Je crois que vous mettez la charrue avant les bœufs, mais pour faire bref, la réponse est non. Je dois savoir exactement ce qui cloche chez mon père pour pouvoir commencer à organiser son avenir. Un avenir auquel je n'ai aucune intention d'être mêlé. »

Jake savait qu'il passait pour un sale con, mais il s'en foutait.

Sobel se mit à hocher la tête d'un air pensif.

« Pour le moment, votre père souffre toujours des effets du choc, un petit trouble de stress post-traumatique, et il a été mis sous calmants. Ce n'est pas la combinaison idéale, et quand vous ajoutez les signes classiques de la maladie d'Alzheimer, les choses se compliquent de façon exponentielle. Il est confus, il est irritable et il est agressif. »

Jake leva la main.

« Docteur Sobel, mon père est irritable et agressif depuis que je le connais. »

Sobel lui fit comprendre d'un geste qu'il ne souhaitait pas être interrompu.

« Cette peinture sur le mur de sa chambre... » Il marqua une pause, et sa voix s'adoucit, comme s'il se parlait à lui-même. « Cette peinture n'indiquait aucune dégénérescence de ses fonctions motrices, chose que je devrais observer chez un homme à ce stade de la maladie d'Alzheimer. Elle montre aussi qu'il est plus que capable de réflexion abstraite – le simple fait qu'il ait été en mesure d'établir un lien entre son sang et de la peinture est déjà abstrait, mais si on ajoute le genre d'image qu'il a peinte, je sens qu'il peut clairement réfléchir en termes abstraits. » Le psychiatre retourna à ses notes, feuilleta quelques pages. « Son vocabulaire ne montre *a priori* aucun signe de détérioration. Comme je l'ai dit, je ne dispose pas d'évaluation antérieure à son accident, mais votre père s'exprime très bien, même s'il lui arrive d'être borné. » Sobel leva les yeux et se pencha en arrière sur son fauteuil. Il joignit les mains sur le sommet de son crâne et poursuivit. « Du point de vue symptomatique, il se situe quelque part entre une démence débutante et modérée, respectivement niveaux deux et trois. Il y a des signes de démence modérée, et pourtant certains signes de la démence débutante sont absents, et *vice versa*. La maladie diffère d'un individu à l'autre, mais il y a certains signes qui sont – ou devraient être – immuables. »

Jake devina au ton de sa voix que Sobel ne lui disait pas tout.

« Êtes-vous en train de dire que mon père n'a peut-être *pas* la maladie d'Alzheimer ?

– Je sais que vous avez parlé de tout ça avec son médecin généraliste, mais je travaille complètement seul en ce moment. »

Sobel haussa les épaules et, avec ses mains jointes au-dessus de sa tête, on aurait dit un exercice de gymnastique. « Je n'ai pas beaucoup de témoignages de parents ou d'amis, alors que c'est l'un des éléments essentiels pour établir un diagnostic d'Alzheimer. Votre père a passé beaucoup de temps isolé, ce qui ne m'aide pas. C'est aussi un artiste, et les artistes sont tous excentriques. J'ai besoin de savoir certaines choses que, à ce stade, j'ignore.

– Que ne me dites-vous pas, docteur Sobel ?

– Je vous demande pardon ? »

Jake sourit.

« Je sais quand on me laisse dans le noir.

– Jake, je ne sais pas exactement ce qui se passe avec votre père. Mais ce que je sais, c'est que ses connexions nerveuses ne lui renvoient pas toujours une image du monde réel qu'il est en mesure de comprendre. J'ai d'ordinaire la possibilité de voir mes patients bien avant qu'ils n'aient ne serait-ce qu'un accident mineur. Mais votre père s'est immolé et s'est jeté à travers une vitre. Et j'ai du mal à croire qu'il ait pu en arriver directement à ce stade tout en vivant seul. Il aurait dû être ici depuis longtemps. Un an peut-être. Voire plus.

– J'ai trouvé du gazon, des clés et des livres de poche dans son réfrigérateur. Je ne sais pas comment il faisait pour vivre comme ça. Je ne vais pas vous débiter des excuses dont vous n'avez pas grand-chose à faire de toute manière, mais ça fait très longtemps qu'il m'a rayé de sa vie. »

Sobel acquiesça de nouveau.

« Il n'est pas mal nourri. Il ne souffre d'aucune déficience. Et son hygiène, bien qu'imparfaite, était bien meilleure que ce à quoi je m'attendais. » Il marqua une pause. « Je n'aime pas ses cauchemars – ni cette peinture sur le mur… » Sobel savait-il qu'il avait arraché la moitié du mur la nuit précédente ? « Ce portrait provenait des profondeurs de son esprit. Il a peur de quelque chose et ça se manifeste dans ses rêves et ses divagations, il le fait ressortir pour pouvoir le montrer au monde. Toutes ces histoires sur l'*homme de sang* qui vivrait dans le sol m'ont con… »

Jake se leva.

« Quoi ? »

Sobel se figea, comme si sa langue avait fourché.

« Ça arrive souvent. Cette peinture est une manifestation de cette chose qu'il craint, et en la faisant ressortir, il essaie de nous dire…

– Oubliez le diagnostic clinique. Je veux savoir ce qu'il a dit – *exactement.* »

Jake tendit le bras et arracha le dossier des mains de Sobel. Le médecin repoussa sa chaise et se leva.

« Jake, je ne…

– Asseyez-vous ou appelez la sécurité, coupa sèchement Jake, et il parcourut la page. Là, dit-il, désignant du doigt les notes de Sobel. Lisez ça. »

Il fit pivoter le dossier sur le bureau tout en maintenant le doigt sur la page, tel un sergent instructeur montrant une zone de droppage à un élève officier.

Sobel se pencha en avant et se concentra sur le passage.

« Pendant environ quinze minutes ce matin le patient a semblé lucide et conscient qu'il était à l'hôpital. La pression sanguine et le pouls étaient stables et en accord avec son âge et son état général. Les seuls signes d'un début de démence ont été les divers commentaires que le patient a faits sur quelqu'un qu'il appelle l'homme de sang. Quand je lui ai demandé de s'expliquer, le patient est devenu agité, s'est excusé. Le pouls et la pression sanguine ont

commencé à grimper et son souffle s'est fait plus court, comme s'il paniquait. Le patient a demandé à l'infirmière de vérifier la salle de bains et la penderie. Tout particulièrement le sol. » Sobel releva les yeux. « Savez-vous de quoi il parle ? »

Jake sentit son cœur manquer un battement. Puis un autre. Jeremy avait cet ami qui vivait dans le sol. Le sol de la maison de son père. Bud. Jake songea à tout déballer, mais il savait qu'un psychiatre ne l'aiderait jamais à résoudre ça. Pas maintenant. Pas en une journée. Ce dont il aurait besoin, ce serait d'avoir l'estomac bien accroché, et aussi de faire appel aux ressources du Bureau. Mais, en attendant, Sobel devait lui donner des informations.

« Est-ce qu'il sait ce qui est arrivé à l'infirmière qui ressemblait à ma mère ? »

C'était une question pertinente. Peut-être qu'il avait entendu d'autres infirmières en parler.

Sobel lui lança un regard interrogateur.

« Elle ressemblait donc bien à votre mère, n'est-ce pas ?

– Un peu », convint Jake.

Sobel haussa les épaules.

« Je sais qu'aucun membre du personnel ne le lui aurait dit. Et je n'ai pas entendu de commérages. Deux journalistes sont passés ce matin, mais les agents de sécurité les ont rapidement escortés hors du bâtiment. Donc, je ne crois pas qu'il sache. Comment le pourrait-il ? »

Jake fut au moins reconnaissant pour ça.

« Hier, il ne m'a pas reconnu une seule fois sur les trois où je suis venu. Son état semble s'être un peu détérioré. Peut-être que cet homme de sang n'est rien d'autre que le délire d'un vieil homme effrayé qui a commis beaucoup d'erreurs dans sa vie. L'homme de sang pourrait être… »

Il s'interrompit et réfléchit. Homme de sang. Sang. *Blood.* Seulement son fils de 3 ans avait compris de travers. *Blood. Bud.*

Bud était l'Homme de sang.

Blood.

Enfoiré.

L'expression de Sobel changea.

« Quelque chose tourmente votre père, Jake. Une partie de lui voudrait l'exprimer par des mots, et une autre cherche désespérément à le refouler. Il éprouve des émotions contradictoires envers cet homme de sang – ou de quoi qu'il puisse s'agir. »

Jake songea au texte qui couvrait son corps, le chant dans lequel Dante avait décrit les hommes de sang. Les violents, les mauvais, les dangereux. Maintenus dans un lac de feu et de sang où résonnaient leurs hurlements et où leurs âmes étaient torturées. Son père parlait-il d'eux ? Les hommes dangereux ?

« Tout ce que vous semblez me dire, c'est que mon père est peut-être ou peut-être pas à un stade débutant ou modéré de la maladie d'Alzheimer… »

Sobel secoua la tête, leva la main.

« Si cette histoire d'homme de sang est juste une façon impropre de décrire quelque chose – ou quelqu'un – dont il a peur, il se pourrait qu'il ait simplement compartimenté sa vie à l'excès afin de ne pas avoir à affronter ce qui l'effraie. Et il a vraiment peur, Jake. Au fond de lui il cherche à fuir quelque chose.

– Il fait ça depuis que ma mère est morte. »

Écorchée vive, siffla la petite voix.

« C'était pendant l'été 1978, n'est-ce pas ? »

Jake acquiesça.

« Le 6 juin. »

Sobel rédigea une note dans le dossier.

« Bon Dieu, ce que le temps passe. Je suis désolé pour votre mère, Jake. Outre le fait qu'elle avait un revers assassin, elle était très drôle. Très élégante. Toutes les femmes du club étaient jalouses d'elle.

– Je m'en souviens. Vivre avec elle, c'était comme vivre avec Jackie Kennedy. Avec elle, un sandwich œuf-salade et un Coca pouvaient sembler le comble du raffinement.

– Est-ce que ça pourrait être lié à votre mère. Son… accident n'a jamais été élucidé, n'est-ce pas ? »

Jake fit signe que non.

« Alors, est-ce que ça vous semble possible ? »

Jake secoua la tête et haussa les épaules en même temps.

« Je ne sais pas. Peut-être. Oui. Non. Les trois à la fois. J'y réfléchirai.

– Si tout cela est lié d'une quelconque manière, peut-être que votre père a peur de quelque chose du passé. Peut-être que c'est simplement un flash-back qui le ramène à la mort de votre mère. Des souvenirs qui ressurgissent.

– Je ne pense pas. Après le décès de ma mère, mon père n'en a jamais parlé. Il n'a jamais semblé réagir. »

Menteur. Il passait ses nuits à picoler et à chialer devant sa voiture.

« La mémoire est une chose étrange, Jake. Elle fonctionne sur des mécanismes différents du reste de l'esprit. Peut-être qu'il est hanté par des fantômes que vous ne connaissez pas. »

Jake pensa au visage sanglant dénué d'expression que son père avait barbouillé sur le mur de l'hôpital et s'aperçut que Sobel devait avoir en partie raison.

« Peut-être qu'il a vraiment lutté, ajouta le psychiatre. Peut-être que son accident n'en était en fait pas un.

– Êtes-vous en train de dire qu'il s'est délibérément brûlé les mains. »

Sobel agita la tête d'un côté et de l'autre, mais sa grimace refusa de quitter son visage.

« *Délibérément* est un peu fort. Parfois nous faisons des choses pour des raisons dont nous n'avons pas conscience. Peut-être que votre père voulait quitter sa maison. Peut-être qu'au fond de lui il savait qu'il n'y était pas à l'abri, pour les raisons mêmes que vous avez évoquées – il a ouvert le réfrigérateur et il a vu du gazon et il n'a pas compris ce que ça faisait là. La partie rationnelle de son esprit s'est rendu compte que son environnement ne lui était pas bénéfique. Peut-être qu'il a provoqué un accident pour pouvoir partir. Et peut-être que l'Homme de sang n'est pour lui qu'une manière de rassembler ses sentiments dans une seule et unique boîte. Je crois que quelque chose fait très peur à votre père. Quelque chose qu'il nomme l'Homme de sang. »

La secrétaire était calée dans son fauteuil, examinant d'un air renfrogné son agenda, rayant des rendez-vous avec un marqueur rouge, son téléphone collé à l'oreille.

« Oui, c'est exact, monsieur O'Shaunnessy, nous devons tout annuler à cause de la tempête. Je ne sais pas quand nous serons de retour, mais vous serez le premier sur notre liste. Bien sûr. Bien sûr. Au moins quatre jours… »

Jake la remercia d'un hochement de tête comme il passait devant son bureau.

La petite fille était toujours assise en tailleur devant la table basse, et la surface de soixante centimètres sur soixante était désormais intégralement couverte d'une couche de bonbons qui formaient une mosaïque aux couleurs vives. Depuis l'endroit où il se tenait, près du bureau de la secrétaire, les emballages ressemblaient à une palette de couleurs. La fille regardait droit devant elle, plongeant la main dans le saladier avec une régularité métronomique, sans jamais manquer un temps. Comme précédemment, un bonbon était déposé sur un espace vide dans le coin supérieur gauche de la table, puis le suivant quelque part vers le milieu, comme si elle voyait un motif dans son esprit et ne faisait que le reproduire pour sa mère – qui était toujours plongée dans son livre de merde.

Jake tourna la tête lorsqu'il passa devant la fillette, observant le motif sur la table. La mère ne leva pas le nez de son roman et la fillette continua de plonger la main dans le saladier et d'étaler les bonbons comme les pixels d'une image numérique.

Soudain, Jake se figea.

Elle avait dessiné une copie – une copie *presque* conforme, limitée par la taille de la surface sur laquelle elle devait travailler et les couleurs à sa disposition – de la couverture du livre de sa mère. Deux superbes personnages en bonbon qui s'étreignaient, une superbe demeure, une rangée d'arbres. *Les Sang bleu du Connecticut* rédigé en lettres sucrées.

Chaque bonbon était un composant.

Une touche de couleur.

Un pixel.

Comme le travail de Chuck Close.

« Elle fait tout le temps ça », déclara sa mère avec l'accent épais de Long Island.

Jake releva les yeux, vit le livre fermé sur ses cuisses.

« C'est magnifique », dit-il.

La mère haussa les épaules.

« Je suppose. J'essaie de ne pas m'énerver, mais parfois, c'est dur. Elle fait ça avec tout. Cartes à jouer.

Bouts de papier. Feuilles mortes. Punaises… mais j'essaie de l'en empêcher. Je ne peux pas lui donner de céréales ni quoi que ce soit de coloré sinon elle se met à dessiner des visages et tout un tas de trucs. Quand c'est la cinquième fois de la semaine que vous grattez des raisins secs sur la banquette de la voiture, ça vous tape vite sur les nerfs. »

Jake essayait de l'écouter, mais l'image du Chuck Close vandalisé ne lui en laissait pas le loisir. Il vit les yeux découpés, la représentation pixellisée du visage de son père sur l'énorme toile. Il songea aux petites toiles sinistres empilées dans l'atelier, des morceaux de néant en apparence absurdes et incomplets. Il songea au fait que le tout est souvent la somme de ses parties.

Et soudain il comprit ce que représentaient les toiles empilées dans l'atelier.

46

Il demanda à Jeremy de lui parler de l'homme dans le sol, de le décrire de façon concrète, même de le faire venir. Et lorsqu'il eut longuement insisté, le garçon courut jusqu'au milieu du salon et se mit à faire des bonds en hurlant : « Bud ! Bud ! Bud ! » encore et encore, jusqu'à ce que Jake finisse par le prendre dans ses bras en lui disant de laisser tomber. Ce qui ne fit qu'accroître la frustration et la colère de l'enfant, comme si faire des bonds au milieu du salon *était* la réponse.

Jake et Kay passèrent la matinée à filmer les toiles dans l'atelier. Kay tenait la caméra numérique et Jake tenait les toiles devant l'objectif, les soulevant l'une après l'autre – juste assez longtemps pour que la caméra les capture – avant de passer à la suivante. Il savait que quand ils regarderaient la vidéo, ça ressemblerait à l'hommage d'un junkie sous amphètes au *Subterranean Homesick Blues* de Dylan. Mais il avait parlé à quelqu'un du labo à Quantico, et ils avaient un logiciel qui leur permettrait d'isoler chaque toile et de la replacer dans un motif général.

Ils travaillaient vite, capturant parfois jusqu'à quarante toiles par minute, d'autres fois à peine dix. À la fin de la première heure ils avaient filmé mille cent six toiles. À la fin de la deuxième heure, huit cent quatre-vingt-dix-sept de plus – une baisse de régime conséquente.

« J'ai besoin d'un sandwich, annonça Kay, bras posé sur la caméra, poignet relâché, le mot *L-O-V-E* ressortant sur ses phalanges.

– Et d'un Coca », ajouta Jake.

Il n'avait pas voulu de Jeremy dans l'atelier où les hommes sans visage les observaient depuis chaque endroit, aussi l'enfant avait-il été relégué dans l'entrée, où il s'amusait à créer des collisions avec ses petites voitures. Kay avait trouvé un album de Patti Smith dans l'un des cageots situés sous l'énorme vieille chaîne hi-fi en bois, et Jeremy tirait pleinement profit de la musique, les petites victimes imaginaires de ses accidents passant de vie à trépas sur fond de *Redondo Beach*.

« Tu veux un café, Moriarty ? » demanda Jake. Il marcha jusqu'à l'entrée. « Un grand café ? »

Jeremy s'esclaffa.

« J'aime pas le café, papa. J'aime le lait et le jus de pomme. »

En regardant son fils allongé sur le carrelage de l'entrée avec ses voitures qui brillaient comme des insectes métalliques, il comprit que l'enfant essayait d'oublier ce qui s'était passé dans la matinée. Ce qui effrayait Jake, c'était qu'il refusait d'en parler. De quoi avait-il peur ? Était-ce le même homme du sol qui foutait la trouille à son père ? Était-ce une hallucination collective, ou bien s'agissait-il de quelque chose de plus concret ? La réponse ne se fit pas attendre : aucune hallucination n'aurait pu dessiner un crâne avec du sang sur le visage de son fils.

« Alors allons déjeuner, dit Jake, s'attirant les applaudissements de Kay et Jeremy. C'est facile de vous faire plaisir.

– Exact, super fastoche !

– Eh bien, madame et monsieur Fastoche, dit-il en adressant un clin d'œil à Kay, que diriez-vous de sandwiches au thon ? »

Jake jeta un coup d'œil à sa montre et vit que Kay et Jeremy avaient encore environ une heure avant de rentrer à New York, et il voulait inventorier autant de toiles que possible. Ils prirent la direction de la maison, Jake portant Jeremy dans ses bras, Kay trimballant la caméra et le trépied sur son épaule tel un porteur de lance. Elle éteignit les lumières.

Les prémices de la tempête avaient atteint la côte et le ciel s'était transformé en une masse de gris et de blanc qui déversait sur le littoral un voile de pluie continue. L'herbe était déjà saturée et les trombes d'eau, poussées par le vent qui avait redoublé, creusaient des motifs changeants sur l'océan houleux. Jeremy riait tandis que Jake courait sous l'averse, jurant dans un langage enfantin tel un personnage de BD devenu fou.

Jake tint la porte pour Kay tout en protégeant avec sa main l'arrière de la tête de Jeremy. Le vent s'engouffra dans la maison et de mini-tornades de poussière et de papiers se soulevèrent. La porte claqua lorsqu'il se rua à l'intérieur derrière elle.

« Je ne veux pas être ici quand Dylan arrivera, Jake », déclara Kay en détachant la caméra du trépied.

Jake posa Jeremy dans la cuisine et se sécha les cheveux avec une poignée de serviettes en papier.

« Je suggère qu'on se fasse des sandwiches puis qu'on se mette en route. Qui est avec moi ? »

Jeremy leva sèchement le bras dans une sorte de salut fasciste et Kay acquiesça avec un grand sourire rayonnant.

« Et ton enquête ? demanda-t-elle.

– RIEN À FOUTRE de l'enquête, répondit-il. On se tire. »

Le tee-shirt trempé de Kay lui collait au corps et ses mamelons eurent droit à un regard intéressé de la part de Jake.

« Enfin, après une petite sieste, ajouta-t-il. Bon, café, Moriarty ?

– J'ai dit que je buvais pas de café ! cria Jeremy.

– Oh, oui. J'avais oublié. Désolé. Je devais penser à un autre petit garçon que je connais. » Il se pencha en avant, embrassa son fils et le renvoya de la cuisine d'une petite tape affectueuse sur le derrière. « Va jouer avec tes voitures et je vais nous préparer à manger. »

Jeremy courut jusqu'au salon et se laissa tomber sur le patchwork multicolore formé par les tapis superposés. Il plongea les mains dans ses poches, puis balança ses voitures par terre comme des dés. Quelques secondes plus tard, le carnage reprenait parmi les rugissements de dinosaure de l'enfant.

Jake se lava les mains et attrapa le sachet de pain industriel qu'il avait acheté au Kwik Mart. Il songea aux Mallomars. Et à ce qui était arrivé à sa mère plus d'un tiers de siècle plus tôt. À son père, fou de terreur, hurlant le nom de l'Homme de sang, ligoté au cadre de son lit pour qu'il n'aille pas rouvrir sa boîte à outils de peintre et barbouiller d'autres portraits dans un nouvel accès de démence. À Sobel, qui parlait un peu trop comme Vincent Price et dont les hochements de tête entendus donnaient aux peurs de son père plus de poids que Jake ne l'aurait souhaité. Il y avait Madame X et son fils, l'infirmière Macready, Hauser et sa brigade anti-ouragan de fortune. La Mercedes de sa mère, au labo à Quantico, dont l'honneur était en train d'être bafoué par les meilleures techniques d'enquête modernes – forcée de perdre sa virginité après un tiers de siècle. Il songea à ce foutu phare au-dessus de l'épaule de l'infirmière sur la photo, et au triangle de sang noir dans le coin de sa cuisine. Aux superbes aristos du Connecticut représentés au moyen de bonbons par une gamine autiste dans le cabinet du psychiatre. Il pensa à l'ouragan qui approchait et à l'inquiétant ami de Jeremy, l'homme du sol dont il refusait de parler. Il y avait les quelque cinq mille toiles – un jackpot obsessionnel compulsif – empilées dans l'atelier. Il songea au violoncelle de sa femme et aux petites voitures de Jeremy. Et il sut qu'il voulait partir d'ici. Partir aussi loin et aussi vite que possible sans se retourner, ne jamais revenir, ne plus jamais repenser à ce foutu bled de sa vie.

Mais il avait un fils à nourrir, et c'est ce sur quoi il se concentra, mélangeant un peu de thon à de la mayo et assaisonnant le tout avec une pointe de sel et de poivre. Il aurait aimé ajouter des oignons et du céleri, mais comme disait souvent son paternel, on ne peut manger que ce qu'on tue. Donc, ce serait juste un misérable sandwich au thon, un verre de lait, deux Coca et une petite sieste, puis direction New York dans la vieille bagnole avec…

« Kay ? lança-t-il tout en balançant une cuillerée de thon sur un carré de pain cancérigène. On n'a pas de place pour ton violoncelle. Il ne rentrera pas dans la voiture et, si on l'attache à la galerie, il sera trempé.

– RIEN À FOUTRE du violoncelle, Jake, répondit-elle. Je veux juste me tirer d'ici. »

Elle se tenait de l'autre côté du comptoir, son tee-shirt moulant sa charpente frêle. Sous le coton blanc la calligraphie de son corps se mouvait telle une créature vivante distincte d'elle. Jake savait à quel point elle tenait à son instrument – c'était le seul objet matériel auquel elle était attachée – et si elle était prête à le laisser ici, c'était qu'elle voulait vraiment partir.

« L'étui est censé être étanche, non ? Si je recouvre les coutures de toile adhésive – peut-être que ça aidera. C'est un pour tous…

– Et tous pour un ! beugla Jeremy depuis le salon.

– Exact, Moriarty. Le déjeuner est prêt. Viens te laver les mains. »

Une demi-heure plus tard, le garçon faisait la sieste, et Kay et Jake avaient fait leurs valises. Il leur restait un peu de temps avant de réveiller Jeremy pour le retour à la maison.

Kay s'était changée et portait désormais un tee-shirt avec *Motorhead* peint à la bombe sur le devant. Elle ne portait pas de soutien-gorge et sa poitrine glissait sous le tissu à chacun de ses mouvements. Elle regarda Jake et demanda : « Ce serait malpoli de ma part de demander un dernier petit coup pour la route ? » Puis elle commença à se déshabiller.

Vingt minutes plus tard, ils étaient étendus dans un enchevêtrement de membres sur les draps humides. L'odeur épaisse du sexe emplissait la pièce et le crépitement de la pluie sur la fenêtre rendait l'air électrique.

Un nouveau vaisseau avait éclaté dans l'œil gauche de Kay, et Jake savait qu'elle porterait des lunettes de soleil lors de ses répétitions des jours à venir – ils en étaient venus à accepter cet effet secondaire de leur vie sexuelle, et elle prétendait auprès des gens qu'elle connaissait souffrir d'un problème oculaire. Elle dissimulait généralement le bleu ou la trace de ligature occasionnels sur sa gorge en portant des cols hauts ou de gros colliers. Le fait était que le sexe déclenchait les endorphines dans son cerveau comme rien de ce qu'elle avait connu depuis l'époque de l'alcool et de la drogue. Elle comprenait – ils comprenaient *tous les deux* – qu'en décidant d'abandonner leurs addictions mutuelles ils en avaient découvert une nouvelle. Une qui n'impliquait ni seringues ni cachets ni alcool ni produits chimiques ; une extase naturelle surgie de la machine ancestrale entre leurs oreilles. Leur vie sexuelle était simplement devenue un substitut de leurs anciennes addictions.

Elle était sur le ventre, déployée comme Supergirl, les mains attachées aux barreaux de chêne du lit.

« Merci, chéri, j'en avais besoin. » Ses menottes cliquetèrent, et lorsque Jake lui embrassa l'arrière de la tête, elle souleva son postérieur contre lui. « Maintenant détache-moi pour qu'on foute le camp d'ici. »

Un grand bruit retentit quelque part dans la maison.

« Papa ! » hurla Jeremy d'une voix rendue stridente par la panique.

Jake bondit du lit, attrapa son pistolet sur la table de chevet et se précipita dans le couloir.

Il ouvrit la porte de la chambre de Jeremy.

Son fils avait disparu.

Il y eut un bref instant de silence absolu dans sa tête, comme si ses circuits électriques avaient grillé. Il regarda fixement le lit vide, tentant d'imaginer que Jeremy y était toujours. Une décharge transperça l'atmosphère comme si la maison avait été touchée par la foudre, et Jake sentit une angoisse électrique lui cogner dans la poitrine. Un claquement audible retentit lorsque son pacemaker mit son cœur en surtension. Puis le silence l'enveloppa comme une couverture de sable humide.

47

Hauser avait remisé la Charger au garage et utilisait désormais la Bronco du département. Avec la météo qui se déchaînait, le 4 × 4 était bien plus pratique. La traction du véhicule fut un soulagement bienvenu après la voiture sportive avec son moteur surpuissant dont il devait bien admettre qu'elle était l'un des avatars de sa lutte contre le vieillissement – les autres étant son bateau, sa collection de fusils de chasse et les nouveaux nénés en silicone de sa femme –, autant d'objets avec lesquels il aimait jouer aussi souvent que possible.

Hauser roulait lentement, corrigeant constamment les pertes d'adhérence qu'il ressentait à chaque rafale de vent. La nuit ne tomberait pas avant plusieurs heures, mais Dylan avait peint le ciel dans des tons métalliques qui oscillaient entre le gris et le noir. Une longue ligne de phares s'étirait devant lui, les yeux brillants de la populace en pleine évacuation, et pendant une minuscule fraction de seconde, il songea à partir sans se retourner. À quitter cet endroit. Mais il prit une profonde inspiration et, lorsqu'il exhala, l'idée lui était sortie de l'esprit. La tentation – le pire cauchemar d'un flic.

L'océan avait entamé sa plongée dans la folie et les vagues se jetaient vers la route sur toute la longueur de la côte. De l'eau éclaboussait son pare-brise et les essuie-glaces ronronnaient. Les premières pluies avaient atteint la terre depuis quelque temps, et Hauser savait qu'il passerait les prochaines vingt-quatre heures dans sa tenue imperméable, à l'exception du bref passage de l'œil – quelques heures de silence avant que le cirque ne reprenne.

Hauser vit un type devant lui enfoncer la pédale de frein pendant une seconde de trop – la voiture chassa et faillit quitter la route. Hauser secoua la tête et espéra que le type atteindrait le Sud avant que les secours ne soient obligés de lui arracher des bouts de pare-brise des yeux avec une pince à épiler. Il savait ce qui arrivait au corps quand on conduisait mal – professionnellement et personnellement. Comme tous les flics de station balnéaire, il avait ramassé son lot de victimes du bitume. À un niveau plus personnel, il avait perdu son fils à cause d'un conducteur ivre quinze ans plus tôt, alors que le gamin était au beau milieu de sa dixième année. Ça n'avait pas été un de ces accidents spectaculaires face auxquels on secoue la tête en se demandant ce qui a bien pu se passer dans le crâne du type derrière le volant – juste une petite embardée sur le bas-côté, et le rétroviseur de son Ecoline avait frappé Aaron (qui allait en ville à vélo) derrière la tête. Le conducteur – par chance pour tous les types ivres qu'Hauser interpellerait au cours des années suivantes – s'était arrêté, était descendu de voiture et avait appelé les secours.

Il n'avait plus en lui cette noirceur avec laquelle il avait si longtemps vécu. Vers la sixième année elle avait commencé à s'estomper, et la douleur de la perte s'était transformée en une sourde boule dans la gorge qui lui laissait occasionnellement du répit quand il s'adonnait à une activité qu'il aimait, ou quand il devait se concentrer sur quelque chose. Par miracle, Stephanie et lui étaient parvenus à s'accrocher à leurs douze ans de vie commune comme à une sorte de radeau quand le chagrin et la haine auraient pu les submerger et causer des dégâts irréparables, et ils avaient réussi à sauver leur mariage. Ils s'étaient concentrés sur l'éducation de leur fille. Ils avaient déménagé.

Son fils manquait chaque jour à Hauser, et il lui était tout simplement impossible de comprendre une relation d'animosité telle que celle que Jake Cole avait avec son père. Les familles trouvaient toujours une solution, à force de discussions, voire de bagarres. Mais elles restaient unies. Point final.

Les feux arrière du conducteur un peu trop porté sur les freins s'illuminèrent et sa voiture se déporta dangereusement sur la droite, empiéta sur le bas-côté, puis retrouva l'asphalte couvert d'eau dans une embardée douteuse. Hauser remua sur son siège, son ciré humide produisant un couinement de pet lorsqu'il frotta contre le cuir. Il pouvait allumer son gyrophare, rattraper l'imbécile et lui passer un savon. Mais à quoi bon ? Si le type ne savait pas conduire, un cours de morale de trois minutes dispensé par un flic en colère au beau milieu d'une tempête n'y changerait certainement rien. Et avec l'énorme caravane de gitans en exode qui le suivait, Hauser ne voulait pas courir le risque de se faire emboutir par d'autres voitures. L'approche de la sortie vers Mann's Beach mit un terme à ses hésitations. Il mit son clignotant, alluma son gyrophare et il quitta la route principale.

L'enfer approchait, un truc tiré tout droit de l'Ancien Testament si le mec du Centre des ouragans disait vrai – et Hauser croyait qu'il disait vrai. Après tout, ces types étaient connectés à plus de satellites et d'ordinateurs et de machins que vous ne pouviez imaginer. Il s'arrêta au niveau du portail qui bloquait l'accès de la péninsule aux touristes – celui-ci était ouvert.

Mann's Beach était l'un des rares endroits à n'être d'ordinaire fréquenté que par les gens du coin – le portail dissuadait généralement les touristes (hormis les pêcheurs en quête de bars rayés qui débarquaient en meute à chaque automne et chaque printemps – ces connards auraient traversé de la lave en fusion à la nage pour en attraper un). Scopes avait appelé pour lui dire de se pointer aussi vite que possible à Mann's Beach. Il lui avait aussi demandé d'amener Cole, mais Hauser était venu seul – il voulait voir ça de ses yeux, le sentir avec son propre instinct, sans que Cole et son ton pontifiant ne transforment tout en un exercice théorique.

En plus, les deux jours suivants seraient un vrai marathon, une succession de désastres dont les moindres seraient des accidents de voiture, des noyades, des maisons effondrées et des lignes électriques détruites. Hauser avait conscience de tout ça – en tant que shérif il s'était préparé à affronter ce que la tempête lui réserverait – mais ça occupait beaucoup moins de place dans son esprit qu'il ne l'aurait cru. C'était le type au couteau qui retenait vraiment son attention.

Hauser alluma les phares et la route devant sa voiture devint blanche. Il roulait lentement sous la pluie, à la fois content et furax après lui-même d'avoir envoyé Scopes ici. L'avant de la Bronco contourna un petit massif de broussailles et une berline de luxe apparut dans l'éclat de ses phares. Scopes se tenait devant, les yeux fixés sur le véhicule.

Hauser descendit sans couper le moteur et le battement des essuie-glaces fut noyé par le vent. Il tira sa Maglite du compartiment central et l'alluma. Scopes ne se retourna pas et ne sembla aucunement remarquer sa présence. Il se tenait parfaitement immobile, la pluie mitraillant son poncho réglementaire tel un essaim de termites affamés, sa Maglite projetant un ovale jaune, net mais faible, sur le sable ensanglanté à ses pieds.

Le faisceau tremblotait de temps à autre, comme si la pluie provoquait un court-circuit.

Hauser passa devant Scopes et éclaira la voiture avec sa lampe. C'était une Bentley, l'un des derniers modèles GT Continental, gris métallisé ou beige – difficile à dire à la lueur jaune de la lampe torche. L'intérieur était sombre et aucune silhouette ne se détachait derrière le volant. Les vitres étaient fermées, et tandis qu'Hauser s'approchait du véhicule, il vit son propre reflet, chatoyant dans la pluie qui s'écoulait en cascade sur le verre. Il aperçut brièvement l'intérieur. Une espèce de rouge sombre. Mais les vitres avaient été aspergées de quelque chose, comme une fine pellicule de poussière qui lui fit penser à un terrarium. Un minuscule écosystème différent du monde dans lequel il vivait.

Le faisceau de la Maglite se fit plus vif lorsqu'il appliqua la lentille contre le verre mouillé. Ce n'était pas de la poussière à l'intérieur. C'était du sang. Du sang séché et noir. Hauser colla son visage à la vitre trempée, plaçant sa main gantée en visière au-dessus de ses yeux. Il éclaira l'intérieur, et la comparaison avec le terrarium lui revint à l'esprit : un espace confiné où vivaient des monstres.

Lorsqu'il se tourna vers Scopes, il vit que celui-ci avait une expression impassible similaire à celle que Jake Cole arborait lorsqu'il était en présence des morts. Il paraissait *déconnecté*. Seulement ce n'était pas Jake Cole, c'était Danny Scopes, et Scopes était encore censé éprouver quelque chose.

« Vous avez appelé quelqu'un d'autre ? »

Scopes acquiesça lentement, au prix d'un gros effort.

« Murphy arrive avec le camion. J'ai déjà photographié le sable mais la pluie a effacé toutes les traces. »

Hauser baissa les yeux vers le sol rougi.

« Sauf le sang. »

Scopes acquiesça de nouveau, plus lentement encore.

« Sauf ça, oui.

– Vous avez fait identifier la voiture ? »

Scopes posa de nouveau les yeux sur la Bentley dont la carrosserie ondoyait sous la pluie.

« Oui.

– Et ?

– Et je commence à croire que Jake porte la poisse. »

Il se retourna, cracha sur le sable mouillé.

Hauser acquiesça et éteignit sa Maglite. Il baissa les yeux. La lampe torche de Scopes avait définitivement rendu l'âme, mais elle pendouillait toujours de sa main.

« Quelqu'un qu'il connaissait ?

– Le type qui vendait les tableaux de son père. Un certain David Finch.

– On ne peut pas la laisser ici – elle va être emportée par les eaux. Prenez autant de photos de l'intérieur que possible – ouvrez la portière du côté qui est à l'abri du vent – puis dites à Murphy de la transporter jusqu'au garage de Jarvis. Assurez-vous qu'il la recouvre d'une bâche. Quand vous aurez fini, venez chez Cole. Et n'oubliez pas les photos. »

Scopes acquiesça solennellement.

« Les photos. Oui. Génial. » Il plongea la main dans sa poche et en sortit un appareil. « Qui peut faire un truc comme ça, Mike ? »

Hauser regarda vers l'océan qui martelait furieusement la plage, puis la voiture qui brillait toujours d'un éclat rouge dans le faisceau perçant de sa lampe torche. Il l'éteignit et le rouge vira au noir.

« Juste un type », répondit-il.

Et il s'aperçut qu'il commençait à s'y habituer.

48

Jake était…

… *inconscient…*

Puis il…

… *ne l'était plus…*

Il était impossible de résister au voile de pesanteur qui séparait le sommeil de l'état de veille. Il s'était évanoui. Et maintenant il avait repris connaissance.

Il se leva, nu et en sueur, serrant toujours le pistolet entre ses doigts. Pendant une brève seconde il fut heureux d'avoir retrouvé ses esprits, puis l'angoisse ressurgit soudain tel un camion de dix tonnes, le terrassant presque.

« Moriarty ? »

Combien de temps était-il resté évanoui ? Il jeta un coup d'œil en direction de la fenêtre et photographia mentalement le ciel, désormais obscur et morne. La pluie s'écoulait sur la vitre, et les nuages gris chatoyaient.

« Moriarty ? »

Il se mit à courir, dévala les marches. Il alluma les lumières. Fonça à travers le salon.

« Moriarty ! »

Où est-il ?

« Moriarty ! »

Et l'infâme murmure reprit.

Écorché vif.

Jake courut nu à travers la maison, renversant des chaises, des lampes, hurlant le nom de son fils.

Où était-il ?

Il s'arrêta dans l'entrée, au niveau de la console Nakashima. Où était son fils ? Qu'était-il arrivé à Jeremy ?

Puis il se rappela Kay, menottée au lit à l'étage.

Il gravit les marches trois par trois et courut dans le couloir.

La porte coulissante était à demi fermée et il l'ouvrit brusquement, la faisant sauter de ses rails. Il alluma la lumière et vit les draps d'une blancheur immaculée.

Les menottes pendaient à la tête de lit, parfaitement immobiles. Kay avait disparu.

49

Jake se tenait au pied du lit avec l'impression que des serpents s'enroulaient dans sa tête, leurs écailles qui frottaient contre son crâne couvrant le grondement de la tempête. Il regardait fixement le lit, tenant mollement son pistolet, les lignes de texte noir qui laçaient l'essentiel de son corps luisant de transpiration.

Pas eux.

Tout sauf eux.

Par pitié.

Il dévala de nouveau l'escalier, sautant la plupart des marches.

« Kay ! »

Les vitres et les murs en bois étaient mitraillés par la pluie et le sable. Dehors, quelque chose cognait contre le côté de la maison. Jake courut jusqu'à la porte.

Il l'ouvrit violemment et elle vint percuter le mur. La poignée creusa un trou dans le plâtre et un nuage de poussière jaillit et arrosa le sol.

« Kay ! »

Il courut jusqu'au bout de l'allée, scruta chaque côté de la route déserte. La pluie tombait par vagues, faisant scintiller l'asphalte comme s'il était couvert d'insectes.

La voiture de police était toujours garée sur le bas-côté. Jake s'en approcha, vit une silhouette à l'avant, la tête rejetée en arrière, la bouche ouverte. Ce n'était pas Scopes – ce n'était pas quelqu'un que Jake connaissait. Il ouvrit la portière et tira violemment l'homme sous la pluie.

« Où est ma femme ? Mon fils ? »

Le flic semblait confus.

« Je… je… ne… » Ses yeux se posèrent sur le corps nu de Jake, et son expression changea, comme s'il comprenait ce qui se passait. « Est-ce que vous…

– Je ne suis ni saoul ni défoncé, espèce de pauvre abruti ! » Il secoua l'homme. « Ma femme et mon fils ont disparu. »

Le flic tenta de se dégager.

« Je n'ai pas vu…

– Vous dormiez. » Jake le repoussa et le dévisagea pendant quelques secondes. « Est-ce que vous savez ce qui s'est passé ? »

Le flic lui retourna son regard.

« Je suis certain que… »

Jake se rua en avant et la crosse de son pistolet atteignit le flic au niveau de l'arête du nez. Un craquement suffisamment fort pour être entendu malgré le vent retentit, les jambes de l'homme se défilèrent sous lui et il s'effondra en grognant devant sa voiture.

Jake contourna la maison et traversa en courant le jardin jusqu'au bâtiment à la limite de la propriété.

Il se précipita à l'intérieur et alluma la lumière, éclairant l'armée d'hommes sans visage qui tapissait les murs. Il inspecta à la hâte l'atelier, le garage et aussi les petits placards dans lesquels il savait que Jeremy pouvait se cacher.

Rien.

Vides.

Partis.

Où ?

Écorchés vifs, siffla doucement la voix.

Pas ma famille. *Tout sauf ma famille.*

Par pitié.

PAR PITIÉ !

Alors où sont-ils ? demanda la voix familière.

Il ressortit à la hâte, sauta sur la plage en contrebas. Les vagues avaient gagné du terrain, aspergeant ses jambes d'écume, de sable piquant et de morceaux d'algues. Il pivota vivement la tête tel un chien reniflant une odeur. D'abord d'un côté, puis de l'autre.

Des enchevêtrements d'algues noires charriées par l'océan jonchaient la plage tels des cadavres rejetés sur la rive. Les plus petits ressemblaient à Jeremy. Ceux un peu plus gros, à Kay. Certains étaient agités par le vent. D'autres repoussés par les vagues. Il courut vers l'un d'eux, l'arracha avec ses mains. Froid, humide, sans vie. Puis un autre. Plein d'espoir. Toujours rien.

Ils étaient partis, il le sentait.

Le pire. Était. La certitude.

Où ?

Écorchés vifs, fredonna une fois de plus l'ignoble petite voix, roulant le R pour le faire durer, et Jake hurla : « Ferme ta gueule ! »

Non. Non. Non non non non non.

Jake se tenait sur l'écume, la pluie, le sable et les embruns lui piquant la peau. Il leva les yeux vers la maison, dont les fenêtres illuminées étaient comme de grands yeux furieux sur un visage d'ivrogne : de grandes taches blanches qui se détachaient sur la sombre architecture moderne.

Quelque chose bougea à l'intérieur.

Du mouvement.

Le mouvement signifiait la vie.

Jeremy ?

Kay ?

Mais même à travers la pluie, Jake vit que c'était un homme. Quelqu'un d'autre. Lui.

Lui qui ?

LUI.

Jake gravit quatre à quatre les marches, traversa à toute allure la terrasse en direction de la maison. Il ouvrit brutalement la porte-fenêtre et bondit à l'intérieur. La porte claqua contre l'encadrement pilonné par les bourrasques de vent. Un homme se tenait au milieu du salon. Il se mit à courir.

Jake leva son pistolet. Arma. Se précipita en avant, assoiffé de sang, horrifié, fou de rage.

L'homme se tourna pour lui faire face.

Jake abaissa son pistolet.

Et plongea son regard dans les yeux de son père.

50

Hauser descendit l'escalier, sa bouche crispée dessinant une ligne fine. Il atteignit les tapis persans qui se chevauchaient et se tourna vers Jake, secoua la tête. Un autre flic – celui que Jake avait mis K-O dehors – était dans la cuisine avec un nez cassé qui virait rapidement du rose au pourpre. Bientôt les ecchymoses dessineraient deux arcs de cercle sombres sous ses yeux. Le sang séché au-dessus de sa lèvre ressemblait à une ignoble moustache à la Chaplin. Il s'avérait que son nom était Whittaker. Il porterait probablement plainte, mais c'était le dernier des soucis de Jake.

Ce dernier était appuyé contre le piano, bras croisés, uniquement vêtu d'un jean, le canon du gros revolver qu'il tenait à la main se dressant au-dessus de son coude telle une tête de serpent en acier. Un autre homme se tenait sur la terrasse, de l'autre côté de la piscine, encadré par l'océan noir qui s'étirait au-delà de la plage. Il portait un imperméable et tournait le dos au vent, et chaque fois qu'il tirait sur sa cigarette, l'embrasement de la cendre diffusait sur son visage une lugubre lueur orange. Il ne bougeait pas, et sans le sinistre rougeoiement occasionnel de sa cigarette, personne n'aurait remarqué sa présence.

Hauser marcha lentement jusqu'à Jake et tendit la main pour le toucher. C'était la première fois qu'il voyait l'étendue de son tatouage, le texte noir interminable qui enveloppait son corps, depuis son cou jusqu'à ses chevilles, soulignant les contours de sa musculature. Il posa la main sur l'épaule de Jake et sentit la peau froide et moite se contracter sous ses doigts.

Hauser parla fort – pas par colère, mais par nécessité ; depuis quelque temps l'ouragan donnait de la voix, et le rugissement constant du vent recouvrait le monde d'un bruit blanc.

« On ne trouve rien, Jake. Il n'y a aucun signe de lutte. Aucune marque d'effraction. Pas d'empreintes de pas ni de traces de pneus ni d'indices physiques. C'est comme s'ils s'étaient simplement...

– Évaporés », termina Jake dont les yeux ressemblaient désormais à deux billes noires parfaitement immobiles.

Jake avait fouillé trois fois la maison pendant que Frank – le frère jumeau de son père – appelait Hauser. Il avait ouvert toutes les armoires, arrachant trois portes de leurs gonds ; retourné les lits ; pioché dans des piles de vêtements ; vidé les placards. Il avait soulevé le canapé et arraché le rideau de douche, faisant voler à travers la salle de bains les anneaux en forme de larmes. Il avait fallu que son oncle lui mette de force un jean entre les mains pour qu'il se décide à s'habiller.

Jake s'était replié sur lui-même, enfoncé dans les profondeurs de son âme, des profondeurs pleines de rage et de violence dont il avait condamné l'accès des années auparavant. Mais la porte avait été défoncée et les monstres qui avaient été emprisonnés dans les ténèbres avaient commencé à s'échapper. Il ne savait pas s'il parviendrait à les contrôler.

« Je vais le trouver, Mike. » Il avait les yeux rivés sur les déferlantes derrière la terrasse, mais Hauser voyait que son esprit était ailleurs. « Je vais le trouver et je vais le massacrer. »

La porte de la maison s'ouvrit et quelqu'un entra.

Hauser sentit une fois de plus la peau de Jake se contracter, comme celle d'un reptile.

« Jake… » commença-t-il, puis il s'interrompit, se rappelant ce qu'il avait éprouvé quand Aaron était mort.

Il laissa sa main sur l'épaule de Jake, tel un homme tentant d'apaiser un cheval effrayé. Sa peau était une porcelaine lisse et froide.

« Nous étions à quelques minutes de partir – quelques centaines de secondes », prononça Jake, avec dans la voix ce ton étrange qu'Hauser avait remarqué devant la maison de l'infirmière.

Du coin de l'œil, Hauser vit Spencer entrer, s'arrêter au bord du patchwork de tapis persans, et secouer la tête – aucun signe de Kay ou de Jeremy dans l'atelier non plus. Comme Hauser, il tenait sa Maglite dans une main, et son arme dans l'autre.

« J'ai mis la Charger de Jake au garage, juste au cas où. »

Frank acheva sa cigarette sur la terrasse, puis il pénétra dans la maison. En le voyant, Hauser fut stupéfait par sa ressemblance avec le père de Jake – un homme qu'il n'avait jamais rencontré mais qui était assez célèbre dans la région pour être reconnaissable. Frank n'avait pas perdu la réputation qu'il s'était taillée au Yacht-Club il y avait des années de cela – le séducteur toujours entouré de jeunes femmes intelligentes. C'était la copie conforme de son frère, jusqu'à l'expression mauvaise des yeux. Lorsqu'il ôta son imperméable et le posa sur une chaise, Hauser vit qu'il portait un pantalon de coton en sale état, de grosses bottes en cuir et une chemise en flanelle avec un patch Remington cousu sur la poitrine. Même s'il avait été nu, Hauser aurait deviné que Frank Coleridge était un amoureux de la nature ; le langage silencieux de son corps en disait plus que le patch sur sa chemise – tout en lui, depuis son regard calme jusqu'aux mouvements de ses mains, indiquait que Frank Coleridge passait une bonne partie de son temps à la chasse.

À son arrivée, Hauser avait vu le Hummer de Frank garé dans l'allée, incliné sur la pente de gravier tel un rhinocéros endormi. Il était monstrueux et provenait à coup sûr d'un surplus de l'armée – Hauser avait vu assez d'enfants gâtés de New York débarquer en ville au volant de ces bêtes pour reconnaître un utilitaire quand il en voyait un ; de plus, pendant qu'il inspectait la propriété à la recherche de Kay et Jeremy, il l'avait éclairé avec sa Maglite et avait reconnu l'intérieur métallique et vide d'un véhicule qu'on nettoyait au jet d'eau, pas en allant claquer du fric dans une station-service. Il portait des plaques du Tennessee, et le shérif se demanda combien de cerfs à queue blanche avaient fini ligotés sur le capot du monstre, langue pendante, gorge tranchée, éviscérés, avec une unique balle de fusil de chasse de calibre moyen – probablement un 5,56 ou un 5,8 mm – logée dans leur cœur inerte.

Frank tira une nouvelle cigarette de son paquet, la vissa dans la bouche de Jake – qui la saisit mécaniquement, sans quitter des yeux les déferlantes qui s'abattaient sur la plage – et la lui alluma avec un vieux Zippo de l'US Marine Corps. Ce geste dénotait une tendresse tacite, et Hauser fut heureux que Frank soit venu.

« Jake, j'ai besoin de photos de votre femme et de votre fils. » Il baissa les yeux vers ses pieds, puis ajouta : « On va les inscrire au registre des personnes disparues. Avec la tempête qui arrive et tout le monde qui évacue, on ne peut pas installer de barrage routier. Ça ralentirait trop les choses. »

Sous-entendu : *Ça pourrait coûter d'autres vies.*

Jake se redressa, déployant toute sa hauteur, et Hauser s'attendit à ce qu'il lui réponde qu'il s'en foutait, qu'il voulait qu'on retrouve sa femme et son fils.

Mais il se contenta de hausser les épaules. Puis il alla chercher son portefeuille et en tira une photo. Kay et Jeremy qui regardaient l'appareil en souriant, Alice et le Chapelier fou derrière eux, un cliché pris à Central Park avant que le temps ne s'arrête.

Pour la première fois depuis qu'il connaissait Jake Cole, Hauser réalisa qu'il avait peur de lui. Initialement, ç'avait été ses fringues et ses tatouages et son effrayante absence d'émotions, comme si l'horreur faisait inévitablement partie de la vie, qui l'avaient mis mal à l'aise. Mais maintenant, en le voyant faire face à la disparition de sa famille avec la même résignation sinistre, il comprenait que Jake était un de ces hommes qui n'avaient rien à perdre pour la simple et bonne raison que ça faisait déjà bien longtemps qu'on leur avait tout pris.

Hauser avait lu les rapports sur le meurtre de sa mère, et il savait qu'un tel événement pouvait avoir un impact incalculable. Mais, outre le fait qu'il le craignait, Hauser en était néanmoins venu à respecter et apprécier Jake, ce qui était bizarre, car il prenait d'ordinaire consciencieusement soin de maintenir une distance professionnelle entre lui et les gens avec qui il travaillait – une façon de préserver la clarté de son jugement. Malgré tout, derrière cet attachement atypique rôdait le spectre silencieux de la peur, tapi telle une créature tatouée aux pupilles froides et mortes et à la voix lugubre.

Les yeux de Jake étaient désormais comme deux tunnels noirs qui s'enfonçaient tout droit dans sa tête.

Il leva un bras, désigna l'agent au nez cassé et à la mine embarrassée.

« Ce connard était en train de dormir. » Il se tourna vers le flic, qui semblait désormais quelque peu effrayé. « Si j'apprends que vous auriez pu empêcher ça, vous aurez intérêt à vous planquer au fond de l'océan. Ce n'est pas une menace, simplement un fait. » Jake cracha par terre. « Maintenant, tirez-vous d'ici. »

Hauser leva la main.

« Jake, vous êtes en colère. Vous êtes bouleversé. Vous ne réfléchissez pas clairement. J'ai besoin que vous soyez calme. »

Jake pivota la tête et posa les yeux sur Hauser.

« Est-ce que j'ai l'air calme ? »

Hauser s'aperçut que oui. Il se tourna vers Whittaker et désigna la porte d'un signe de la tête.

« Voyez un des secouristes au poste pour votre nez. »

Le flic ouvrit la bouche pour répondre, mais Jake le cloua sur place en lui lançant un nouveau regard furieux. Il referma la bouche et s'éclipsa.

Jake posa son revolver sur le piano.

« Tout ceci a quelque chose à voir avec mon père. »

Spencer regarda Hauser, arquant brièvement les sourcils d'un air interrogateur. Hauser détourna les yeux pour que Jake ne s'aperçoive pas de leur dialogue silencieux. C'était un mouvement subtil, furtif, mais le radar de Jake le perçut aussitôt.

« Quoi ? » demanda-t-il.

Spencer regarda ses pieds. Hauser se tourna vers Jake.

« Vous connaissez un homme nommé David Finch ?

– Mon père vend par l'intermédiaire de sa galerie. Il est passé hier. Une ordure.

– Vous n'aimez pas grand monde, n'est-ce pas ? »

Jake haussa les épaules.
« Qu'est-ce que ça a à voir avec David ? »
Hauser s'assit sur le tabouret de piano.
« Nous l'avons retrouvé à Mann's Beach.
– Retrouvé ?
– Dans sa voiture. Dans le même état que l'infirmière. »
Jake plissa les yeux.
« Quand comptiez-vous m'en informer ? »
Hauser agita un bras en l'air.
« Comme j'ai dit, vous êtes déjà débordé. La voiture ne pouvait pas rester où elle était à cause de l'ouragan qui approchait, alors je l'ai fait transporter jusqu'à un garage. Nous avons photographié l'intérieur du mieux que nous avons pu…
– C'est Conway qui a pris les photos ? demanda Jake.
– Non. C'est Scopes, avec son appareil.
– Scopes ? » Jake secoua la tête. « Il fallait filmer cette voiture sur le site. Un trajet en camionnette va la secouer comme un shaker à cocktails.
– Je ne pouvais pas la laisser sur la plage, répliqua Hauser, sur la défensive.
– Non, mais vous auriez pu consigner la scène avec précision. Scopes aurait-il des dons de photographe que j'ignore ? »
Hauser demeura silencieux.
« Quand David a-t-il été tué ? demanda Jake.
– Je ne sais pas. Le docteur Reagan examine le corps en ce moment même.
– Avez-vous pris sa température sur les lieux ?
– Pris sa température ? » demanda Spencer.
Jake secoua la tête comme s'il assistait à une convention d'idiots du village.
« Un corps perd de la chaleur à une vitesse donnée. En prenant la température, on peut fixer l'heure du décès. »

Spencer devint légèrement blême.

« Comment prenez-vous la température ? »

Jake roula les yeux.

« On est où, à la crèche ? On utilise un thermomètre rectal. Naturellement, sans la peau, le temps de refroidissement est différent, mais ce relevé est indispensable. Il nous faut au minimum une idée de l'heure du décès. » Jake se tourna vers Hauser. « Qui l'a trouvé ?

– Scopes », répondit le shérif.

Il était arrivé à Jake et Spencer de traîner à Mann's Beach après le boulot. C'était l'endroit idéal pour y emmener des filles car personne n'y allait jamais. Il était isolé par une clôture, situé sur une étroite bande rocheuse qui aurait tout aussi bien pu être la face cachée de la lune.

« Que foutait Scopes à Mann's Beach ? »

Hauser toisa Jake.

« Avec ce truc qui approche, répondit-il en désignant du pouce la tempête dehors, j'ai fait inspecter toutes les plages. Je ne voulais pas qu'un de ces crétins de chasseurs d'ouragans soit tué pendant qu'il campait sous sa tente et filmait la tempête avec son Caméscope Sony. »

La mort de Finch n'inspirait aucun sentiment à Jake ; il était trop occupé à essayer de relier les points entre eux.

« Et maintenant Finch. Pourquoi ce type en veut-il tellement à mon père ? »

Frank inclina la tête sur le côté, et si Jake avait été plus attentif, il aurait reconnu l'un des gestes caractéristiques de son père.

« Pourquoi crois-tu que ça a quelque chose à voir avec ton père, Jakey ? » demanda-t-il en hurlant presque, comme Hauser avant lui.

Jake haussa une fois de plus les épaules.

« Ça fait trente-trois ans que je cherche ce type, Frank. Je ne le savais pas, mais c'était ce que je faisais. Il a tué une femme et son enfant près de la plage. Il a tué l'infirmière de mon père. Il a tué David. Et maintenant… »

Jake n'acheva pas sa phrase. Il pivota la tête et braqua sur Hauser les deux rivets noirs qui lui servaient d'yeux.

« J'aimerais dire que Madame X et son fils n'ont été qu'un entraînement. J'aimerais le croire. Mais je ne peux pas. Ce n'est pas sa manière de faire. » Même quand il parlait fort, sa voix semblait lointaine. « Mon père a quelque chose à voir avec Madame X et son fils. D'une manière ou d'une autre, il s'agit de lui. »

Derrière la stupeur qui lui brûlait les entrailles, Jake sentait autre chose remuer. Il pensa à Sobel, à l'Homme de sang, à Jeremy et à l'homme du sol.

Hauser hocha la tête d'un air fataliste.

« Nous avons affecté un agent à l'hôpital », déclara-t-il. Avec l'ouragan qui arrivait, c'était un sacrifice de ressources qui pouvait coûter cher. « Nous nous occuperons de votre père. Ne vous en faites pas. »

Jake leva la tête.

« Est-ce que j'ai l'air de m'en faire pour lui ?

– Je dois savoir ce qui se passe dans votre tête en ce moment. Que voyez-vous ou que ne voyez-vous pas qui puisse m'aider à avancer ? Quelles sont les failles ? Les faiblesses ?

– Les faiblesses, Mike ? » Il tendit à Hauser la photo de sa femme et son fils. « Les voilà, les faiblesses. »

Hauser saisit la photo, baissa les yeux vers Kay, vers Jeremy qui riait comme un fou avec Alice et ses copains délirants au deuxième plan.

« Qu'est-ce que vous allez faire ? » demanda-t-il.

Jake saisit un tee-shirt sur le piano et l'enfila, puis il fixa son holster à son ceinturon. Le pistolet de gros calibre avec sa crosse de combat noire était presque invisible sur le tissu sombre, seul l'acier scintillait de temps à autre. Il glissa ses pieds nus dans ses bottes et pointa le doigt en direction de Spencer.

« J'ai besoin de lui pendant trois heures. Rappelez le type qui surveille mon père si vous êtes à court d'hommes.

– Pourquoi avez-vous besoin de lui ? »

Jake songea une fois de plus à Sobel et à l'Homme de sang.

« Je crois que mon père sait qui fait ça. Je crois qu'il est trop effrayé pour l'exprimer avec des mots, mais pas avec de la peinture. Il a passé des années à remplir son atelier d'environ cinq mille petites toiles bizarres. C'est un puzzle. Et il signifie quelque chose. Je crois que c'est un portrait de l'assassin. L'Homme de sang. J'ai besoin de photographier ces toiles et de les faire analyser par un logiciel de reconnaissance de formes. Si elles peuvent s'assembler d'une manière, l'ordinateur le découvrira. »

Hauser dévisagea Jake pendant quelques secondes.

« Et après ?

– Après, je saurai qui je dois tuer. »

51

Frank gara l'énorme Hummer à la limite du parking afin de pouvoir regagner la route en défonçant la clôture si la zone était inondée. Le ciel déversait un torrent continu et la pluie dansait sur le bitume, atteignant par endroits trente centimètres de hauteur. Un gobelet en plastique de chez Starbucks vola à travers le parking, suivi par une armada de détritus. Frank descendit du 4 × 4 et un sac en plastique flotta à côté de lui tel un concurrent dans une course de méduses sponsorisée par Walmart. Il se dirigea vers l'hôpital, avançant d'un pas régulier, l'eau éclaboussant ses bottes.

Frank Coleridge ne reconnut pas l'ombre ravagée de l'homme qui avait été son frère. Jacob était assoupi sous le rectangle jaune du néon qui surplombait son lit comme une pierre tombale. Son visage ressemblait à un reflet dans un miroir gondolé et rongé par le feu. Son frère et lui étaient de vrais jumeaux, mais la vie avait laissé sur chacun des cicatrices différentes. Maintenant que Jacob s'était foutu le feu et jeté par la fenêtre, la ressemblance était à peine visible. Frank n'en revenait pas que deux corps constitués de cellules identiques puissent être devenus si distincts.

Son frère était dans un sale état – sa barbe et ses sourcils avaient brûlé, une cicatrice de vingt centimètres provoquée par un éclat de verre courait sur son front et sa joue, les sutures et une crème antiseptique opaque brillant faiblement à la lueur du néon. Jake lui avait parlé des mains de Jacob, mais en voyant les moignons bandés au bout de ses poignets, Frank comprit que sa carrière de peintre était bel et bien terminée – exception faite du sinistre portrait sanglant. Mais tous les problèmes physiques auxquels il s'était préparé n'étaient rien comparés à la dégénérescence de son esprit.

Le fait que le cœur du réacteur dans la tête du brillant Jacob Coleridge était en train de fondre était ce que Frank avait le plus de peine à concevoir. Jacob avait fait partie intégrante de sa vie depuis leur division cellulaire, avant qu'il devienne un mari, un père ou un peintre, et Frank avait toujours été certain du génie de son frère. Il savait que, d'un point de vue technique, ils possédaient la même matière grise à la cellule près, mais il vivait depuis suffisamment longtemps pour savoir également que certains détails techniques ne valaient que dalle dans la pratique ; dans une émission de la chaîne Découvertes, il avait vu des ingénieurs de la NASA prouver mathématiquement que, en théorie, les bourdons étaient incapables de voler. Il ne faisait donc aucun doute pour lui que, grâce à un tour de passe-passe génétique, Jacob avait reçu plus que sa part de cette qualité indéfinissable qu'on appelait le talent. Mais Frank n'avait jamais envié les dons de Frank, la seule chose dont il avait été jaloux, c'était de Mia.

Mia.

Son nom éveillait toujours une douleur sourde dans sa poitrine. Il n'en avait jamais parlé à Jacob. Ni à Mia. De fait, il croyait que c'était le seul secret qu'il avait caché à son frère. Mais, un soir, après le meurtre de Mia, Jacob, lors de l'une de ses diatribes alcoolisées, avait craché le morceau, comme si c'était une espèce de tumeur empoisonnée qui pourrissait au fond de son estomac, et Frank avait été forcé de se défendre. Il avait menti, secoué la tête, nié encore et encore. Mais Jacob avait été implacable et il avait perdu son calme, cognant du poing sur la table, puis dans le mur, puis sur le visage de Frank. Ç'avait été la fin pour eux.

Frank baissa les yeux vers son jumeau, ligoté sur son lit, gavé de médicaments, minuscule, endormi, et il se demanda pourquoi ce drame se produisait. Les seuls bruits dans la pièce étaient la respiration faible et râpeuse de Jacob et le bourdonnement du néon.

« Qu'est-ce que tu veux que je leur dise, Jacob ? » demanda-t-il.

Sa voix semblait sérieuse ici, solennelle. Il tendit le bras et toucha le pied de son frère à travers la couverture, espérant que son jumeau percevrait son affection à travers l'étoffe gaufrée. Il serra le pied de Jacob, chaud et raide sous le linceul jaune, puis ôta sa main. La tête de Jacob bougea sur l'oreiller et il essaya de lever un bras. La boucle de son entrave cliqueta. Et ses yeux s'ouvrirent soudain, luisant d'un éclat maladif dans la lueur jaune qui tombait de l'éclairage au-dessus de son lit.

Jacob se passa la langue sur les lèvres et ses yeux balayèrent la moitié de la pièce, depuis la fenêtre vers laquelle ils étaient tournés jusqu'à son frère qui se tenait au pied du lit. Leurs regards se croisèrent, et Frank comprit alors que leur vie était derrière eux, que l'essentiel du sable s'était écoulé dans la partie inférieure du sablier.

« Frank ? demanda Jacob d'une voix hésitante, comme s'il ne faisait pas confiance à ses yeux.

– Oui, Jacob, c'est moi. »

Jacob parcourut la chambre du regard tel un ivrogne qui se réveillerait dans une allée et se demanderait comment il est arrivé là.

« Frank », répéta-t-il et il tenta de bouger le bras.

Les sangles et les boucles qui le retenaient se tendirent, il pivota la tête et les regarda avec colère. Puis il contempla la toile d'araignée de nylon dans laquelle il était harnaché.

« Frank, qu'est-ce que c'est que ce bordel ? »

Frank esquissa un large sourire car il savait que son frère était lucide.

« Tu es à l'hosto, mon pote.

– Tu es venu pour m'aider à me faire la belle ? » Ses yeux se posèrent sur les gros moignons au bout de ses bras. Il sembla tout d'abord perplexe, puis furieux, tel un personnage de film de science-fiction qui se réveille dans un labo et découvre que ses mains ont été remplacées par de gigantesques pinces de homard. « Et c'est quoi ces conne… » Il s'interrompit net et prit une longue inspiration. « Oh, bon Dieu. Le feu. La fenêtre. » Il tenta de bouger une jambe, son autre bras. « Frank, est-ce que tu peux défaire ces sangles ?

– La dernière fois qu'on t'a libéré tu as arraché tes pansements et tu as peint sur le mur avec ton propre sang. Si je te détache, tu dois rester tranquille. »

Le visage de Jacob s'empourpra, mais sous la lumière jaune il sembla d'un rose maladif.

« Nom de Dieu de bordel de merde, Frank. Soit tu me détaches, soit tu coupes ces putain de sangles, ou soit tu te tires. »

À tout autre moment, en tout autre endroit, s'il n'avait pas entendu ce que Jake lui avait expliqué à la maison, il aurait tiré son bon vieux Ka-Bar de son fourreau et aurait libéré son frère. Mais, avec tout ce qu'il savait, tout ce contre quoi on l'avait mis en garde, il prit quelques secondes pour se décider.

« D'accord. Mais tu te tiens à carreau.

– Sinon ?

– Sinon l'infirmière revient ici et elle t'injecte tellement de tranquillisants dans le cul qu'ils pourront t'arracher le cerveau de la tête avec un aspirateur sans que tu te rendes compte de rien. C'est clair ? »

Jake lui lança un regard noir avec les deux pierres froides qui lui faisaient office d'yeux.

Frank défit les entraves qui maintenaient les chevilles et les poignets de son frère, laissant en place la boucle qui lui ceignait la taille afin qu'il ne puisse pas se lever de son lit ; les moignons gros comme des ananas au bout de ses bras l'empêcheraient de se libérer tout seul.

Jacob s'étira, porta ce qui restait de l'une de ses mains à son visage, et frotta ses sourcils et sa joue contre le pansement tel un ours se grattant contre un arbre. Les sutures qui dépassaient de sous la crème antibiotique produisirent un raclement doux contre le tissu.

« Dans quel état sont mes mains ? » demanda-t-il.

Sa voix était claire mais quelque peu traînante, sans doute à cause des antalgiques qu'on lui administrait goutte après goutte.

« Tu veux que j'aille chercher le médecin ? »

Jacob poussa un long soupir irrité.

« Si je voulais un médecin, je te l'aurais demandé. Ce que je veux que tu me dises, c'est dans quel état sont mes putain de mains.

– Dans un sale état, Jacob. Tu t'es brûlé l'essentiel de la chair et la musculature et la mécanique sont foutues. Tu vas avoir besoin de prothèses, mais il y a des risques pour que tu n'en aies pas parce que tu es à peine lucide et que tu t'es montré violent. »

Les yeux de Jacob transpercèrent Frank et sa mâchoire se serra, les tendons de son cou faisant saillie sous sa peau.

« Tu as le don pour me remonter le moral. »

Frank songea au portrait sanglant, aux hurlements de son frère, à sa panique, à ses peurs.

« Le médecin pense que tu as Alzheimer », déclara-t-il d'une voix plate.

Une lueur électrique scintilla brièvement dans les yeux sombres de Jacob.

« Ah, ouais ? Eh bien, même les intellos bardés de diplômes se trompent, petit frère. »

Les commissures de ses lèvres se contractèrent à quelques reprises avant de se figer.

« Jacob, écoute, je ne sais pas combien de temps tu vas continuer d'être… » Il marqua une pause, cherchant le mot exact avant d'opter pour : « … toi-même. Mais nous avons des problèmes. Et j'ai besoin de réponses.

– Nous ? Qui ça, nous ? » demanda Jacob en plissant les yeux.

Frank connaissait l'histoire des deux Jacob, le père et le fils, depuis le début. Il avait été le témoin de la grande saga Coleridge jusqu'au jour où il avait fait ses valises et quitté Montauk. Il avait disparu sans dire où il allait et n'avait eu de nouvelles de personne jusqu'au jour où, des années plus tard, son neveu l'avait appelé en lui demandant de l'aider à décrocher de la drogue. Il avait toujours du mal à faire le lien entre l'enfant qu'il avait connu et l'homme dur et blindé qu'il avait vu ce soir.

« Jakey est revenu. »

Le visage de Jacob oscilla entre diverses nuances de tristesse avant de devenir blême.

« Il aurait dû rester où il était.

– Tu es son père. Il ne pouvait pas t'abandonner aux vautours. »

Les lèvres de Jacob se serrèrent.

« Je ne veux pas de lui ici. Dis-lui de s'en aller. Fais-le partir. Il ne peut pas rester, Frank. Il ne peut pas rester à Montauk. »

Il y avait un tremblement dans sa voix, un frémissement si subtil qu'il semblait presque imaginaire.

« Pourquoi, Jacob ?

– Parce qu'il est en danger. »

Frank fit un pas vers son frère, posa la main sur sa jambe.

« À cause de l'ouragan ?

– Non, espèce d'idiot ! hurla Jacob d'une voix stridente, comme si quelqu'un venait de lui planter un hameçon dans les oreilles. Je parle de *lui*. Si Jakey est revenu, *il* le saura. »

Frank serra plus fort la jambe de son frère, tentant de l'apaiser.

« C'est bon. Je suis ici. Je veillerai sur Jakey. »

Jacob lâcha un petit rire – ou plutôt un grognement railleur – et détourna son visage.

« Tu es déjà mort, dit-il. Mais tu es trop bête pour le savoir. »

52

En un peu plus de deux heures ils avaient capturé près de mille huit cents toiles supplémentaires. Jake soulevait un tableau, Spencer le prenait en photo et Jake le balançait sur le côté. Une montagne de toiles s'élevait dans l'atelier, comme s'ils se préparaient à y mettre le feu pour escroquer leur compagnie d'assurances. Le bâtiment n'était pas aussi solide que la maison et les murs tremblaient sous l'effet du vent. De temps à autre, un bout de tuile ou de toit était arraché dans un rugissement furieux.

Spencer s'écarta de la caméra.

« J'ai besoin de deux minutes pour aller pisser et boire un coup », annonça-t-il en hurlant pour se faire entendre par-dessus le vent.

Jake regarda la chemise trempée de sueur et la mine fatiguée de Spencer.

« On n'a plus de Coca ici. Allons à la maison. J'ai besoin d'une clope. »

Ils abandonnèrent la caméra et coururent jusqu'à la maison pilonnée par la pluie et le vent du large. Ils s'engouffrèrent à l'intérieur par la porte de la terrasse.

À un autre moment, ils se seraient répandus en jurons. Mais, dans l'état des choses, Jake se contenta de marcher jusqu'au réfrigérateur et Spencer s'étira les épaules.

Le ciel était d'un gris profond que fendaient des éclairs blancs, et l'océan écumant projetait de gigantesques déferlantes qui n'étaient pas loin d'être les pires que Jake avait jamais vues. Il s'arrêta brièvement en chemin vers la cuisine et tenta de distinguer la ligne floue de la plage à travers la pluie. La piscine s'agitait sous la tempête et les nénuphars avaient été repoussés contre la paroi la plus proche de la maison ; nombre d'entre eux étaient projetés soit sur le bord, soit carrément contre la baie vitrée. Et ce n'était que le début.

« Jake, je peux te poser une question ? »

Spencer était appuyé contre le piano, sous la Marilyn. Sur sa gauche, obstruant la grande cheminée d'ardoise qui s'étirait jusqu'aux chevrons du plafond tel un arbre fossilisé, se trouvait le Chuck Close œdipien avec ses yeux découpés. Spencer observa pendant une seconde la toile endommagée, clignant des yeux comme une chouette.

Jake ouvrit le réfrigérateur et en tira deux bouteilles de Coca en verre. Les livres avaient disparu ; il ne restait plus que de la pizza froide de la veille, une moitié de miche de pain industriel et une salade au thon encore intacte.

Spencer se détourna du tableau.

« Qu'est-ce qui t'est arrivé là-bas ? »

Jake ouvrit les bouteilles au moyen d'un décapsuleur à manche en cor de cerf et en tendit une à Spencer.

« Où ça ?

– Là où tu étais. »

Jake but une longue gorgée au goulot et, curieusement, trouva ça étonnamment bon.

« On traînait au Yacht-Club, on fumait de l'herbe et on draguait les filles le week-end, poursuivit Spencer avec une pointe de nostalgie dans la voix. Moi, je trouvais ça bien. Mais un jour tu es mon meilleur pote, et le lendemain tu as disparu. Il y a eu des rumeurs en ville qui disaient que ton père t'avait assassiné et enterré dans ce putain de garage, mec. Et trente ans plus tard, tu débarques avec une connaissance surnaturelle de tous les tueurs en série du monde et fringué comme Rob Zombie. »

Jake s'interrompit au milieu de sa deuxième gorgée et écarta la bouteille de ses lèvres. Il sentait un mal de tête naissant et songea à gober quelques Tylenol.

« Je cherchais plutôt à ressembler à Tom Ford. »

Et c'est alors que ça recommença. À l'instant même où lui apparaissait l'image de sa femme et de son fils, une décharge lui transperça la poitrine, indiquant une défaillance de sa pompe. Il posa les mains sur le bord du comptoir, les poignets tournés vers l'extérieur, ses doigts serrant le Formica qui à tout autre moment lui aurait semblé froid. Son appareil vibrait, produisant un bourdonnement sourd qui résonnait dans ses dents et faisait palpiter ses os. Et en dessous il entendait le rire de Kay. Et aussi les rugissements de dinosaure de Jeremy. Des parasites retentirent, son antenne perdit le signal, et leurs voix s'évanouirent progressivement. Puis il y eut un sifflement. Et finalement le silence.

Il leva les yeux vers Spencer qui le dévisageait avec l'air de se demander ce qui se passait.

« Jake, qu'est-ce… »

Jake secoua catégoriquement la tête pour lui faire comprendre qu'il ne voulait pas en parler ; s'il le faisait, il s'effondrerait. Il ne devait pas penser à elle et, jusqu'à présent, il y était plutôt bien parvenu. Enfin presque. Il devait à tout prix se l'ôter de l'esprit. Et c'était ça le plus dur.

Jake reprit le fil de la conversation.

« Où en étions-nous ? Ah, oui. La grande question : *Pourquoi ?* Si je pouvais tout recommencer, je prendrais des décisions différentes, mais je partirais quand même. » Il fouilla dans la cuisine et trouva le Tylenol dans un sac de pharmacie qui contenait quelques médicaments de base. Il ouvrit le bouchon sécurité, versa trois comprimés dans sa main et les fit passer avec une gorgée de Coca. « En revanche, est-ce que je reviendrais ? »

Il laissa sa question en suspens. Qu'y avait-il à dire de plus ?

Dehors, la pluie qui arrivait tout droit de l'océan martelait les fenêtres, faisant vibrer la plaque de contreplaqué qui remplaçait le double vitrage cassé. De l'eau s'insinuait par des interstices invisibles et formait sur le sol une flaque qui grossissait lentement.

Jake termina son Coca et se rendit dans le salon. Il regarda autour de lui à la recherche de quelque chose pour essuyer l'eau – ou au moins quelque chose à mettre par terre pour l'empêcher de se répandre. Il poussa du pied quelques liasses de journaux vers la flaque, des sacs en papier de sable censés contenir l'inondation. Ils ne tardèrent pas à virer au gris. Comme il regagnait la cuisine, il s'arrêta au milieu de l'endroit où il venait de prendre les journaux et se figea.

Spencer vit les rouages qui s'actionnaient dans sa tête.

« Qu'est-ce qu'il y a ? »

Jake se tenait immobile, les yeux rivés sur le sol, photographiant mentalement le motif qu'il percevait parmi le désordre.

« Le salaud », prononça-t-il, mais sa voix se perdit dans le vacarme de la tempête.

Il se mit à déblayer la pièce.

Il écarta les journaux du pied, repoussa les chaises dans les coins, renversa la table basse et la balança sur le côté. Il attrapa l'extrémité du canapé d'acier et de cuir, le souleva et le traîna à travers la pièce. Les tapis ne bougeaient pas car ils avaient été cloués, vissés et agrafés par son père.

« Amène-toi », ordonna-t-il à Spencer.

Spencer, toujours confus, souleva l'autre extrémité du canapé.

« On l'emporte où ? »

Jake désigna la porte de la tête et aboya : « Dehors ! » comme si ça allait de soi.

Il retourna son extrémité du canapé, la posa en équilibre sur son genou, attrapa la poignée et ouvrit la porte. Il ne s'était pas préparé au vent qui poussa violemment la porte, la faisant presque sauter de ses gonds. Ils se glissèrent dehors et Jake laissa tomber la partie qu'il portait sur la terrasse. Spencer lâcha prise et le canapé rebondit par terre avant de basculer à la renverse. Ils regagnèrent l'intérieur de la maison en courant.

« Aide-moi ! »

Jake lança un tabouret en direction d'un buste de Rodin, qui tomba par terre. Il creusait comme un chien, jetant au loin tout ce qui encombrait les tapis. Un vase se brisa dans une explosion de tessons colorés lorsqu'il percuta la bibliothèque. Des tableaux se renversèrent.

Jake repoussa le piano qui émit un barrissement d'éléphant blessé. Au bout de quelques minutes, ils avaient dégagé le centre du salon, exposant les tapis qui formaient un patchwork terne et couvert de taches de peinture.

Jake grimpa l'escalier à toute allure et se tourna vers le salon pour observer la zone déblayée au milieu des détritus et des meubles. Il s'assit.

Spencer le rejoignit d'un pas hésitant, se retourna et se laissa tomber à côté de Jake.

« Bordel de merde », dit-il.

Vu de près, c'était juste un méli-mélo de couleurs, de tapis qui se chevauchaient et de taches de peinture. Mais, depuis le haut de l'escalier, grâce à la distance et à la perspective, une image était clairement visible au centre de la pièce, comme un cercueil passé aux rayons X. C'était un portrait du même visage sans yeux que celui que Jacob Coleridge avait peint sur le mur de sa chambre d'hôpital.

« Qu'est-ce que c'est que ce truc ? » demanda Spencer.

Jake songea à Jeremy faisant des bonds au milieu du salon quand il lui avait demandé de décrire son copain Bud.

« L'homme du sol. »

53

Frank comprenait désormais ce que Jake lui avait dit la veille au téléphone ; Jacob avait *réellement* peur.

« Qu'est-ce que tu racontes ? »

Jacob frotta son visage avec l'une des pinces d'insecte emmaillotées qui lui faisaient office de mains. C'était un geste irréfléchi, un geste de bête sauvage.

« Août 1969, Frank », répondit-il.

Frank attrapa une chaise près de la fenêtre et la fit glisser sur le lino, ses pieds en plastique grinçant comme des ongles sur un tableau noir. Il s'assit à distance respectable de Jacob et joignit les mains derrière sa tête. Non que son frère eût pu faire grand-chose avec ses moignons, mais Frank était un homme prudent, une qualité que des années passées à chasser le gros gibier avaient transformée en seconde nature.

« Jacob, quoi que tu t'apprêtes à dire, quelle que soit cette chose dont tu as peur, tu te trompes. D'accord ? C'est à moi que tu parles. Je m'occuperai de tout ce que tu voudras. OK ? Je ne sais pas de combien de temps tu disposes – *nous disposons* – et je ne veux pas le perdre avec des conneries. J'ai des choses à te dire et…

– Ta gueule ! »

Les boucles qui pendaient heurtèrent bruyamment le cadre du lit.

Frank recula, plongea le regard dans les yeux noirs et féroces de son frère. Était-ce de ça que Jake avait parlé ? Le murmure faible de la peur, comme un message subliminal caché dans sa voix ?

« Jacob, qu'est-ce que tu racontes ? »

Celui-ci se tournait d'un côté et de l'autre dans son lit, et son agitation avait quelque chose de troublant.

« Tu étais là. Tu sais ce qui s'est passé. Mia l'a vu la première. Et elle est morte. Et alors Jake… a commencé à sombrer. Je l'ai perdu lui aussi, Frank. J'avais promis de n'en parler à personne. J'avais promis et j'ai tenu parole. Mais je ne peux pas garder un tel secret éternellement. Pas éternellement. Même si c'est ce que je veux. »

Ses paroles se déversaient comme de l'huile de moteur sale avec des morceaux de cervelle calcinée dedans, et Frank se demanda si Jacob avait définitivement perdu la boule.

« Il est ici, Frank. »

Les pointes noires des pupilles de Jacob semblaient éteintes, presque inhumaines ; il avait le regard perdu et semblait captivé par les images dans sa tête.

« Qui ça ?

– Lui !

– Jacob, ça n'a rien à voir avec ce qui s'est passé sur le bateau. Sois rationnel. Comment serait-ce possible ? »

Les yeux de Jacob reprirent vie, comme si quelqu'un avait changé les piles dans le compartiment à l'arrière de sa tête.

« Tu n'es pas allé à bord. Tu n'as pas vu ce qui s'est passé. »

Les vieux fantômes ressurgissaient des ténèbres, ranimant les vieilles peurs.

« Jacob, qu'est-ce que tu racontes ? »

Les yeux de son frère parcoururent la pièce et se fixèrent sur son visage.

Frank voulait croire que c'était Alzheimer qui le faisait parler comme ça, pas sa raison, mais la voix de son jumeau était calme, dénuée d'émotion.

« Jacob, écoute-moi. Tu dois arrêter de raconter ces conneries. OK ? Nous savons l'un comme l'autre de quoi tu parles. Nous n'avons rien fait de mal – tu n'as rien fait de mal. Tu ne pouvais pas agir différemment.

– On aurait pu le laisser là-bas. »

Sous les brûlures et les sutures et la crème antibiotique, Jacob Coleridge semblait effrayé.

Frank secoua la tête.

« C'était juste un gosse, Jacob. Si on l'avait laissé là-bas, il serait mort.

– Il aurait mieux valu que ce soit lui que nous. »

54

Il était aisé de voir qu'il ne restait que quelques heures avant le bouquet final ; dehors, le monde semblait avoir été conçu pour un film catastrophe hollywoodien. Lorsque Frank s'engagea dans l'allée, la voiture de Spencer avait disparu. Il courut depuis le gros Hummer jusqu'à la maison, la pluie mitraillant sa capuche dans un crépitement de roulement à billes. Lorsqu'il tourna la poignée, le vent poussa violemment la porte, l'ouvrant en grand et faisant voler une pile de courrier à travers la maison comme une bande d'oiseaux apeurés.

Jake était dans l'entrée, en train de s'habiller. À côté de lui, sur la console Nakashima – un large bloc de noyer brut –, l'étrange sculpture sphérique constituée de tiges d'acier soudées les unes aux autres semblait chargée d'électricité et vibrait comme un diapason. Par terre, un peu sur la gauche, se trouvait l'étui de violoncelle couvert d'étiquettes d'aéroport de Kay.

« Jake, faut que je te parle. »

Jake désigna la porte de la tête. Ou le monde au-delà. Ou peut-être rien du tout – difficile à dire.

« Je dois aller voir Hauser. On pourra discuter dans la voiture. »

Frank ferma jusqu'au menton la fermeture Éclair en cuivre de son ciré.

« En route, gamin. »

Ils se précipitèrent sous la pluie.

Les seuls signes de vie en dehors de l'habitacle de la grosse bête de métal qui les transportait vers le sud-ouest étaient le torrent continu de déchets qui volaient devant eux et le tremblement occasionnel de lumières dans des maisons en bordure de la route. Si Jake avait prêté attention à ce qui l'entourait, il aurait été étonné de constater que certains habitants étaient restés. Mais, dans l'état des choses, il s'en foutait. Les plus intelligents étaient partis. Les autres étaient restés. Pour lui, ça n'allait pas plus loin.

Le vent et la pluie frappaient le véhicule à l'horizontale et Frank devait constamment redresser la course de l'énorme 4 × 4 pour le maintenir sur la route. Il flottait à l'intérieur une odeur de diesel, de cartouches, de sang et de crayons humides. Jake agrippait inconsciemment la poignée située près du pare-brise, retournant lentement dans son esprit les événements des derniers jours.

« C'est important, Jake. »

Frank devait hurler pour se faire entendre par-dessus les bruits combinés de l'orage et du gros moteur diesel.

Jake revint à la réalité, au monde en dehors de la voiture qui palpitait dans l'orage sombre, et il cligna des yeux comme s'il essayait pour la première fois une nouvelle paire de lunettes.

« De quoi tu parles ?

– Tu sais que je ne crois ni à l'astrologie ni à Dieu ni à toutes ces conneries que les gens se racontent pour rendre leurs peurs un peu plus supportables. Peut-être que je ne suis pas le type qu'il faut pour ça. Peut-être que tu as besoin de quelqu'un qui croie en ces trucs. »

Une table de jardin en plastique traversa péniblement la route comme une araignée. Lorsqu'elle atteignit le gravier du bas-côté, elle bascula et disparut dans l'obscurité. Frank passa la main sous le tableau de bord et alluma la rampe de phares fixée à la galerie du toit, et la route s'illumina dans des tons d'un bleu aquatique.

Une rafale de vent frappa le flanc du Hummer et Frank tourna sèchement le volant vers la gauche pour éviter de finir dans le fossé. À la lueur bleu-vert du tableau de bord rudimentaire, le visage de Frank sembla blêmir un peu plus.

« Je suis un vieil homme, Jake. J'ai vu un monde génial devenir un monde de merde au cours de ma vie insignifiante. Et j'y ai en partie contribué. »

Les traits de Frank se crispèrent un peu plus, il attrapa ses clopes – des Camel sans filtre – et en offrit une à son neveu. Puis il en prit une à son tour, replaça le paquet dans sa poche et ouvrit son fidèle Zippo. Il alluma sa cigarette, tendit le Zippo à travers l'habitacle. Le mouvement de la flamme laissa une traînée blanche dans le champ de vision de Jake et l'arôme puissant de l'essence pour briquet donna à la cigarette un goût à la fois infect et plaisant. Il tira une longue bouffée et retint la fumée dans ses poumons pendant une seconde.

Jake ne prêtait aucune attention à la pluie qui hurlait dehors, ni aux grincements des énormes essuie-glaces sur les deux vitres plates du pare-brise, ni au raffut du gros diesel, ni à l'odeur de poudre et de cèdre qui régnait dans le véhicule. Il se contentait de regarder son oncle en espérant que les images de Kay et Jeremy cesseraient de le hanter pendant un moment – suffisamment longtemps pour qu'il comprenne ce qui se passait.

Frank fit un signe de tête en direction de l'ordinateur portable que Jake avait sur les cuisses.

« Je lui ai demandé pour les tableaux, Jake – les morceaux de puzzle. »

Jake, en éternel observateur du comportement humain, perçut une nuance de peur dans la voix de Frank. Ou était-ce simplement l'arrière-goût du coup de fil qu'il lui avait passé depuis l'hôpital deux nuits plus tôt ?

Il cessa de tambouriner la coque du portable.

« Il a dit que tu comprendrais. Que tu saurais quoi faire. » Frank tira sur sa clope et la cendre vira brièvement à l'orange vif. « Il rabâchait de vieilles histoires, Jakey. Je crois que ces toiles sont une sorte de cadeau à ton intention. Une sorte de… » Il s'interrompit et le claquement des essuie-glaces emplit l'espace pendant quelques secondes. « Une sorte d'excuse.

– Je ne crois pas que Jacob Coleridge sache ce qu'est une excuse. »

Frank s'éclaircit la voix et deux filets de fumée jaillirent de ses narines. Il était clair qu'il essayait de rassembler son courage.

« Ce qu'il a raconté est en partie vrai, Jakey – je le sais parce que j'étais là. » Il s'interrompit une fois de plus, comme si sa mécanique était enrayée. « Bon Dieu, s'il y a quelque chose là-dedans qui peut t'aider à retrouver ta femme et ton petit garçon, alors ça m'est égal de ne pas tenir parole.

– Arrête ton mélodrame.

– J'ai juré de ne jamais rien te dire.

– Juré à qui ? » Jake hurlait presque pour se faire entendre par-dessus les rugissements assourdissants qui les entouraient. « Mon père n'en a plus rien à foutre, Frank.

– C'est à ta mère que j'ai promis, Jake. Et c'était une *vraie* promesse. J'ai juré sur ma vie. Et je ne sais pas si tu te souviens bien de ta mère…

– Parfaitement, coupa Jake.

– Alors tu sais qu'elle serait furax que je t'en parle. Elle estimait que tu ne devais pas savoir. Personne ne devait savoir.

– Frank, ce salaud tient ma femme. Mon fils. Si tu sais quelque chose qui peut m'aider à les retrouver, il vaudrait mieux pour toi que je ne l'apprenne pas trop tard. » L'image de Kay et Jeremy marchant sur la plage, Jeremy saluant de la main les promeneurs, l'aveugla momentanément. « Je ne suis pas du genre à pardonner.

– J'ai remarqué. » Frank tira de nouveau sur sa cigarette, expulsa la fumée entre ses dents parfaites et blanches. « Et puis merde, il faut bien mourir un jour, pas vrai ? »

Et il trahit alors la promesse qu'il avait faite à une morte quarante-deux ans plus tôt.

55

Août 1969
121 milles nautiques à l'est
des îles Vierges britanniques

Ils se dirigeaient vers le nord, regagnant paresseusement les eaux américaines après un été passé à voguer d'île en île. Le voyage avait duré un peu plus de douze semaines et cette retraite sybaritique leur avait fait du bien. Jacob s'était plongé dans son travail, s'essayant aux aquarelles et peignant quelques études réussies de végétation luxuriante et d'eaux cristallines ; Mia avait appris à plonger et à pêcher et était devenue la reine du barbecue ; Frank s'était remis d'une nouvelle peine de cœur. Ils avaient tous le teint hâlé et cette bonne mine que confère un été agréable.

C'était la troisième fois qu'ils partaient en vacances ensemble, mais douze semaines à bord d'un bateau avec son frère et sa femme avaient mis Jacob à cran ; c'était du moins ce qu'il pensait sur le coup. Ce ne serait que plus tard, quand il aurait retrouvé la clarté de son jugement, qu'il comprendrait que les emmerdes les attendaient à l'horizon depuis le début.

Mia était sur le pont avant, étendue au soleil, lisant un livre de poche. Jacob était au gouvernail, vêtu d'un simple bermuda, lorgnant la boussole et vidant lentement une bouteille de Jim Beam – alternative dont il devait se contenter puisqu'il n'avait trouvé de Laphroaig sur aucune île à part aux Bermudes. Frank était en dessous dans l'une des cabines, cuvant une gueule de bois après avoir essayé une fois de plus de suivre le rythme de son frère, le champion incontesté, la veille au soir.

Jacob regarda Mia s'étirer, le bikini ne dissimulant qu'une infime portion de son corps. Il adorait sa peau, sa douceur, et prenait beaucoup de plaisir à la peindre chaque fois qu'elle était disposée à prendre la pose assez longtemps. Il but une gorgée au goulot et ses yeux balayèrent la silhouette de Mia, observant ses proportions, sa musculature. Ça faisait quelques années qu'ils étaient ensemble, et il commençait à percevoir des petits signes de vieillissement. Elle était plus jeune que lui – ils s'étaient rencontrés dans une taverne de New York alors que l'homme qu'elle attendait était en retard et que la femme qui accompagnait Jacob attendait à leur table. Il s'était rendu au bar pour commander une bouteille de whisky et avait insisté pour que la superbe femme sur sa gauche goûte une gorgée de Laphroaig avant qu'il n'emporte la bouteille. Il avait aussitôt été évident qu'ils étaient faits l'un pour l'autre. Au bout d'une semaine, il peignait son portrait. Au bout de deux, elle avait emménagé chez lui.

Le temps était idéal et ils avançaient à vive allure. Un vent du sud les poussait vers la maison comme une main invisible et, à l'exception de quelques petites traînées de sargasses qu'ils avaient dû contourner, il n'y avait rien pour les ralentir. Mia ne cessait de regarder vers tribord, suivant des yeux une paire de dauphins souffleurs qui semblaient prendre plaisir à leur compagnie. Elle ajustait la bretelle de son bikini lorsque quelque chose vers l'est attira son regard. Ce n'était pas grand-chose, à peine plus qu'une lumière chatoyante, mais assez pour qu'elle saisisse ses jumelles.

« Jacob ! »

Dans le langage des personnes mariées, cet unique mot était une phrase à lui seul.

Il leva les yeux et suivit la direction qu'elle indiquait du bras. Il était un peu plus de treize heures et le soleil était à son zénith. Jacob plissa les yeux, puis ôta ses lunettes de soleil. Il vit un petit triangle blanc dans l'océan, deux milles plus loin. Il se demanda comment Mia avait pu le voir ; c'était le genre de chose qu'on pouvait aisément manquer si on ne savait pas qu'elle se trouvait là.

« Passe-moi les jumelles. »

Mia descendit dans le cockpit, tendit les jumelles à Jacob, puis elle regrimpa sur le pont et fit le tour jusqu'au balcon arrière. Elle se retint au pataras, plaça une main en visière.

« C'est un bateau », dit-elle.

Jacob porta les jumelles à ses yeux et balaya du regard l'océan vers l'est. Mia avait raison, c'était un bateau – un monocoque de bonne taille – dont la silhouette se détachait sur l'eau à un angle inquiétant. Jacob n'avait aucun point de référence, mais en regardant le balcon puis en suivant sa ligne jusqu'à la partie supérieure du mât qui ressortait de l'eau au loin, il devina qu'il mesurait au moins treize mètres, peut-être plus, et qu'il était aux trois quarts immergé.

« Va chercher Frank », dit-il.

Il détendit la drisse principale et tourna le gouvernail. Le bateau pencha lourdement à bâbord et décrivit un arc serré.

Une minute plus tard, Frank apparut, l'œil vitreux, trempé à cause de l'eau froide qu'il s'était aspergé sur le visage.

« Qu'est-ce qui se passe ? » demanda-t-il.

Jake lui tendit les jumelles.

« Il y a un bateau qui a des problèmes là-bas. Droit devant. À un mille – un mille et demi. »

Frank grimpa sur la cabine, posa le pied sur la marche de mât et regarda dans les jumelles. C'était une embarcation blanche et bleue avec la ligne élancée des nouveaux yachts hollandais en fibre de verre. La proue inclinait à un angle étrange, comme un missile pointé vers l'horizon. Dix mètres derrière, le grand mât ressortait de l'eau, et Frank devina à son inclinaison que le bateau gîtait à au moins quarante-cinq degrés. Des débris flottaient tout autour, mais impossible à une telle distance de dire de quoi il s'agissait. Le bateau n'avait pas simplement des problèmes – il était en train de couler.

« Bon sang, dit Frank, et il abaissa les jumelles.

– Va chercher le Thompson », ordonna Jacob.

N'importe qui aurait discuté, mais Frank et Jacob se comprenaient souvent instinctivement, comme la plupart des jumeaux. De plus, Frank savait que ces eaux étaient dangereuses, c'était d'ailleurs pour ça qu'ils avaient apporté la mitraillette.

« Et un masque », ajouta Jacob.

Pendant que Frank était dans la cabine, Jacob ne quitta pas des yeux le triangle blanc du bateau en train de couler. Mia était désormais à l'avant et se tenait au balcon, regardant droit devant elle. Jacob n'aurait su dire pourquoi, et il ne se l'expliquerait jamais, mais tandis qu'ils s'approchaient, il se prit à songer qu'il aurait préféré que Mia ne repère pas l'embarcation en détresse. Des années plus tard, quand il se serait finalement fait une raison, il décrirait l'incident comme un *coup du sort* – allant même parfois jusqu'à parler de *destin*. Mais, sur le moment, il sentait qu'ils faisaient une erreur et que le mieux serait sans doute que le bateau coule avant leur arrivée.

Il tira son revolver de sous son siège, un vieux colt 1911 aux reflets bleutés enveloppé dans une toile cirée autour de laquelle était nouée une ficelle. Il défit le nœud, laissa tomber la toile effilochée sur le pont et glissa le pistolet dans sa poche.

Ils mirent neuf minutes à atteindre le bateau. Lorsqu'ils furent à cent mètres, on aurait dit qu'il était tombé du ciel – des vêtements, des bouteilles en plastique, un gilet de sauvetage et suffisamment de livres pour remplir une bibliothèque flottaient tout autour. Un requin-tigre de trois mètres de long nageait au milieu des débris, poussant les plus gros du museau avec curiosité.

Ils observèrent pendant quelques secondes le requin qui nageait parmi les morceaux d'épave, sa nageoire dorsale triangulaire fendant l'eau bleue. Il donna un coup de tête dans le gilet de sauvetage, mordit au hasard dans un bout de pont, puis disparut dans les profondeurs.

« Qu'est-ce qui s'est passé ? » demanda Mia.

Elle enfila par-dessus son bikini la chemise de Jacob qui la couvrit jusqu'à mi-cuisses.

« Quelque chose de terrible, répondit doucement Frank.

– Je vais à bord, déclara Jacob. Si vous voyez d'autres bateaux à l'horizon, tirez en l'air. »

Ils approchèrent leur embarcation – un Werf Gusto de dix-huit mètres que Jacob avait baptisé *Le Faussaire* – du monocoque en détresse. Des bulles remontaient à la surface et un gargouillis doux semblait résonner tout autour d'eux. Ils lancèrent une corde en direction d'un taquet sur l'autre bateau et Jacob s'approcha du bord. Lorsqu'il posa le pied sur l'embarcation qui coulait, il se retourna vers Frank.

« S'il commence à s'enfoncer dans l'eau, attends que la corde soit tendue pour la couper.

– Et si tu es toujours à bord ? »

Jake regarda derrière Frank en direction de Mia et sourit.

« Si je dois en sortir à la nage, garde le Thompson à portée de main et descends ce salopard de requin s'il revient.

– Passe par l'écoutille avant », dit Mia.

Jacob secoua la tête.

« Impossible. C'est là que l'air est coincé. Si je l'ouvre, la flotte va s'engouffrer à l'intérieur et ce machin plongera direct vers le fond. Je veux voir s'il y a quelqu'un à bord. »

Mia lui lança un regard qui disait : *Sois prudent*.

Jacob se tenait sur le pont fortement incliné, le pied calé contre l'avant de la cabine pour maintenir son équilibre. Il plongea son masque dans l'eau, le vida, puis frotta un peu de salive sur le verre pour qu'il ne s'embue pas. Il était toujours en bermuda, et le renflement du pistolet dans sa poche donnait l'impression que sa jambe était fixée à son corps au moyen d'un écrou énorme. Debout sur la proue du voilier avec son couteau à sa ceinture et son masque sur la tête, il ressemblait au survivant d'un naufrage. Il se laissa glisser dans l'eau.

Le pont du bateau oscillait tandis qu'il se dirigeait vers l'écoutille de la cabine, s'accrochant à ce qu'il pouvait. Il se concentrait sur son objectif, mais regardait constamment autour de lui au cas où le requin reviendrait. L'accès à la cabine était immergé, et il devrait remonter une pente à quarante-cinq degrés pour y pénétrer. Jacob mémorisa l'inclinaison afin de ne pas être désorienté une fois à l'intérieur et de ne pas se noyer avant d'avoir trouvé une poche d'air.

Il descendit parmi un enchevêtrement de cordages et approcha de la porte de la cabine.

Celle-ci avait été arrachée de son montant. D'autres débris flottaient autour de l'entrée. Il pénétra à l'intérieur.

Des cartes, des vêtements et des bouts de bois flottaient dans l'apesanteur de la cabine. Jacob se dirigea vers la proue du bateau, vers la poche d'eau qui le maintenait à la surface.

Il avançait en s'accrochant tant bien que mal à l'échelle. Une fois en haut, il trouva une minuscule réserve d'air et prit quelques petites inspirations, puis il emplit ses poumons et s'enfonça dans le ventre du bateau.

À l'intérieur, le gargouillement de l'eau était plus fort, plus intime.

Des bouts de papier, des livres, des bouteilles, des cordes flottaient autour de lui, lui bouchant la vue, le désorientant. Il continua d'avancer, traversa la cuisine et passa devant deux cabines – vides si l'on exceptait les débris qui flottaient à travers toute l'embarcation inondée. Il atteignit la dernière cabine dont la porte était fermée. Il tira dessus, mais elle était verrouillée.

Jacob inséra la lame de son vieux couteau de l'armée dans la fente et tapa sur le pommeau avec sa main, enfonçant la lame entre le montant et la porte. Il poussa le couteau sur le côté et la porte s'ouvrit en produisant un craquement puissant qui sembla ébranler tout le bateau. Il nagea à travers l'ouverture, pénétra dans la cabine principale, et sa tête creva la surface lorsqu'il atteignit la bulle d'air qui maintenait le bateau à flot.

Un corps gisait sur l'une des couchettes – ensanglanté, sans vie. Ç'avait été une femme. Maintenant, avec sa bouche figée dans un ultime hurlement, ses yeux révulsés, ses poings serrés et en sang, c'était une sculpture d'horreur. Une large entaille traversait sa gorge depuis une clavicule jusqu'à l'autre. Jacob avait passé vingt et un mois en Corée et il avait déjà été confronté à la mort, mais quelque chose dans cette vision infernale le fit frémir. Il détourna le regard.

C'est alors qu'il vit le deuxième corps, un homme cette fois.

Il était accroché au mur, pendouillant tel un manteau à un cintre, maintenu en place par un harpon en aluminium qui lui transperçait la poitrine. S'il n'avait pas atteint le cœur, il devait en être sacrément proche. L'homme avait perdu du sang et l'eau qui tournoyait autour de lui était noire et épaisse. Il était accroché là, tête baissée, la lumière qui pénétrait par le hublot au-dessus de lui projetant une ombre longue qui recouvrait presque tout son corps. Un couteau ensanglanté était planté dans la cloison à côté de lui. Probablement celui qui avait servi à égorger la femme.

« Bon sang », murmura Jacob.

À cet instant, il sentit quelque chose monter en lui, quelque chose de diabolique et de malsain, et il entendit un petit bruit.

Jacob crut tout d'abord que le bateau craquait, qu'une partie de sa structure était en train de se briser, mais il ne parvint à se mentir que pendant une seconde avant de devoir admettre que c'était un bruit humain. Ou *presque* humain. Un gémissement. Un faible râle d'agonie.

L'homme cloué au mur souleva la tête et la lumière illumina ses traits dans le détail. Il se passa la langue sur les lèvres. Il toussa et du sang coula de son nez. Il essaya de parler, mais le seul son qui sortit de sa bouche fut celui de l'air qui s'échappait de son corps, comme s'il avait mieux à faire ailleurs.

Jacob agrippa la couchette et se hissa vers l'homme, mais il glissa et retomba sur le côté, s'enfonçant dans l'eau. Il se raccrocha à une rampe, regagna péniblement la surface.

La peau de l'homme était d'un bleu éthéré et l'eau autour de lui s'assombrissait à mesure qu'il perdait du sang.

Pas étonnant qu'il y ait eu un requin dans les parages.

Il s'approcha de l'homme, leva la main, lui toucha le visage. L'homme battit des paupières, ouvrit les yeux. Ceux-ci n'avaient plus de blanc, juste un écarlate profond avec deux pointes noires terrifiées en leur centre.

« M... m... mio... »

Jacob reconnut de l'italien grâce à l'année qu'il avait passée à Florence.

« Si ? » dit-il doucement d'une voix qui ressembla à un sifflement dans l'espace exigu de la cabine.

L'homme toussa un peu plus de sang et grimaça de douleur.

« Mi... mi... mio figlio », prononça-t-il d'une voix qui était à peine plus qu'un murmure.

Mon fils.

Jacob passa en revue son vocabulaire italien.

« Che cosa ? » demanda-t-il.

Quoi ?

Mais l'homme se raidit, sa poitrine se souleva une fois, violemment, et il vomit un épais filet de sang. Puis sa tête retomba.

Jacob vit qu'il était mort. De quoi avait-il parlé ? Son fils ? Qu'est-ce...

Et il comprit alors. Mais un puissant gémissement retentit loin sous la surface, le bateau frémit et s'inclina de quelques degrés supplémentaires. L'eau monta dans la cabine, atteignant désormais la poitrine de Jacob, et la femme glissa de sa couchette, projetant autour d'elle une gerbe d'eau rouge.

Jacob ouvrit les trappes, les tiroirs. Comme la cabine était en grande partie immergée, il n'avait guère d'options. Il espérait avoir bien compris l'homme. L'eau montait rapidement et du sang poisseux tourbillonnait autour de lui. Il fouillait frénétiquement tandis que l'eau emplissait l'espace, bouillonnant sous l'effet de la pression énorme. Il continua de chercher.

Le bateau sombrait. Il lui restait quelques secondes, trente au plus, avant que l'embarcation ne soit complètement immergée et n'entame sa plongée vers l'abysse, près de huit mille cinq cents mètres plus bas.

Il y avait un petit compartiment au-dessus de la couchette principale, un espace pour ranger les oreillers et les draps – il y en avait un similaire dans la cabine du *Faussaire*. Jacob saisit la poignée et tira, le battant lui resta entre les mains et il le balança sur le côté.

Un enfant était recroquevillé à l'intérieur. Un garçon, âgé de 3 ans au plus, couvert de taches de sang. Sans réfléchir – il n'avait pas le temps pour ça –, il attrapa l'enfant par le bras et le tira de sa cachette.

Le bateau vacilla brusquement et Jacob glissa, s'enfonça dans l'eau. Il remonta à la surface. L'enfant paniqué se mit à hurler, à lui frapper le visage, lui donner des coups de pied et le mordre.

Jacob entendit la voix lointaine de Frank qui lui criait de sortir.

L'eau s'engouffrait dans la cabine. Jacob grimpa sur la couchette où la femme avait été assassinée, serrant l'enfant contre sa poitrine comme un ballon de football. Il tendit le bras et tenta d'ouvrir l'écoutille. Elle était fermée à clé. Il força sur la poignée, la tournant violemment. Elle se brisa et lui resta entre les mains.

L'eau continuait d'emplir la dernière poche d'air à mesure que le bateau s'enfonçait sous la surface paisible de la mer des Caraïbes.

Le sang noir et poisseux recouvrait tout, les battements de cœur de l'enfant cognaient contre sa poitrine. Jacob tira son colt, le pointa vers le hublot et fit feu.

Il acheva de défoncer du pied le verre transpercé par la balle, serrant l'enfant dans un bras, le pistolet dans sa main libre. Puis il s'élança vers le ciel bleu au-dessus de l'océan, vers la surface. Mais le bateau qui sombrait l'aspirait dans sa chute, une puissance invisible qui entraînait les débris – et lui – vers le fond. Il battit violemment des pieds et parvint à s'écarter progressivement du bateau, s'éloignant d'une mort certaine.

C'est alors que quelque chose se resserra autour de son pied et commença à l'entraîner dans les eaux noires.

Jacob lâcha son pistolet, saisit le couteau à sa ceinture et frappa désespérément vers le bas. Il était à court d'oxygène, à bout de forces, mais par chance la lame trancha ce qui s'était enroulé autour de son pied. Une vibration courut le long sa jambe lorsqu'il fut libéré et il commença à remonter. Vers le ciel. Vers la lumière.

Il creva la surface inondée de soleil et inspira une grande bouffée d'air. Il toussa, suffoqua, cracha, mais parvint à soulever l'enfant et à nager vers le bateau. Tout autour de lui l'océan bouillonnant était agité par des remous.

Frank cria.

Mia hurla.

Il maintenait le garçon à la surface, nageant tant bien que mal vers *Le Faussaire*.

Sa femme poussa un nouveau cri, un hurlement strident qui le paralysa presque, un simple mot terrifiant.

Requin !

Jacob pivota sur lui-même et leva son couteau. Il vit l'animal qui fonçait vers lui, sa nageoire dorsale ressortant de l'eau.

Il abaissa le couteau dans l'espoir que le requin attaquerait à la surface ; s'il attaquait par en dessous, il ne pourrait pas faire grand-chose. Le poisson approchait à toute allure. Jacob serrait l'enfant contre sa poitrine, il sentait son poids entre ses bras et il ne savait pas s'il était encore conscient ou même vivant. Mais il ne le lâcherait pas, même si ça lui valait de finir au fond de l'océan dans le ventre de l'animal. Il maintint la tête du garçon sur son épaule d'un geste protecteur et regarda le requin approcher.

Il était à trois mètres lorsque la détonation du Thompson déchira le ciel. L'eau à la base de la dorsale du requin explosa. Jacob aperçut l'éclat blanc du ventre de l'animal, puis du sang. Un remous violent agita l'eau. Puis le requin roula sur le flanc et disparut, laissant derrière lui une large traînée rouge.

Jacob nagea jusqu'au bateau, maintenant la tête de l'enfant au-dessus de l'eau. Il le tendit à Frank, puis se hissa péniblement à bord. Tandis que Mia et Frank s'occupaient du petit survivant, Jacob récupéra sa bouteille de Jim Beam sous le gouvernail. Il se laissa tomber dans le cockpit et but une longue gorgée, serrant toujours dans sa main son vieux couteau de l'armée.

Mia avait étendu le garçon sur le flanc et lui appuyait sur les côtes pour expulser l'eau de ses poumons. L'enfant toussa, s'étrangla, vomit un filet d'eau et se mit à pleurer. Elle le souleva, l'enveloppa dans une serviette et le serra contre elle.

Frank se tourna vers son frère.

« Qu'est-ce qui s'est passé là-dedans, Jacob ? »

Jacob but une nouvelle gorgée de bourbon.

« Quelque chose de moche. » Il se tourna vers l'endroit où s'était trouvé le bateau quelques minutes plus tôt. Des débris flottaient sur une large zone, ballottant paresseusement sur la houle légère. « Quelque chose de très moche. »

56

Un éclair cristallin frappa un poteau téléphonique devant eux, le pulvérisant comme un obus de mortier. La plage était censée être à cent mètres sur leur gauche, mais la tempête avait presque poussé l'océan jusqu'à la route. Quand les vagues atteignaient le talus, un mur d'eau s'élevait à quinze mètres de haut, puis s'abattait sur la chaussée, la recouvrant d'un mètre d'eau. Jake ne comprenait pas comment la route pouvait encore être là. Ni comment le 4 × 4 de Frank faisait pour ne pas être emporté.

Une vague frappa la grosse bête métallique qui fit une embardée, rugissant comme un dinosaure. Frank enfonça l'accélérateur, et la traction soudaine entraîna le véhicule vers l'avant ; le Hummer était conçu pour les conditions difficiles, mais ce n'était pas un sous-marin. Frank serrait le volant de toutes ses forces.

Jake songeait à l'histoire que son oncle venait de lui raconter. Il essayait de la replacer dans un contexte, de se faire une image précise. Mais trop de choses se télescopaient dans sa tête pour qu'il puisse penser à ça maintenant.

« Jakey ? » hurla Frank par-dessus le vacarme.

Jake remua légèrement sur son siège, détacha ses yeux de son reflet sinistre sur le pare-brise.

« Oui. »

Frank serrait une cigarette entre ses dents et toute son attention était tournée vers le monde sous-marin qui s'engouffrait sous le capot du Hummer. Les épais geysers d'eau que les pneus projetaient sous le châssis blindé faisaient un raffut de cavalerie romaine.

« Ça va ? »

Jake haussa les épaules. Après tout ce qui s'était passé, après sa mère, Madame X et son fils, après l'infirmière Macready et David Finch, qu'est-ce que ça pouvait faire ? Bien sûr, il ne pensait pas à Kay et Jeremy – il ne pouvait pas, sinon il aurait tout simplement cessé de respirer –, alors il opta pour : « Ouais, génial. »

57

Août 1977
Sumter Point

Jacob avait passé la matinée dans l'atelier, travaillant avec son chalumeau. Il portait son uniforme habituel : jean, tee-shirt et baskets en toile couvertes de peinture séchée qui avaient autrefois été à peu près blanches. *Horses* de Patti Smith passait sur la vieille stéréo Telefunken récupérée dans une poubelle au bord de la route – la même que Jake et Kay écouteraient plus de trente ans plus tard.

Il n'avait pas dormi depuis deux jours, mais avait fait une pause vers six heures du matin et s'était longuement promené sur la plage avant d'avaler des œufs durs et un morceau de fromage trouvés dans le réfrigérateur. Et maintenant, quatre heures plus tard, c'était une journée différente, un endroit différent, et son travail était achevé.

Sur le coup de dix heures, il ouvrit une bouteille de whisky et se versa une bonne dose dans une des nombreuses tasses en porcelaine tachées qu'il achetait lors de vide-greniers pour y entreposer ses pinceaux. Leur grand avantage, c'était qu'il pouvait les jeter quand bon lui semblait. Naturellement, il lui arrivait de s'y perdre entre les différents liquides, et ses tableaux finissaient parfois par sentir le bon scotch. Mais le plus souvent, c'était lui qui s'étouffait en avalant du white-spirit.

Il avait beaucoup travaillé, et le travail nécessitait du carburant. Il avait donc alimenté la machine avec une bonne quantité d'alcool. Bien sûr, il savait qu'il buvait trop, mais n'était-ce pas l'intérêt de son boulot ? À quoi bon ne pas avoir de patron si vous ne pouviez pas faire ce que vous vouliez, quand vous le vouliez ?

À 46 ans, Jacob était à l'apogée de sa carrière. Il vivait de la peinture depuis près de deux décennies, avait acquis une renommée croissante dans le milieu de l'art américain et il avait depuis longtemps cessé de se demander comment il se paierait son prochain repas (ou sa prochaine bouteille, alléluia). Ce qui aurait dû lui procurer une certaine paix intérieure. Voire même un peu de fierté. Mais non. Le seul effet que ça avait vraiment eu sur lui, c'était qu'il se sentait un peu plus à l'étroit dans sa peau, comme s'il vivait dans le corps d'un autre, un corps taillé pour un homme plus petit que lui.

Il songea à Mia et Jakey et leva sa tasse en porcelaine.

« Un pour tous, et tous pour un », lança-t-il à voix haute.

Et pourquoi pas ? Il lui était arrivé de porter des toasts pour des motifs plus futiles – le plus souvent avec des types rencontrés dans des bars –, alors il trinqua à la santé des mousquetaires. Vida sa tasse. La remplit de nouveau. Saisit une autre bouteille sur le réfrigérateur et dévissa le bouchon. But une lampée. Sortit.

Dans son atelier, posé au centre de sa table d'encadrement, se trouvait son unique expérimentation dans le domaine de l'art tridimensionnel – une sphère, parfaitement assemblée à partir de pointes de harpon en inox. C'était un polyèdre, qui avait exigé deux mille deux cents coupes de précision à la tronçonneuse à disque, et deux fois plus de coups de chalumeau. C'était un objet précis, complexe, et l'un des croisillons portait la signature *Jacob G. Coleridge*.

58

Le bureau du shérif était le genre d'endroit où les survivants dépenaillés d'un film de zombies livreraient leur dernière lutte. Le bâtiment était un cube sévère de briques et de calcaire datant du début du XXe siècle, avec des clés de voûte triangulaires au-dessus des fenêtres et une double porte en arc. Un côté de la structure abritait les cellules de détention et la prison du comté, l'autre, un bureau partagé par l'administration et le département du shérif. Le bâtiment avait l'air désert. Quelques lumières étaient allumées à l'intérieur, mais le parking était ostensiblement vide, si l'on exceptait les deux 4 × 4 du département et une lourde ambulance cubique ; les médias qui avaient pris les lieux d'assaut la veille devaient être occupés à filmer les dégâts causés par le retour de l'Express de Long Island.

Frank se gara sur la pelouse légèrement surélevée, calculant que vingt centimètres d'élévation supplémentaire pourraient leur sauver la vie en cas d'inondation soudaine. Bien entendu, leur situation en hauteur faisait d'eux une cible facile pour l'ouragan vengeur, et en descendant du véhicule, ils furent accueillis par le vent hurlant et par le fracas saccadé de la pluie. Ils traversèrent la route en courant et gravirent les marches qui menaient à l'entrée.

L'impression de mort qui prévalait à l'extérieur disparut dès qu'ils eurent franchi les portes ; le commissariat grouillait comme une ruche, des agents en uniforme courant ici et là, absorbés par leur tâche. Des téléphones sonnaient, des radios crépitaient, du café coulait. Dans un coin, une télé Zenith hors d'âge était allumée sur la chaîne Météo, sans le son – un jeune journaliste vêtu d'un imperméable bleu avec le logo de la chaîne sur le côté gauche de la poitrine témoignait depuis un balcon situé au premier étage d'un motel quelque part sur la côte. L'image était fortement pixellisée – la version numérique des parasites de jadis. Derrière lui, d'énormes vagues pilonnaient la plage, et son expression indiquait qu'il comprenait qu'il avait été envoyé là parce qu'il pouvait être sacrifié ; les vrais talents étaient à New York, où ils déploreraient sa perte devant la caméra s'il avait la malchance d'être emporté par la mer.

Jake agrippa Scopes qui passait en courant à côté de lui.

« Hauser ? » demanda-t-il sans plus de précision.

Scopes agita le pouce en direction d'une porte ouverte au milieu du couloir.

« S'il n'est pas là-bas, essayez la salle radio, deux portes plus loin. »

Ils trouvèrent Hauser derrière son bureau, en train de brailler dans son téléphone.

« Bon Dieu, Larry, écoutez votre fils ! Vous pourrez faire pousser de nouveaux plants de tomates l'année prochaine ! Grimpez dans votre voiture et prenez la direction du sud… » Il vit Jake et s'interrompit. « Faut que j'y aille, Larry. Oubliez vos plants, ça ne vaut pas le coup de crever pour ça. »

Il raccrocha sèchement et se leva. Il portait une salopette imperméable, mais son Stetson, enveloppé dans une housse en plastique, était accroché au dossier de sa chaise. Son poncho trempé était suspendu aux cors de Bernie et de l'eau dégoulinait par terre.

« Jake, Frank, dit-il. Vous avez pris les toiles en photo ? »

Jake leva l'ordinateur portable.

« J'ai besoin de votre connexion satellite. Trois cent trente-sept gigas de données. Où est votre salle de communication ?

– Derrière la… » Un claquement effroyable retentit et le monde dehors devint blanc l'espace d'un instant. Les lumières vacillèrent, et la poitrine de Jake se serra brièvement à cause de la décharge électrique qui avait ébranlé le bâtiment. Puis les lumières s'éteignirent, et un grognement collectif résonna dans la ruche. Une demi-seconde plus tard, le générateur prenait le relais et les halogènes vifs des éclairages de secours illuminaient les bureaux. « … salle radio. Suivez-moi. »

Jake sentait le fourmillement de l'électricité dans son corps. Il posa les doigts sur son torse, s'aperçut que son cœur cognait contre ses côtes comme s'il voulait sortir.

« Ça va, Jake ? » demanda le shérif.

Jake acquiesça, inspira profondément et suivit Hauser.

« Notre système de communication est en panne, annonça joyeusement l'agent Nick Crawley, comme si cette aventure l'amusait.

– En panne ? Comment ça, en panne ? J'ai besoin d'une liaison satellite, pas d'un câble télégraphique. Comment peut-il être en panne ? »

Hauser tendit un gobelet de café à Jake et un autre à Frank. Jake saisit distraitement le gobelet, absorbant la chaleur par le bout de ses doigts. Frank but une gorgée bruyante.

« L'atmosphère est chargée à cause de l'ouragan, expliqua Hauser. Il n'y a pas de ligne de visibilité jusqu'au ciel. On aura peut-être quelques secondes par-ci par-là, mais tant que la bande de précipitations ne sera pas passée, ce sera comme essayer d'utiliser une radio depuis un sous-marin au fond de l'océan – l'eau offre une grande résistance. Et il y a beaucoup d'électricité dans l'air. Nous avons toujours des lignes téléphoniques, mais notre connexion Internet fonctionne par satellite.

– Pourquoi ? »

Hauser lança un regard de biais.

« En cas d'urgence, nous ne sommes pas obligés de dépendre des services téléphoniques. »

Jake lança son gobelet en direction de la poubelle, mais celui-ci heurta le bord et se renversa par terre. Il pivota sur ses talons et se dirigea vers la porte. Il y eut une nouvelle déflagration et les éclairages d'urgence vacillèrent nerveusement.

« Jake ! » cria Hauser en se lançant à sa poursuite.

Jake s'arrêta dans l'entrebâillement de la porte, se retourna.

« Je suis un peu débordé en ce moment. Je n'ai aucune solution. Il n'y a pas d'autre moyen de savoir ce que représentent ces toiles ? »

Jake secoua la tête.

« Pas sans un hangar à avions et au moins un mois de travail. J'ai trois cent trente-sept gigas de données à transmettre à Quantico. Ce puzzle comporte plus de cinq mille pièces, dit-il en tapotant son ordinateur portable. Et j'ai besoin du bon logiciel et des bonnes personnes pour le résoudre… »

Il s'interrompit soudain, comme s'il venait d'avoir une illumination.

« Quoi ? demanda Hauser en voyant son changement d'expression.

– La gamine à l'hôpital, répondit Jake lentement, d'une voix ferme.

– Quelle gamine ? »

Jake expliqua à Hauser ce qu'il avait vu dans la salle d'attente du docteur Sobel ; les bonbons étalés sur la table basse en tek à côté des magazines de plaisance ; le don qu'avait la fillette pour reproduire des portraits à partir de pixels d'information. Peut-être qu'elle parviendrait à le déchiffrer. À le recréer. À le dessiner.

Hauser fit signe à l'un de ses agents d'approcher – un type au torse puissant qui avalait la deuxième moitié d'un sandwich œuf-salade tout en râlant après son téléphone hors service.

« Wohl, appelez le docteur Sobel – le psychiatre de l'hôpital de Southampton. Nous avons besoin du nom et des coordonnées de l'une de ses patientes, une enfant qu'il a vue ce matin. Elle pourrait nous être utile dans une enquête pour meurtre. Interdiction pour lui de dire quoi que ce soit aux médias. »

Wohl s'éloigna rapidement, avalant le reste de son sandwich à grandes bouchées.

Une bourrasque frappa la façade et les portes en arc de trois mètres de haut s'entrouvrirent de quelques centimètres. Un rideau d'eau s'engouffra par l'ouverture temporaire et se répandit sur le sol de marbre, apportant avec lui quelques feuilles mortes et le sempiternel gobelet Starbucks.

« Et fermez-moi cette porte ! » beugla Hauser à l'attention des abeilles ouvrières de sa ruche pilonnée par les intempéries.

Dehors, Dylan était parfaitement entré dans la peau de son personnage, affichant avec brio sa sale nature agressive. Il n'atteindrait son apogée assourdissant que dans quatre heures, et en attendant il continuait de faire le plein de munitions, de monstrueuses colonnes de condensation qu'il aspirait de l'océan par millions de litres. Il en rendait une partie à la terre sous forme de pluie. Mais le reste – la part du lion – était stocké à l'armurerie.

Il était évident qu'il n'avait aucune intention de se calmer pour le moment.

59

Frank engagea l'énorme Hummer sur le trottoir puis sur une pelouse pour éviter un arbre en travers de la route. Il tira sur sa cigarette, dont l'extrémité produisit un éclat orange vif qui vira à un rouge terne à mesure qu'il était avalé par la cendre.

« Tu crois vraiment que cette gamine peut t'aider ? »

Jake haussa les épaules, geste qui était dernièrement devenu sa signature.

« Il y a peu de chances pour que ça marche. Bon Dieu, il n'y en a peut-être aucune, ce serait comme gagner au loto deux semaines d'affilée. »

Frank tourna sèchement le volant et le 4 × 4 vira sur la droite, projetant autour de lui de l'eau et de gros morceaux de gazon détrempé.

« Cette gamine est attardée ? »

Jake secoua la tête. Frank était vieux jeu – *très* vieux jeu – et il se foutait du politiquement correct.

« Non, Frank. Elle est autiste. Et elle a une forme de syndrome du savant. »

Jake était calé en psychologie. Il avait lu des articles scientifiques, suivi des cours à l'université George Washington en auditeur libre, et il avait fait appel aux lumières de centaines de psychiatres et psychologues au fil des années. Il aurait pu enseigner la psychologie à l'université.

« Qu'est-ce que c'est que ça ? »

Jake était à la fois irrité et heureux que Frank l'oblige à penser à autre chose que Kay et Jeremy, et il décida d'accepter la conversation au lieu de se murer dans le silence.

« Tu ne regardes jamais la télé ? »

Frank secoua la tête et poussa un petit ricanement railleur.

« Pourquoi je ferais *ça* ?

– C'est un talent hyperdéveloppé. La moitié des savants sont autistes, les cinquante pour cent restants sont atteints de diverses formes d'anormalités neuronales. Ils peuvent faire des choses que personne d'autre ne peut faire.

– Comme ?

– Ils ont souvent une excellente mémoire photographique. Certains peuvent calculer plus vite qu'un ordinateur – additionner instantanément trois douzaines de numéros à six chiffres. Nombre d'entre eux font une fixation sur les dates. Mon anniversaire, par exem… »

Sa poitrine se serra et il se tut. Il cessa de parler. De réfléchir. D'essayer de faire partie du monde. Parce qu'il venait de s'apercevoir qu'il ne savait même pas quand il était né.

Il songea au père qui n'était pas son père, sanglé sur son lit d'hôpital à quinze kilomètres de là, et aux indices qu'il avait laissés derrière lui comme les miettes du Petit Poucet – des indices qui pour le moment désignaient un assassin sans visage ; il songea au portrait sanglant sur le mur de la chambre d'hôpital ; à l'illusion d'optique créée par les tapis ; aux toiles sans yeux qui recouvraient les murs de l'atelier. Il pensa à la mère qui n'était pas sa mère, à sa mort dans une allée abandonnée au bord de la route, débarrassée de sa peau et dépossédée de son avenir. Il songea à son oncle Frank qui n'était absolument pas son oncle. Et il s'aperçut qu'il était relié à ces personnes non parce qu'il partageait leurs gènes, mais parce qu'il partageait leur tragédie.

« … heu, tu donnes une date à certains savants – il y a dix ans, ou un siècle et demi – et ils te diront quel jour de la semaine c'était, quel temps il faisait, et à quelle heure le soleil s'est levé. Ils ne se trompent *jamais*. »

Frank siffla.

« Les savants idiots. J'ai lu quelque chose sur le sujet il y a longtemps, mais je ne pourrais pas te dire quand, et encore moins le temps qu'il faisait. »

Bon sang, ce qu'il pouvait être vieux jeu.

« On les appelle des savants aujourd'hui, expliqua Jake. *Idiot* n'est pas politiquement correct. *Attardé* non plus, ni *débile*, ni tout ce qui pourrait être considéré comme péjoratif. »

Frank secoua la tête d'un air dégoûté.

« Putain de connards politiquement corrects. On réécrit *Huckleberry Finn* à cause de ces types étriqués. Tu sais qui d'autre faisait ce genre de truc ? Les nazis ! » Presque au même moment, les phares illuminèrent une BMW X6 à demi submergée et coincée contre un arbre, abandonnée. « Foutue bagnole de tapette nazie ! Achetez américain ! beugla-t-il en tapant sur le volant du Hummer. Où j'en étais ? Ah, oui – tout le monde a tellement la trouille de vexer les mauvaises personnes. Désolé, le monde n'est pas juste. Il y aura toujours des gens dont on se paiera la tête. Qu'ils soient gros ou stupides ou originaires de Lettonie, quelqu'un leur trouvera un surnom. Tu ne t'imagines pas que je vais laisser tomber mes blagues de vieux, si ? Ce putain de pays est parti en couilles. Tout le monde veut être plus égal que son voisin. » Frank parlait fort – il ne hurlait pas tout à fait, mais pas loin –

pour se faire entendre par-dessus le moteur et le vent et la pluie. « Qu'est-ce qu'elle sait faire, cette gamine ? » demanda-t-il.

Jake était reconnaissant que Frank empêche son esprit d'aller là où il voulait aller. Des endroits torturés, sombres, infects.

« Elle assemble des images. J'espère qu'elle pourra voir quelque chose dans la succession de toiles de… » Il marqua une pause, hésita « … de Jacob. Mais je suis probablement en train de perdre un temps précieux. »

Frank secoua la tête.

« Mais il a déjà laissé des portraits de ce type. »

Jake songea à l'homme sans visage sur les murs de l'atelier. Au portrait peint avec du sang. Jacob avait voulu que son fils les voie pour qu'il sache où regarder. Et puis il y avait la mosaïque de tapis – un portrait sans traits construit à partir de morceaux, de fragments, comme le Chuck Close. Comme le puzzle de toiles.

« Il a laissé des portraits sans visage, Frank. Ils étaient censés me mettre sur la voie. Le portrait de l'assassin – si c'est de ça qu'il s'agit – n'était destiné qu'à moi. Je ne crois pas qu'il faisait confiance à qui que ce soit d'autre. » Il commençait à se dire que son père l'avait volontairement poussé à partir. « Il veut que ce soit *moi* qui trouve la solution. »

60

À en juger par les fenêtres éclairées du pâté de maisons, un résident sur dix avait décidé de rester, supposant probablement que, si l'ouragan dégénérait et que les eaux montaient, il serait à l'abri à une telle distance de la côte. Tout le monde rabâchait que c'était un sacré coup de pot que la tempête ait touché terre à marée basse. Bien sûr, personne ne songeait au fait qu'ils n'étaient qu'à six mètres au-dessus du niveau de la mer et qu'un raz-de-marée pouvait rayer la ville de la carte. Ni au fait que la marée monterait de nouveau.

Frank immobilisa le 4 × 4 dans l'allée d'un petit bungalow d'après guerre d'un étage qui n'était pas sans rappeler celui de Rachael Macready. Ils coururent en direction de la porte, Frank enveloppé dans son ciré, Jake affublé de l'un des ponchos de Hauser. Mme Mitchell ouvrit la porte avant qu'ils aient gravi les marches et les accueillit en débitant les banalités habituelles qu'inspirait tout changement de temps. Lorsqu'ils furent à l'intérieur, elle ferma la porte grillagée, puis la porte principale peinte en blanc avec la sempiternelle fenêtre en losange en son centre.

Jake vit la gamine qui jouait dans le salon. Sobel avait communiqué le nom et le numéro de téléphone de sa mère à Hauser, et le shérif avait appelé à l'avance pour lui demander si Jake pouvait parler à la fillette. Son nom était Emily Mitchell. Elle avait 12 ans.

Jake savait qu'il était impossible de garantir le moindre résultat. Peut-être qu'il se heurterait à un mur linguistique impénétrable. Peut-être qu'il gâcherait encore un peu plus de temps. Mais il n'avait pas beaucoup d'autres options, et encore moins de pistes.

Bon sang, pensa-t-il. Regarde-toi. Tu te raccroches vraiment à n'importe quoi. Si la situation n'avait pas été si triste, il aurait rigolé.

Mme Mitchell portait un vieux pull à mailles torsadées dont une manche était tachée de peinture et l'autre rapiécée. Jake supposa que c'était son pull fétiche.

« Madame Mitchell, merci de nous recevoir. » Jake ôta la capuche de son poncho. « C'est important. »

Frank recula dans un coin de l'entrée.

« Madame », dit-il d'un ton froid.

Jake tira sa plaque et la lui montra. Elle se contenta d'y jeter un bref coup d'œil désintéressé – c'était incroyable le nombre de gens qui faisaient ça.

« Je vous ai parlé dans le cabinet du docteur Sobel ce matin. Je n'étais pas sûr que vous vous souviendriez… »

Sur la table de l'entrée étaient posées une lampe à pétrole, une boîte de bougies et deux lampes torches qui ressemblaient à des reliques de la guerre froide. Jake se demanda si elle les avait testées où si elle les avait simplement sorties du tiroir où elles avaient été reléguées depuis des années. À côté de ce nécessaire de survie se trouvait un autre roman à l'eau de rose dont la couverture représentait un pirate vêtu de velours en plein préliminaires avec une comtesse plantureuse dont l'expression suggérait qu'elle était plus que consentante.

« Je me souviens de vous, répondit-elle lentement, et quelque chose dans le ton de sa voix indiqua à Jake qu'elle ne lui disait pas tout. Mais je n'aurais jamais cru que vous étiez un agent du FBI. »

Elle sourit avec embarras.

« On me dit souvent ça. » Mais moins depuis qu'il était revenu à Montauk, s'aperçut-il. « Je vous présente Frank. »

Jake savait que la femme devait être un peu nerveuse de voir deux inconnus débarquer chez elle pendant un ouragan pour poser des questions à sa fille dans le cadre d'une enquête criminelle – quoi qu'Hauser ait pu lui dire au téléphone.

« Entrez », dit-elle.

Jake ôta ses bottes et Frank s'assit sur un petit banc près de la porte pour défaire les lacets de ses chaussures. Mme Mitchell disparut dans la cuisine et Jake remarqua que les pièces étaient agencées comme chez Rachael Macready.

« J'ai préparé du café, lança Mme Mitchell depuis la pièce voisine.

– Avec plaisir. »

Elle revint avec deux tasses fumantes alors que Frank achevait d'ôter ses bottes et que Jake – l'éternel observateur du comportement humain – s'étonnait de la souplesse du vieux bonhomme.

« Madame Mitchell, comme le shérif Hauser vous l'a dit au téléphone, vous n'êtes pas obligée de m'aider. Votre fille n'est pas témoin ni quoi que ce soit de ce genre. Je ne suis même pas sûr qu'elle puisse faire quelque chose pour moi. Je suis ici parce que je n'ai nulle part ailleurs où aller et, pour être honnête, ça risque d'être autant une perte de temps pour vous que pour moi. » Il parvenait à parler avec conviction parce que c'était vrai. « Vous avez entendu parler des assassinats de Montauk ? »

Elle se raidit, et ses mouvements semblèrent soudain un peu empruntés.

« Comme tout le monde.

– Je crois que l'homme qui a tué ces gens a aussi enlevé ma famille. » Il se rappela la façon qu'avait Kay de se dresser sur la pointe des pieds pour l'embrasser, le parfum de papaye de ses cheveux. Il songea aux MoonPies de Jeremy. « Ma femme et mon fils de 3 ans.

– Je suis désolée, dit Mme Mitchell à peine plus fort qu'un murmure.

– Je pense avoir un portrait de l'assassin, mais il est divisé en de nombreuses pièces.

– Comme un puzzle ? demanda-t-elle en tendant les tasses.

– Oui. »

Frank but une gorgée de café et déclara : « Vous êtes un ange. »

Elle les mena au salon.

« Soit elle est attentive, soit elle ne l'est pas. Il n'y a pas de juste milieu. Hurler ne sert à rien. La secouer ne sert à rien. Lui donner des claques ne sert à rien. Ça peut être frustrant. Si elle déplace quelque chose, ou si elle touche quelque chose, laissez-la faire, même si ça vous appartient – sinon elle pique une crise, et vous ne voulez pas qu'elle pique une crise. » Elle dévisagea Jake d'un air curieux. « Vous avez des choses à faire, alors vous feriez bien de commencer. »

Le salon était semblable à celui de l'infirmière, jusqu'à l'emplacement des meubles. La seule différence était une petite bibliothèque remplie de livres de poche rose bonbon avec des titres doucereux qui annonçaient de nouvelles étreintes romantiques entre obsédés sexuels magnifiquement coiffés et pleins aux as.

Emily était assise par terre, en train de faire un puzzle. Elle avait retourné la boîte et placé les pièces face contre le sol, de sorte qu'elle n'avait sous les yeux qu'une palette de fragments de carton de formes similaires. Elle progressait vite, posant les pièces à leur place avec la précision d'un robot de chaîne de montage. La scène ressemblait à un film passé à l'envers.

« Emily, dit doucement Mme Mitchell. Ce monsieur veut te montrer quelque chose. C'est un puzzle. Un puzzle avec des images. »

Emily continua de placer les bouts de carton incolores, et le puzzle avançait vite. Elle ne paraissait pas avoir entendu sa mère.

« Elle fait ça tout le temps. Elle refuse de faire un puzzle deux fois. J'ai essayé de la berner en mettant un puzzle qu'elle avait déjà fait dans une autre boîte et en étalant les pièces à l'envers, mais elle s'en est aussitôt rendu compte. Elle l'a envoyé promener. » Elle écarta doucement les cheveux des yeux d'Emily et rajusta une grosse barrette jaune. « Tu veux bien, ma chérie. »

Elle se pencha en avant et embrassa sa fille sur la tête. L'enfant ne réagit ni aux paroles de sa mère, ni à sa caresse ou à son baiser. Elle se contentait de mettre à toute allure les pièces à leur place avec la même expression impassible que celle que Jake avait observée le matin dans le cabinet du docteur Sobel. À l'époque où il avait encore une famille.

Mme Mitchell fit un geste de la tête à Jake, qui posa son ordinateur portable devant la fillette. Il l'ouvrit.

L'image figée dans la fenêtre du logiciel vidéo le représentait avec une des petites toiles étranges de son père entre les mains. Il avait cet air las caractéristique des clichés pris entre la fin d'une pose et le début d'une autre. Il était comme une version alternative de lui-même. Jake cliqua sur le pavé tactile et le personnage miniature qui n'était pas tout à fait lui posa la toile qu'il tenait à la main et en souleva une autre. Puis il la posa et en souleva une nouvelle. Et ainsi de suite. Encore. Et encore.

Emily ne prêtait aucune attention à l'ordinateur. Ses yeux étaient rivés sur le puzzle étalé devant elle, ses mains assemblant mécaniquement les pièces comme si chacune portait un numéro qu'elle seule voyait grâce à des lunettes spéciales. Frank était assis sur une chaise près de la fenêtre, sirotant son café et observant attentivement la fillette.

Après quelques secondes, Jake s'aperçut qu'il n'avait même pas passé le film depuis le début. Il tendit le bras, cliqua sur l'icône de rembobinage et le film défila à l'envers.

Et c'est alors qu'Emily se figea, tenant en l'air une des pièces marron de son puzzle.

Jake se tourna vers Mme Mitchell. Elle haussa les épaules.

Emily lâcha sa pièce de puzzle, tendit la main et la fit glisser sur le pavé tactile. La vidéo se mit à défiler en accéléré.

« Non. Emily, c'est… »

Mais Mme Mitchell lui saisit le bras alors qu'il s'apprêtait à toucher la fillette. Jake s'arrêta net.

La gamine observait avec une concentration intense la vidéo qui défilait à soixante fois sa vitesse originale.

Les paupières d'Emily battaient tandis que Jake soulevait à toute allure les toiles les unes après les autres – comme une boucle infinie. Ses yeux ne semblaient pas regarder l'écran, mais au-delà, et Jake se demanda si elle distinguait quelque chose dans les formes aléatoires qui s'enchaînaient si vite qu'il n'arrivait même pas à les discerner. De temps à autre, il parvenait à apercevoir une toile, une image qui restait suffisamment longtemps à l'écran pour se graver sur sa rétine, mais quand l'image parvenait à son cerveau, elle avait disparu.

Hormis la légère contraction de ses paupières, Emily était aussi raide qu'une statue. Le vent et la pluie bombardaient la maison, et les toiles ressemblaient à une succession d'explosions de couleur sur la silhouette quasi immobile de Jake.

À force d'observer la fillette, Jake avait oublié la tasse de café qu'il serrait entre ses mains. Frank buvait le sien distraitement, partageant son attention entre l'enfant et la tempête qui ravageait le voisinage. L'océan s'engouffrait dans la rue désormais noyée sous soixante centimètres d'eau. Une poubelle dotée de grosses roulettes effectua un saut périlleux au milieu de la rivière d'eau salée, son couvercle claquant comme la mâchoire d'un requin-pèlerin cherchant à attraper du plancton.

Emily observait avec fascination l'écran qui diffusait une lueur bleutée. Après la première minute, elle se mit à respirer fort par le nez, produisant un sifflement rythmé qui était presque musical.

La vidéo s'acheva et elle poussa un petit halètement. Sans attendre, elle glissa de nouveau la main sur le pavé tactile. La vidéo redémarra lentement à rebours, le Jake miniature répétant en sens inverse ses mouvements de pantin saccadés. La scène était aussi irréelle que quand Emily faisait un puzzle avec des pièces retournées.

La fillette produisait désormais un ronronnement épais et guttural semblable à celui d'un transformateur en surchauffe. Jake comprenait pourquoi les paysans ignorants du XIIIe siècle avaient pu croire que les autistes étaient possédés ; leur univers était si éloigné, si impénétrable, qu'il était impossible de l'appréhender avec un cerveau ordinaire. Il suffisait d'observer la fillette pour comprendre qu'elle avait des facultés nettement supérieures à la moyenne.

La vidéo s'acheva.

Emily continua de regarder droit devant elle, ses yeux fixés sur l'univers pixellisé à l'intérieur de l'ordinateur.

« Tu as vu quelque chose, Emily ? » demanda Jake, tentant de dissimuler son impatience – où bien était-ce de l'hystérie ?

Sans elle, ils étaient foutus.

Finis.

Écorchés vifs.

La petite fille regardait droit devant elle, immobile.

« Ma chérie ? demanda Mme Mitchell. Est-ce que tu as vu quelque chose ? Est-ce qu'il y avait quelque chose ? »

Aucun mouvement.

Jake sentit son excitation s'évanouir, remplacée par la douleur sourde du désespoir.

Emily sortit soudain de sa torpeur.

Elle se leva et son expression impassible se transforma en une concentration intense. Elle quitta brusquement la pièce et Jake s'apprêta à la suivre, mais Mme Mitchell lui posa une main sur l'épaule et secoua la tête.

« Elle a quelque chose en tête. Peut-être que ça vous concerne, peut-être qu'elle est simplement partie empiler des savonnettes dans la salle de bains, mais elle va faire *quelque chose*. »

Frank avait cessé de siroter son café et attendait le retour de la fillette, captivé par ce spectacle étrange. Jake était cloué sur le canapé à côté de Mme Mitchell, attendant… quoi ?

Depuis une autre pièce leur parvint le bruit de tiroirs qu'on ouvrait, d'ustensiles qu'on déplaçait. Puis le bruit cessa. De nouveaux pas lourds tandis que la fillette se rendait dans une autre partie de la maison. Une porte s'ouvrit. Se referma.

Emily revint dans le salon avec un ballon de plage sous un bras et une paire de ciseaux et quelques marqueurs dans la main. Elle marcha jusqu'à la chaîne hi-fi, l'alluma et mit un CD. La musique échevelée de Johnny Puleo and the Harmonica Gang retentit à plein volume.

Mme Mitchell se pencha vers Jake et lui murmura à l'oreille : « Elle adore ce CD. C'est le seul que j'aie le droit de passer. » Quelque chose dans le ton de sa voix laissait entendre qu'elle n'était pas trop fan.

Jake observait la fillette, fasciné.

Emily se rassit par terre et cala le ballon de plage entre ses jambes. Elle le retourna entre ses mains tel un gemmologiste cherchant les défauts d'une pierre et, lorsqu'elle trouva ce qu'elle cherchait, elle planta les ciseaux dans l'épaisse surface en caoutchouc. Le ballon poussa un soupir et se ratatina dans un long bruit de pet.

Puis la fillette au visage impassible se mit au travail avec ses ciseaux et ses marqueurs.

61

Il fallut onze minutes à Emily pour achever de charcuter le ballon de plage pendant que Johnny Puleo et son gang assenaient leur foutoir musical en guise d'accompagnement sonore. Elle travaillait vite, sans prendre le temps de réfléchir, manipulant avec adresse le caoutchouc tel un tailleur à l'ancienne découpant un patron. La plupart des gens n'auraient perçu aucune pensée ni intention derrière ses gestes – juste de l'application pure. Mais Jake reconnaissait le talent inné d'une personne née avec un don, et il comprenait pour une fois pourquoi les gens avec qui il travaillait étaient déroutés par sa façon de travailler – ils n'avaient simplement pas le langage nécessaire.

Emily lacérait le caoutchouc avec ses ciseaux, retournant la surface ridée d'un côté et de l'autre à mesure qu'elle effectuait ses coupes précises. Lorsqu'elle eut fini, son épaisse frange noire était collée à son front en sueur et la barrette jaune vif qui retenait ses cheveux pendait de travers près de sa tempe.

Elle étala le ballon par terre, surface colorée vers le bas. Les innombrables coups de ciseaux l'avaient réduit à une myriade de sections de formes irrégulières reliées par de minces fils de caoutchouc. Jake comprit que ces sections étaient des modèles miniatures des étranges petites toiles empilées dans l'atelier. Les morceaux n'étaient pas indépendants, et l'ensemble ressemblait un peu à un homard de travers avec des pieds bots bizarres et un corps difforme couvert de milliers d'écailles connectées les unes aux autres – chacune représentant une des toiles délirantes de Jacob Coleridge.

Elle découpa une dernière section et posa doucement les ciseaux par terre. Puis elle souleva les marqueurs et se mit à colorier son œuvre. À un moment, elle s'interrompit et se leva, et Jake se demanda quel était le problème. Mais elle se contenta de marcher jusqu'à la stéréo et de remettre le CD depuis le début.

« Elle n'aime que les quatre premières chansons », précisa Mme Mitchell en guise d'explication.

Emily regagna le tapis près du canapé et reprit son travail avec une rapidité de robot.

Elle mit neuf minutes de plus à colorier les derniers morceaux de caoutchouc. Lorsqu'elle eut fini, elle s'arrêta, posa les marqueurs par terre à côté des ciseaux et retourna à son puzzle à l'envers.

Mme Mitchell se tourna vers Jake et haussa les épaules.

« Je suppose qu'elle a fini », dit-elle.

Jake regardait le ballon étalé telle une bête disséquée pendant un cours de biologie.

« On dirait certaines des toiles dans votre vidéo », ajouta-t-elle.

Jake examinait le puzzle de caoutchouc incohérent, cherchant à repérer des détails qui pouvaient avoir un sens.

Frank déclara alors : « Il est à l'envers. »

Jake se leva et alla se planter de l'autre côté de l'œuvre d'Emily. Au milieu du corps tentaculaire découpé comme une carte de circonscriptions électorales, il distingua vaguement la forme d'un œil humain.

« Espèce de salaud, marmonna Jake entre ses dents.

– Quoi ? demanda Frank en venant se poster à côté de lui.

– C'est une sphère. Jacob voulait qu'elles soient rassemblées en une sphère.

– Pour quoi faire ? »

Jake s'accroupit et souleva l'un des morceaux de caoutchouc ; il était froid dans sa main.

« Pour que le tableau ne soit visible que depuis l'intérieur », répondit-il en se tournant vers son oncle.

Frank observait le modèle qu'Emily Mitchell avait fabriqué grâce à son don incompréhensible.

« Il est vraiment devenu dingue », déclara-t-il.

Jake secoua la tête et tenta de ne pas paraître trop admiratif.

« C'est génial », dit-il.

Il songea au polyèdre en inox sur la console près de la porte, la sphère que son père avait soudée plus de trente ans auparavant. Elle était à peu près de la même taille que le ballon. D'ailleurs, à bien y réfléchir, il aurait pu parier qu'elle était *exactement* de la même taille que le ballon de plage. Étrangement, son père et Emily Mitchell semblaient sur la même longueur d'onde. L'idée que les toiles dans l'atelier étaient en fait la maquette de la véritable œuvre, qu'il tenait en ce moment même entre ses putain de mains, était absolument phénoménale. Comment savait-il que nous trouverions la solution ? se demandait Jake.

Et la réponse était : *Il n'en savait rien.* Ils avaient eu du pot, une chance sur mille milliards de réussir. La gamine avait déchiffré les panneaux et elle était tombée par hasard sur un ballon de plage exactement de la bonne taille – à moins que ce ne soit la vidéo qui lui ait donné par magie l'instruction d'en trouver un. La sculpture métallique de Jacob Coleridge n'était rien qu'un cadre. Et cette chose dans sa main, ce morceau de caoutchouc froid qui lui rappelait un peu trop de la peau humaine, était la toile découpée sur mesure. C'était ce que le vieux salopard avait voulu. Une peinture sphérique qui ne serait visible que depuis l'intérieur – le moyen parfait de dissimuler son travail. Et Jake avait trouvé la solution sans le vouloir. C'était un accident, comme on en raconte parfois dans les livres.

L'idée qu'il pût s'agir d'autre chose était tout simplement ridicule.

La sensation du caoutchouc froid, presque aussi doux que de la peau, avait quelque chose de malsain. Mais il tenait enfin son tableau.

Écorchés vifs.

Jake se tourna vers Mme Mitchell.

« Merci pour votre aide. »

62

Jake et Frank avaient pris la direction de l'hôpital, mais ils roulaient cette fois contre le vent, et leur avancée était ralentie par l'aérodynamique pourrie de la grosse bête de métal. Maintenant qu'il avait une piste, Jake se sentait plus calme et il était en mesure d'observer avec stupéfaction la violence dont la nature était capable. Il se demandait si la maison de son père était toujours debout ou si elle avait été violemment arrachée du littoral par l'océan.

« Tu crois que c'est un portrait de l'assassin ? » demanda Frank en désignant du pouce les deux sacs-poubelle posés sur les genoux de Jake qui contenaient le ballon de plage mutilé.

Jake caressa le plastique sous ses doigts, se demandant ce qu'il y avait à l'intérieur.

« J'en sais rien. »

Il pensa au génie qu'il avait fallu pour pondre un tel truc – un tableau en trois dimensions qui était censé être vu de l'intérieur. Combien d'hommes étaient capables d'une telle chose ? Une poignée sur la planète tout au plus. Peut-être moins.

Et il songea à la détermination de son père, cette obsession flippante qu'il était impossible de replacer dans un quelconque contexte.

« Jacob voulait qu'on le voie de l'intérieur ? Je ne comprends pas, Jakey. »

Jake n'était pas non plus certain de comprendre.

« Toutes ces petites toiles dans la maison – toutes ces petites formes irrégulières empilées un peu partout font partie d'un tout – d'un tableau plus grand. Seules, elles ne sont rien. C'est comme une photo numérique. Quand on en regarde une de près – de trop près – on ne voit que des petits carrés de couleur, comme les carreaux d'une mosaïque. Je savais qu'elles signifiaient *quelque chose*, mais je ne comprenais tout simplement pas quoi.

– Comment il a pu concevoir ça ? Tu as vu la manière dont cette gamine a découpé ce ballon de plage ? Faut une putain d'intelligence pour faire un truc pareil. »

Frank secoua la tête d'un air sidéré et alluma une cigarette.

« Tu peux accuser Jacob Coleridge de bien des choses, mais pas d'être stupide. Et je crois que cette chose a été conçue pour être tendue sur cette sculpture dans…

– L'entrée ! s'écria Frank en tapant sur le volant. Le salaud, c'était malin. Je veux dire… » Et il s'interrompit soudain lorsqu'il prit conscience que ça signifiait que ce projet avait occupé Jacob pendant plus de trois décennies. « Oh, bon Dieu. »

Devant eux il y avait une dépression dans la route qui s'était remplie d'eau. Jake s'agita sur son siège.

« Ça a l'air profond, Frank.

– T'en fais pas. J'ai mon tuba, répondit-il, et il tapota le pare-brise, désignant un tuyau qui ressortait du capot devant Jake. Et puis, cet engin ne flotte pas – il est conçu pour se remplir d'eau pour qu'on ne perde pas de traction. Ton pantalon sera peut-être mouillé, mais qu'est-ce que ça peut foutre ? »

Jake serra plus fort la barre d'appui fixée au tableau de bord devant lui tout en gardant une main sur l'œuvre d'Emily posée sur ses genoux. Il regarda vers l'est, vers les vagues qui venaient exploser contre le littoral rongé par l'océan, et tenta de ne pas songer au fait que, si la tempête avait décidé de les noyer, un tuba ne servirait à rien.

63

Son père fixait le plafond du regard, produisant de petits sons effrayés sortis tout droit d'une histoire de fantôme pour enfants.

« Qui est-ce, Jacob ? »

Jake avait tendu l'enveloppe du ballon sur un tableau d'affichage récupéré dans la salle de repos des médecins. Il était maintenu en place au moyen de punaises, tel un spécimen rare sur une table de dissection.

Jake avait également d'autres choses en tête. Il aurait voulu demander à son père d'où il venait, où il l'avait trouvé. Qui il était vraiment. Mais il n'avait pas le temps. La tempête se déchaînait et l'Homme de sang se déchaînait lui aussi. Il n'avait plus qu'une préoccupation : retrouver sa femme et son fils.

« Qui, Jacob ? »

Jacob Coleridge regardait fixement l'objet, fasciné, avec dans les yeux une lueur qui ressemblait à de la fierté. Puis il se tourna vers son fils, et l'espace d'une seconde son regard fut celui d'un homme rationnel, sensé. Peut-être même un regard affectueux. Sa bouche se contracta, esquissant un faible sourire, le genre de sourire que Jacob n'avait jamais fait à son fils ; un sourire qui disait : *Je t'aime*.

Puis quelque chose se brisa dans sa tête, les connexions de son esprit grillèrent pour de bon, et il retomba sur son oreiller, baragouinant à voix basse.

Jake passa dix minutes supplémentaires – dix minutes qu'il n'avait pas – à essayer de faire sortir son père de son mutisme, et tout ce qu'il obtint fut quelques marmonnements suppliants et quelques larmes. Il abandonna finalement et entraîna Frank par le coude dans le couloir.

« Donne-moi les clés du Hummer. »

Frank enfonça la main dans son ciré et en tira son porte-clés, une vieille balle de 30-30 montée sur anneau auquel était attachée une unique clé. Il le lança à Jake.

« Où tu vas ? »

La cigarette pas encore allumée qu'il tenait coincée entre ses dents remua de haut en bas lorsqu'il parla.

« Tu restes avec lui. Vois s'il dit autre chose. Demande-lui à quoi tout ça rime. Demande-lui qui fait ça. Et pourquoi. » Jake songea à son père, aussi terrifié qu'un personnage de conte gothique, et il sentit une froideur l'envahir. « Tu as une arme ? »

Frank écarta son ciré et un vieux 11,43 bleuté scintilla.

« J'ai aussi mon Ka-Bar », dit-il en tapotant le manche du gros couteau de chasse qu'il portait toujours sur lui depuis la Corée.

Un grand sourire barrait son visage, et à la lueur des veilleuses, il ressemblait à Jacob.

« Reste avec papa.

– Même le diable ne passera pas, Jakey », répondit Frank, la main toujours posée sur le manche de son couteau.

Jake le scruta pendant quelques secondes.

« Il va venir, Frank. Pour s'en prendre à toi, ou à moi, ou à papa. Il ne reste plus que nous, à moins que Kay et… et… »

Il laissa sa phrase se noyer dans le vent hurlant. Ou bien le hurlement sortait-il de sa propre gorge ?

Frank tendit la main, la posa sur le bras de Jake. Il sentit ses muscles se raidir sous le tissu comme des câbles d'acier.

« Jake, t'inquiète pas. T'en fais pas pour ton père et t'en fais pas pour moi. Je suis peut-être vieux, mais je suis pas rouillé. J'ai tué à peu près tout ce qui bouge – hommes inclus – en mon temps, fiston. Je suis toujours capable de me défendre. Alors fais ce que tu as à faire pour retrouver ta femme et ton fils. »

Jake aurait voulu dire quelque chose, remercier le vieil homme, mais il savait que, s'il ouvrait la bouche, il se mettrait à chialer. Et peut-être qu'il ne s'arrêterait jamais.

Il disparut dans la pénombre de la cage d'escalier.

64

Jake mit vingt minutes à rejoindre le bureau du shérif depuis l'hôpital, un trajet qui dans des circonstances normales – même quand les touristes débarquaient pendant les longs week-ends – en prenait cinq. Le gros véhicule militaire négociait aisément les profondes ornières remplies d'eau, mais le vent, c'était une tout autre histoire. Le Hummer avait été conçu pour avancer lentement en terrain difficile – il pouvait sans problème escalader des rochers, des berges et même d'autres voitures –, mais rouler en ligne droite dans les vents hurlants qui balayaient Long Island à deux cent quarante à l'heure demandait un gros effort au lourd 4 × 4. Comme Frank, Jake se mit à parler au Hummer, lui donnant tout un tas de petits noms gentils chaque fois qu'il réussissait haut la main un nouveau test d'endurance.

Il faisait désormais nuit, et le ciel était voilé par une eau noire tumultueuse qui s'abattait violemment sur la terre. Les hauts murets de ciment qui protégeaient les pelouses de la pluie durant les gros orages d'été canalisaient les eaux déchaînées qui déferlaient désormais dans les rues comme des rivières. La ville entière était inondée et la moitié des arbres étaient déracinés. Des maisons s'étaient effondrées et il y avait des débris partout.

Il ne voyait personne dans les rues, et il se demanda dans quel état était la côte. Toute cette eau provenait-elle du déluge de pluie qui se déversait du ciel ou était-ce l'océan qui avait empiété sur la terre ? Au croisement de Front et Lang, il dut grimper sur la pelouse de l'église presbytérienne. Les vitraux étaient sombres, il n'y avait même pas la lueur vacillante d'une bougie, et Jake sut qu'elle était déserte, que personne n'était en train de prier à l'intérieur. Il trouva ça étrange car les bigots aimaient demander à Dieu de les protéger et de les aider dans ce genre de situation. Pour Jake, injurier le vieil enfoiré semblait plus logique, car après tout n'était-ce pas le Tout-Puissant qui leur envoyait toutes ces emmerdes ?

Il n'y avait toujours pas de véhicule officiel sur le parking du poste de police et il se gara près de la porte latérale, à l'abri du vent rugissant.

Le flic au sandwich, Wohl, était derrière la porte, en train de gueuler dans son talkie-walkie avec une frénésie délirante. Il s'arrêta en voyant Jake qui était trempé et paraissait cent ans plus vieux que deux heures plus tôt.

« Où est Hauser ? » aboya Jake.

Wohl désigna de la tête les deux grosses planches de chêne qui faisaient office de portes et qui avaient été bloquées à la hâte avec de la toile adhésive et deux barres d'acier. Elles ployaient et vibraient sous la force du vent qui essayait de s'engouffrer à l'intérieur pour atteindre les flics.

« Il donne un coup de main aux secouristes au centre commercial. Le gardien a reçu une poignée de porte brûlante en pleine tête.

– Vos communications fonctionnent de nouveau ? » demanda Jake en levant son MacBook.

Wohl tint son talkie-walkie entre son pouce et son index comme si c'était un étron en feu.

« Vous croyez que je gueulerai dans ce machin si on avait des satellites ? »

Jake s'immobilisa, réfléchit quelques secondes.

« J'ai besoin d'une poubelle. Environ soixante centimètres de diamètre. De la taille d'un ballon de plage. Et de quelque chose à manger. Vous avez un distributeur ? »

Wohl sourit, ravi de pouvoir enfin être utile.

« Qu'est-ce que vous diriez d'un peu de salade aux œufs avec plein d'oignons et un peu de moutarde sur du pain de seigle ? Et du café. J'ai du café. Des tonnes de café.

– Ça me va.

– Vous le buvez comment ? On n'a pas de sucre.

– Dans une tasse. »

Jake passa devant Scopes qui était appuyé contre le mur, occupé à ôter la boue de la semelle de ses bottes avec un gros couteau militaire. Celui-ci leva les yeux, vit Jake et agita son couteau.

Le visage de Kay lui apparut soudain, souriant, couvert de taches de rousseur, magnifique et plein de vie. Derrière elle, pas loin, Jeremy dansait en rond avec Elmo, tenant un biscuit dans sa main. Jake cligna des yeux pour faire disparaître les images, les renvoyer aux ténèbres dont elles avaient surgi.

Kay lui souffla un baiser. Puis elle s'évanouit dans l'ombre.

Jake engloutit deux sandwiches préparés par Wohl, suivis de deux tasses de café. Puis il se mit à travailler sur le ballon découpé.

Comme il n'avait pas le temps de retourner chez son père pour récupérer la structure d'acier qui était posée sur la console dans l'entrée, il devrait se contenter de bidouiller quelque chose. Il tapissa donc l'intérieur d'une grosse poubelle de papier absorbant auquel il donna grossièrement une forme de boule et déposa l'enveloppe du ballon à l'intérieur. Il tassa le tout et fut surpris de constater que son imitation minable fonctionnait plutôt bien.

Tandis qu'il essayait d'aligner les diverses parties, qui glissaient les unes sur les autres comme une poignée de médiators, il aperçut de vagues bouts de visage ici et là. Presque un nez. Un morceau d'œil. Une fossette. Il parvint finalement à suffisamment étaler le plastique au fond de la poubelle pour ne plus avoir qu'à procéder à de légers ajustements. Et lorsque chaque section fut à sa place, il découvrit enfin ce qu'avait dessiné Emily Mitchell.

C'était un portrait.

Un portrait fidèle.

La gamine avait fait un boulot incroyable.

Mais Jake savait que ce n'était pas ce que son père avait peint sur les toiles qui se trouvaient chez lui.

Impossible. Absolument impossible.

Et pour la deuxième fois de la soirée, il sentit le poing chaud de la défaite lui nouer l'estomac. C'était fini – il avait laissé passer sa dernière chance. Il savait que son père avait essayé de lui révéler qui avait enlevé Kay et Jeremy, et il ne lui restait plus que de la peine, de la colère et de la frustration.

Maintenant il ne les retrouverait jamais. Ni Kay. Ni Jeremy.

Écorchés vifs.

Disparus.

Écorchés vifs.

À jamais.

Scopes fit irruption dans la pièce.

« Agent spécial Cole, la légiste est au téléphone. »

Sans lever la tête, Jake répondit entre ses mains :

« Je croyais que les téléphones ne fonctionnaient pas.
– En fait, il n'y a qu'eux qui ont tenu le coup. Elle est sur la ligne trois. »

Jake tituba jusqu'à la vieille table en chêne dont le plateau portait d'innombrables marques de tasses de café et de brûlures de cigarette. Il décrocha le combiné et enfonça le troisième bouton.

« Cole à l'appareil.
– Agent spécial Cole, docteur Reagan. Deux choses. Tout d'abord, le sang sur le tee-shirt d'enfant que vous avez apporté ce matin est identique à celui de l'enfant découvert chez les Farmer. Il n'a pas encore été séquencé, mais il est du groupe AB négatif. »

Jake revit Jeremy debout au bas des marches, la tête inclinée sur le côté, des larmes roses coulant sur son visage.

« Et ?
– Et la deuxième chose est que la personne qui a tué Rachael Macready lui a coupé la langue. J'ai initialement cru qu'elle se l'était mordue comme Madame X, mais elle n'était nulle part dans la maison.
– Vous avez vérifié dans son estomac ? »

Il y eut un silence à l'autre bout du fil tandis que le docteur Reagan ravalait sa salive, bruyamment.

« Elle n'était pas dedans, même si je ne m'attendais pas à l'y trouver. » Elle avait désormais ce ton méfiant, celui que toutes les personnes qui le fréquentaient finissaient tôt ou tard par avoir quand ils commençaient à comprendre combien il connaissait intimement ces monstres. « Vous avez plus d'expérience que moi avec ce genre de meurtre – qu'est-ce que ça vous suggère ? »

Jake repensa aux innombrables meurtres qu'il avait vus au cours des années qu'il avait passées à traquer des assassins. Il s'agissait généralement de types psychologiquement déglingués qui résolvaient comme ils pouvaient un banal problème freudien. Edmund Kemper était l'illustration même de ce genre de fonctionnement ; il avait tué six femmes avant de trouver le courage de s'en prendre à celle dont il voulait vraiment se débarrasser. La solution était généralement assez simple. Il répondit la première chose qui lui vint à l'esprit.

« Il la considérait comme une traîtresse.

– Pourquoi ? »

La conversation qu'il avait eue avec Hauser dans l'après-midi lui revint à l'esprit.

« Elle m'a aidé. Elle a aidé mon pè… » Les mots se coincèrent dans sa gorge lorsque l'image d'Emily Mitchell avec sa barrette jaune vif lui apparut soudain. « Oh, mon Dieu. »

Jake raccrocha brutalement le téléphone et renfila son poncho de la police. Il se précipita dans le couloir en direction de la porte de derrière et hurla à l'intention de Scopes.

« Contactez Hauser ! Dites-lui de me retrouver chez Mme Mitchell. Immédiatement ! »

Il sortit en trombe et se jeta dans les tourbillons hurlants de l'ouragan qui, petit à petit, anéantissait tout ce qui lui restait.

65

Le 4 × 4 projetait d'énormes panaches d'eau autour de lui tandis qu'il fonçait à travers les rues vides de Southampton, à tel point que les Hébreux auraient pu le suivre dans son sillage. Depuis qu'il avait quitté le bureau du shérif, il avait traversé deux rivières que l'ouragan avait fait apparaître en ville, et à chaque fois la flotte avait littéralement recouvert le capot – étrangement, le tuba de Frank semblait remplir sa fonction car le moteur n'avait pas eu le moindre raté. Quand il n'était pas obligé d'avoir recours à des tactiques de marin, Jake roulait pied au plancher et traversait à toute allure la ville désertée. Mais, au bout d'un moment, il s'aperçut qu'il ferait bien de ralentir s'il ne voulait pas retourner le 4 × 4 de Frank et se retrouver à se noyer seul au milieu d'une des rues abandonnées.

Les quartiers plongés dans l'obscurité avaient quelque chose de sinistre, de postapocalyptique. Et plus il s'éloignait du bureau du shérif – plus il s'enfonçait dans Southampton –, plus la sensation était intense. Durant tout le trajet jusqu'à la maison des Mitchell, il songea au portrait fragmenté. Était-ce simplement le produit de l'esprit ravagé de Jacob, ou bien était-il censé représenter l'Homme de sang ? Jake était certain qu'il avait laissé toutes ces toiles sans visage pour qu'il les voie, pour piquer sa curiosité, le pousser à réfléchir. Le pousser à chercher.

Mais alors pourquoi n'avait-il pas dit à Jake qui était l'assassin ? Pourquoi n'avait-il pas laissé un mot ? Une lettre ? Pourquoi cette approche façon poupées russes ? Une énigme dissimulée dans une énigme dissimulée dans une énigme dissimulée dans une… Putain de merde, c'était sans fin !

Jake parcourut mentalement l'album familial, tentant de découvrir sur les pages poussiéreuses quelque chose qui pourrait expliquer pourquoi son père avait fait ça.

Il savait que ça lui était destiné ; observer était son métier – même son père le savait. Planquez une aiguille dans une botte de foin, planquez la botte de foin dans un champ de bottes de foin, et lâchez Jakey avec son sixième sens, et il trouverait l'aiguille, il comprendrait, il résoudrait le mystère.

Seulement ce n'était pas juste un mystère. Plus maintenant. Ce n'était plus ni un boulot ni un jeu ni même une obsession. C'était un besoin.

Quelque chose lui disait que Kay et Jeremy étaient vivants. Pourquoi ? Parce qu'on n'avait retrouvé aucun corps. Et cet enfoiré – cet Homme de sang – aimait laisser un petit souvenir à ses admirateurs.

Et s'il ne se noyait pas, s'il n'était pas écrasé par une chute d'arbre ou terrassé par une décharge électromagnétique, il savait qu'il trouverait le type qu'il cherchait. Il le trouverait.

Et il lui collerait le canon de son revolver contre la tête et y ouvrirait un trou aussi vaste que le ciel.

66

Jake se gara sur la pelouse de la maison des Mitchell et le véhicule de quatre tonnes s'enfonça jusqu'aux jantes dans l'herbe trempée. Il ouvrit la portière d'un coup de pied et bondit dans l'eau qui lui grimpait jusqu'au tibia. La rue était inondée, le quartier était inondé, la pelouse était inondée. Dans une heure tout serait dévasté. Il se demanda si Wohl avait joint Hauser et si le shérif était en route. Il aurait aimé qu'il soit là, ou Scopes, ou n'importe qui d'autre, parce que si cet enfoiré se pointait…

Il traversa dix mètres de pelouse, fendant le courant qui s'accrochait à ses pieds comme trente centimètres de ciment humide. Des bougies vacillaient désormais dans quelques pièces et Mme Mitchell avait apparemment allumé la vieille lampe à pétrole qui se trouvait sur la table dans l'entrée. Il vit du mouvement à l'intérieur. Une ombre apparut à la grande fenêtre de devant, s'arrêta pour regarder dehors. Jake reconnut la silhouette de Mme Mitchell. Son pouls ralentit légèrement.

Son pied heurta la marche de béton précontraint et il se rattrapa à la rampe d'acier. Mme Mitchell ouvrit la porte. Elle sourit brièvement.

Et Jake le vit alors. Derrière elle, debout dans l'entrebâillement de la porte de la cuisine. Pendant un instant, il crut que c'était son propre reflet, mais l'homme bougea alors.

Il tenait à la main un couteau qui produisit un scintillement de mort dans l'obscurité.

La silhouette était vague, mais Jake la reconnut ; c'était l'homme sans visage que Jacob avait barbouillé sur le mur avec son sang. L'homme du portrait. L'Homme de sang.

Jake passa la main sous son poncho, l'enfonça dans sa veste, et il sentit le caoutchouc chaud et sec de la crosse de combat de son revolver.

La silhouette derrière Mme Mitchell bougea. Sursauta.

Jacob posa l'index sur la détente et commença à dégainer son arme. Il ouvrit la bouche pour hurler, pour la mettre en garde. Le visage de Mme Mitchell changea lorsqu'elle vit son expression, lorsqu'elle le vit attraper son pistolet sous son poncho, et elle commença à se retourner, à regarder derrière elle.

Jake vit la silhouette sans visage bouger dans l'obscurité.

Il y eut une déflagration sourde suivie d'un claquement retentissant qui illumina le ciel comme un générateur d'un million de watts en surtension. La terre résonna tandis que la foudre frappait, et le sol s'embrasa, tuant tous les vers de terre à trois cents mètres à la ronde.

Jake vit le monde s'illuminer pendant une milliseconde, puis toutes les lumières s'éteignirent. C'était comme s'il n'y avait plus de vie.

Il tomba en arrière.

Loin.

Loin du monde.

Loin des marches.

Loin de Mme Mitchell et d'Emily et de tout ce qu'il s'était promis de sauver des griffes de l'Homme de sang.

67

Jake se tenait dans l'entrée, le vacarme de la tempête qui pilonnait la maison n'était qu'un bruit de fond lointain, à peine audible derrière le crépitement électrique qui résonnait dans sa tête. Il regarda le cuir chevelu d'Emily Mitchell, posé sur le pilastre, une calotte de mèches brunes retenues en arrière par une barrette jaune vif. L'arête de son nez et un sourcil étaient visibles en dessous. Le reste gisait dans le salon au milieu d'un faux tapis persan bon marché saturé de sang et jonché de pièces de puzzle. La chose qui avait été sa mère était à côté d'elle, étendue de tout son long et méconnaissable.

Hauser était en train de vomir dehors, et Jake espérait qu'il le faisait dans le sens du vent. Cette pensée lui vint malgré lui, tandis qu'il examinait la chevelure de la fillette, négligemment balancée sur le pilastre comme une casquette, légèrement de travers.

Hauser et son agent avaient découvert Jake flottant près de la route. Le poncho rempli d'eau avait agi comme une ancre et l'avait empêché d'être emporté par le courant. Il était inconscient, et Hauser l'avait secoué, lui avait donné des claques, hurlé dessus. Ses yeux s'étaient péniblement ouverts et sa première inspiration avait explosé dans sa poitrine comme une bombe atomique. Il s'était redressé, avait crié le nom d'Emily Mitchell. Hauser avait couru jusqu'à la maison. Arraché la porte grillagée de ses gonds. Et il était ressorti en titubant quinze secondes plus tard et avait dégueulé dans le marécage qui quelques heures plus tôt avait été un jardin.

Jake s'était relevé, son cerveau grinçant comme un ressort de dessin animé tandis qu'il essayait d'empêcher le monde de vaciller tout autour de lui. Puis il avait péniblement traversé la pelouse avant de trébucher sur les marches comme un ivrogne qui tenterait d'atteindre les toilettes à temps.

La mère et la fille étaient dans le salon. Du moins ce qu'il en restait.

68

Jake gravissait en traînant des pieds l'escalier de l'hôpital éclairé par des veilleuses, passant machinalement d'un halo de lumière au suivant. Il était complètement trempé, le cuir humide de ses bottes frottait contre ses tibias, et à chacun de ses pas de l'eau s'insinuait entre ses orteils, lui rappelant que la tempête était loin d'être finie. Il était quasiment à bout de forces, et la seule chose qui faisait que son cœur continuait de battre et ses jambes de le porter était qu'il avait peut-être encore une chance de sauver Kay et Jeremy. Il se demandait s'il y avait quoi que ce soit d'un tant soit peu rationnel dans cette idée, ou si c'était juste un espoir aveugle. Après tout, il n'y avait pas de cadavres. C'était quelque chose, non ? Parce que ce type aimait laisser sa signature – Jake empêcha l'image d'éclore dans sa tête. Il ne pouvait pas – ne voulait pas – penser à ça. Pas quand il s'agissait de sa femme et de son fils.

Il poussa la porte d'acier et pénétra dans le couloir.

Le deuxième étage de l'hôpital de Southampton vibrait de la voix collective des patients alités, effrayés, infirmes. Les lumières avaient été baissées à trente pour cent de leur puissance pour préserver le générateur. Dans la semi-pénombre, le linoléum du couloir ressemblait à une pizza de supermarché cancérigène, le genre d'aliment dont on n'aurait su dire s'il était d'origine animale, végétale ou minérale. Tous les patients en état d'être déplacés avaient été transférés après qu'une montagne d'autorisations avaient été signées, et ceux qui restaient étaient principalement en soins palliatifs ou en soins intensifs. Le murmure des malades était accompagné du bruit des fenêtres qui s'agitaient dans leurs montants et du claquement caractéristique de toitures métalliques en train d'être torturées par le vent quelque part dehors.

Frank était dans le bureau des infirmières, tentant d'obtenir un Tylenol pour vaincre le mal de tête que les gémissements incessants de la tempête et des patients avaient fait naître.

Jake passa à côté lui, la lumière faible transformant son ombre en une longue silhouette arachnéenne.

Le couloir était plus sombre qu'il ne l'avait été deux heures auparavant, et les sons qui provenaient des chambres évoquaient plus un zoo nocturne plein de grognements d'animaux qu'un endroit où les gens venaient se faire soigner. À chaque inspiration il sentait la puanteur caractéristique de la peur.

La porte de la chambre de son père était la seule à être fermée. Il l'ouvrit et vit Jacob Coleridge ligoté, les sangles de nylon et les brillantes boucles chromées luisant absurdement dans la pièce obscure. En entendant ses pas, son père tourna la tête tel un mannequin de supermarché actionné par un mécanisme rudimentaire, ses cheveux faisant un bruit de frottement contre l'oreiller. Ses yeux étaient pleins de terreur. Un son doux jaillit du fond de sa gorge, un faible gargouillis.

Du coin de l'œil, à la limite de son champ de vision, Jake aperçut la table de chevet, quelque chose de terne et d'inerte dessus, l'éclat vif de l'acier. Il ne détourna pas le regard, ne détacha pas ses yeux du visage du vieil homme, même si chaque fibre de son cerveau lui hurlait de regarder la chose qu'il n'apercevait que vaguement.

Le visage de Jacob Coleridge, à peine visible dans l'obscurité, était couvert du même graffiti sanglant que celui qui avait orné le visage de Jeremy dans la matinée. Ses orbites et ses fossettes étaient sillonnées de traits d'un noir rougeâtre qui traçaient le contour du crâne sous sa chair. Les sinistres dents grossièrement peintes sur sa bouche s'ouvrirent, et ses lèvres formèrent un O noir, telle une orbite oculaire vide. Le râle doux qui frémissait dans sa gorge se fit plus fort, comme l'appel lointain d'un animal blessé, et du sang s'échappa de sa bouche et lui coula sur le menton, éclaboussant sa poitrine.

Jake fit un pas en direction de son père et le cri lugubre se transforma en un hurlement perçant qui était censé être un *non* mais n'était en fait qu'une longue voyelle torturée. Sans avoir besoin de regarder, Jake sut que la chose inerte posée sur la table de chevet, à côté du rasoir de sûreté dont la lame brillante était couverte de traces de sang et de mucus, était la langue de Jacob Coleridge.

69

Après que son père eut été transféré d'urgence au bloc, Jake attrapa Frank par le bras et l'entraîna dans la cage d'escalier.

« Putain, t'étais où ? » lança-t-il, furieux.

Frank avait l'expression ahurie d'un survivant après un accident d'avion.

« Je… je suis resté là tout le temps, Jakey. » Le vieil homme se mordilla la lèvre inférieure et ses dents firent un bruit doux en frottant contre sa barbe. « Je ne suis même pas sorti fumer une clope. » Pour illustrer son propos, il tint en l'air une cigarette tordue dont le filtre était mâchouillé. Puis il marqua une pause et les muscles de son visage s'animèrent. « Attends une seconde ! Attends une putain de seconde ! » Il pointa le doigt vers Jake. « Tu ne t'imagines pas que… ! »

Les pupilles de Jake étaient comme deux têtes d'épingle noires enfoncées dans sa tête. Parmi les ombres obscures que projetait l'éclairage faible, son visage était sans expression. Il réfléchit une seconde à la question.

« Non, je ne m'imagine rien.

– Alors, qu'est-ce qui se passe, Jakey ? » demanda Frank en se balançant sur la pointe des pieds.

Jake secoua la tête. C'était le geste d'un homme vaincu par une longue série d'échecs.

Il se mit à arpenter de long en large le petit palier.

Frank alluma finalement la cigarette qu'il mâchouillait depuis deux heures. Le bruit du briquet claqua comme un coup de feu dans l'étroite cage d'escalier, et la flamme projeta une lueur plus vive que l'ampoule terne censée l'éclairer.

« Jakey, je n'ai pas quitté cette chambre plus de cinq minutes avant ton retour. Personne n'est entré. » Il porta la cigarette à sa bouche et tira une longue bouffée. « Personne, Jakey. »

Le vieil homme plissa les yeux et son visage se crispa. Jake y lut de la peur, et il se demanda ce que Frank ne lui disait pas.

Il continuait d'arpenter le sol constitué de plaques de tôle. Un coup de tonnerre ébranla le bâtiment et recouvrit le bruit de ses bottes. Il tournait en rond comme un prisonnier dans sa cellule pendant que Frank tirait sur sa cigarette, enveloppant le filtre de la main tel un gamin fumant en cachette à l'école.

« La gamine, elle a dessiné quoi ? Tu as eu le temps de voir ? »

Jake s'immobilisa, leva la tête.

« Elle a repris le concept de mon père, mais son dessin n'avait rien à voir avec ce qu'il a peint. En revanche, elle a pigé les formes. »

Frank laissa tomber sa cigarette et l'écrasa du talon.

« Elle est morte », ajouta Jake.

Frank tressaillit.

« Morte ? Qui… » Et alors il comprit. « Bon Dieu. Comment ? »

Jake saisit une cigarette dans la poche de Frank et l'alluma.

« Comme les autres, Frank. Sa mère aussi. C'est la façon de procéder de ce type. »

Frank poussa un soupir qui sembla lui faire perdre quelques centimètres et une grande partie de sa prestance.

« Où est le portrait ?

– Au fond d'une poubelle dans le bureau d'Hauser. »

Jake s'aperçut soudain qu'il était épuisé et mort de froid. Il ne sentait plus ses doigts et avait l'impression que sa poitrine renfermait un bloc de glace.

« J'ai besoin d'une douche chaude, de vêtements secs et d'environ mille ans de sommeil.

– Va te reposer dans l'une des chambres vides. On est en Amérique, Jakey. Tu as le droit de le faire.

– Pas possible. Kay, Jeremy. Je n'arrêterai que quand je saurai… » Il resta quelques secondes silencieux, puis se ressaisit. « Je dois parler à Hauser. Je dois retourner au commissariat.

– Et ton père ? » demanda Frank.

Jake commença à descendre l'escalier.

« Ils vont l'opérer. Je ne peux rien faire ici. Allons-y. »

Frank resta figé, son pied flottant à quelques centimètres au-dessus de la première marche.

« Et si ce… type… revient ? »

Une image floue apparut soudain sur l'écran de télé mental de Jake, la silhouette qui s'était tenue dans le couloir derrière Mme Mitchell.

« S'il voulait la mort de mon père, il ne lui aurait pas simplement coupé la langue. C'est sa putain de tête qu'il aurait tranchée, Frank. Il n'est plus ici. »

Que pouvait-il dire d'autre ? Qu'il n'avait vraiment rien à foutre de son père, pas s'il devait choisir entre le vieux salopard et sa femme et son fils ? Non, il ne pouvait pas dire ça. Pas à voix haute.

Frank tira une nouvelle cigarette et commença à descendre l'escalier.

« S'il en a fini avec tous les autres, Jakey, c'est à toi qu'il va s'en prendre maintenant. »

Jake sentit le bloc de glace remuer dans sa poitrine.

« J'y compte bien. »

À cause du vent, il dut y aller à coups d'épaule pour ouvrir la porte d'acier de la sortie de secours. Il eut un mal de chien à la tenir le temps de laisser passer Frank, puis il la referma en la poussant à deux mains.

Ils voûtèrent les épaules pour se protéger des bourrasques et se dirigèrent aussi vite que possible vers le Hummer qui était garé sur la pelouse à l'angle de l'hôpital. Jake enjamba une boîte aux lettres que la tempête avait projetée sur le parking et coincée contre le flanc du véhicule. Une toiture de maison gisait par terre à gauche du 4 × 4, ses bardeaux arrachés, des solives ressortant comme des os brisés.

Il grimpa à l'intérieur, attacha sa ceinture, inséra la clé dans le contact et se figea.

Un tee-shirt était posé sur le volant, comme une serviette en train de sécher. Il portait des dizaines de lacérations, et le coton autrefois bleu clair était désormais maculé de taches noires. David Hasselhoff lui faisait un grand sourire obscène depuis le tissu ravagé, et les lettres vives qui disaient *Emmerdez pas The Hoff* étaient couvertes de traînées de sang.

C'était un cadeau – une carte postale –, un mot destiné à lui faire savoir que quelqu'un pensait à lui. *Je m'éclate comme un fou. Dommage que tu ne sois pas là.*

Jake hurla.

70

Jake serrait une tasse de café chaud entre ses mains et il sentait presque de nouveau ses doigts. Hauser avait réussi à lui dégoter un jean et un tee-shirt, et les vêtements chauds combinés au café avaient presque fait cesser ses tremblements. Il était sur une chaise en bois dans la salle d'interrogatoire où il avait à la hâte reconstitué le portrait dessiné par Emily Mitchell. Hauser était assis sur le bord de la table, serrant lui aussi une tasse de café, et manifestement aussi épuisé que Jake. Frank se tenait dans un coin de la pièce, avalant un sandwich tout en fumant une cigarette qu'Hauser l'avait à contrecœur autorisé à allumer à l'intérieur. Le tee-shirt ensanglanté de Kay était posé sur la table dans un sachet en plastique transparent.

Jake et Frank étaient arrivés au bureau du shérif juste après que ce dernier était revenu de chez Mme Mitchell – vu les circonstances, la scène de crime devrait attendre, et Hauser avait laissé sur place son agent le moins expérimenté (c'est-à-dire, celui dont il pouvait le plus aisément se passer pendant l'ouragan) pour s'assurer que personne ne contaminerait les lieux. L'ancien *quarterback* d'ordinaire calme montrait des signes de tension à force de voir la communauté qu'il avait juré de servir et protéger être ravagée par des forces sur lesquelles il n'avait aucune emprise. Après que Jake l'avait mis au courant de ce qui s'était passé à l'hôpital, il avait débité une longue – et impressionnante – litanie de jurons. Et maintenant que la décharge d'adrénaline initiale était passée, les trois hommes étaient murés dans un silence éreinté.

C'est Frank qui parla : « Ce sandwich a un goût de merde. »

Hauser secoua la tête.

« Il aurait peut-être meilleur goût si vous ne fumiez pas en même temps. »

Frank poussa un grognement méprisant et retourna à sa pause clope/sandwich.

Hauser croisa les bras. Il regarda Jake, plissant ses yeux injectés de sang.

« Qu'est-ce qu'on fait pour empêcher ce type de continuer ? On attend qu'il n'ait plus personne à tuer ?

– Je dois le trouver. Il y a un moyen. Il a un but, mais je ne le vois pas.

– Comment vous pouvez rester là à analyser les choses calmement ? Votre femme… » Il souleva le sachet avec le tee-shirt humide à l'intérieur. « … et votre fils… ont disparu ! Ce salaud tient votre famille et vous restez là aussi immobile que le putain de rocher de Gibraltar. Bon Dieu, c'est quoi votre problème ? »

Jake se leva d'un bond et jeta sa tasse vers la vitre sans tain. Elle l'atteignit en plein centre et explosa, projetant de la céramique et du café à travers la pièce.

« Vous croyez que je suis calme ? Je suis à deux doigts de sortir et d'exécuter le premier type que je croise au cas où ce serait lui ! Je suis sincèrement désolé pour Madame X et son fils et Rachael Macready et David Finch et Mme Mitchell et sa fille et mon père et tous ceux qui ont souffert à cause de lui – *sincèrement*. J'aimerais être compréhensif. J'aimerais croire au sacrifice. Mais je n'y crois pas. Et je n'y croirai jamais. Je les échangerais tous contre ma femme et mon fils. Et tant que je ne les aurai pas récupérés, je m'acharnerai jusqu'à ce que la brûlure qui me ronge les tripes se transforme en désespoir, alors seulement j'abandonnerai. » Jake pointa le doigt vers Hauser et ses yeux s'emplirent de larmes. « Et mon seul moyen d'y parvenir – mon seul moyen de ne pas me coller ce truc dans la bouche, hurla-t-il en tapant sur le holster fixé à sa ceinture, c'est de me rappeler que ce monstre va continuer jusqu'à ce que je l'en empêche. Alors que vous, vous pouvez continuer de nous rabâcher que vous n'êtes qu'un pauvre flic de campagne, mais ce n'est certainement pas vous qui y arriverez ! Pas avec votre putain de troupe d'abrutis inexpérimentés ! La seule chance que nous avons de réussir – la seule personne qui puisse trouver cet enfoiré –, c'est *moi*. Il est ici pour moi. Et vous voulez que je vous dise une chose, Mike ? J'espère qu'il va me trouver. Je prie pour que le coup du sort qui l'a placé sur mon chemin il y a toutes ces années l'y place de nouveau, parce que lui et moi on va avoir une petite discussion. » Les yeux de Jake s'assombrirent légèrement. « Et un seul s'en sortira vivant. »

Hauser fit la moue.

« Alors, qu'est-ce qu'on fait maintenant ?

– Je rentre à la maison. C'est là que ça a commencé, et c'est là que ça s'achèvera. Je ne sais pas comment je le sais, mais je le sais. Il va venir me chercher. Il est *obligé*. »

La porte s'ouvrit soudain et Wohl fit irruption.

« Agent spécial Cole, nous avons une liaison satellite. Je ne sais pas comment ça se fait – la tempête ne s'est pas calmée – mais ça fonctionne. Je ne sais pas combien de temps ça va durer. »

Jake attrapa son ordinateur portable qui était posé sur la table à côté du sachet en plastique à l'intérieur duquel le David Hasselhoff couvert de sang continuait de sourire.

« Il va me falloir quelques minutes.

– Vous pouvez prendre tout le temps que vous voulez, répondit Wohl en haussant les épaules, mais pour ce qui est de la liaison satellite, c'est la nature qui décidera. »

Jake suivit Wohl, et Hauser ferma la marche. Frank préféra rester dans la salle d'interrogatoire maintenant qu'il avait un endroit où fumer.

La salle de communication était à peu près ce à quoi Jake s'attendait : une paire d'émetteurs radio – un actif et un de secours – qui clignotaient comme des machines à sous ; trois ordinateurs dotés d'énormes écrans pour retracer les appels passés depuis des téléphones portables ou des PDA ; et un assortiment de serveurs et de routeurs, tous branchés sur le générateur.

Jake s'assit et l'agent chargé des communications, Mary Skillen, le salua de la tête.

« Nous avons une connexion depuis une minute et trente et une... trente-deux... trente-trois secondes. Elle ne va pas durer éternellement. » Elle tenait à la main un câble Firewire et un document imprimé. « Voici le code pour accéder au système. Envoyez votre message aussi vite que possible. »

Comme dans une mauvaise pièce de théâtre, les lumières choisirent cet instant pour se mettre à vaciller, et Jake entendit les trois agents retenir leur souffle. Il ignora la baisse de tension et brancha son MacBook, le connecta au serveur. Il n'espérait plus rien et fonctionnait à ce stade en pilotage automatique.

Skillen avait les yeux collés à l'écran du serveur.

« Vous pouvez y aller, agent spécial Cole. »

Jake se connecta au service e-mail du FBI et chargea la vidéo qu'il avait enregistrée – la première moitié avec Kay, la seconde avec Spencer. Au bas de l'écran, le curseur de la barre d'état commença à avancer à une allure effroyablement lente.

« Vous croyez vraiment que c'est un portrait du tueur, Jake ? » demanda Hauser depuis l'entrebâillement de la porte.

Jake haussa les épaules.

« J'en sais rien. Peut-être que c'est encore une impasse. Mais mon père s'est donné beaucoup de mal, il s'est sacrément creusé les méninges pour faire ça. Et je ne crois pas que c'était simplement l'artiste en lui qui parlait. Il essayait de me dire *quelque chose*. Les tapis qui composaient un portrait, le tableau peint avec son sang, le Chuck Close avec les yeux découpés. C'étaient des messages – des indices – pour me faire comprendre que je devais regarder les choses avec une perspective différente. Avec *sa* perspective.

– Votre père avait une grande foi en vous », déclara lentement Hauser.

Jake n'y avait pas songé, mais maintenant qu'Hauser le disait, il s'apercevait qu'il avait raison ; ce n'était pas le genre de chasse aux œufs de Pâques que tout le monde pouvait réussir. Il avait réellement placé une grande confiance en lui.

Il regardait la barre d'état avec le sentiment que le curseur défilait à l'envers. Puis il atteignit trois pour cent… trois et demi pour cent.

Le seul bruit était celui de l'ouragan dehors, désormais à son apogée. Hauser attendait le passage de l'œil, qui leur apporterait quelques heures de répit bien mérité pour recharger leurs batteries. Puis viendrait le deuxième acte, et un nouveau déluge biblique s'abattrait sur Long Island, achevant le boulot, mettant par terre les quelques constructions humaines qui auraient eu l'audace de résister. Avec un peu de chance, ils s'en sortiraient tous.

Mais le mot *chance* avait été progressivement rayé du lexique de Hauser. Il avait connu la malchance – la fois où il s'était bousillé le genou sur un terrain de football lui en avait donné un bon aperçu – mais cette histoire avec Jake et l'Homme de sang avait dépassé le stade de la simple malchance le jour où sa mère avait été assassinée des années plus tôt. Pour le shérif, il s'agissait plutôt d'une malédiction.

Et il savait qu'on ne pouvait rien contre une malédiction.

71

Frank et Jake se dirigeaient vers le nord-est sur la route 27, vers la pointe. Ils roulaient sur la voie inverse parce qu'elle était plus éloignée de la côte. Sur leur droite, des vagues de quinze mètres s'abattaient sur la plage et défonçaient tout jusqu'à la route, cent mètres plus loin, où elles explosaient contre le talus, projetant des tonnes de flotte en l'air. Près d'un mètre d'eau agitée couvrait l'asphalte, et Frank devait constamment braquer vers la droite pour empêcher le lourd 4 × 4 de finir dans le fossé. De temps à autre, le courant soulevait légèrement le Hummer, le faisant dériver sur le côté ; Frank donnait alors un coup de volant brutal et enfonçait l'accélérateur tout en hurlant. Jusqu'à présent, ça s'était produit trois fois en six kilomètres, et ils savaient l'un comme l'autre que s'ils continuaient à ce rythme, la loi des rendements décroissants garantissait qu'ils finiraient par être emportés. Mais maintenant que le pire de la tempête était passé, ils avaient peut-être une chance – une chance infime – de s'en sortir. Alors ils continuaient. Pour Jeremy et pour Kay, et pour la simple et bonne raison qu'ils ne pouvaient rien faire d'autre. Encore ce bon vieux destin.

Le sol du 4 × 4 était rempli d'eau – une particularité de la conception qui assurait que le Hummer ne perdait pas de traction lors d'inondations soudaines ou dans des zones marécageuses. Ça faisait des heures que Jake avait les pieds trempés, et il se demandait s'ils seraient de nouveau secs un jour.

Hauser lui avait conseillé de rester au commissariat, mais Jake avait insisté pour partir. Il savait que les chances que la route soit encore là étaient aussi minces que celles de retrouver la maison intacte, mais quelque chose lui disait qu'il devait y aller. Au moins on saurait où le trouver. Même si ça ne changeait pas grand-chose à ce stade. Et puis, il ne voyait pas ce qu'il pouvait faire d'autre.

Les murs d'eau dignes de l'Ancien Testament qui s'abattaient sur la route faisaient comprendre à Jake pourquoi les hommes primitifs considéraient les tempêtes comme une manifestation de la colère divine. D'épaisses coulées d'eau de mer venaient frapper le talus jonché de rochers le long de la route, puis elles se dressaient dans les airs et retombaient sur la chaussée dans un claquement étouffé. Frank les percutait de face pour que les pneus restent collés à la route ; un véhicule plus petit aurait été emporté. La route était si dangereuse qu'il avait fallu un coup de fil d'Hauser pour qu'ils soient autorisés à franchir le barrage qui bloquait l'accès à la pointe de Long Island.

Avec la quantité de débris qu'escaladait le 4 × 4 ils auraient pu bâtir une petite ville. On aurait dit qu'une explosion nucléaire venait de se produire ; au moins une douzaine de maisons gisaient aplaties sur le bitume comme des boîtes à chaussures écrasées. Tout un tas d'objets – depuis des abat-jour ratatinés jusqu'à une section de terrasse en cèdre longue de dix mètres – traversaient la route, et Frank n'arrêtait pas de donner de petites tapes sur le tableau de bord en disant à sa bagnole qu'elle était une brave fille. Et quand ça ne suffisait pas, il lui donnait d'autres noms.

Jake fumait une cigarette, et il décida que, quand tout serait terminé, il se prendrait la cuite du siècle. Il en avait sa claque. Et sans Kay et Jeremy, plus rien n'avait d'importance de toute manière.

Il avait l'impression qu'ils avançaient aussi lentement que la tectonique des plaques, mais quand il regardait dehors et trouvait un repère à la lueur des puissants phares, il s'apercevait qu'ils approchaient de leur destination. À ce train-là, ils seraient à la maison dans dix minutes.

Alors commencerait la véritable attente.

Jake passa mentalement en revue tout ce qu'il savait, analysant toutes les données, et il comprit que quelque chose lui échappait – quelque chose qui pourrait expliquer pourquoi les choses s'étaient passées ainsi.

« Je veux savoir pourquoi, prononça-t-il malgré lui à voix haute.

– Pardon ? »

Frank évita un bateau de plaisance de sept mètres qui gisait sur le flanc et dérivait lentement en travers de la route.

Une vague jaillit dans l'obscurité et se dressa à côté du 4 × 4 comme une paroi de falaise. Jake se crispa tandis qu'elle s'abattait, et Frank braqua dans sa direction. Le 4 × 4 piqua du nez au moment de l'impact, puis se redressa. Frank accéléra pour augmenter l'adhérence et le véhicule resta miraculeusement sur la route.

Lorsqu'il eut repris son souffle, Jake déclara : « Ce type m'a pris ma mère. Maintenant, il m'a pris tout le reste. Pourquoi ?

– Le même type ? Après tout ce temps ? Il doit être vieux – enfin quoi, elle a été tuée il y a trente-trois ans. » La cigarette de Frank diffusa une lueur orange lorsqu'il tira dessus. « Bon Dieu, ce que ça passe vite. Je me souviens du jour où elle a été assassinée comme si c'était hier. Ton père avait une grosse exposition à New York et ç'avait été un succès. Un vrai carton. Il voulait rester en ville pour se prendre une cuite avec ses copains peintres et ses amis fêtards. Ta mère a voulu rentrer pour être auprès de toi. Elle s'inquiétait pour toi, tu sais ? »

Jake esquissa un petit sourire.

« Elle n'est pas restée à New York. Je l'ai ramenée à sa voiture et nous avons fait la route ensemble. On est tombés à court de clopes, mais elle n'a même pas voulu s'arrêter au Kwik Mart parce qu'elle voulait te retrouver. Elle n'a même pas voulu me ramener jusque chez moi, j'ai dû descendre à l'angle de la rue et finir le chemin à pied, se souvint Frank en souriant.

– On dirait qu'elle te manque aussi, Frank. »

Frank acquiesça, et de la fumée jaillit de ses narines et de sa bouche.

« C'est vrai, Jakey. Tu sais, j'ai jamais dit ça à personne, mais j'étais jaloux de Jacob. Il croyait que j'étais amoureux de Mia, mais c'était pas ça. Ta mère était simplement une personne à part. Celui qui lui a pris Mia l'a tué lui aussi.

– Pourquoi tu ne t'es jamais marié ? »

Frank s'esclaffa.

« Ça ne te semble pas évident ? Je n'aurais pas exactement fait un bon mari.

– Mon père non plus. »

Frank acquiesça et écrasa sa cigarette sur le tableau de bord.

« Un point pour toi. Mais ton père ne s'est pas trouvé une femme ordinaire – il a trouvé Mia. Tu sais combien de femmes peuvent vivre avec des types comme nous ? demanda-t-il en agitant le pouce en direction de Jake et de lui-même.

– Des types comme nous ? »

Il songea alors à Kay et s'aperçut que le vieux bonhomme avait raison.

« Allons, Jakey. Regarde-moi. J'aurais passé la moitié de ma vie en safari ou dans les montagnes, à chasser à peu près tout ce qui court, marche ou rampe sur la planète. Il m'arrive encore maintenant de me tirer dans les montagnes pendant trois semaines d'affilée. Tu crois que c'est ce que veut une femme ordinaire ? Elles ont beau dire qu'elles sont libérées, qu'elles veulent être traitées en égales, je n'ai toujours pas trouvé une femme qui me laisse être *moi*. Et toi ? » Il éclata de rire, mais c'était un rire doux, affectueux. « Tu es pareil. Je me fous de savoir qui étaient tes parents biologiques, tu es un Coleridge. Seulement, ce qui t'amuse, c'est de chasser les *gens*.

– Je ne fais pas ça pour m'amuser, Frank.

– Je ne suis pas du genre à donner des conseils, Jakey, mais c'est quand on commence à croire ses propres conneries que les emmerdes débutent. »

La voix de Frank disparaissait presque dans le vacarme du véhicule. « Je t'ai observé aujourd'hui – tu *aimes* ce que tu fais.

– Tu te trompes, répliqua Jake en secouant la tête. Je démissionne. C'est décidé. Cette affaire et une autre à régler. Et après, j'arrête. »

Frank acquiesça.

« Ben, voyons. Et encore une, puis une autre, puis une autre. Il y en a toujours une autre. C'est comme une liaison foireuse dont on n'arrive pas à se libérer. Parce qu'on aime les choses qui nous détruisent, Jakey. Dans cette destruction, on se sent vivant. »

Ils atteignirent Sumter Point et Frank s'engagea dans l'allée. À la lueur vive des phares la maison semblait abandonnée depuis des années. L'essentiel des tuiles avait été arraché et des morceaux de toit s'étaient envolés. Les buissons avaient été emportés par les eaux, de même que le gravier de l'allée – qui n'était plus qu'une piste boueuse. Derrière la maison, près de la plage, l'atelier penchait, comme s'il avait perdu prise et songeait à plonger dans l'océan.

Jake savait que l'Homme de sang viendrait. C'était forcé – il ne restait plus que Frank et lui. Il songea à dévoiler son plan à son oncle, à lui expliquer ce qu'ils faisaient ici. Mais ça ne lui plairait pas. Vraiment pas. Parce que personne – pas même un vieux salopard coriace comme Frank Coleridge – n'aimait servir d'appât.

« Bienvenue à la maison », dit Jake.

72

Hauser avait bu tellement de café au cours des deux derniers jours qu'il se disait qu'il lui faudrait une semaine pour l'éliminer. Il ne s'était pas regardé dans un miroir depuis quelque temps, mais le goût dans sa bouche suggérait que même ses dents étaient marron. Il longeait le couloir, sa main gauche serrant une tasse, sa droite reposant sur le manche du couteau de tranchée de son arrière-grand-père, profitant d'un moment de calme pour faire le tour du commissariat.

Il y avait encore du mouvement, mais la frénésie intense qui avait régné quelques heures plus tôt avait laissé place à un murmure épuisé. La plupart des agents avaient dû changer quatre fois d'uniforme pour rester secs, et Hauser voyait quelques tee-shirts et chaussures non réglementaires parmi ses hommes. Il observait leurs gestes lents et leurs regards perdus – des types bien qui venaient de passer seize heures à gérer les conséquences d'un ouragan, à aider des citoyens qui auraient mieux fait de les écouter et d'évacuer les lieux.

Il voulait consacrer toute son attention et toutes ses ressources aux meurtres qui se multipliaient à une vitesse alarmante, mais le fait était qu'il manquait de personnel. Bien sûr, la Garde nationale déboulerait le lendemain matin et il serait alors en mesure d'affecter ses hommes là où il les jugerait le plus utiles. Mais il doutait de leur capacité à traquer cet assassin – pour ça, il aurait besoin de personnes ayant une expérience de ce genre de situation et qui ne se laissaient pas dominer par leurs émotions. En gros, il avait besoin d'un homme froid et doté d'un esprit analytique comme Jake Cole. Ce putain de fêlé de Jake, qui fonçait à travers la ville dans un Hummer beige pour traquer les pécheurs. Bon Dieu, comment une vie pouvait-elle autant partir en couilles ? se demanda-t-il. Puis il s'aperçut qu'il était dans la même galère. Enfin, *presque*.

Hauser avait passé l'essentiel de la nuit dehors dans l'ouragan, au milieu des débris qui volaient tout autour de lui. Les caprices de la nature ne lui étaient pas étrangers – quand on était shérif d'une ville en bord de mer, on en voyait de toutes les couleurs – mais il ne s'était jamais imaginé que Long Island risquerait d'être un jour rayée de la carte. Ce soir, au plus fort de la tempête, il s'était senti humble, voire effrayé.

Une bonne partie de la ville avait été dévastée – il n'avait aucune idée du nombre de maisons qui avaient été soulevées par le vent ou arrachées de leurs fondations par les gigantesques déferlantes qui s'étaient abattues comme un châtiment divin. Les toits étaient envolés. Les voitures, écrasées. Les terres, avalées par l'océan. Et ce n'était que le premier acte.

Dans quelques heures, la première partie de Dylan serait passée, et ils trouveraient du répit dans l'œil de l'ouragan. Mais pour combien de temps ? Une heure ? Deux ? Et alors la tempête reprendrait et achèverait le boulot, finirait son œuvre de démolition.

Hauser avait passé la moitié de la nuit à sauver les gens de leur propre bêtise ; pourquoi n'avaient-ils pas écouté ? Il était sûr d'avoir fait ce qu'il avait à faire, de ne s'être épargné aucun effort pour pousser ses citoyens à abandonner leurs… leurs quoi ? Leurs merdes, voilà à quoi ça se résumait. Certes, certaines d'entre elles coûtaient un paquet de fric, mais ce n'étaient jamais que des objets. Les objets pouvaient être remplacés. Ou on pouvait s'en passer. Alors qu'Hauser savait que ceux qui avaient perdu la vie ne pourraient pas s'en racheter une de rechange à la quincaillerie de Montauk quand arriverait lundi matin.

Mais il avait beau essayer de se concentrer sur la tempête, de se persuader que c'était la pire chose qui soit jamais arrivée à sa communauté, des images des meurtres lui revenaient sans cesse. Comparé à l'Homme de sang, Dylan était un désagrément mineur – et quand vous qualifiiez le châtiment divin de désagrément mineur, c'est que vous étiez salement dans la merde.

Wohl vint vers lui en courant, tenant à la main un bout de papier rose sur lequel était rédigé un message.

« Shérif, une fenêtre a explosé dans Myrtle Avenue, elle a rendu une femme aveugle. Sa fille de 7 ans a appelé. Les secouristes s'occupent de deux crises cardiaques et d'un type qui a perdu une jambe, donc les trois unités sont prises. Vous voulez que j'y aille ? »

Hauser secoua la tête ; Wohl avait des talents d'organisation et il avait besoin de lui au poste pour dispatcher les appels en fonction de leur priorité.

« Envoyez Scopes.

– Scopes est sorti. Il aurait dû revenir il y a une demi-heure, mais il est toujours pas là. »

Wohl le regardait avec de l'espoir plein les yeux – il voulait participer sur le terrain, pas passer sa nuit tranquillement à l'intérieur à se gaver de sandwiches et à répondre au téléphone.

« Spencer ? »

Wohl haussa les épaules.

« Il est aussi sorti. »

Hauser fit la moue.

« Merde. » Il but une gorgée de café, puis plaça la tasse entre les mains de Wohl. « Donnez-moi l'adresse », dit-il et il alla chercher son poncho.

Après tout, il valait toujours mieux avoir affaire à Dieu qu'au diable.

73

Jake tint la porte et Frank se précipita à l'intérieur. Lorsqu'il passa à côté de lui, Jake s'aperçut qu'il commençait à accuser le coup. C'était un vieux coriace, mais la nuit l'avait usé et le poids des ans était visible. Jake referma la porte.

Frank s'ébroua et s'arrêta au niveau de la console Nakashima. Posée dessus, ressemblant un peu à un Spoutnik, se trouvait la structure sphérique en acier que Jacob avait soudée tant d'années auparavant. Jake la scruta ; il la voyait avec un regard neuf, une perception nouvelle. Frank aussi.

Ils pénétrèrent plus avant dans la maison et découvrirent qu'elle était dans le même état que l'allée ; ce qui avait simplement été un endroit cradingue et négligé était désormais un véritable champ de bataille. Les grandes baies vitrées avaient cédé et le sol était un bourbier de sable, d'eau et de verre. Dehors, la piscine était inclinée vers l'océan, le sol qui la soutenait ayant été rongé par les vagues qui l'avaient pilonné pendant des heures. Il était clair que la physique serait plus forte que toute la détermination du monde et qu'elle finirait par s'effondrer dans l'eau – ce n'était qu'une question de temps.

Jake actionna quelques interrupteurs, mais naturellement il n'y avait pas d'électricité. Et c'est pendant cet instant de flottement, alors qu'il espérait que les lumières s'allumeraient peut-être, que son esprit fit cette chose magique que personne ne comprenait, et toutes les pièces du puzzle s'assemblèrent soudain. Pas de façon aléatoire, mais avec une précision parfaite.

Il colla le canon de son pistolet contre la tête de Frank.

« Où est ma famille ? » demanda-t-il calmement.

74

C'était comme si Wohl avait soudain des mains supplémentaires grâce à l'ouragan ; il traitait presque constamment cinq appels en même temps et rédigeait des messages plus vite qu'il ne l'aurait cru possible. Les lignes terrestres avaient été mises à rude épreuve, mais elles continuaient néanmoins de fonctionner. Les antennes-relais avaient grillé depuis des heures – tombant l'une après l'autre en panne à mesure que la tempête avançait et que la foudre de l'Apocalypse s'abattait. Il avait passé la nuit entre quatre murs, avec les fenêtres condamnées, mais de temps à autre le monde extérieur s'embrasait et les fentes autour des volets et des panneaux de bois brillaient comme en plein jour, avant de s'éteindre. Le réseau électrique avait été anéanti par une putain d'explosion monstrueuse qui avait grillé à peu près tout ce qui y était relié, y compris les équipements ménagers. Mais, curieusement, comme par magie, les lignes téléphoniques avaient tenu le coup. Quand l'ouragan serait passé, Wohl investirait dans quelques actions Bell Atlantic – et les types des compagnies de téléphonie mobile pourraient la lui sucer autant qu'ils voudraient ; après ça, il retournait à l'analogique.

Il termina sur une ligne et une autre se mit à clignoter.

« Bureau du shérif. »

Les formules de politesse habituelles avaient été abandonnées depuis des heures.

« Matthew Carradine à l'appareil, chef des opérations de terrain, FBI. Est-ce que le shérif Hauser est là ?

– Vous dites que vous êtes qui ? demanda Wohl.

– Le supérieur de Jake Cole ! Vous pouvez me dire si le shérif Hauser est disponible ? »

Carradine parlait d'un ton pressant. Le monde dehors s'embrasa de nouveau et un éclat blanc apparut dans les fentes des fenêtres.

« Hauser est sorti. Je peux essayer de vous le passer par radio, mais avec la foudre, rien ne fonctionne. Nous avons de la chance d'avoir encore des téléphones.

– Qui est responsable en son absence ? »

Wohl parcourut le commissariat du regard et ne vit que des agents subalternes. Scopes et Spencer n'étaient toujours pas revenus.

« Moi, je suppose.

– Alors vous feriez bien de m'écouter. »

75

Frank était ligoté à l'un des tabourets de cuisine, les chevilles immobilisées par de la toile adhésive, la taille attachée au dossier au moyen d'un cordon de rideau et les mains menottées dans le dos. Il ne résistait pas, ne semblait ni furieux ni abasourdi – il était muré dans un silence morose, regardant fixement Jake.

« Où est ma femme ? Mon fils ? demanda Jake, hurlant pour se faire entendre par-dessus ce qui restait de la tempête.

– C'est toi qui penses comme un assassin, Jake. *À toi* de tirer les conclusions. »

Jake braqua son pistolet sur le visage de Frank.

« Je ne vais pas te tuer, Frank, mais tu finiras par me supplier de le faire. »

Frank secoua tristement la tête.

« Jake, c'est moi… Frank. Le type qui a été là pour toi chaque fois que tu lui as demandé. Comme maintenant. Tu es désemparé, Frank.

– Est-ce que j'ai l'air désemparé ? » Sa voix était égale, calme, et ses yeux étaient de nouveau ces deux pointes noires qu'il semblait avoir empruntées à un serpent. « J'ai cessé d'être désemparé quand mon fils a disparu, Frank. Quand tu as pris Kay, j'ai été profondément en colère. Quand j'ai retrouvé la chevelure d'Emily Mitchell posée sur le pilastre dans son entrée, j'ai commencé à avoir des envies de meurtre. Et je crois que tu me connais suffisamment pour savoir que je peux être dangereux – mais je vais une dernière fois faire preuve de compassion : si tu me dis où sont ma femme et mon fils – même s'ils sont morts –, je te tirerai une balle en plein cœur. Ce sera rapide. » Jake se pencha en avant, mains sur les genoux, le pistolet luisant d'un éclat brillant dans l'étrange obscurité. « Mais si tu ne me le dis pas, Frank – si tu joues au con et que tu invoques le cinquième amendement et que tu essaies de te défiler, je vais prendre ce Ka-Bar… » Il agita la tête en direction du gros couteau de Frank qui dépassait du bord de la table proche, à côté de la bombe de mousse isolante et des tubes de silicone. « … et je vais te le planter dans le tympan. Juste un, parce que tu devras pouvoir m'écouter pendant que je te poserai des questions tout en te découpant morceau par morceau. J'ai appris auprès des plus grands maîtres, et tu vas souffrir. » Il se redressa et recula légèrement. La pluie continuait de pénétrer dans la pièce et il s'arrêta au bord de la flaque qui s'était répandue sur le sol. « Tu n'imagines pas la boîte à torture que j'ai dans la tête. »

Il se tapota la tempe avec le pistolet. Frank le regardait désormais d'un air effrayé.

« Jakey, Jakey, c'est moi. OK ? Pourquoi je m'en prendrais à toi et à ta famille ?

– Pas à moi, Frank. C'est ce que j'ai cru au début, mais je me trompais. Je ne l'ai compris qu'il y a quelques minutes alors que j'aurais dû le comprendre plus tôt. Tu étais amoureux de ma mère, Frank.

– Bien sûr que j'aimais ta mère, Jakey. Bien sûr que j'étais un peu jaloux de ton père. Et après ? Tout le monde est jaloux de quelque chose.

– Où est ma femme ? Où est mon fils ? »

Frank gigota sur son siège, testant la solidité de ses liens.

« C'est ton domaine, Jake. Tu connais tout ça beaucoup mieux que moi – c'est toi qui parles cette langue, qui déchiffres les signes, qui comprends les morts. Tu ne les entends pas ?

– Est-ce qu'ils sont morts, Frank ? »

Frank haussa les épaules.

« Est-ce qu'on aurait cette conversation s'ils ne l'étaient pas ? »

Un grand fracas retentit, suivi d'un souffle hurlant, et l'espace d'une seconde, Jake crut que la porte d'entrée s'était ouverte sous l'effet du vent. Mais elle se referma alors et une voix lança :

« Jake, tu es là ? »

Jake se rendit dans l'entrée. Spencer se tenait près du polyèdre d'acier soudé. Il était complètement trempé et tenait à la main une lampe torche.

« Qu'est-ce que tu fous ici, Jake ? demanda-t-il.

– J'attends. Et toi ?

– Je voulais m'assurer que tu allais bien, que tu avais réussi à envoyer la vidéo, que la tempête n'avait pas démoli cette maison.

– Je suis occupé, Bil... »

La porte d'entrée s'ouvrit brusquement sous la pression d'une énorme bourrasque qui arracha un tableau du mur près de la porte. Il y eut une explosion de lumière étincelante tandis qu'un milliard de volts déchiraient le ciel et frappaient le Hummer dans l'allée. La maison trembla sur ses fondations.

Le pacemaker de Jake décrocha et il s'agrippa la poitrine. Il sentit son cœur cesser de battre tandis qu'il tombait à genoux.

Spencer se rua en avant, le rattrapa avant qu'il n'atteigne le sol.

Jake voulut lui dire de ne pas détacher Frank.
Peut-être même de s'enfuir.
Il ne parvint qu'à pousser un râle rauque.
Puis il s'évanouit.

76

Aux yeux d'Hauser, Southampton ressemblait à une décharge. Il ne s'était jamais rendu compte qu'il y avait autant de mobilier de jardin en plastique dans le monde. Il en avait fini avec l'appel de Myrtle Avenue. Il avait emmené la femme et sa fille aux urgences, celle-ci avait été aussitôt examinée et les médecins avaient affirmé qu'elle retrouverait probablement la vue – sa cécité provenait en grande partie du sang dans ses yeux. Un point pour les gentils, songeait Hauser en regagnant le commissariat.

Il était en train de contourner un bateau de plaisance coincé à un croisement, ses voiles claquant comme des coups de canon, quand le talkie-walkie fixé au tableau de bord se réveilla.

« Unité vingt-deux, urgence. S'il vous plaît, répondez. »

Vingt-deux était le numéro qu'avait porté Hauser durant les quatre matches qu'il avait effectués sous le maillot des Steelers. La voix était brouillée par la tempête, mais toujours perceptible.

Hauser souleva le talkie-walkie et appuya sur le bouton du micro.

« Oui, Wohl. Hauser à l'appareil.

– Shérif, dit la voix grésillante, besoin… ous… ici… gence. »

Même malgré les parasites, Hauser comprit qu'il y avait un problème.

« J'arrive », répondit-il tandis que le pare-broussailles fixé à l'avant de sa Bronco percutait un parasol qui caracolait à travers la route.

Pourquoi est-ce qu'ils ont besoin de moi au poste ? se demanda-t-il. S'il y avait une urgence, Wohl aurait dû lui dire où et l'envoyer directement sur les lieux.

Que se passait-il ?

77

La première chose qui le frappa fut le silence. Le vacarme de l'ouragan avait cessé et tout ce qu'il entendait, c'était une brise légère et le bruit lointain des vagues. Quelques secondes plus tard, il retrouva ses sensations et s'aperçut qu'il gisait dans une flaque d'eau, tremblant.

En ouvrant les yeux il ne vit que du noir, et il se demanda si son pacemaker avait survécu à la décharge – il ressentait un fourmillement dans les doigts et une odeur caractéristique de circuits électriques grillés accompagnait la douleur sourde au milieu de sa poitrine. Tout en restant parfaitement immobile, il battit plusieurs fois des paupières et s'aperçut qu'il y avait quelque chose devant son visage. L'ombre prit lentement la forme d'une semelle de chaussure. Non, pas de chaussure – de botte. Une semelle avec de nombreuses striures. Pointure 47. Il se souleva sur ses coudes et vit que la botte enveloppait un pied. Qu'elle était reliée à une jambe. Il se redressa un peu plus, s'agenouilla péniblement. Et il vit que la jambe appartenait à Spencer.

Jake tenta de se lever et glissa sur les dalles de l'entrée. Et il s'aperçut alors qu'il ne gisait en fait pas dans une flaque d'eau.

Spencer avait eu la gorge tranchée, une lacération diagonale nette qui partait de sa clavicule droite et s'achevait juste sous le lobe de son oreille gauche. L'entaille était profonde et Jake avait vu assez de blessures semblables pour savoir que celle-ci provenait d'un coup rapide asséné avec une lame très aiguisée ; l'expert en lui nota que l'assaillant avait tenu le couteau dans sa main droite, lame tournée vers le haut. L'arme ? Facile. Le Ka-Bar de Frank était enfoncé jusqu'au manche presque en plein milieu de la poitrine de Spencer – l'exécution parfaite. Jake s'essuya les mains sur son pantalon et s'aperçut qu'il était poisseux à cause du sang qui coagulait déjà. Il était donc resté inconscient un bon moment. Combien de temps ? Une heure ? Deux ?

Le giclement artériel avait dessiné sur le mur un arc élégant qui avait atteint deux tableaux et la console Nakashima sur laquelle était posée la sphère d'acier.

Jake se souvint alors de Frank.

Il courut jusqu'au salon, conscient que Frank n'y serait plus. Spencer l'avait détaché et Frank l'avait égorgé. Mais pourquoi n'avait-il pas tué Jake ? Pourquoi n'avait-il…

Jake se figea soudain.

Frank était toujours sur le tabouret.

Une mousse jaune et opaque ressortait de ses narines et de sa bouche, comme les épaisses racines d'un arbre malade. À côté de lui, par terre, se trouvait une bombe de mousse isolante dont le long embout était couvert de sang après qu'on le lui eut enfoncé de force dans le nez. Le gonflement de la mousse avait déformé sa tête, écartant ses sinus, faisant ressortir ses yeux, et il avait la bouche grande ouverte tel un python essayant d'avaler un teckel. Son cou était boursouflé – dilaté par la matière qui l'avait étouffé et avait adhéré à sa gorge et à sa cavité nasale comme de la colle. Sa peau était pâle, sillonnée de veines bleues qui luisaient comme un circuit électrique.

La mousse continuait de gonfler, fissurant progressivement son crâne, produisant de petits craquements comme un moteur de voiture en train de refroidir.

Jake regarda en direction de la plage. Il faisait toujours nuit, mais le vent, la pluie et le chaos avaient cessé avec le passage de l'œil. Le ciel était dégagé et l'orbe brillant de la lune flottait au-dessus de l'eau comme une lentille d'appareil photo. Les étoiles scintillaient. Les vagues léchaient le rivage à un rythme régulier. On aurait dit qu'une barricade avait été dressée sur la plage pour maintenir l'eau à distance ; un enchevêtrement de débris constitué aussi bien d'arbres de quinze mètres que de bateaux retournés formait une ligne qui s'étirait à perte de vue le long de la côte.

Jake se tourna de nouveau vers Frank. En gonflant, la mousse avait empli ses poumons, son estomac et son œsophage, si bien qu'il se tenait raide comme un I sur le tabouret, une position étrange pour un mort.

Et il prit soudain conscience d'une chose effroyable : il s'était trompé. Trompé au sujet de Frank. Trompé à propos des indices laissés par son père. Trompé dans l'interprétation des peurs de celui-ci. Et, surtout, trompé quant à l'identité de l'assassin. Il s'était trompé sur toute la ligne.

Il songea à la chapelle Sixtine de son père au bout de la propriété, décorée non pas d'images de Dieu donnant la vie à Adam, mais tapissée de démons – des hommes de sang – censés communiquer un message à son fils – un message qu'il n'avait pas vu. Jake se retourna instinctivement, tenta de distinguer l'atelier dans l'obscurité. La dalle de béton sur laquelle il était construit était toujours là, mais le bâtiment lui-même avait disparu.

Jake entendit la porte d'entrée s'ouvrir.

Se refermer.

Bruits de pas.

Pause (au niveau du corps de Spencer).

Nouveaux bruits de pas.

Puis le faisceau d'une lampe torche apparut à la porte, balaya lentement la pièce, s'immobilisa sur Jake.

« Bonjour, agent spécial Cole », dit une voix derrière la lumière.

78

Jacob Coleridge reprit connaissance en salle de réveil, seul ; l'infirmière chargée de le surveiller était partie répondre à un appel en soins intensifs, deux portes plus loin. Mais Jacob, naturellement, ne pouvait pas le savoir – tout ce qu'il savait, c'est qu'il était seul.

Il n'était pas attaché, et hormis le fait qu'il avait l'impression d'avoir la bouche pleine d'hameçons, il se sentait relativement robuste et maître de lui. Il s'assit. Outre l'intraveineuse plantée dans son bras, des tubes insérés dans ses narines alimentaient ses poumons en oxygène. Il était assez lucide pour comprendre que c'était parce qu'il avait la bouche pleine de coton et de sutures. Même s'il ne savait pas pourquoi.

Jacob se tortilla jusqu'au bout du lit, parvint à glisser une jambe nue et maigrichonne entre le rail latéral et le marchepied, et poussa le levier avec son orteil. Le rail s'abattit bruyamment, il passa l'autre jambe par-dessus le bord du lit et se tint sur le linoléum froid.

Avec l'un des gourdins qui lui faisaient office de mains, il parvint à arracher l'un des tubes d'oxygène, puis il recula et le second glissa de sa narine avec un petit bruit humide. Il se retourna et s'éloigna du lit. Le tube élastique de la perfusion se tendit, l'aiguille sortit brusquement de son bras et vola vers le lit, projetant une giclée de sang sur le drap. Il n'y avait rien de clandestin ni de furtif dans ses mouvements, c'étaient simplement les gestes d'un homme qui devait aller quelque part, qui avait une mission à accomplir.

Il longea lentement le couloir vide, sombre et immobile, trouva la porte de l'escalier de secours, l'ouvrit.

L'hôpital de Southampton, qui avait été bâti en tenant compte des ouragans et des inondations, était conçu pour être évacué non seulement par le rez-de-chaussée, mais aussi par le toit – tous les bâtiments officiels construits près de l'océan avaient cette particularité. Mais Jacob l'ignorait, il obéissait simplement à sa logique, et sa logique lui disait de monter. Alors il commença à gravir les marches.

Il atteignit le sommet de l'escalier en un peu plus de deux minutes. Il se tint immobile, respirant bruyamment par les narines, la boule de coton et les sutures lui donnant l'impression d'avoir un cactus aigre dans la bouche. Lorsqu'il eut retrouvé son souffle, il poussa la porte.

L'alarme de celle-ci était connectée à des sirènes, qui se mirent à hurler dans l'obscurité dès qu'il appuya sur la barre d'ouverture.

La tempête s'était momentanément interrompue, mais le vent faillit mettre le vieil homme par terre. Il franchit en titubant le seuil et se mit à marcher dans l'eau qui avait inondé le toit. De gigantesques torrents s'écoulaient dans les tuyaux de descente, mais le vieil homme devait tout de même patauger dans trente centimètres de flotte, et les graviers acérés lui coupaient la plante des pieds.

Il songea à son fils, à la façon dont il avait tout fait pour qu'il parte. C'était à l'époque la seule solution. Et maintenant, tandis qu'il avançait péniblement dans l'eau qui lui montait jusqu'au tibia, il se demandait s'il avait en fait sauvé le garçon. Il était de nouveau ici, vulnérable, et Jacob comprit soudain qu'il n'avait rien fait d'autre que repousser l'inévitable. Une douleur sourde lui monta dans la poitrine lorsqu'il prit conscience que rien de tout ça n'avait d'importance. Plus maintenant. Le mal était fait.

Au moins, ç'avait été spectaculaire.

David Finch lui avait dit un jour qu'il fallait *viser haut ou laisser tomber*, et dans sa confusion et sa terreur, Jacob Coleridge était fier d'avoir suivi cette philosophie jusqu'au bout.

Même dans l'accalmie qui accompagnait le passage de l'œil de l'ouragan, le vent se jetait sur lui, mordait sa tunique comme un chien en colère. Il leva les bras et elle s'envola, emportée dans la nuit par les mains de la tempête. Il continua de marcher d'un pas chancelant, nu.

Jacob avançait prudemment, plus ou moins conscient que s'il tombait, il ne se relèverait pas. Ses pieds saignaient abondamment et il sentait la chaleur quitter son corps.

Il était à trois mètres du bord lorsqu'il entendit la porte s'ouvrir brusquement derrière lui. Des faisceaux de lampe torche parcoururent le toit. S'arrêtèrent sur lui. Des cris. Il vit son ombre s'étirer devant lui jusqu'au bord du bâtiment, puis s'enfoncer dans l'obscurité du vide au-delà.

Nouveaux cris.

Son nom.

Il ne se retourna pas.

Ne s'arrêta pas.

Son ombre dansait. Le bruit de personnes qui se précipitaient dans l'eau derrière lui. Des voix qui l'imploraient d'arrêter.

Ne voyaient-ils pas qu'il n'avait pas le choix ? Que c'était ce qu'il fallait faire ?

Lui n'avait aucun doute ; il savait que c'était la seule façon d'échapper à son sort. Il avait vécu trop longtemps dans la peur. Personne ne pouvait le sauver. Pas même Jake. Plus maintenant.

Il mit dans ses derniers pas toute sa force, toute sa concentration, mais une image lui revint brièvement, celle de Mia assise sur le pont du voilier il y avait si longtemps de cela. Jeune, belle, quand la vie était encore pleine de possibilités.

Il atteignit le bord du toit.

Souleva de l'eau un pied ensanglanté.

Et plongea dans le ciel.

79

Jake s'écarta du cadavre de Frank avec des gestes lents mais fluides, comme si ses os n'étaient plus reliés entre eux.

« Vous voulez bien me dire ce qui se passe ? » demanda-t-il.

Hauser pénétra dans le salon.

« Je croyais que c'était votre spécialité, monsieur le devin. Que vous compreniez tout. »

Il avait dit ça doucement, presque gentiment, mais il y avait autre chose, une sorte de colère, derrière ses paroles. Il tenait son pistolet à la main.

« Où est ma femme ? Où est mon fils ? »

Hauser alla se poster contre la cheminée. Les rideaux qui restaient, déchirés et en loques, dansaient comme des fantômes. Le shérif regarda la tête déformée de Frank, sa mâchoire déboîtée.

« C'est moi qui pose les questions, Jake », dit-il en levant son Sig.

C'est alors que Jake vit le grand couteau de tranchée accroché à sa ceinture – un couteau de tueur, pas de flic.

Jake comprit qu'une partie de lui, la partie qui savait que tout serait bientôt terminé, n'en avait plus rien à foutre. Il s'aperçut aussi que, dans son incrédulité face à la tournure des événements, il n'entendait plus les voix de Jeremy et de Kay. Une grande lassitude l'envahit alors. Il désigna la cuisine de la tête.

« J'ai besoin de boire quelque chose. »

C'était une affirmation, pas une requête. Il avait cessé de demander la permission à qui que ce soit le jour où il avait quitté cet endroit il y avait tant d'années, et ce n'était pas maintenant qu'il recommencerait, même sous la menace d'un 9 mm Parabellum.

Il y avait trente centimètres de sable dans la cuisine et il dut tirer comme une brute pour ouvrir la porte du placard situé sous l'évier. Il en sortit une bouteille de bourbon qui était planquée au fond et se versa deux doigts dans une tasse à thé. Sa tête bourdonnait comme une ampoule grillée et il entendait le crépitement âpre de ses circuits électriques en surchauffe. Il savait qu'après l'intense décharge qu'il avait reçue il lui faudrait quelques minutes pour retrouver toutes ses facultés de réflexion. Spencer était mort. Frank était mort. Pendant qu'il gisait par terre, quelqu'un les avait tués. Non, pas *quelqu'un* – l'homme qui avait inspiré tant de terreur à son père. L'homme du sol dont avait parlé Jeremy – Bud. Le portrait sans visage. L'assassin. L'Homme de sang. Eux tous à la fois.

« Vous voulez un verre ? » demanda-t-il à Hauser.

Hauser acquiesça d'un air las et s'approcha, braquant toujours son pistolet.

« Pourquoi pas ?

– Vous êtes en service, observa Jake, et il remplit une tasse pour Hauser.

– Vous êtes un ancien alcoolique.

– Juste un ivrogne entre deux cuites. »

Il fit glisser la tasse à travers le comptoir, puis leva la sienne pour porter un toast. Il regarda Frank, mort sur le tabouret, droit comme un I derrière Hauser, comme le phare derrière Rachael Macready sur cette foutue photo dans la maison de la mort. Ses yeux s'emplirent de larmes claires et brillantes.

Et la seule question qu'il se posait était : *Pourquoi ?*

Il vida sa tasse d'un trait et ressentit une brûlure douce et familière. Il ferma les yeux, savoura l'agréable chaleur qui lui enflammait l'estomac. Depuis combien de temps n'avait-il pas bu ? Il aurait pu le dire à la minute près s'il avait vraiment voulu – car sa mémoire était infaillible. Hormis pour ces quatre mois qu'il n'avait jamais retrouvés – ceux-là avaient disparu pour de bon.

Il rouvrit les yeux et Hauser était toujours planté là avec cette expression malheureuse sur son visage, son regard vague, sa bouche tombante. Il ressemblait aux autocollants que Kay collait sur les bouteilles de produits chimiques pour que Jeremy ne se serve pas un cocktail d'eau de Javel et de décapant à inox.

Kay. Jeremy. Où étaient-ils ?

Le salon était plein de sable et de débris qui avaient intégralement recouvert les petits tapis sur le sol. Jake détourna les yeux vers la piscine. La tempête l'avait vidée de ses algues et de ses nénuphars, et ses fondations avaient presque été emportées par les vagues. Elle était toujours accrochée à la terrasse, inclinée vers l'océan, la surface de l'eau formant un angle étrange par rapport à son bord. L'eau était désormais d'un brun sale. Trouble. Sans vie.

Il se rappela alors les paroles de Frank. *C'est toi qui penses comme un assassin. À toi de tirer les conclusions.*

Et une lumière jaillit dans sa tête, semblable aux éclairs qui s'étaient abattus toute la nuit. Il savait où ce salaud les avait mis. Un endroit que personne n'avait inspecté, pas même les flics quand ils avaient passé la propriété au peigne fin. Un endroit si proche que personne n'aurait songé à y regarder.

Jake contourna le comptoir. Vite.

Hauser tressaillit, mais Jake avait été si rapide qu'il était passé devant lui avant qu'il ait le temps de réagir.

Jake se précipita vers l'une des vitres qui avaient été soufflées, sortit et plongea dans la piscine.

L'eau avait goût de sel et de boue, pas de chlore. Jake battit des pieds pour gagner le fond et sentit sa main s'enfoncer dans la vase et les déchets qui s'étaient déposés après la tempête. Il continua de creuser, écartant des doigts des cailloux, des pierres, des boîtes de bière et des bouteilles de scotch vides.

Son pouls cognait dans ses oreilles. Ses mains sondaient le fond dans un mouvement de va-et-vient, fouillant les débris. L'air dans ses poumons tentait de le ramener à la surface, au monde, mais il battait des pieds pour rester sous l'eau. Il sentit un enjoliveur, une assiette cassée, d'autres boîtes et bouteilles vides. Puis la forme âpre d'un parpaing. Et en dessous, quelque chose de doux et de caoutchouteux qui ne pouvait être que de la peau.

Jake passa les mains dessus et la chose se plissa, s'enroula autour de ses doigts comme si elle voulait le toucher, lui dire qu'elle savait qu'il était là. Son index s'enfonça dans un creux visqueux – une cavité que ses doigts reconnurent, comme du braille – un petit nombril parfait. Puis il sentit les incisions en forme de croissant laissées par un couteau à simple tranchant. Et en dessous, le béton brut de la piscine.

De la peau humaine. Lestée par un parpaing.

Jake poussa un hurlement violent et ses poumons se vidèrent. Il inspira, sentit sa gorge s'emplir de vase, d'eau salée, de désespoir. Il vomit sous l'eau. Remonta instinctivement.

Il atteignit la surface.

Poussa un long cri d'horreur. Puis il replongea dans la fange.

Il retrouva le parpaing et saisit entre ses doigts la peau huileuse qui était en dessous.

Il continua de fouiller le fond.

Trouva un second parpaing.

Et une seconde peau.

Il la dégagea, remonta vers la surface et émergea dans la partie la moins profonde de la piscine.

Elles étaient épaisses et aussi lourdes que des tabliers anti-rayons X plombés. Jake resta immobile, son cœur cognant contre ses côtes, incapable de les regarder.

Ce qui restait de Kay dans une main.

Ce qui restait de Jeremy dans l'autre.

Hauser se tenait sur la terrasse au-dessus de lui. Il avait toujours la bouche tombante, une expression sinistre qui semblait désormais permanente. Il alluma sa Maglite, la braqua sur Jake. Sur ce qu'il tenait dans ses mains. Puis il l'éteignit.

Jake commença à gravir les marches, trébucha et s'effondra sur la terrasse.

La peau de Kay heurta le sol avec un claquement de viande et se déroula. Son visage sans yeux, sans dents, sans vie était tourné vers le ciel, et Jake vit que sa bouche avait été élargie au couteau, d'une oreille à l'autre. Après son séjour dans l'eau elle était parfaitement propre, et chaque bleu, chaque lacération était visible.

« Non », gémit-il, si doucement que sa voix était à peine audible.

Jake se tourna vers la peau qui avait appartenu à son fils. Ses bords étaient effilochés, mais elle était aussi propre que celle de Kay. Les oreilles avaient disparu.

Hauser s'approcha sans toutefois allumer sa lampe torche.

« À l'intérieur, Jake. »

Il tenait son pistolet, qui scintillait comme une prothèse au bout de son bras.

Jake souleva ce qui restait de son fils, et le contact de la peau lui donna envie de vomir. Il passa un bras sous le torse de Kay, les pistolets croisés tatoués sur son ventre lui apparurent soudain. *Tough Love.*

Il baissa les yeux vers ses mains lacérées, déchiquetées. *Love. Hate.*

De nouveau les pistolets.

Tough Love, barré d'une ligne irrégulière.

Il se rappela le tee-shirt qu'elle venait d'acheter : *Emmerdez pas The Hoff !*

Tout ce qu'il restait d'elle – des slogans.

Jake souleva son fils et sa femme, et les longs bouts de peau s'enroulèrent autour de ses cuisses, le caressèrent. Les cheveux de Kay produisaient un bruit râpeux en frottant contre son jean.

Il les porta jusqu'au salon, les déposa aux pieds de Frank et s'assit par terre, regardant fixement l'horreur étalée devant lui.

« Êtes-vous ici pour me tuer ? » demanda-t-il sans lever les yeux.

Hauser fit un pas en avant et leva son pistolet.

« Je suppose que vous avez compris maintenant. »

80

Scopes slalomait parmi les débris qui encombraient la route 27, gyrophare allumé, sirène hurlante. Le monde autour de lui ressemblait à un vieux film sur Hiroshima qu'il avait vu sur la chaîne Histoire. Mais sans le cadre de la télé pour le contenir, le borner, il était infiniment plus vaste que tout ce qu'il aurait pu imaginer. Il avait l'impression de rouler à travers le rêve d'un fou. Où qu'il regarde, tout était dévasté à perte de vue.

Ils étaient dans l'œil. L'ouragan n'était donc pas fini. Et en regardant autour de lui, il se demanda pourquoi il prenait la peine de revenir. Que restait-il à démolir ?

Neuf minutes plus tôt, quand il avait quitté le commissariat, ils en étaient à quatorze morts. Bien sûr, ils trouveraient probablement d'autres cadavres. Ensevelis sous les décombres. Accrochés à des arbres. Rejetés sur la plage. Et puis il y aurait les corps qu'ils ne retrouveraient jamais. Ceux que la tempête avait emportés au large et qui avaient été avalés par l'Atlantique.

Pendant que les autres agents étaient retournés au commissariat – pour y rattraper leur manque de sommeil ou rédiger leur testament –, Scopes se dirigeait vers la maison de Jacob Coleridge. Il voulait parler avec l'agent spécial Cole. Dans l'espoir que l'un comme l'autre pourraient considérer les événements avec un peu de perspective.

Scopes n'était pas de nature inquisitrice, mais le savon qu'il avait reçu deux jours plus tôt lui résonnait toujours dans les oreilles et l'avait poussé à réfléchir. À réfléchir aux six meurtres. À la disparition de la femme et du fils de Cole. À la manière dont Hauser menait l'enquête. Et ce que Scopes était le seul à comprendre, c'était que le coupable devait être quelqu'un de l'intérieur – quelqu'un de proche. Mais la proximité était une question de perspective, non ?

Ça faisait quatre ans que Scopes faisait ce boulot, ce qui signifiait qu'il avait eu plus d'une fois l'occasion de nettoyer au jet d'eau des bouts d'os et de cervelle au bord d'une route après qu'un connard d'estivant qui s'était sifflé trop de Bombay Sapphire avait manqué un virage en regagnant sa maison de vacances ; quatre années à se farcir les veuves hystériques après que leur mari avait repeint le plafond de matière grise sous prétexte que son agent de change avait paumé sa fortune au profit d'un P-DG corrompu ; quatre années à se rendre dans des maison pour y lire leurs droits à des ivrognes en larmes qui venaient d'achever leur femme à coups de démonte-pneu parce qu'elle avait acheté la mauvaise marque de bière. Donc Scopes avait l'habitude du sang, et il avait toujours eu l'estomac bien accroché.

Mais Jake Cole avait démontré une tolérance inhumaine. Du moins jusqu'à présent. Car Scopes se demandait comment l'Homme de fer encaissait le choc depuis que sa famille avait disparu dans un nuage de fumée. Il l'avait vu au commissariat la nuit précédente, déambulant comme un fantôme, tentant de se comporter comme s'il était toujours en vie alors qu'il devait avoir les tripes en feu. Scopes se demandait ce qu'il ressentait maintenant.

Ces réflexions ne lui procuraient aucun plaisir, mais tandis qu'il se faufilait parmi la course d'obstacles qu'était devenue la ville de son enfance, il avait besoin de s'occuper l'esprit avec quelque chose. Et Jake Cole et sa famille disparue étaient sacrément plus intéressants que cette putain de tempête. Il ne pouvait rien contre Dylan. Mais Cole ? C'était une tout autre histoire.

81

Hauser s'assit au bord de l'âtre et posa la main qui tenait son Sig sur son genou. Il regarda Jake pendant quelques minutes.

« Wohl a reçu un appel de Carradine – vous avez bien fait d'envoyer la Mercedes de votre mère au labo. »

Jake leva vers Hauser ses yeux injectés de sang et pleins de larmes.

« Qu'est-ce que vous racontez ? »

Hauser sourit et secoua la tête.

« C'est fini, Jake. Ça se termine ici et maintenant. » Il regarda par la fenêtre en direction de la plage. « Le labo a découvert deux empreintes sur la voiture de votre mère. Sur le compartiment central sous l'accoudoir. Des empreintes digitales couvertes de son sang. Elles avaient été nettoyées, mais l'un de vos magiciens est parvenu à les faire ressortir. La science moderne – c'est marrant, non ? »

Jake sentit son estomac se retourner et la pièce lui sembla soudain mille fois trop petite. Puis ses entrailles se serrèrent, et il se pencha en avant et vomit par terre, à côté de la peau de sa femme. Il continua de se vider les tripes jusqu'à ce que ses haut-le-cœur ne soient plus que des spasmes convulsifs.

« Vous voulez savoir pourquoi les meurtres récents sont si raffinés par comparaison ? » Les yeux d'Hauser se posèrent sur Jake. « Parce que vous avez évolué. »

82

Il avait eu Lewis pour son onzième anniversaire. Son père lui avait acheté cet affreux chien parce que c'était un cadeau qui ne demandait guère d'imagination, et encore moins de bon sens. Jake avait essayé de l'aimer – il lui était réellement arrivé de rester là à regarder fixement l'animal idiot et empoté en essayant de se *forcer* à l'aimer – mais c'était encore une de ces nombreuses causes perdues.

Ce qui l'exaspérait le plus, c'était sa stupidité. Si Jake lui ordonnait de s'asseoir, le chien le regardait bêtement comme s'il lui avait demandé son numéro de téléphone. Lui demander de s'ébrouer ou de donner la patte revenait à lui poser une question de grammaire. Quant à se coucher ou se rouler sur le flanc, c'était comme demander à ce putain de clebs de résoudre l'énigme du Sphinx. L'animal avait très vite été négligé.

Et puis un soir Jake avait vu un chien faire le mort pendant le *Dick Van Dyke Show* – un de ces programmes en noir et blanc barbants que sa mère le forçait à regarder parce qu'elle estimait qu'un peu d'humour lui ferait du bien. Il avait vu le tour – effectué par rien moins qu'un berger allemand – et avait décidé de l'enseigner à Lewis.

Mais, au bout de cinq minutes, il avait compris que le chien n'était pas près de faire le mort. Tout ce qu'il savait faire, c'était chlinguer et chier.

« Fais-le mort ! » avait ordonné sèchement l'enfant, désignant le sol du doigt.

Lewis était resté planté là, langue pendante, avec une expression qui ressemblait à un sourire.

« J'ai dit : Fais le mort ! »

Lewis avait fait un pas en avant et lui avait donné un coup de langue chaude et humide en plein sur la bouche.

Ç'en était trop. Jake s'était précipité dans la cuisine et avait ouvert sèchement le tiroir à couverts. Il avait trouvé le grand couteau – celui qu'utilisait sa mère pour découper le poulet quand elle cuisinait cette bouillie pleine de graisse qu'elle appelait *coq au vin*.

« FAIS LE MORT ! » avait-il hurlé au chien.

Lewis avait sursauté, les oreilles plaquées en arrière. Il connaissait le garçon, il savait comment il était quand sa voix changeait, alors il avait reculé.

Jake s'était rué sur le chien, l'avait attrapé par une oreille et lui avait tranché la gorge d'un geste ample.

L'animal avait poussé une espèce de couinement strident, reculé d'un pas et s'était effondré sur la terrasse, son cœur mourant projetant en rythme des giclées de sang de plus en plus fines, ses pattes battant frénétiquement l'air parce qu'elles n'avaient pas compris qu'il était mort. Et le chien regardait Jake de ses grands yeux marron.

Le garçon avait marché jusqu'à lui et lui avait craché dessus. « VOILÀ COMMENT ON FAIT LE MORT ! » avait-il hurlé avant de retourner à l'intérieur et de refermer la porte à clé derrière lui.

Naturellement, sa mère avait compris. Elle avait toujours su comment il était. Qui il était. Mais Jacob avait refusé d'écouter. *Il a eu des débuts difficiles. Donne-lui du temps. Donne-lui une chance. Donne. Donne. Donne.*

Il avait demandé à Mia d'emmener Jake prendre le petit déjeuner au restaurant, peut-être d'aller voir un film avec lui. Mais elle avait passé tout le repas à le dévisager avec une expression crispée, plissant les yeux comme si elle examinait un insecte au microscope. Jake avait avalé un petit déjeuner spectaculaire avec un appétit d'ogre, et quand il lui avait demandé plus de pancakes parce que c'était ce qu'il préférait, elle s'était enfuie de table et il l'avait entendue qui pleurait dans les toilettes du restaurant.

Après ce matin-là, elle avait toujours eu peur de lui. Et le mariage de ses parents avait commencé à battre de l'aile ; manifestement, son père allait devoir choisir entre lui ou sa mère. Il avait toujours été du côté du garçon jusqu'à présent, à prendre sa défense, à essayer de lui donner sa chance.

Mais pas besoin d'être Einstein pour comprendre qu'il avait foutu en l'air toutes ses chances avec sa mère – absolument toutes.

Et tandis que son père essayait de faire son choix, Jake avait senti que le fossé s'était aussi creusé avec lui.

Alors il avait décidé de mettre toutes les chances de son côté.

83

Jake était parfaitement immobile, regardant mentalement par-dessus l'un des murs qui compartimentaient les différentes parties de son esprit. Les images de l'autre côté étaient illuminées comme des objets dans un musée – de grotesques esquisses d'une personnalité qu'il voyait mais ne reconnaissait pas.

Il s'essuya la bouche du revers de la main et perçut un goût d'eau salée, de larmes, de bourbon et de vomi. Il s'apprêta à protester, à nier, mais il aperçut alors quelque chose du coin de l'œil, un scintillement dans l'escalier. Il tourna la tête.

Jeremy était assis sur la marche du bas, portant son petit chapeau orné d'un dauphin brodé. Il souriait, serrant Elmo contre sa poitrine. Il semblait si heureux. Si vivant. *Si réel.*

Jeremy leva son petit poing, l'ouvrit et le ferma comme il avait l'habitude de le faire quand il saluait quelqu'un, puis il reposa sa main sur Elmo. L'image était un peu tremblante, comme un signal télévisé qui aurait parcouru une longue distance.

Jake sentit les larmes monter. Il ferma les yeux et parvint à les contenir. Lorsqu'il les rouvrit, Jeremy avait disparu.

Hauser se leva, se mit à tourner autour de Jake.

« Espèce de salaud. »

Jake leva la tête vers lui, tentant de distinguer clairement l'homme qu'il avait considéré comme une sorte d'allié, une sorte d'ami. Ne voyait-il pas qu'il se trompait ?

« Je… Je n'ai pas… je n'ai pas pu…

– Si, vous avez pu ! hurla Hauser. SI, VOUS AVEZ PU ! »

Son défibrillateur envoya une décharge électrique dans le cœur de Jake. Il tressaillit, se mordit la langue.

« Vous avez tué cette femme et son enfant dans cette maison près de la plage, Jake. Vous vous souvenez ? »

Jake secoua la tête. Comment Hauser pouvait-il croire que… ?

Mais les murs dans sa tête s'effondraient et les images surgissaient, recréant des scènes entières. Il les voyait se débattre, hurler, saigner. Toujours cette pornographie de mort.

Jake avait écorché Madame X, un morceau de viande sanguinolente qui se tortillait et hurlait. Elle s'était mordu la langue. Elle avait gémi, imploré, saigné et elle était morte entre ses mains. Jake Cole. L'Homme de sang.

Les deux antennes télé dans sa tête se fondirent en une seule, unissant leurs signaux pour ne former qu'un seul programme. Les images qu'elles transmettaient étaient toujours un peu floues, pauvres en détails. Mais la chose qui ressortait, c'était le rouge. Plein de rouge. Du rouge à ne plus savoir qu'en faire.

Hauser s'approcha sur sa droite, s'interposant entre Jake et Frank dont le crâne se fendait sous la pression de la mousse jaune.

« Carradine m'a dit qu'ils avaient identifié le fils de Madame X, Jake. Son ADN a été identifié grâce à une association indirecte.

– Un frère ou une sœur ? »

Les seules fois où l'ADN des enfants était catalogué, c'était en cas de disparition, pour autant qu'un échantillon ait été fourni afin d'être enregistré dans le CODIS – la banque de données ADN du Bureau. Le CODIS contenait près de trois millions d'échantillons ADN de personnes disparues. Mais une association indirecte signifiait que le rapprochement avait été effectué à travers un parent dont l'ADN figurait dans le CODIS qui, outre les personnes disparues, conservait les empreintes génétiques de huit millions de délinquants connus. De même que celles des fonctionnaires et des membres des divers services de maintien de l'ordre.

Les traits d'Hauser se crispèrent et il plongea le regard dans les yeux de Jake, avec une expression de tristesse mêlée de… de quoi ? Hauser marcha jusqu'au cadavre de Frank, qui continuait de tressaillir sous l'effet de la mousse en expansion.

« Je sais qui ils sont. Madame X et son fils. »

Jake se leva péniblement et s'appuya au comptoir.

« Je ne veux pas savoir. »

Le staccato lumineux d'un diaporama se mit à défiler à toute allure devant ses yeux. Des visages jaillirent de l'ombre, comme des photos noir et blanc dans une cuve de développement, se révélant progressivement.

Hauser secoua la tête, tira de sa poche deux photos imprimées à partir d'un ordinateur. Il les tint en éventail devant lui, comme une paire de cartes perdantes. Jake tendit la main, les saisit, et des visages apparurent lentement. Une femme. Un garçon. Superbes. Vivants.

Sa femme.

Son fils.

« Non. Non. Non-non-non-non-non-non-non-non-nooooooooon. »

Quelque part au loin il entendit les hurlements de son fils tandis que quelqu'un le massacrait avec un couteau.

Pas quelqu'un.

Lui.

L'Homme de sang.

Moi.

« Jake. Je ne les ai jamais vus. Personne ne les a vus. Vous êtes à Montauk depuis deux semaines. DEUX SEMAINES ! Bon sang. Vous avez tué votre femme et votre fils, Jake. Kay et Jeremy. Vous avez écorché votre femme et votre fils, espèce d'enfoiré. C'est quoi votre problème ? »

La poitrine de Jake cognait de nouveau, mais cette fois c'était à cause de l'adrénaline, pas de la Duracell. Il tenait la photo, qui vibrait comme une feuille dans sa main. Il vit Kay qui lui souriait, puis un film se mit à défiler dans sa tête, un film dans lequel elle gisait par terre, hurlant.

« Ces crins que nous avons trouvés partout dans la maison. Ils provenaient d'un archer. Un archer de violoncelle. »

Jake n'y voyait plus rien. C'était comme s'il regardait à travers du cristal dépoli. Il percevait la lumière, l'ombre, le rouge, mais pas grand-chose d'autre.

« Non. Non. Non. Non. »

Encore et encore. Dans sa tête, les images surgissaient désormais les unes après les autres, chacune plus sanglante que la précédente.

Puis la voix de Kay jaillit des ténèbres, des gémissements si intimes et atroces qu'il se plaqua les mains sur les oreilles pour les faire cesser. Mais il s'aperçut qu'ils résonnaient à l'intérieur de sa tête, ce qui ne les rendait que plus effrayants. Il se mit à hurler, tel un animal égorgé.

Hauser cracha par terre.

« Personne ne les a vus, Jake, à part vous. Le matin où vous et moi avons parlé de Carradine, ils étaient à l'étage en train de prendre un bain, vous vous souvenez ? Certes, j'ai entendu l'eau couler. J'ai entendu la radio dans la salle de bains. Mais vous savez ce que je n'ai pas entendu, Jake ? Des bruits d'éclaboussures. Des bavardages. Des rires. Ni aucun des milliers de bruits qu'on entend quand un enfant de 3 ans prend un bain. Il n'y avait personne avec vous, Jake. Vous étiez seul avec votre mémoire photographique. Vous pouvez recréer des scènes de crime dans votre tête. Mais vous pouvez aussi créer n'importe quoi d'autre. Vous êtes comme le docteur Frankenstein, vous insufflez la vie à des choses mortes. Vous avez imaginé votre famille. »

La poitrine de Jake s'emplit d'une lave brûlante qui lui grilla les cordes vocales, lui fit fondre les entrailles, qui envoya une décharge d'adrénaline à son cerveau. Il se plia en deux.

« Arrêtez ! »

Hauser tenait son pistolet et ses yeux étaient comme deux pièces froides derrière ses lunettes de tir à verres jaunes.

« Les deux corps dans la maison des Farmer étaient ceux de votre femme et de votre fils, Jake.

– J'étais avec Kay et Jeremy ce matin ! hurla-t-il. Quelqu'un les a enlevés ! »

Mais ça sonnait faux, même à ses propres oreilles.

Hauser secoua la tête, ses yeux froids toujours braqués sur Jake.

« Non, Jake. La femme et l'enfant étaient votre femme et votre fils.

– Cette femme et cet enfant sont morts il y a trois jours, Mike ! Kay et Jeremy ont disparu dans la matinée !

– Non, Jake. Ils sont morts il y a trois jours. J'ai parlé à Carradine – le labo à Quantico a relié l'ADN de l'enfant au vôtre. Enfin, une partie de son ADN.

– J'ÉTAIS AVEC EUX AUJOURD'HUI ! »

Vraiment ?

« Non, Jake. » Hauser secoua tristement la tête. « Au cours des trois derniers jours, personne n'a vu ni votre femme ni votre fils.

– S'ils n'étaient pas là, à qui je parlais ? »

À qui je faisais l'amour ?

Hauser haussa les épaules.

« Vous n'agissez pas comme un fou. Le problème, c'est votre mémoire. On dirait plus une malédiction qu'autre chose. Carradine affirme que vous voyez des choses que personne d'autre ne voit. Peut-être que c'est exactement ce qui s'est produit. Vous les avez fait revivre à partir de vos souvenirs. »

Jake repensa aux visites que lui rendait sa mère après sa mort, et il sentit un fourmillement dans le bout de ses doigts, comme s'ils étaient pleins de minuscules araignées.

« Qu'est-ce qu'ils auraient fait chez les Farmer ?

– Wohl a finalement réussi à parler à M. Farmer il y a une heure. Il est à Sainte-Lucie. Il a dit que la maison avait été louée par une certaine Kay River à compter du 1er septembre. »

Jake reçut une nouvelle décharge dans la poitrine et il se mit à haleter.

« Vous… vous… rendez… compte… que… c'est… dingue ?

– Et VOUS ? Vous étiez seul ici. » Hauser marqua une pause, passant en revue tous les petits détails qui lui avaient échappé. « Vous vous souvenez de la pizza que vous vous êtes fait livrer ? Vous n'en avez commandé qu'une, pour vous. Et un Coca. Parce que vous saviez qu'il n'y avait personne d'autre ici.

– C'est faux, je les ai appelés pour me plaindre…

– Vous vous souvenez du moment où vous avez passé la commande ?

– Bien sûr, je… »

Et il s'aperçut alors qu'il ne s'en souvenait pas.

« Vous avez écorché votre famille, puis vous avez créé une image à partir de vos souvenirs afin de pouvoir… » Hauser s'interrompit, tentant de comprendre le processus mental auquel il avait eu recours. « Vous êtes tellement déglingué que c'en est pathétique. »

Personne n'est un sale type de ton espèce, Jakey. Les paroles de Spencer s'affichèrent sur son écran de télé interne. Spencer, qui n'avait pas voulu parler de Lewis. Parce qu'il savait. *Un sale type de ton espèce*, répétait sa voix morte.

Puis des images de Kay au lit avec lui quelques heures plus tôt lui revinrent. Puis celle des menottes vides.

Il se rappela la plage la veille, Kay lui tenant la main, Jeremy saluant le couple de promeneurs.

Le couple qui ne répondait pas.

Kay – incrédule – agitant la main.

Et le couple l'ignorant elle aussi.

Pourquoi ?

Les promeneurs ne la voyaient pas.

Ni Jeremy.

Parce qu'ils n'étaient pas là.

« Parce qu'ils n'étaient pas d'ici. Voilà pourquoi, murmura Jake d'une voix si basse que c'était comme s'il n'avait pas parlé.

– Personne ne les a vus en ville depuis trois jours, Jake. Personne. Pourtant, votre femme se remarquait. Personne au Kwik Mart. Ni chez Big Shopper ou au marché de Montauk. Ni dans la boutique où ils vendent ces tee-shirts avec la tête d'Hasselhoff. » Hauser se tut, et l'espace d'une seconde on aurait dit qu'il avait cessé de respirer. Puis il prit une grande inspiration âpre. « Ça ne me fait pas plaisir. C'est la dernière chose au monde que je veuille, Jake. Mais c'est la vérité. Et je vois dans vos yeux que vous commencez à comprendre. Vous êtes en ville depuis près de deux semaines. Deux putain de semaines ! Vous avez loué la maison près de la plage pour vous occuper de votre père – vous êtes arrivé ici avant son accident. Vous croyez que j'invente tout ça ? »

Jake secoua la tête.

« Je suis arrivé ici il y a trois soirs. Le soir où Madame X et… et… Jeremy… et… »

Sa phrase se noya dans un sanglot tandis que les vannes s'ouvraient et que les souvenirs commençaient à remonter lentement.

« Vous avez assassiné votre femme et votre fils chez les Farmer et vous avez tout nettoyé. Parce que le meurtrier en vous a tenu compte de votre expérience. Il y a peut-être des choses que vous ignorez de lui, mais lui n'ignore rien de vous. »

Son logiciel de récupération de données interne le bombardait désormais d'images. Par centaines. Par milliers. Par millions. Encore et encore et encore.

Il eut un nouveau haut-le-cœur, un spasme atroce qui agita tout son corps.

« Je ne… Qu'est-ce… ? Oh, putain. Tuez-moi ! » Le vent cognait dehors et quelque part au loin résonna un fracas énorme tandis qu'une maison s'effondrait dans l'océan. « Je vous en prie. »

Il se rappela Kay et Jeremy sur la terrasse l'autre matin, Kay si fière de son tee-shirt à l'effigie d'Hasselhoff, et Jeremy arborant son petit chapeau orné d'un dauphin. Comment pouvait-elle… Comment son fils pouvait-il… ?

Et il vit d'autres images fragmentées.

Des corps qui se débattaient en hurlant, du sang qui giclait.

Son estomac se noua violemment tandis que l'acide lui montait à la gorge et il tenta une fois de plus de vomir, plié en deux. Seulement il n'avait plus rien à expulser à part sa douleur.

« Après votre femme et votre fils, reprit Hauser, vous avez tué Rachael Macready et David Finch. Puis Mme Mitchell et sa fille. Vous flottiez dans l'eau pour vous nettoyer. Mais ce poncho vous avait de toute manière probablement protégé d'une grande partie de leur sang. »

C'est ce que tu crois, murmura la petite voix dans sa tête.

La mâchoire d'Hauser frémissait comme un câble d'acier.

« J'ai trouvé le portrait que la fillette a dessiné sur le ballon de plage – vous l'avez laissé dans la poubelle de la salle d'interrogatoire. Vous avez dit qu'il était inutilisable, que nous ne pouvions pas nous en servir. Pourquoi, Jake ? »

Hauser quitta la pièce, ses bottes produisant un bruit sourd sur le sable, puis claquant sur les dalles de l'entrée. Il réapparut, tenant le polyèdre d'acier sous le bras comme un casque de football. Il s'immobilisa à l'entrée du salon et jeta la sphère en direction de Jake. Jake la rattrapa, la serra contre sa poitrine, s'enroula tout autour.

Hauser passa la main sous son poncho et en tira le morceau de caoutchouc qu'Emily avait découpé à coups de ciseaux. Il le lança.

« Reconstituez le portrait, Jake. »

Le caoutchouc atterrit à côté de Jake, juste à gauche de la bombe de mousse isolante qui avait servi à tuer Frank. Jake secoua la tête. Se racla la gorge. Essaya de parler. Les mots jaillirent hachés, brisés, comme le reste de ses entrailles.

« Elle… elle… s… s'est trompée. Elle n'a pas interprété correctement les toiles de mon père. Elle a dessiné un portrait de…

– Un portrait de vous, Jake ! Elle ne s'est pas trompée. Seulement, vous n'avez pas compris, n'est-ce pas ? »

Hauser tenta de plonger son regard dans les yeux de Jake – pour voir ce qu'il y avait à l'intérieur de cet homme qu'il avait apprécié, cet homme qui en surface semblait avoir surmonté un passé empoisonné pour bâtir quelque chose. Quelque chose de magnifique.

Il se rappela avoir entendu dire que chaque culture avait son croque-mitaine.

Jake lui retourna son regard. Ses pupilles étaient d'un noir intense ; une hémorragie avait éclaté dans son œil gauche, mais le droit était limpide et brillant.

« Votre père voulait que vous sachiez que l'Homme de sang, c'était vous. »

Hauser s'approcha et tira le gros pistolet d'acier du holster de Jake. Il recula et le vida dans sa main. Il laissa tomber par terre cinq balles de calibre 12,7 mm et les poussa du pied dans une flaque. Il inséra la sixième dans le barillet, le renfonça lentement, et referma l'arme.

« C'est pour ça que vous êtes tellement doué pour traquer les assassins, Jake. Vous comprenez leur langage parce que vous êtes l'un d'eux. »

Hauser observa Jake, devinant que les murs qui compartimentaient son cerveau s'effondraient l'un après l'autre comme des dominos.

« Vous vous souvenez des deux valises qui avaient disparu dans la maison des Farmer ? Celles dont vous aviez deviné l'existence grâce aux marques sur la moquette ? Devinez quoi ? » Il désigna le coin où la valise de Kay – cabossée et ouverte comme une palourde – était posée à côté de la housse de violoncelle couverte de sable et de détritus. « En voici une.

« Et le violoncelle de Kay ? Pourquoi est-ce qu'elle serait venue passer une journée ici avec son violoncelle ? Elle aurait su qu'elle n'aurait pas le temps d'en jouer. Je parie que si on appelle la compagnie de bus dans quelques heures personne ne se souviendra d'une femme avec un violoncelle, Jake. Kay et Jeremy sont venus en voiture avec vous. C'est pour ça qu'il y a un siège enfant à l'arrière. Et alors… » Il n'acheva pas sa phrase. « Votre père n'essayait pas de vous mettre en garde, il essayait de vous faire peur pour que vous vous en alliez. »

Les images se télescopaient dans la tête de Jake comme si elles cherchaient à en sortir. Son père l'avait aimé, il l'avait défendu. Et quand Mia avait été assassinée, il avait baissé les bras, plongé dans l'alcool et tenté d'oublier qu'il était toujours en vie. Seulement il ne pouvait pas cesser de peindre parce que c'était ce pour quoi il était fait. Alors il avait tout exprimé dans sa peinture, dans son œuvre. Il avait aimé son fils, il ne l'avait pas livré à la police, mais il lui avait tourné le dos. *On fait pour la famille des choses qu'on ne ferait pour personne d'autre*, avait dit Frank au téléphone.

Hauser leva le gros pistolet d'acier.

« Il y a une balle à l'intérieur. »

Il balança l'arme sur le comptoir, passa devant le cadavre de Frank et sortit par une fenêtre brisée tandis que le jour se levait.

84

Jake se tenait au-delà de la ligne de brisure des vagues avec de l'eau jusqu'à la taille. Ce qui restait de Jeremy flottait à côté de lui, ondulant à la surface comme une créature marine en décomposition. Il serrait la main plate et en lambeaux de Kay. Le vent était complètement retombé, et s'il n'avait pas su qu'il se trouvait dans l'œil de l'ouragan, il aurait juré que c'était l'une des plus belles matinées qu'il lui avait été donné de voir.

Si l'on exceptait sa famille morte qui flottait autour de lui sur l'onde brune.

Derrière lui, la maison était quasiment détruite et quelque chose lui disait que la deuxième partie de la tempête achèverait ce qui avait été commencé. Elle l'effacerait de la surface de la Terre.

Jake songea aux différents hommes qu'il avait été. Il y avait eu du bon dans sa vie. Et sans doute pas qu'un peu. Mais les aspects positifs étaient oblitérés par tout ce qu'il avait détruit. Principalement des choses qui lui appartenaient.

Il souleva la main aplatie de sa femme et l'embrassa sans prêter attention à l'odeur. Puis il embrassa la joue de son fils, près du trou où s'était trouvée son oreille.

Il plaça alors le canon froid et humide du gros revolver d'acier contre son palais et l'inclina vers l'arrière, histoire de ne pas se rater. Il pensa à la femme qu'il avait aimée, au garçon qu'ils avaient eu, et au fait que ça n'avait au bout du compte mené à rien.

Il ferma les yeux.

Et appuya doucement sur la détente.

Après une infime pression, Jake Cole devint un fantôme.

85

Hauser se tenait au bord du talus boueux qui, il y a peu encore, dominait une jolie plage de sable. Dans la lueur du petit matin, elle était jonchée de débris et d'épaves qui allaient d'un sac de golf à un Chris Craft Constellation de quatorze mètres retourné qui ressemblait beaucoup à son propre bateau. D'ailleurs, il aurait pu jurer que c'était le sien. Seulement il était à l'envers. Décidément, pas une bonne semaine. Et puis merde, songea-t-il, et il décida qu'il avait bien mérité de se prendre une bonne cuite.

Il se retourna et regarda en direction de la maison où Jacob Coleridge avait apporté sa contribution à la peinture américaine. Il vit la dalle de béton piquetée et crevassée sur laquelle s'était dressé l'atelier avant d'être emporté par la mer. Tous ces tableaux, tout ce génie créatif, tout cet argent, disparu.

Certaines familles se nourrissent d'amour, d'autres de colère et de folie, ou de choses pires encore, avait dit Jake.

Des choses pires.

Qu'est-ce qui pouvait être pire que ça ? Hauser aurait bien aimé le savoir. Il observa le monde sur lequel l'océan avait rejeté tout ce dont il ne voulait pas, la plage qui s'étendait à perte de vue couverte de décombres qui coûteraient un paquet de fric aux compagnies d'assurances. Il se demanda si sa maison avait passé la nuit. Sa collection de pistolets à la cave. Peut-être que… Et il s'arrêta net. Parce que tout ça n'avait plus d'importance. Et puis, il devait se préserver pour le deuxième acte de l'ouragan. Dans quelques heures, l'enfer recommencerait.

Mais sans le diable, cette fois.

Il dévala maladroitement la pente qui menait à la plage. Il n'avait jamais trop prêté attention à la configuration des lieux auparavant, mais il était certain que la tempête avait rogné quinze ou vingt mètres de côte.

Il avait l'impression d'être sur une autre planète – une planète qu'aucun humain n'avait jamais foulée. Hauser n'était pas porté sur la métaphysique, mais il se demandait pourquoi en deux jours tant de gens avaient vu leur vie irrévocablement transformée à cause de la météo.

Et de choses pires.

Le sable s'accrochait faiblement à ses bottes tandis qu'il marchait le long de la plage, les bras ballants, comme un *quarterback* entre deux temps de jeu. Par-dessus la brise douce il entendit le gémissement d'une sirène qui approchait – Scopes qui arrivait.

Derrière lui, l'océan agrippa les fantômes qui flottaient à proximité du rivage, les tira vers le fond et les entraîna vers le large où s'amoncelaient tous les trophées saisis par la tempête.

RÉALISATION : IGS-CP À L'ISLE-D'ESPAGNAC
IMPRESSION : CPI BRODARD ET TAUPIN, À LA FLÈCHE
DÉPÔT LÉGAL : MAI 2013. N° 107213 (72599)
Imprimé en France